Jana Herbst

Irgendwas mit Liebe

Roman

feelings
* emotional eBooks

Bitte besuchen Sie uns im Internet:
www.facebook.de/feelings.ebooks

FSC
www.fsc.org
MIX
Papier aus verantwortungsvollen Quellen
FSC® C083411

Redaktion: Ulla Mothes
Covergestaltung: ZERO Werbeagentur, München
Coverabbildung: © FinePic®, München
Druck und Bindung: CPI books GmbH, Leck
ISBN 978-3-426-21644-6

Für meine Omas,
weil euer Licht nicht aufhört zu strahlen.

Kapitel 1

Natürlich konnte man es auch so machen.

Der Vorschlag war nicht falsch.

Eher wie die Idee, zu Fuß den Eiffelturm zu erklimmen.

Oder einen Nacktmullenstreichelzoo zu eröffnen.

Oder Turnschuhe zu tragen.

Das waren alles legitime und gleichzeitig völlig idiotische Vorschläge. Luisa klemmte ihr Handy fester zwischen Kopf und Schulter, denn mit Earplugs sah sie aus, als würde ihr der Temporallappen aus dem Ohr sickern.

»Karl, dir ist hoffentlich klar, dass eine Änderung der Verhandlungsstrategie kurz vor Prozessbeginn so aussehen würde, als wäre ich froh, wenn mein Mandant für ein paar Jahre ins Gefängnis geht. Wie würde sich das auf unseren Ruf auswirken?«, gab sie zu bedenken. Speziell auf *ihren* Ruf. Zumal ihr der Freispruch sicher war, es gab also gar keinen Grund, auf den Vorschlag ihres Chefs einzugehen.

Mit der rechten Hand fischte sie in der Jackentasche ihres beigen Trenchcoats nach dem Schlüssel zum Haus der Kanzlei und versuchte gleichzeitig keinen Tropfen ihres Kaffees zu verkleckern, der sich in der linken Hand befand. Die wenigsten Mandanten/Staatsanwälte/Richter würden ihr verständnisvoll den Rücken tätscheln, wenn sie ihr Strafgesetzbuch als Kopfkissen zweckentfremdete. Aber ohne ihren Vanilla Latte mit extra Espresso würde genau das geschehen, vor allem wegen *dieses* Falls. Er war wie ein garstiges Wollknäuel, dessen Enden immer wieder wegrutschten. Aber Luisa hatte ihn gepackt und entwirrt. Stundenlang. Tagelang. Und jetzt bekam ihr Chef einen feuchten Schlüpfer. *Jetzt.* Nicht mit ihr.

Karl Meyer, Gründer einer der renommiertesten Strafrechtskanzleien Berlins, gehörte zum alten Schlag. Seine Meinung von Richtern und deren Integrität war unantastbar, er verhielt sich respekt- und würdevoll. Gleichzeitig umgab ihn ein Hauch Aristokratie, der dafür sorgte, dass ihn niemand für unterwürfig halten würde. Mit vielen Richtern war er eng verbunden, und eine Großzahl seiner Fälle handhabte er über Nebenabsprachen, am liebsten in exquisiten Restaurants. Diese Vorgehensweise konnte sie sich als junge Anwältin – okay, als Anwältin Ende dreißig – nicht leisten, ihren Ruf musste sie sich erst noch erarbeiten. Vor allem aber musste sie Vorsicht walten lassen, weil sie eine Frau war. Weil sowohl ihre Brüste als auch ihr Uterus ein Zeichen von Emotionalität, Harmoniebedürftigkeit und weiblicher Nachsicht waren. Wirkte sie zu weiblich, zu sanft, könnte sie während der nächsten Verhandlung auch gleich mit dem Richter über ihren Menstruationszyklus diskutieren. Verhielt sie sich zu dominant, zu aggressiv und zu kühl, würde man sie so ernst nehmen, als tanzte sie in einem Clownskostüm ihren Namen und das Schlussplädoyer.

»Karl, hör zu, was ich versuche dir zu sagen, ist –«

Jemand riss an ihrer Handtasche und rammte sie gleichzeitig gegen die Tür. Ihr Verstand begriff schneller als ihr Körper, dass sie überfallen wurde. Denn er analysierte tagtäglich solche Situationen mit Kalkül. Im nächsten Augenblick rauschte das Adrenalin durch sie hindurch und befahl ihr, zu rennen, sich zu wehren, *zu handeln.* Ihre Muskeln spannten sich an, ihr Herz polterte so fest, dass es in jeder Zelle nachhallte. Hitze durchströmte ihr Innerstes, während sich ein Mantel der Kälte über sie legte.

»Gib mir die Handtasche«, zischte ihr eine tiefe, raue Stimme ins Ohr.

Luisa hob leicht den Kopf, um den Druck auf ihr Handy und gleichzeitig den Riemen der Tasche zu lösen, doch ihr Angreifer schien sie falsch zu verstehen.

»Nicht bewegen«, grollte er, und da spürte Luisa es.

Ein Messer. An ihrer Hüfte. Sofort hielt sie inne. Sie atmete schneller, ein feines Rauschen ertönte in ihrem Ohr. Sie versuchte sich umzudrehen und fühlte einen dumpfen, schmerzlosen Stich, als befände sie sich außerhalb ihres Körpers. Vorsichtig atmete Luisa ein.

»Ich brauche eine freie Hand, dann gebe ich Ihnen meine Tasche«, sagte sie leise.

Er wich zurück, riss ihr den Kaffeebecher aus der Hand und warf ihn auf den Gehweg, wo er platschend landete. Das Geräusch erschien ihr in der morgendlichen Stille ohrenbetäubend. Das musste doch jemand hören. Fenster müssten aufgerissen werden, wütende Protestschreie erklingen, weil sie ausgeraubt wurde. Aber die Seitenstraße des Ku'damms lag weiter still da.

Mit ihrer nun freien linken Hand griff sie ihr Handy und ignorierte dabei Karls Rufe. Luisa würde zu gern ihrem Angreifer in die Augen sehen. Nach Reue in seinem Blick suchen, nach Bösartigkeit, nach irgendeiner Emotion, die ihr zeigte, dass er überhaupt etwas dabei empfand, wenn er sich etwas nahm, das ihm nicht gehörte. Wut flammte in ihr auf. Er hatte sie völlig im Griff, denn sie war eingekeilt zwischen ihm und der Eingangstür, die rechte Hand immer noch in der Tasche ihres Mantels. Ihr Blick streifte über den leeren Eingangsbereich, den sie verschwommen hinter den milchigen Fenstern der hohen Altbautür erkannte. Leer. Verdammt. Jedes noch so kleine Quäntchen Glück hatte sie an diesem Morgen verlassen. Wie eine Flutwelle überdeckte unbändiger Trotz die Angst.

Nicht mit ihr. Nein. Sie würde es einfach nicht zulassen, dass sie überfallen wurde. Sie drückte sich von der Tür weg und riss die Hand aus der Jackentasche. Der Schlüsselbund fiel klirrend zu Boden, blitzschnell wechselte sie das Handy in die rechte Hand, wirbelte herum und holte aus, um es ihrem Angreifer über den Schädel zu ziehen. Ihre Bewegung wurde jedoch von dem Moment absoluten Schocks gebremst, als sie ihn sah.

Den Täter.

Das Böse.

Er trug einen dunkelblauen Pullover, dessen Kapuze er tief in die Stirn gezogen hatte. Als wären die dunklen Schatten auf dem Gesicht nicht schon genug, hatte er sich ein schwarzes Bandana vor Mund und Nase gebunden.

Er presste ihr ein Messer an den Körper.

Er hatte sich vermummt.

Er meinte es wirklich *ernst*.

Ihr Leben besaß für ihn keinerlei Wert.

Sie hatte gehofft, dass die Angst verschwinden würde, wenn sie sehen würde, dass er auch nur ein Mensch war, jemand, der einem spontanen kriminellen Impuls folgte. Durch seine Tarnung jedoch verschwand alles Menschliche, und die Abstraktion, die zurückblieb, war wie ein Schlag in die Magengegend.

Die Unfähigkeit, sich zu bewegen, half dem Mann, ihren Angriff abzuwehren. Oder es lag daran, dass er offensichtlich professionell Frauen überfiel und ihre Erfahrungen bei der körperlichen Täterabwehr begrenzt waren. Weil sie bei dem Selbstverteidigungskurs, den sie für die Angestellten der Kanzlei organisiert hatte, wegen einer dringenden Telefonkonferenz nicht da gewesen war.

Er packte ihre Hand mit seiner linken und drückte zu. Es knackte und knirschte in ihrem Gelenk. Wellen des Schmerzes schossen ihr bis in den kleinen Zeh. Bestimmt würde bald der erste Knochen brechen, aber sie ließ ihr Handy nicht los, denn alles, was sie nun sagen würde, würde auch Karl hören.

»Lassen Sie mich los! Sie können mich doch nicht einfach vor der Tür meiner Kanzlei überfallen«, rief sie daher laut.

Der Blick des Mannes zuckte zum Display. Er fluchte leise und donnerte ihre Hand gegen die Scheibe der Tür. Luisa ließ los und hörte, wie ihr Handy scheppernd auf eine Steinplatte krachte. Sie war wie paralysiert. Wie die Maus, die in den Schlund der Schlange blickte, durch das Gift unfähig, sich zu bewegen. Der Mann schob das Messer in den Bund seiner Jeans und ließ seine rechte Hand langsam über ihren Körper wandern. Luisa versuchte zu schlucken, aber die Zunge blieb am Gaumen kleben.

Oh Gott. Oh Gott.

Er wollte doch nur die Handtasche, oder? Eine Kaskade aus Bildern, Zeugenberichten, Tatortfotos lief in ihren Gedanken ab. Sie, Luisa Elmas, würde heute, Anfang Oktober, mit ihren siebenunddreißig Jahren ein *Opfer* werden. Ein Arzt würde sie untersuchen, ein Gerichtsmediziner die Spuren an ihrem Körper aufnehmen und zur Forensik schicken, die Polizei ihre Aussage aufnehmen. Und das alles nur, *wenn sie überlebte*. Wie leicht es für ihn wäre, das Messer zu ziehen und zuzustechen.

In diesem Augenblick hasste sie sich selbst mehr als den Angreifer. Weil sie schwach war und nichts tat, weil sie nicht wusste, wie sie sich zur Wehr setzen sollte. Sogar ein Tritt in die Weichteile war unmöglich. Ihr knielanger Rock war zu eng. Ein Finger seiner Hand fuhr über ihre Brust und Luisa wappnete sich. Nichts von dem, was ihrem Körper gleich widerfahren würde, würde sie in ihren Geist lassen. Er presste seine flache Hand auf ihre Brust und drückte zu. Luisa sah ihm fest in die Augen. Die Lust in seinen war nicht zu übersehen. All ihren Hass, ihre Wut und ihre Empörung legte sie in diesen einen Blick, denn alles war besser, als Schwäche zu offenbaren. Um seine Augen bildeten sich Lachfältchen, und Luisas Magen krampfte. Arschloch. Er löste seine Hand, hakte seinen Finger unter den Riemen ihrer Handtasche und zog daran. Ohne Probleme glitt die Tasche an ihrem Arm hinab, und der Mann war verschwunden.

Luisa blinzelte.

Atmete aus. Blinzelte.

Ihr Körper und ihr Geist fühlten sich träge an, vernebelt, starr. Sie umklammerte den Türgriff, um sich zu stützen und der Dunkelheit in ihrem Kopf nicht noch mehr Raum zu geben. Langsam, aber stetig drängten sich die Sirenen und die Blaulichter der eintreffenden Streifenwagen durch den Dunst ihrer Gedanken und Luisa wusste, dass sie sich zusammenreißen musste. Sie war Anwältin. Hin und wieder war sie auf Polizisten angewiesen, und da sie Strafverteidigerin war, war sie so beliebt wie Diäten im Frühling. Jetzt zu zittern oder sogar – Gott behüte – zu weinen war indiskutabel. Ihr Ansehen und ihre Glaubwürdigkeit standen auf dem Spiel.

Sie schloss kurz die Lider, atmete tief durch und tastete im Augenwinkel nach Tränenflüssigkeit. Nur weil sie nicht vorhatte zu weinen, bedeutete dies nicht, dass ihr Körper diesen Plan ernst nahm.

Sie straffte die Schultern und ging auf den erstbesten Polizisten zu, ohne zu wanken, obwohl es sich anfühlte, als hätte der Angreifer nicht nur ihre Handtasche, sondern auch alle Knochen ihres Körpers mitgenommen. Die Absätze ihrer Stilettos kamen ihr so stabil vor wie Essstäbchen.

»Er ist in diese Richtung gerannt. Geschätzte Größe eins achtzig, Bluejeans, graue Turnschuhe, dunkelblauer Hoodie, sein Gesicht war mit einem Tuch vermummt.« Ihre Stimme brach und sie räusperte sich. »Aber das hat er sich vermutlich schon weggerissen.«

Der Polizist stieg mit seinem Kollegen wieder in den Streifenwagen und fuhr in die Richtung, die sie ihm gezeigt hatte. Luisa hoffte, dass sie ihn fanden, denn dann würde sie ihn anzeigen und vor Gericht zerren und ihm dermaßen Feuer unterm Hintern machen, dass er freiwillig durch die sieben Kreise der Hölle tanzen würde, um ihrer Rache zu entgehen.

Er hatte sie überfallen.

Sie begrapscht.

Gedemütigt.

Und er hatte verdammt noch mal ihre brandneue Handtasche geklaut.

Es war eine Fendi und sie hatte weit über tausend Euro dafür ausgegeben. Das würde sie aber nicht sagen, denn sonst würde es so aussehen, als würde sie sich nur um ihre Handtasche sorgen. Und das stimmte nicht. Na ja, nicht ganz. Zu einem gewissen Prozentsatz schon. Hey, sie *war* eine Frau, und es ging um ihre Handtasche.

Ein ziviler Einsatzwagen mit Blaulicht hielt in der Einfahrt neben ihr. Die Kripo. Karl hatte beim Absetzen des Notrufs unter Garantie den Polizeipräsidenten, den Chef des FBIs und des MI6 persönlich angefordert. Luisa wappnete sich und lächelte den Beamten zu, um ihre Aussage zu Protokoll zu geben, denn so sehr sie es auch hasste, sie war das Opfer. Sie stand auf der *anderen* Seite. Das erste und sicherlich auch das letzte Mal in ihrem Leben.

❤

»Du solltest dein Handgelenk röntgen lassen«, sagte Karl und zog sie zur Fensterfront ihres Büros. Er hielt ihren Arm gegen das Licht des trüben Herbsttages, um den Bluterguss besser studieren zu können. Als könnte er durch ihre Haut hindurchblicken. Sie wand sich aus seinem Griff, was höllisch wehtat. Das würde sie allerdings nicht zugeben, auch wenn deswegen alle Starbucks-Filialen in einem Umkreis von fünfzig Kilometern schließen würden. Sie seufzte. Was würde sie jetzt alles für einen Vanilla Latte geben … Weniger wegen des Koffeins, vielmehr wegen des künstlichen Vanillearomas, das sanft ihre Seele streicheln würde. Seit fünf Minuten befand sie sich in der Warteschleife, um ihre Bankkarten sperren zu lassen. Das sollte schneller gehen. Wo war sonst der Witz an dieser Hotline? Man sperrte die Karten ja nicht aus Spaß an der Freude, sondern weil sie einem abhandengekommen waren. Wie Luisas, denn die Polizei hatte den Kerl natürlich nicht geschnappt, weil sie selbst völlig inkompetent dagestanden und Löcher in die Luft gestarrt hatte.

Anstatt sich richtig zu wehren.

Anstatt ihm hinterherzurennen.

Okay, das wäre nicht gegangen, die Absätze ihrer Heels waren höher als jedes Gesetzbuch dieser Welt. Aber trotzdem. Sie hätte *irgendetwas* tun sollen. Und dass sie es nicht getan hatte, nagte an ihr. Enorm. Jetzt musste sie hinnehmen, dass dieser Typ das halbe KaDeWe leer kaufte, während sie dieser nervtötenden Melodie zuhörte.

»Es ist nicht so schlimm«, sagte Luisa zum wiederholten Male.

Sie war mordswütend und von einer flatterhaften Energie erfüllt, die sie ruhelos durchs Büro tigern ließ. Vorbei an dem weißen Sideboard, auf dem weiße Vasen mit pastellfarbenen Rosen neben kleinen Skulpturen standen, vorbei an der weißen Couch und dem niedrigen Glastisch, auf dem sich heute apricotfarbene Rosen in einer goldschimmernden Vase befanden. Selbst ihr maßgefertigter Schreibtisch aus Ahorn, dessen aufgeräumter Anblick sie immer beruhigte, verfehlte seine Wirkung. Sie musste runterkommen, in zwei Stunden stand sie vor Gericht, da konnte sie es sich nicht leisten, wie eine Furie auf Speed auszusehen.

»Bist du dir sicher?«

»Ich bin mir sicher.«

»Aber –«

»Karl, Herrgott, du bist kein Arzt, nur weil du einmal einen vertreten hast.«

Er hielt beide Hände in einer abwehrenden Geste in die Höhe und verzog sein von unzähligen Golfstunden gegerbtes Gesicht. Luisa atmete tief durch.

»Tut mir leid. Und danke, dass du die Polizei angerufen hast.«

»Das ist ja wohl das Mindeste.«

Karl nahm seine Brille ab und knetete die Nasenwurzel. Eine Angewohnheit, die sie schon oft bei ihm beobachtet hatte und die auf einen mäßigen Stresspegel hindeutete. Würde er auf dem Bügel kauen, hätte er die nächste Stufe erreicht. Ganz übel wurde es, wenn er mit der Brille zwischen Daumen und Zeigefinger wedelte.

Die meisten Anwälte hatten eine Angewohnheit. Die Körperhaltung vor Gericht war zumeist kalkuliert und berechnend. Während einer Verhandlung ging es um Beweise, Zeugenaussagen und Gutachten, aber auch um das Erscheinungsbild. Kein Angeklagter wurde verurteilt, weil der Strafverteidiger die Arme vor der Brust kreuzte, aber es gab zumindest in ihrem Büro niemanden, der es darauf anlegen wollte. Nach ihrer Studienzeit hatte Luisa unbewusst *Die Merkel* gemacht. Als ihr klar wurde, wie das aussah, suchte sie fieberhaft nach etwas, das ... nun ja, nicht nach einem Groupie der Bundeskanzlerin aussah. Luisa bevorzugte es mittlerweile, einen schwarz glänzenden Kugelschreiber in der Hand zu halten, um sich Notizen machen zu können, was kompetent und zielgerichtet wirkte und außerdem eine Mach-keinen-Scheiß-ich-schreibe-es-mir-auf-Aura verbreitete. Außerdem beunruhigte es Zeugen, wenn man den Kopf leicht schüttelte und so tat, als notierte man sich das eben Gesagte. Und wenn man nur Blümchen malte. Es ging um die Geste an sich.

Das Gedudel erstarb und eine Frau nuschelte ihr etwas ins Ohr. Dabei schwang so viel Euphorie in ihrer Stimme wie bei studentischen Aushilfskräften einer Crêpe-Bude bei Minusgraden.

»Guten Tag, mein Name ist Luisa Elmas. Ich muss all meine Karten sperren lassen.«

Karl beobachtete sie, seine Stirn in Falten gezogen, sein Körper leicht nach vorn gebeugt. Er war ihr Patron, ihr Vertrauter. Optisch eine Mischung aus Sean Connery und Dumbledore, zwar ohne Bart, aber mit mindestens genauso vielen Falten und Klugscheißersprüchen. Sie sah ihn beinahe physisch vor sich, wie er gemeinsam mit Klienten bei flackerndem Kerzenlicht in ein Becken aus deren Erinnerung sprang, um die Wahrheit zu finden. Seitdem Luisa ihr Studium beendet hatte und die Tinte auf ihrem Arbeitsvertrag getrocknet war, arbeitete sie wie ein Tier von morgens bis abends, sieben Tage die Woche. Denn die fünf Partner der Kanzlei waren ein Jahrgang und würden die Kanzlei an ihren jeweiligen Nachfolger übergeben, den sie zuvor zum Partner ernannt hatten. Mit Aussicht auf einen dieser Posten bearbeitete sie pedantisch die Wirtschaftsfälle. Als kleinen Bonus hatte sie den enormen Vorteil eines türkischstämmigen Großvaters. Ihre Eltern hingegen waren beide in Deutschland geboren, aber dieser kleine südländische Teil der DNA ihrer Mutter reichte aus, um ihr einen großen kulturellen Kreis zu öffnen. Ihr Großvater hatte darauf bestanden, dass sowohl seine Tochter als auch seine Enkelin Türkisch lernten. Die Kanzlei Meyer & Partner war eine renommierte Kanzlei für Strafrecht, in der jeder Anwalt Spezialist auf seinem Gebiet war. Luisas Schwerpunkt war im Wirtschaftsstrafrecht, was bedeutete, dass ihre Mandanten dafür bezahlten, wegen Betrugs, Spionage oder Korruption im Idealfall nicht ins Gefängnis zu gehen. Sie wurde nicht nach dem normalen Satz eines Strafverteidigers bezahlt, sondern erhielt von Fall zu Fall ausgehandelte Honorare. Dies wiederum ermöglichte es ihr, ein bis zwei kleinere Fälle als Pflichtverteidigerin anzunehmen, in denen sie nach Tarif bezahlt wurde. In der Kanzlei arbeitete neben den Partnern und Associates wie sie ein Steuerberater, denn wenn es um Steuerhinterziehung ging, benötigten sie einen Profi. Luisa war die einzige Frau, befand sich also doppelt und dreifach auf dem Prüfstand. Der Ausgang des Kopowski-Falls, dessen Verhandlung nächste Woche begann, würde maßgeblich mit in die Entscheidung fließen. Karriereleiter hoch oder raus.

Karl blickte auf die Uhr und sah sie an. Seine Stirn kräuselte sich, seine Haltung veränderte sich von besorgt zu beunruhigt, und seine Hand war schon einige Male zur Brille gewandert. Wenn sie noch rechtzeitig im Gericht ankommen wollte, musste sie jetzt los. Er drehte sich zum Schreibtisch und kritzelte etwas auf ein Blatt Papier. Während Luisa der verunsicherten Frau am Telefon bestätigte, dass das alles ihre Karten waren, las sie den Zettel.

Soll ich für dich einspringen?

Vehement schüttelte Luisa den Kopf und beendete das Gespräch. Was sie begann, führte sie zu Ende. Sie nahm ihre Aktentasche und streifte sich den Riemen über die Schulter.

»Luisa, ich finde, du solltest ... Schon gut. Ich kenne deinen Blick. Dir geht es prima und ich soll mich nicht einmischen.«

Sie grinste. »Du kennst mich zu gut.«

Bevor sie jedoch losmusste, gab es noch etwas zu erledigen. Ihre Karten waren gesperrt, Termine für das Erstellen eines neuen Ausweises und Führerscheins vereinbart. Zeit, sich um das zu kümmern, was bei diesem Überfall wirklich zu Schaden gekommen war. Abgesehen von ihrer Handtasche.

Ihr Ego.

Sie öffnete die Bürotür und blieb vor dem Schreibtisch der Sekretärin stehen. Passend zu Amelies Haarfarbe *du jour* überfluteten pinke Post-its die Bücher, den Monitor, das Telefon und den Schreibtisch selbst. Luisa hatte keine Ahnung, wie Amelie auch nur ansatzweise in diesem Chaos arbeiten konnte, aber es funktionierte. Vielleicht lag es am Alter, mit Anfang zwanzig sah sie das Licht am Ende ihres chaotischen Tunnels.

»Amelie?«

»Hm?«, antwortete diese und löste ihren Blick vom Monitor. Ein weiteres Amelie-Mysterium. Ihr Schreibtisch würde einen Messie zum Frohlocken bringen, sie sah sich den ganzen

Tag über nur Videos an, war aber zu einhundert Prozent zuverlässig. Jede Aufgabe erledigte sie akkurat und in Rekordzeit. Amelies Arbeitsweise war eins der großen Rätsel der Menschheit. Gleich hinter der Bedeutung von Stonehenge.

»Kannst du mir einen Gefallen tun? Privater Natur?«, fragte Luisa mit einem kurzen Seitenblick zu Karl, der daraufhin schulterzuckend verschwand.

»Klar, leg los.«

Ihre Finger, deren Nägel in grellem Pink lackiert waren, huschten über den Schreibtisch, ehe sie einen kleinen Block fanden. Neongrün. Ob diese Farbe für *privat* stand?

»Ich … also, ich bräuchte …«, begann Luisa und zog den Riemen ihrer Aktentasche unnötigerweise nach oben.

»Tampons?«, fragte Amelie fröhlich. Und laut. Sehr laut.

»Ich … Was?! Nein!«

Klar menstruierte Luisa, aber das würde sicherlich nicht in der Kanzlei thematisiert werden. Hier und vor Gericht war sie so wenig wie möglich weiblich.

»Schwangerschaftstest?«

»Psst, Amelie! Nein, ich würde gern einen Selbstverteidigungskurs belegen.«

»Ah, wegen heute Morgen, was?«

Luisa sah sie lediglich an. Diesem Kind fehlte es komplett an Achtung vor Obrigkeiten und älteren Menschen. Streng genommen vor Menschen generell. Aber sie war die Beste, und Luisa umgab sich gern mit den Besten.

»So einen für Frauen? Bei dem man sich vorher in den Armen liegt, sich liebhat und *Kumbaya my Lord* singt?«

Oh Gott, nein. Davon hatte Luisa in ihrem Leben mehr als genug gehabt. Für alle Zeiten genug.

»Nein«, sagte sie daher bestimmt. Und schnell. Zu schnell.

Amelie zog eine perfekt nachgemalte Augenbraue in die Höhe. Wenn Luisa sich ebenso würde schminken wollen wie Amelie, müsste sie gegen Mitternacht anfangen. Stattdessen verbrachte Luisa einen Großteil des Morgens damit, sich mit Nude- und Rosétönen so zu schminken, dass niemand sah, dass sie geschminkt war.

»Ich will einen *richtigen* Kurs. Ich will ernsthaft lernen, wie ich jemandem in den Arsch treten kann, wie ich ihm die Eier –. Egal. Ich will den Besten. Ich will nichts für Mädchen und noch heute Abend anfangen.«

Ja, der Überfall war ihr so gut bekommen wie eine Flasche Rum auf ex. Sie hätte frühestens ab neun Zeit, aber sie *musste* jetzt handeln.

Amelies Augen weiteten sich, ihre Lippen formten ein stummes Oh. Lag vermutlich daran, dass Luisa für gewöhnlich Dinge von ihr wollte wie: Amelie, bitte such mir das kommentierte Urteil Blablabla gegen Blabla aus der Fachzeitschrift *Jura zum Einschlafen* raus. Luisa hatte gewissermaßen einen emotionalen Ausbruch, was für sie untypisch war. Ihre Gefühle behielt sie für sich. Zumindest im Büro. Streng genommen auch zu Hause. Eigentlich immer.

Sie strich nicht vorhandene Falten vom Kostüm und nickte Amelie dann zu. Schnellen Schrittes verließ sie das Büro und war froh, dass sie immer etwas zum Wechseln dahatte, denn so würde niemand auf den Riss und den Blutfleck ihres alten Kostüms starren und in ihr das Opfer sehen, das sie partout nicht sein wollte.

Kapitel 2

Amelie sah ihrer Chefin nach. Woah, der Überfall musste krass gewesen sein. Sie hatte *Arsch* gesagt. In den drei Jahren Ausbildung, die sie bei Meyer & Partner zur Rechtsanwaltsfachangestellten absolviert hatte, und während ihres ersten Arbeitsjahres hatte sie Luisa »Die Knallharte« Elmas noch nie fluchen hören. Wenn sie Luisa in einem Wort beschreiben müsste, würde ihre Wahl auf *akkurat* fallen. Ihre dunkelbraunen Haare fielen immer in der exakt gleichen Föhnwelle über ihre Schultern, selbst ein Bad-Hair-Day hatte einen Höllenrespekt vor ihr, ihre Outfits waren stets faltenfrei und saßen wie angegossen, ihr dezentes Make-up schimmerte perfekt in ihrem wie aus Stein gemeißelten stoischen Gesicht. Würde Amelie es nicht besser wissen, würde sie denken, Luisa wäre Stammkundin beim Schönheitschirurgen, aber sie zeigte einfach nur keine Gefühle.

Amelie hielt nicht viel davon, Emotionen zu unterdrücken. Das waren alles Energiefelder, die sich im Körper einnisteten, und man musste sie schnell wieder loswerden, sonst blockierten sie einen. Amelie hatte einmal ein YouTube-Video über das Thema gesehen. Gut, der Typ, der es aufgenommen hatte, wirkte lebensfremd und sah aus wie Jesus, aber er hatte recht mit dem, was er sagte. Alles, was man in sich hineinfraß, blieb dort und vergiftete den Körper. Man musste die Emotionen transformieren und nach außen transportieren. Nachdem Jesus diese Weisheit von sich gegeben hatte, hatte er kurz innegehalten, geseufzt, um dann mit verträumtem Blick über das Thema Analmassagen zu sprechen.

Vielleicht sollte sie Luisa einen Termin bei diesem Guru buchen. Das würde ihr sicherlich guttun. Mal so richtig durchgevögelt zu werden. Sie wäre dann lockerer, würde mehr aus sich herausgehen. Ihre Energieflüsse wären befreit und gereinigt. Aber an Luisa Elmas' Höschen zu kommen, würde selbst der Analprofi nicht schaffen. Amelie seufzte und klickte mit einem langen Fingernagel auf die Maus. Der Bildschirm erwachte zum Leben, und sie schlug die Beine übereinander, wobei ihr kurzer Rock noch höher rutschte. Luisa war im Prinzip nicht ihr Problem, aber Amelie mochte sie. Luisa hatte ihr eine Chance gegeben und nicht versucht, sie zu verbiegen.

Sie öffnete den Internetbrowser, ihre Startseite war YouTube. In das Suchfeld tippte sie *Selbstverteidigung* und besah sich die verschiedenen Channels. Sie scrollte ein paar Minuten, ehe ihr eine Idee kam. Eine kosmisch-galaktische, ultrakrasse Idee. Sie würde Luisa den Besten der Besten raussuchen, keine Frage. Aber ganz nebenbei würde sie jemanden suchen, der gut aussah, hoffentlich Single war und Luisa ein bisschen aus der Reserve locken würde. Aufgeregt klickte sie durch die Channels. Schönlinge, Jünglinge und Poser verwarf sie. Die passten nicht zu Luisa. Sie brauchte jemanden, der ihr ebenbürtig war. Diese jungen Typen würde sie mit ihrem Babyöl übergießen und zum Frühstück verspeisen. Sie suchte jemanden, über den es möglicherweise auch etwas in Foren zu finden gab. Vor allem bezüglich seines Beziehungsstatus. Denn eine Ehefrau konnte sie in ihrem Plan überhaupt nicht gebrauchen.

Sie klickte ein weiteres Profil an und erstarrte.

Perfekt.

Steven »The Asskicker« Lee.

Selbst sie bekam Gänsehaut und einen feuchten Slip beim Anblick dieses dunklen, düsteren Typs. Er redete relativ wenig, was okay war, schließlich sollte er mit Luisa nicht über Gott und die Welt diskutieren. Er sollte sie nur flachlegen, und als er seine Muskeln anspannte, zweifelte Amelie keine Millisekunde daran, dass er genau das konnte. Sie tippte auf Pause und betrachtete ihn genauer. Seine Augen waren fast schwarz und blickten eindringlich in die Kamera. Der markante Kiefer spiegelte Verbissenheit wider, seine dunklen Haare hielt er kurz, nur auf dem Oberkopf waren sie ein wenig länger und sahen aus, als würde er sich ständig mit der Hand hindurchfahren. Als befände er sich in dem konstanten Zustand der Verzweiflung. Sein Kreuz war breit, seine Hüften einen Hauch schmaler, seine Beine kräftig. Seine Muskeln sahen nicht aus wie die eines Bodybuilders, eher ließen sie seinen Körper massig erscheinen. Und kräftig. Und stark. Wahrscheinlich war er so ein Mann, der sich nicht mit endlosem Vorspiel aufhielt, sondern der einen beim Küssen gegen die Wand presste, der einen mit seinem Körper vereinnahmte, um dann … Amelie räusperte sich. Es war unangebracht, mitten in der Kanzlei diese Gedanken zu haben, vor allen Dingen, wenn sie darüber fantasierte, wie ihre Chefin es mit diesem Typen trieb. Sie ließ das Video weiterlaufen.

Das Licht war zu einem schwachen Schimmer gedimmt, der von einer Ziegelsteinwand reflektiert wurde und den Raum in ein dunkles Rot tauchte. Der Typ stand in einer kurzen Trainingshose und einem schwarzen Shirt, das sich lecker über seine Brust spannte, auf einer Matte. Sein Körper war komplett still, aber dennoch schien er zu vibrieren, als würde er sich bereits in einer Zukunft befinden, in der er seine Schläge vollführte. Amelie rutschte noch ein bisschen näher an den Bildschirm heran. Das Vibrieren verstärkte sich. Immer näher schob sie sich. Plötzlich brüllte er, holte mit der Faust aus und haute dem Sandsack mit voller Wucht eine rein.

Amelie quiekte und wich erschrocken zurück.

Heilige Scheiße.
Das war Luisa in männlich.

❤

Steven »The Asskicker« Lee beendete das Telefonat und blickte gedankenverloren auf das Display seines Handys, das immer dunkler wurde, ehe es komplett schwarz glänzte und ihm nur noch sein eigenes Antlitz entgegenwarf. Es war verdammt lange her, dass jemand versucht hatte, ihn einzuschüchtern. Dazu gehörte mehr als die vermeintlich strenge Stimme eines gefühlt zwölfjährigen Mädchens am Telefon.

Wesentlich mehr.

Er warf das Handy auf den Tisch und stand auf. Noch nie hatte er privaten Trainingseinheiten zugestimmt, auch wenn er schon oft Anfragen erhalten hatte. Ruhelos durchquerte er die Küche des angemieteten Studios. Als er schließlich Ja gesagt hatte, war er einer inneren Stimme gefolgt. Nun, da er sie ergründen wollte, schwieg sie. Grollend verließ er die Küche und betrat den Raum, in dem er seine Clips drehte. Körperliche Verausgabung half ihm, die Anspannung loszuwerden, die ihn gelegentlich daran hinderte, Zugang zu seinen Gedanken zu finden. Er überprüfte die Kameraeinstellungen, checkte das Licht, aber seine Gedanken kreisten nach wie vor um die telefonische Anfrage.

Er hatte keine Ahnung, wie das Mädchen an seine Handynummer gekommen war. Sein bürgerlicher Name war Iljas Rick, was man über das Impressum seiner YouTube-Seite und Homepage leicht herausfinden konnte. Um an seine Handynummer zu gelangen, musste man schon einfallsreicher sein, denn sie war nirgends hinterlegt. Jemand mit entsprechenden

Kontakten käme ohne Probleme daran, und vermutlich war die Sekretärin einer Anwaltskanzlei das Epizentrum solcher Beziehungen.

Anwälte juckten. Sie kratzten. Sie ließen sein Innerstes beben und sein Blut wallen. Es war beinahe schon das oberste Gebot seines Berufs, Anwälte nicht leiden zu können. Er hielt inne. Seines *ehemaligen* Berufs, denn Iljas war kein Polizist mehr. Er war jetzt Steven »The Asskicker« Lee. YouTuber. Und genau dieser hatte nun die Chance, einem Anwalt gegenüberzustehen und ihn für all die verschwendeten Stunden Zeugenbefragung, Gutachtenauswertung und Täteranalyse büßen zu lassen.

Denn ein guter Anwalt holte seinen Mandanten raus.

Und wenn er noch so schuldig war. Heute wäre Iljas derjenige, der den Ton vorgab, der den Anwalt vorführte und ihm zeigte, wie es war, *wie es sich körperlich anfühlte,* angegriffen zu werden. Ein wehrloses Opfer zu sein.

Er hatte ein ziemlich klares Bild von einem Strafverteidiger aus der Kanzlei Meyer & Partner, der Selbstverteidigung lernen wollte und seine Sekretärin anrufen ließ, weil er selbst keine Zeit hatte. Oder weil er die Zeit des Telefonats als zu kostbar empfand. Er war ein feister, stämmiger Mittfünfziger mit schütterem Haar, dem auffiel, dass er neben Golfen und Segeln auch Selbstverteidigung lernen könnte. Und das möglichst schnell und gleich, denn er war es gewohnt, dass Menschen in seinem Umfeld genau das taten, was er ihnen mit einem Blick und dem Schnippen seines Fingers oktroyierte. Das alles war Iljas bereits während des Telefonates klar gewesen, und doch hatte er zugestimmt.

Er dachte an die letzte Verhandlung, der er vor fünf Jahren als Polizist beigewohnt hatte. Bevor aus Iljas Steven »The Asskicker« Lee geworden war. Es war ein schlimmer Fall gewesen. Ein Serienvergewaltiger. Wochenlang war Iljas hinter ihm her gewesen, ehe er ihn schließlich erwischt hatte. Der Strafverteidiger machte zu Beginn des Prozesses einen sympathischen Eindruck. Ruhig und besonnen. Wie jemand, der Kinder hatte und verstand, warum für den Kerl auf der Anklagebank selbst eine verdammt lange Zeit im Gefängnis noch zu gut war. Und dann nahm er den ersten Gutachter auseinander, stellte seine Kompetenzen infrage und Iljas wurde klar, worauf die Verhandlung hinauslief.

Freispruch aufgrund mangelnder Beweise.

Freispruch wegen eines Verfahrensfehlers.

Freispruch, Freispruch, Freispruch.

Letztendlich hatte der Strafverteidiger dafür gesorgt, dass ein Vergewaltiger auf freien Fuß kam. Das war Iljas' letzter Fall gewesen. Am gleichen Abend noch hatte er mit seiner Schwester Marie telefoniert und sie gebeten, seine Nichten Marissa und Leonie in einen Selbstverteidigungskurs zu schicken, denn wie schnell die trügerische Sicherheit des Alltags in Gefahr umschlagen konnte, wusste Iljas zu gut. Er musste dafür sorgen, dass wenigstens seine Familienangehörigen in Sicherheit waren, dass sie sich wehren konnten. Doch seine Schwester lebte in Bayern auf dem Land, einen derartigen Kurs gab es nur siebzig Kilometer weit entfernt in der nächstgrößeren Stadt. Marissa, seine ältere Nichte, sah die Situation mit der beneidenswerten Leichtigkeit einer Zwölfjährigen und schlug ihm vor, ein Video zu drehen. Iljas zögerte, aber Kampfsport war seine Passion. Während seiner Zeit bei der Polizei hatte er mit Krav Maga begonnen, einer speziellen Art des Nahkampfs. Schließlich hatte er sich darin zum Ausbilder fortgebildet und Kurse an der Polizeischule angeboten. Doch das hatte seinen Hunger nicht gestillt, sodass er weitere Kampfsportarten gelernt hatte. Er war mehr als fähig, ein Video zu drehen, und es ging um seine Nichten. Also tat er es. Er wollte ihnen Methoden zeigen, wie sie sich gegen Angreifer wehren konnten, denn wenn die Justiz, wenn *er* derart versagte, mussten die Mädchen sich selbst schützen können. Er versuchte, es ihnen per Link zu schicken, aber die Datei war zu groß. Marissa lachte und bat ihn um einen Augenblick Geduld. Schließlich schickte sie ihm per Mail einen Link. Sie hatte einen YouTube-Kanal eröffnet und ihm das Pseudonym Steven »The Asskicker« Lee verpasst. Iljas zögerte, lud aber den Clip in dem Wissen hoch, dass ihn außer seinen Nichten sowieso niemand sehen würde.

In weniger als einer Stunde hatte er mehrere Tausend Klicks. Was auch immer das bedeutete. Marissa rief ihn aufgeregt an und teilte es ihm mit. Iljas klemmte sich vor den Laptop und besah sich dieses YouTube einmal genauer. Das Portal war ihm kein Fremdwort, aber das Prinzip dahinter war ihm nicht klar. Währenddessen häuften sich die Klicks und die Kommentare. Das Ganze hatte von diesem Augenblick an relativ schnell ein Eigenleben entwickelt, welches ein knappes Jahr später das Ende seiner Laufbahn bei der Polizei mit sich brachte.

Er war jetzt YouTuber.

Peinlich einerseits. Lukrativ andererseits.

Anfangs war er sich wirklich dämlich dabei vorgekommen. Er war immerhin ein gestandener Mann und kein Teenie mit Selbstverwirklichungsdrang, Akne und Zahnspange, aber als die Zahlen auf seinem Konto höherkletterten als jemals bei der Polizei, hörte er auf, sich so zu fühlen. Alles, was er für das Geld tun musste, war, in Form zu bleiben und sein Können in

Bezug auf Selbstverteidigung zu präsentieren. Ein Witz. Iljas schwang keine Reden, er checkte den Sitz seiner Haare nicht, bevor er die Kamera anschaltete. Er konzentrierte sich lieber darauf, die Technik sauber und einwandfrei zu präsentieren. Und anhand der Kommentare sah er, dass seine Taktik wirklich aufging. Sowohl Frauen als auch Männer bestätigten, dass sie sich dank ihm hatten verteidigen können. Um es kurz zu sagen: Es lief bei ihm.

Warum also hatte ihm sein Instinkt geraten, einer Stunde mit einem Strafverteidiger zuzustimmen? Er war nicht darauf angewiesen. Er hatte mit der Sekretärin noch nicht einmal ansatzweise ein Honorar ausgehandelt. Vielleicht war für ihn dieses Zusammentreffen eine Art Abschluss einer Karriere, die dem Schutz von Menschen gewidmet gewesen war und in Frustration geendet hatte.

Kapitel 3

Die Autoreifen holperten über das Kopfsteinpflaster, das Licht der Scheinwerfer glitzerte in den Wasserpfützen und Luisa dankte dem Luxusbautrend, dass ihr Wohnhaus eine Tiefgarage besaß. Jeden Abend in Berlin-Mitte einen Parkplatz zu suchen, würde mehr Zeit in Anspruch nehmen, als sie schlief. Oder arbeitete.

Aufmerksam lenkte sie den Wagen durch die Schöneberger Straßen und betete, dass einer der Anwohner noch einmal losmusste. Um einundzwanzig Uhr relativ unwahrscheinlich, aber nicht unmöglich. Sie sollte den Halter eines der Fahrzeuge ausfindig machen, dort anrufen und erzählen, dass die Großmutter im Krankenhaus lag. Okay, das war übertrieben. Und geschmacklos.

Aber gut.

Sie bog links auf die Hauptverkehrsstraße, um die nächste Straße gleich wieder links zu fahren. Wie sie es seit zwanzig Minuten tat. Sie würde definitiv zu spät kommen, denn der Selbstverteidigungskurs hatte vor fünf Minuten angefangen. Immerhin war ihr warm, sie hatte die Lüftung voll aufgedreht und die Sitzheizung auf Backofentemperatur gestellt. Endlich sah sie in einer Reihe parkender Autos ein oranges Licht aufblinken und tippte auf das Gaspedal. Der Wagen beschleunigte und sie hielt in Höhe des anderen Autos. Geduldig wartete sie, bis der Mann sich in seinen Wagen gezwängt und ausgeparkt hatte.

Endlich, endlich stand ihr Auto und sie konnte den Knopf drücken, der den Motor und gleichzeitig ihr Gehirn ausschaltete. Sie lehnte sich kurz in den warmen Sitz. Was für ein Tag. Der Überfall, der Gerichtstermin, bei dem sie ihr Plädoyer gehalten hatte, welches sie aufgrund von Zeugenaussagen und Gutachten immer wieder hatte umschreiben müssen, und nun würde sie kämpfen lernen. Vielleicht fand aber auch erst eine Art Vorgespräch statt. Damit er wusste, wo sie stand und sie gemeinsame Ziele erarbeiten konnten. Oder so. Luisa nahm die Einkaufstasche vom Beifahrersitz und öffnete die Tür. Amelie war so umsichtig gewesen und hatte Luisa Sportbekleidung gekauft, denn mit dem hautengen Kostüm würde sie noch nicht einmal dann vom Boden aufstehen können, wenn neben ihr ein Blindgänger entschärft werden würde.

Sie spannte ihren Regenschirm auf, wobei sich das Logo der Kanzlei entfaltete, und eilte die Straße entlang. Immer wieder blickte sie hinauf zu den Zahlen an den Hauswänden. Und dann stand sie vor dem Eingang der Goerz-Höfe. Luisa hatte schon mehrfach in der Zeitung darüber gelesen und sich jedes Mal vorgenommen vorbeizufahren, denn sowohl die Architektur als auch die Geschichte der Gebäude waren bemerkenswert. Bereits gegen Ende des 19. Jahrhunderts wurde das erste Gebäude für den kleinen Familienbetrieb Goerz gebaut, der dort Linsen und Kameras herstellte. Durch den großen wirtschaftlichen Erfolg wurde das Ensemble in den darauffolgenden Jahren sukzessive erweitert. Während der Gründerzeit wurden Elemente aus der Renaissance und des Barocks vereint und selbst für Industriegebäude prächtige Fassaden geschaffen. So die Zeitung.

Luisa betrat den ersten Hof und betrachtete die Klinkermauern, die Rundbögen über den Fenstern, zwischen denen sich geschwungene Ornamente rankten, die an den Pilastersäulen endeten. Sie fühlte sich inmitten dieser massiven Architektur klein und unbedeutend. Als zähle sie nicht wirklich im Gefüge des Universums, als wäre ihre Anwesenheit auf diesem Planeten kaum mehr als ein Wimpernschlag. Sie gab sich einen Ruck und ging weiter in den zweiten Hof, der seitlich schräg auslief, wie ein Haus mit einem verrutschten Dach. Hier mussten sich die Räume der Kampfschule befinden. Langsam ging sie weiter. Aus wenigen Fenstern sickerte dumpfes Licht in den Hof und ihre Absätze rutschten immer wieder auf dem nassen Kopfsteinpflaster. An High Heels hatte man beim Bau der Höfe offensichtlich nicht gedacht. Zwischen zwei Gebäuden in Backsteingotik befand sich ein schmalerer, halbkreisförmiger Anbau, ebenfalls mit Rundbogenfenstern versehen. Sie ging darauf zu. Neben der schweren Holztür mit Giebel war ein Klingelschild. Luisa hätte sich keinesfalls gewundert, den Namen *Graf Dracula* darauf zu lesen. Die Atmosphäre war drückend und, ja, sie gab es zu, beängstigend. Aber sie ging schließlich in eine Kampfschule, nicht zur Tupperwareparty.

Sie suchte auf der Klingel und fand schließlich ein vergilbtes *I.R.*, wo sie laut Amelie klingeln sollte. Also wirklich, für eine professionelle Selbstverteidigungsschule war die Außenwerbung ein bisschen mau. Aber vielleicht war das hier eine Art Geheimtipp, der Frauen unter der Hand weitergegeben wurde? In Berlin war alles möglich.

Es summte und sie stemmte ihre Schulter gegen die Tür. Quietschend öffnete sie sich und ein modriger Geruch schlug ihr entgegen. Sie drückte auf den alten, schwarzen Lichtschalter, aber es geschah nichts. Es war dämlich von ihr, gleich heute mit Selbstverteidigung zu beginnen, aber die Angst durfte kein Teil von ihr werden. Sie wollte später nicht im Bett liegen und spüren, wie sich etwas in ihr breitmachte, das sie nicht beherrschen konnte. Oder mitten in der Nacht aufwachen, weil ihr jedes Geräusch durch Mark und Bein fuhr. In ihrem Wohnhaus wurde Sicherheit großgeschrieben und einzubrechen war nahezu unmöglich, aber das alles bedeutete nicht, dass er es nicht *versuchen* würde. Dass er, das gesichtslose Wesen, heute Nacht nicht an ihrer Tür stehen und versuchen würde, sich selbst in ihre Wohnung zu lassen. Luisa schauderte, während sie die Treppe nach oben stieg. Eine Tür flog auf und sie erkannte die Umrisse eines Mannes. Luisa kniff die Augen zusammen, das plötzliche Gegenlicht blendete sie in der Dunkelheit des Flurs.

»Hallo, mein Name ist Luisa Elmas. Ich bin hier wegen des Selbstverteidigungskurses«, sagte sie.

Sie bückte sich und ließ den Regenschirm aufgespannt vor der Tür stehen. Für einen Augenblick verharrte der Mann regungslos, ehe er brüsk nickte und die Tür weiter aufstieß, sodass sie sich zwischen dem Rahmen und seinem massigen Körper durchquetschen musste. Ganz offensichtlich war er nicht der führende Knigge-Experte. Sie schüttelte sich leicht und rieb sich die Arme.

»Es regnet wie aus Kübeln«, sagte sie.

Wetter, Kälte, extreme Wärme waren gute Eisbrecher. Sie erwartete, dass er so etwas sagte wie: »Oh ja, hört gar nicht mehr auf«, sie würde zustimmen, eine Floskel ergäbe die nächste und dann würden sie das Thema wechseln.

Aber er schwieg. Sein Äußeres überraschte sie. Er war groß, hatte dunkle Haare, dunkle Augen und sah aus, als sollte er ihr Stammkunde sein. Es war klischeehaft, aber sie hatte einen Asiaten erwartet, der sie mit zusammengepressten Handflächen und einem leicht nach vorn gebeugten Oberkörper begrüßte. Oder wenn schon keinen Mr. Myagi, dann wenigstens einen Mann mit langen Haaren, der auf subtile Art die asiatische Lebensweise verkörperte. Mit einem aufgepumpten, wortkargen Oberbefehlshaber, der während der Suche nach Steroiden seine gute Laune verloren hatte, hatte sie nicht gerechnet.

»Ich bin richtig, oder?«, fragte sie, denn der Mann stand immer noch regungslos an der Tür und musterte sie.

»Ja«, sagte er schließlich, drückte sich vom Rahmen weg und schloss die Tür.

»Sind Sie der Lehrer?«

Sagte man Lehrer? Oder besser Sensei? Oder Yes, Sir?

»Ja.«

In Plauderlaune war er nicht, aber das war ihr egal. Sie vermutete, dass er die Übungen vorzeigte und sie diese mit ihrem Partner oder ihrer Partnerin ausführen würde. Solange diese Person nicht genauso einsilbig war, kam sie mit dem Antilehrer des Jahres schon klar.

»Wo findet der Kurs statt?«

»Hinten«, sagte er knapp und deutete einen düsteren Flur entlang.

Luisa folgte seinem Blick und hielt die Luft an. Vergeblich versuchte sie weitere Stimmen auszumachen, hörte aber nichts. Oh-oh. Gab es überhaupt weitere Kursteilnehmer? Ihr Tag war so vollgepackt gewesen, dass sie Amelie nicht weiter zu dem Kurs befragt hatte. Luisa hatte einfach angenommen, dass er in irgendeiner schicken Schule stattfand, wo man vorher nett Latte Macchiato trank und plauderte, bevor man sich gegenseitig an den Kragen ging.

Sie räusperte sich und drehte sich um. Erschrocken wich sie zurück. Der Mann stand direkt vor ihr und starrte aus dunkelbraunen Augen, die sie an Espresso erinnerten, auf sie hinab.

»Es tut mir leid, dass ich zu spät bin. Wie Sie sehen, müsste ich mich auch noch umziehen«, sagte Luisa und deutete auf ihr Kostüm.

Er schwieg.

Okay. So langsam ging ihr sein Gehabe mächtig auf die Nerven. Sie ging noch einen Schritt auf ihn zu. Zwischen ihre Körper passte gerade noch einer von Amelies pinken Notizzetteln. Luisa legte ihren Kopf leicht schief und sah ihn prüfend an.

»Gibt es hier eine Möglichkeit zum Umziehen oder nicht?«, fragte sie und sprach dabei langsam und deutlich. Als versuchte sie den Urzeittierchen, die man in Aquarien züchten konnte, Kunststücke beizubringen. Er nickte in die Richtung einer Tür, bewegte sich aber sonst keinen Millimeter. Luisa löste sich aus seinem starren Blick und ging zur Umkleidekabine. In diesem Moment bemerkte sie etwas: Der Boden war sauber. Keine Fußabdrücke, trotz des Regens. Also entweder waren die anderen Teilnehmer in den Raum geflogen und verhielten sich aus Ehrfurcht vor dem Arschloch-Sensei mucksmäuschenstill oder aber es gab keine. Sie war allein mit dem Mann, der so herzlich wie Packeis vor der Klimaerwärmung war. Nachdem sie sich in dem kleinen Raum eingeschlossen hatte, der in seinem ganzen Leben noch nie eine Umkleidekabine, sondern schon immer eine Besenkammer gewesen war, zog sie ihr neues Handy hervor und tippte eine Nachricht an Amelie. Seinen Namen nicht zu kennen, verschaffte ihr einen Nachteil, den sie ausmerzen musste. Der Tag, an dem Luisa Elmas sich einschüchtern ließ, war der Tag, an dem man für Steuerhinterziehung Lollis und Plüschtiere bekam. Am liebsten hätte sie veranlasst, den Typen da draußen auf Herz und Nieren zu überprüfen. Vielleicht hatte er seine Kampfkunstkenntnisse ja aus dem Knast, in dem er sieben Jahre wegen Totschlags gesessen hatte? So oder so, sie musste diesen Kurs nicht bei ihm belegen. Sie lebte in Berlin. Es gab unzählige Kampfschulen.

Mit anderen Menschen.

Mit *netten* Menschen.

Ihr Handy vibrierte, und sie öffnete Amelies Nachricht.

Steven »The Asskicker« Lee.

Nicht wirklich, oder? Das war mit Abstand der schlechteste Künstlername, den sie je gehört hatte. Da konnte sie sich auch gleich Elisabeth »The Badass-Lawyer« Thatcher nennen. Hmm …

Weil sie schon einmal hier war und fünfunddreißig Minuten lang einen Parkplatz gesucht hatte, würde sie ihm nun sechzig Minuten geben, um sie davon zu überzeugen, dass er gut war, ansonsten würde sie Amelie beauftragen, eine neue Schule zu suchen. Ihre Zeit war zu kostbar für solche Allüren. Sie band ihre Haare zu einem hohen Zopf zusammen. Resolut schlüpfte sie aus dem Kostüm und verstaute es fein säuberlich zusammengelegt in einem Regal, in dem sich ausschließlich Putzmittel befanden. Gedanklich war sie immer noch dabei, Steven Lee Obszönitäten an den Kopf zu werfen. Sollte er doch sagen, wenn er keine neuen Kunden wollte. Sie griff in die Einkaufstasche und fand nichts.

Sie wühlte weiter.

Nichts.

Dann in der hintersten Ecke der Tüte streiften ihre Fingerkuppen über etwas. Verwundert blickte Luisa hinein. Als sie die hauchzarten Stofffetzen sah, erstarre sie.

Nein.

Nein, nein, nein.

Das durfte nicht wahr sein. Sie hielt eine schwarze lange Leggins aus der Kinderabteilung und ein bauchfreies Oberteil in der Hand. In Pink. So würde sie nicht zum Arschtreter rausgehen – noch nicht mal für Geld. Wie hatte Luisa so dämlich sein können, keinen Blick in die Tüte zu werfen? Amelie kam nackt zur Arbeit. Dass die Hose lang war, war vermutlich bereits ein Zugeständnis an Luisas *Alter*.

Luisa sah sich um. Ein Wischmopp. Mit dem konnte sie nichts anfangen. Haushaltsrolle. Daraus könnte sie etwas basteln, aber das würde reißen. Mehrere Putzlappen. Sie konnte sie aneinanderbinden und dann … Das war sinnlos.

Sie würde jetzt aus der Umkleide des Grauens gehen wie die selbstbewusste Frau, die sie war. Fünfzig Prozent ihres Sportoutfits war ja ganz in Ordnung: die Hose. Und die würde sie nun anziehen.

Nachdem sie unter Aufbietung ihrer ganzen Kraft die zweite Haut über ihre erste gestreift hatte, war sie schweißgebadet. Es gab nicht mal einen Spiegel, in dem sie beobachten könnte, wie sich die Hose geradewegs in ihre Poritze fraß. Luisa hob das pinke Ding hoch. Es war kaum mehr Stoff als ihr BH, und sie überlegte, ob sie den dafür ausziehen musste, entschied sich dann aber dagegen. Ihre Möpse würde sie mit zehntausend Schichten vor den Blicken des Arschtreters bedecken. Sie schlüpfte in den Hauch von nichts und renkte sich dabei fast den Arm aus.

Nein. Das ging wirklich nicht. Zwischen das Ende ihrer Brust und dem des Tops passte ein Haar. Gerade so. Wenn sie nieste, lägen ihre Brustwarzen blank. Mist. Sie würde ihre Bluse drüberziehen, die oberen Knöpfe offen lassen und sähe dann ansatzweise sportlich aus.

Vermutlich würde er ihr sowieso erst einmal ein paar Grundtechniken beibringen.

❤

Als die Anwältin endlich den Trainingsraum betrat, war es Viertel vor zehn und Iljas' Laune aus mehreren Gründen auf dem Tiefpunkt.

Erstens war er nicht auf eine Frau vorbereitet, zweitens kam sie zu spät und drittens verhöhnte ihr Outfit alles, woran er in Bezug auf Kampfsport glaubte. Sie stand auf seiner Matte und trug eine Bluse. Eine Seidenbluse. Als wäre sie nur so zum Spaß hier. Ihre Füße waren nackt und der rote Lack auf den Nägeln erweckte den Eindruck, als befände sie sich auf einem Yoga-Retreat. Wütend marschierte er zu einem der Metallregale in der Ecke des Raums.

»Hier«, sagte er und warf ihr eins seiner T-Shirts zu. Fester als nötig, aber sie reizte ihn.

»Danke, aber es geht so«, sagte sie und warf ihm das Shirt energisch zurück. Ihr Ton war um einiges schärfer. Als hätte sie in der Besenkammer beschlossen, dass die Zeit der Nettigkeiten vorbei war. Nun, das konnte sie haben. Er sah abschätzend zu ihr hinab.

»Du bist auf meiner Matte, also gelten meine Regeln«, sagte er. Bei der persönlichen Ansprache versteifte sie sich. Er würde sie nicht siezen, denn das würde bedeuten, dass er sie respektierte. Das hatten Anwälte nicht verdient. Oder Anwältinnen. Erwartet hatte er einen dicken alten Mann, der auf seinem Geld zu ihm geschwommen kam. Tatsächlich schien Luisa Elmas ein bisschen jünger als er zu sein, vermutlich Mitte dreißig. Ihre Haut war olivfarben, die Haare schimmerten dunkelbraun, fast schwarz, ihre blauen Augen standen in starkem Kontrast dazu. Ihr Gesicht war markant, zum einen wegen der Form, zum anderen wegen des herrischen Ausdrucks. Sie war keine dieser zarten Schönheiten. Und doch, hätte er sie in einer Bar getroffen, hätte er versucht, bei ihr zu landen, denn sie war eine energiegeladene Frau, die wusste, was sie wollte. Dass er sie anziehend fand, ärgerte ihn. Er wollte sie nicht sympathisch finden. Nichts von ihr. Allein für ihre Berufswahl würde er sie bluten lassen.

Im übertragenen Sinn. Auf der Matte. Es war ihm essenziell wichtig, all seinen Ärger über alle Strafverteidiger, die er im Lauf seines Berufslebens getroffen hatte, an ihr auszulassen. Ihr Schweiß wäre seine Genugtuung.

Ihre Schmerzen seine Freude.

»Hören Sie, ich glaube, wir sollten das lassen. Ich weiß nicht, was los ist, ob Sie Ihren Gute-Laune-Tee nicht lange genug haben ziehen lassen oder mich als zahlende Kundin in Ihrer Schule nicht haben wollen. Ich werde jemanden finden, der mir beibringt, wie ich –«

Schnell ging er auf sie zu, packte ihre Schultern und stieß ihr die Beine weg. Sie wäre umgefallen wie eine Dose auf dem Jahrmarkt, wenn er sie nicht festgehalten und ihren Körper zu Boden begleitet hätte. Er kniete sich neben sie, sein rechtes Bein war nur Millimeter von ihrer Schulter entfernt. Ihre Augen waren weit aufgerissenen. Er war dem gleichen Impuls gefolgt, mit dem er überhaupt erst dieser Stunde zugestimmt hatte. Als ob alles an diesem Treffen seinen Verstand verstummen ließ. Und jetzt lag sie vor ihm. Hielt die Luft an. War schockiert und sich vermutlich jedes noch so kleinen körperlichen Unterschieds bewusst.

Er stellte sich vor, wie Frau Elmas durch den Gerichtssaal

stolzierte und Polizisten niedermachte. Es war, als würde etwas in ihm schreien. Eine Stimme. Ein Wesen, das er nicht kannte. Er ließ sie los und stand schnell auf. Zu sehr misstraute er sich selbst. Er sollte sie wegschicken. Ihr sagen, dass er niemanden annahm, aber verdammt, er konnte nicht.

»Du kannst jemand anders finden, aber niemanden, der so gut ist wie ich. Deine Entscheidung«, sagte er daher.

Sie stütze sich auf den Ellbogen ab. Es arbeitete in ihr. Sie war es gewohnt, das Beste zu bekommen, das sah er ihr an. Und hier stand er. Machte keinen Hehl daraus, dass er sie nicht leiden konnte und trotzdem wollte, dass sie sich an ihn band. Wie ein Pakt mit dem Teufel. Woher seine Abneigung rührte, konnte sie nicht wissen, aber spüren würde sie sie trotzdem.

»Ich bleibe, aber ich werde mich nicht umziehen. Wenn Ihnen das nicht passt, gehe ich.«

Gut. Dann würde sie sehen, wie lange eine Seidenbluse seinen Angriffen standhielt. Beim ersten abspringenden Knopf würde sie ihn sicher verklagen.

❤

»Was nun folgt, ist im Prinzip einfach.«

Ha. Was nun folgen würde, war die größte Lüge der Menschheit, und Luisa wusste, wovon sie sprach. Sie hatte diese Floskel schon zigtausend Mal in ihrem Leben angewandt und wusste, was danach kam, würde so schwer werden, wie die Chinesische Mauer um drei Meter zu versetzen. Wenn etwas einfach war, sagte man es. Wenn es verdammt kompliziert war, redete man es vorher schön.

Sie ließ sich keuchend auf den Boden fallen. Sie war fix und fertig, ihre Bluse völlig ruiniert. Luisa bezweifelte, dass sie fünf

Liter Schweiß rauswaschen konnte. Und selbst wenn, war da immer noch der lange Riss an ihrer Schulter. Um ehrlich zu sein, hatte sie sich die Stunde anders vorgestellt. Stattdessen hatte der Arschtreter – ernsthaft, er hätte ein Existenzgründerseminar besuchen sollen, denn dort hätte man ihm zu einem anderen Namen geraten – sie dreitausendmal auf diesen Sandsack schlagen lassen. Ihr Handgelenk brannte, ihre Lungenflügel waren kurz vorm Kollabieren und ihre Beinmuskeln waren nach dem siebentausendsten Kick schreiend aus dem Raum gerannt.

Und das waren nur die Aufwärmübungen gewesen.

Die *Auf-wärm-ü-bun-gen*.

Das war kein Selbstverteidigungskurs. Das war Folter und kam gleich nach Waterboarding. Oder davor. Ihr taten Muskeln weh, von deren Existenz sie all die Jahre nichts gewusst hatte, und das Gefühl, dass der Arschtreter sie nicht ausstehen konnte, wuchs mit jeder schweißtreibenden Minute. Während ihres Martyriums am Sandsack hatte er sie ununterbrochen korrigiert, belehrt und zu mehr Leistung angetrieben, als würde er sich in ihrem Schmerz suhlen und nur darauf warten, dass sie aufgab. Aber da hatte er sich mit der Falschen angelegt. Am liebsten würde sie diesen dämlichen Sack aufschlitzen, den Inhalt rausschütteln und ihn reinstopfen. Anschließend würde sie mit Freuden und wesentlich mehr Elan fortfahren.

»Hast du mir zugesehen?«, fragte er, nachdem er wieder vor ihr stand. Seine Hände hatte er in die Hüften gestemmt, kaum ein Tropfen Schweiß befand sich auf seiner Haut. Die Bewegungsabläufe, die er ihr zeigte, waren nichts für Anfänger, ein Scheitern ihrerseits war vorprogrammiert, aber sie würde es versuchen.

»Ich werde dich nun angreifen und du wehrst mich ab«, fuhr er fort, ohne ihre Antwort abzuwarten.

Ein wenig elegantes Geräusch entfuhr ihrer Kehle. Nun, da sie ihrer High Heels beraubt war, überragte er sie um die Länge des Pariser Eiffelturms. Außerdem schätzte sie, dass er um die hundertzwanzig Kilo wog. Das waren fast sechzig Kilo mehr als sie. Er war zweimal sie. In jeder körperlichen Hinsicht. Außer vielleicht ihrem Hirn. Was bedeutete, dass sie in dem Versuch, ihn abzuwehren, nicht nur ihren Körper benutzen durfte, sondern vor allem ihren Verstand. Wobei sie vermutlich sogar den rausgeschwitzt hatte, denn mal ehrlich, warum war sie überhaupt noch hier? Wie bescheuert war sie eigentlich, dass sie nicht aufstand und ging? Ha, weil sie nie und nimmer die Kraft hatte, sich hochzuhieven.

»Steh auf«, sagte er.

Scheiße.

Sie benötigte zwei entwürdigende Anläufe, doch schließlich wankte sie so sicher vor ihm, wie die Flamme eines Streichholzes bei Windstärke zehn.

»Du darfst nicht versuchen, gegen mich zu kämpfen, sondern mit mir.«

»Klar.«

Das würde ein Kinderspiel werden. Wie er zu Beginn gesagt hatte: ganz einfach.

Ohne Vorwarnung holte er aus, reflexartig hob sie den Arm und seiner traf mit Wucht auf ihren. Der Schmerz zog sich bis in ihre Haarspitzen und nur mit allergrößter Mühe konnte sie einen Aufschrei verhindern. Und er hatte sich zurückgehalten.

Nicht aufgeben, schrie es in ihr, während er weiter auf sie zuging, erneut ausholte und sie erneut den Arm hob. Wenn das vorbei war, würde sie ihren malträtierten Hintern nach

Hause schleppen, duschen und ihm bei Google die schlechteste Bewertung aller Zeiten verpassen.

»Das war falsch«, sagte er und ließ seinen Arm sinken.

»Ach was«, stieß sie zwischen zusammengepressten Zähnen hervor.

»Du hast versucht, meinen Schlag abzublocken.«

»Das ist mir aufgefallen.«

Was hätte sie sonst tun sollen? Unter den Achseln kitzeln? Ihm auf den Fuß treten?

»Ich zeige dir, wie es richtig geht. Greif mich an.«

Das war ein Albtraum. Einer, aus dem man nicht einfach aufwachte. Aber sie musste bleiben. Während der Schläge auf den Sandsack war immer wieder ihr Sichtfeld verschwommen, weil sie sich körperlich noch nie so verausgabt hatte. In diesen Momenten, als es nur sie und die Schläge gab, hatte sie immer wieder dieses vermummte Gesicht gesehen. Sie *musste* wissen, wie sie sich verteidigen konnte. *Er* würde sonst zu ihrem Begleiter werden. Sie verfolgen und ihr Angst einjagen. Das durfte sie nicht zulassen. Also holte sie aus und schlug zu. Selbst in ihren Augen war ihr Angriff so wirksam, als stamme er von einer Zweijährigen. Sie fiel nicht gegen ihn, sondern ins Leere, taumelte und stütze sich an der Wand ab. Ihr Handgelenk pochte und mittlerweile schmerzte auch der Kratzer an ihrer Hüfte.

Alles in allem konnte man ihren Zustand ruhigen Gewissens als völlig desolat bezeichnen. Sie konnte nicht mehr.

Aus. Ende. Luisa »The Badass-Lawyer« Elmas war hinüber.

Es zu sagen, vermochte sie jedoch nicht. Sie lehnte ihre Wange gegen die kühle Ziegelmauer und hätte am liebsten geweint. Sie würde sich nicht einmal gegen eine Neunzigjährige mit Arthritis wehren können. Doch Luisa biss die Zähne zusammen und drückte sich von der Wand ab. Sie drehte sich um, sah ihm fest in die Augen und hob die rechte Hand. Mühelos umschloss er ihr Handgelenk und hielt es über ihren Kopf.

Sie war eingekeilt. Schon wieder.

Ihr Puls raste. Ihr Brustkorb verengte sich, sie hatte Mühe zu atmen. Sie sah das Bandana vor sich, spürte die Hand auf ihrer Brust, wie sie zudrückte, sah die Augen, wie sie schwarz vor Lust wurden. Immer schneller zog sie die Luft in ihre Lungen, immer weniger Sauerstoff kam dort an. Diffus versuchte sie sich mit der anderen Hand zu wehren. In ihren Ohren rauschte es.

»Stopp«, sagte sie atemlos.

»Ein Angreifer hört nicht einfach auf.«

Seine Stimme verschwamm zu einem dumpfen Surren im Hintergrund. Sie schüttelte sich, versuchte ihr Gehirn daran zu erinnern, dass sie sich in Sicherheit befand.

»Lass mich los. Jetzt«, sagte sie, und zu ihrer Bestürzung waren die Verzweiflung in ihrer Stimme, die Tränen, die sie sich nicht erlaubt hatte, und die Wut darüber, ein Opfer zu sein, gut hörbar. Für jeden in diesem Raum.

Sogar für den Sandsack. Erst recht für den Arschtreter.

Er wich einen Schritt zurück und sie sackte in sich zusammen. Schob die Arme schützend vor ihre Körpermitte. Sie versuchte, sich zu sammeln, und ihren Atem zu kontrollieren. Schlimmer als Tränen wäre eine Ohnmacht. Langsam, langsam gelang es ihr zurückzukehren. Ins Hier und Jetzt. Ihre Umgebung, der Arschtreter, ihr Körper waren ihr nun wieder so bewusst wie zuvor. Sie richtete sich auf und rieb ihr immer noch schmerzendes Handgelenk.

»Habe ich dich verletzt?«

Himmel, ja! Allein schon der Kampf um Leben und Tod mit dem Sandsack würde ihr noch wochenlang wehtun.

Aber gerade war es ihr Stolz, der schmerzte.

Und ihr Handgelenk.

Ihre Hüfte.

Ihre Beinmuskulatur.

Die Arme.

Okay, ihr ganzer Körper bestand aus Schmerzen.

Sie *war* Schmerz. Grundgütiger.

»Nein«, sagte sie und ihre Stimme zitterte immer noch. Sie hob die Hand, um endlich diese dämlichen Tränen wegzuwischen, denn sie gehörten nicht zu ihr. Blitzschnell packte er ihren Arm und zerrte die Bluse hoch. Der Knopf an ihrem Handgelenk riss ab und flog geräuschlos zu Boden.

»Scheiße, was ist das?«

Scheiße, was war das?! Das sah schlimm aus. Sie hatte es gar nicht so in Erinnerung. Vielleicht hätte sie doch jemanden draufschauen lassen sollen, der sich mit Verletzungen auskannte. Quasi studiert hatte.

»Ein Bluterguss«, sagte Luisa und machte einen Schritt zur Seite. Sie benötigte einen Augenblick ohne seinen überpräsenten Körper, um wieder so zu werden, wie sie war, bevor sie diese Folterkammer betreten hatte.

»Ist das heute passiert?«, fragte Iljas, ließ los und wich vor ihr zurück, als würde er spüren, dass sie Raum brauchte.

»Ja«, sagte Luisa.

»Gerade?«

Luisa sah zu ihm auf. Er fuhr sich mit der Hand durch die dunklen Haare, öffnete den Mund, blieb jedoch stumm. Jetzt, da die Fassade der Wut durch Bestürzung abgelöst wurde, war die Mimik seines Gesichts eine Nuance freundlicher. Sie sah ihm fest in die Augen.

»Ich wurde heute Morgen überfallen.«

Zischend atmete er aus, ehe er sie wütend anfunkelte. Schwups, weg war die Freundlichkeit.

»Warum sagst du mir das nicht?«

»Hm, lassen Sie mich kurz überlegen. Vermutlich, weil Sie nicht gerade die personifizierte Höflichkeit sind, Herr *Arschtreter*.«

»Ich heiße Iljas«, sagte er und ging dann den dunklen Flur entlang. Nach wenigen Sekunden kehrte er mit einem Kühlpack zurück und reichte es ihr.

»Setz dich.«

Zögernd sah sie auf die schlichte, weiße Uhr, die sich über der Tür befand. Kurz vor elf. Es wäre besser zu gehen, aber … sie fühlte sich noch nicht bereit dazu. Einen kurzen Augenblick der Ruhe würde sie sich gönnen, warten, bis der Schmerz im Handgelenk abgeklungen und ihr Puls im zweistelligen Bereich angekommen war. Sie sank auf den Boden und lehnte ihren Rücken gegen die Wand. Er setzte sich ihr gegenüber. Seine Knöchel locker überkreuzt, die Ellbogen auf die Knie gelegt. Er trug ein schwarzes schlichtes T-Shirt und eine graue Trainingshose. Seine Füße waren nackt. Das Licht im Raum schummrig und Regen prasselte gegen die Scheibe. Sein Blick war direkt auf sie gerichtet und Luisa ahnte nichts Gutes.

»Erzähl«, forderte er sie auf.

»Ich bin überfallen worden.«

»Das erwähntest du bereits.«

Sie schwieg eisern und sah ihn an. Stille war meistens gut, um den anderen dazu zu bringen, das Gesagte zu reflektieren.

»Würdest du mir *bitte* erzählen, was passiert ist?«, fragte er und klang, als liefe Säure seine Kehle hinab.

»Warum?«, fragte sie.

»Weil es mich interessiert.« Noch ein Schluck Säure.

Sie sah ihn an. Er sah sie an. Luisa seufzte.

»Ein Mann hat mir vor dem Büro meine Handtasche geklaut und ich habe festgestellt, dass ich mich nicht verteidigen kann, wenn es darauf ankommt. Also bin ich hier.«

Das war die Kurzversion. Die Sache mit der Brust ging niemanden etwas an.

»Wo hat er dich verletzt?«

Sie hob ihr Handgelenk und winkte damit. Sie spürte, wie sie immer mehr sie selbst wurde.

»Wie ist es dazu gekommen?«

»Weil ich offensichtlich keine Selbstverteidigung kann«, sagte Luisa.

Jep, sie war wieder voll da.

Er presste Daumen und Zeigefinger kurz auf seine Augenlider und sah dann wieder zu ihr.

»Es gab eine konkrete Situation, in der du nicht wusstest, wie du dich verhalten sollst. Schildere sie mir bitte, damit ich dir helfen kann.«

Luisa zögerte, entschied dann aber, dass sie sich nicht für ihre iPhone-Attacke schämen würde. Es war ein Instinkt gewesen und sie hatte ihm nachgegeben. Basta. Sie holte tief Luft und erzählte ihm alles. Er hörte aufmerksam zu, absorbierte die Geschichte. Die Vorkommnisse jemandem zu erzählen, der sie mit der vollen Emotionalität eines Kieselsteins aufnahm, half ihr, ihre eigenen Gefühle zu reflektieren und zu sortieren.

»Was ist mit deiner Hüfte?«

Die könnte auch mal wieder ein bisschen definierter sein, aber das meinte er vermutlich nicht.

»Da ist alles okay.«

»Zeig her.«

»Bestimmt nicht.«

»Ich hätte mir gewünscht, vor dem Training zu wissen, dass du verletzt bist. Das Einzige, was ich jetzt noch tun kann, ist sicherzustellen, dass sich der Zustand deiner Wunden nicht verschlimmert hat.«

Luisa knirschte mit den Zähnen, kniete sich dann aber hin und drehte ihm den Rücken zu. Sie spürte, wie er ihre Bluse hochzog, und die Härchen auf ihrer Haut richteten sich schneller auf, als Usain Bolt morgens zum Bäcker rannte. Das war eine unangebrachte Reaktion ihres Körpers auf die Berührung des Arschloch-Arschtreters. Seine Finger strichen zu der Ecke des Pflasters, das sie am Vormittag notdürftig draufgeklatscht hatte. Mit einem Ruck war es weg und er sog scharf die Luft ein. Das war es dann mit der wohligen Gänsehaut.

»Das ist kein Kratzer, verdammt. Das muss genäht werden.«

»Seien Sie nicht albern.«

»Hör auf, mich zu siezen, und fahr damit zum Arzt. Der Typ hat dich mit einem Messer verletzt. Du bist die Anwältin, aber in meinen Augen wird somit aus Diebstahl ein schwerer Raub, und das verändert das Strafmaß erheblich. Sollte der Typ jemals gefasst werden, droht ihm eine Freiheitsstrafe.«

Hatte sie da etwas nicht mitbekommen? Hing ihre Leber raus? Sie hatte einen kleinen Pieks gespürt wie bei einer Impfung. Mehr nicht. Sie drehte sich und blickte auf die Wunde hinab. Okay, es sah schlimmer aus, als sie dachte, aber nicht so schlimm, wie er tat. Sie würde morgen zu einem Arzt –.

Mo-ment.

»Woher wissen Sie, dass ich Anwältin bin?«

»Deine Sekretärin hat im Namen der Kanzlei Meyer & Partner angerufen«, sagte er.

Das erklärte einiges, aber nicht alles. Ein Laie sprach nicht vom Strafmaß und wusste nicht, dass ein Überfall mit einer Waffe oder einem anderen gefährlichen Werkzeug *schwerer Raub* war und das Strafmaß tatsächlich beeinflusste. Luisa dachte nach.

»Steven ›Der Arschtreter‹ Lee, alias Iljas«, sagte sie. »Wie lautet Ihr Nachname?«

Kannte er sie? Hatte sie ihn einmal vertreten, weil er eine Schülerin durch wiederholtes Schlagen auf den Sandsack zu Tode gequält hatte? Nein. An sein Gesicht würde sie sich erinnern.

»Iljas Rick.«

Luisa hatte auf ein Heurekaerlebnis gehofft. Dass der Raum sich erhellen würde beim Klang seines Namens, aber da war nichts. Kein Erkennen. Nichts. Sein Name war wie sein Gesicht – gänzlich unbekannt.

»Du kennst mich nicht«, stellte er das Offensichtliche fest.

»Nein«, sagte sie und stand auf.

Sie wollte die Hosen anhaben, wenn auch enge, nicht gerade problemzonenorientierte, celluliteungünstige Yogahosen. Sie wollte nicht auf dem Boden sitzen, während er mit ihr spielte.

»Ich kenne Leute deines Schlags«, sagte er.

»Meines *Schlags?*«, fragte sie, während sie vor ihm auf und ab lief, als sei sie die Anwältin in einem Hollywoodfilm und würde ihn ins Kreuzverhör nehmen. Sein düsterer Blick folgte ihr, ohne dass er sich ansonsten rührte.

»Anwälte«, sagte er schließlich. »Ihr seid diejenigen, die Verbrecher zurück auf die Straße schicken.«

Abrupt blieb sie stehen und starrte auf ihn hinab.

»Polizist«, sagte sie.

Alles, wirklich alles ergab nun Sinn. Seine krude Art, sein Bulldozer-Verhalten, seine schlechte Meinung von ihr. Und der Irrglaube, sie würde dafür sorgen, dass jeder Schwerverbrecher als fröhlich tänzelnder und vor allen Dingen *freier* Mensch den Gerichtssaal verließ. Von allen Selbstverteidigungslehrern Berlins war sie an einen ehemaligen Polizisten geraten, der durch sein dilettantisches Verhalten bestimmt schon Dutzende Fälle ruiniert hatte.

»Das war ich.«

»Oh Gott«, stöhnte Luisa.

»Was ist?«, fragte er.

»Vergangenheitsform.«

Auch das noch. Aber im Grunde war das egal. Polizist war Polizist, und viele hegten eine tiefe Abneigung gegen Strafverteidiger; allerdings beruhte diese Antipathie in den meisten Fällen auf Gegenseitigkeit. Polizisten und Strafverteidiger waren wie Feuer und Wasser, wie Himmel und Hölle.

»Das ist meine Freizeit«, sagte sie und vollführte mit den Armen eine ausholende Bewegung. »Es reicht schon, dass ich während der Arbeitszeit mit Polizisten zu tun habe, die auf Teufel komm raus einen Verdächtigen im Visier haben und dessen Verurteilung unbedingt durchboxen wollen, damit sie die Akte schließen und Feierabend machen können.«

»Wie bitte?«, fragte Iljas gefährlich leise.

»Tun Sie nicht so, als würden Sie nicht wissen, wovon ich rede. Wenn ein Polizist *will,* dass jemand der Täter ist, werden Beweise und Zeugen manipuliert. Ich kenne nahezu alle Spielchen.«

Und dann war da noch das Machogehabe vieler Polizisten,

als seien sie die Helden der Stadt und sie lediglich ein nichtsnutziger Parasit, der ihre Arbeit mit Absicht zerstören wollte.

»Aha, Frau Strafverteidigerin, wäscht ihre Hände natürlich in Unschuld. Du hast noch niemanden verteidigt, der verdammt noch mal in den Knast gehörte. Der nie wieder unter Menschen sein sollte, oder? Denn du sorgst dich ja nur um die Rechte deiner ach so heiligen Mandanten.«

Er spie ihr das Wort Rechte entgegen, als würde sie den Sinn dahinter sowieso nicht verstehen. Pah, darauf hatte sie keine Lust. Das abgedroschene Bild einer Strafverteidigerin wurde ihr oft genug entgegengeschleudert. Wenn jemand schuldig war, ging sie nicht über Leichen, um ihn freizubekommen, sie sorgte dafür, dass er einen fairen Prozess bekam. Das war ein Grundrecht. Und dann gab es jene, die eines Verbrechens beschuldigt wurden, das sie nicht begangen hatten. Sollte sie zulassen, dass sie ins Gefängnis mussten, weil irgendein Arschtreter-Polizist es wollte? Luisa hatte eine sehr hohe moralische Integrität, wenn es um Gewaltverbrechen ging. Im Wirtschaftsstrafrecht musste man die Sache etwas differenzierter betrachten, da schickte man schließlich keinen Serienmörder auf die Straßen Berlins zurück, aber darüber würde sie mit diesem Hohlkopf nicht diskutieren. Jedenfalls, dass er behauptete, sie würde auch noch den letzten Vergewaltiger aus dem Knast holen, war idiotisch und kotzte sie an. Der Selbstverteidigungskurs war eine schlechte Idee gewesen und hatte in einem Desaster geendet. Sie würde gehen und morgen Pfefferspray bestellen. Lieber würde sie sich das in die Augen sprühen, als noch mehr Zeit mit dem werten Herrn Iljas Rick zu verbringen.

»Das ist der größte Unsinn, den ich jemals gehört habe. Sie … Sie arroganter Bulle. Dinge, die nicht in Ihr Weltbild passen, werden wohl passend gemacht. Wenn das nicht Ihre geistigen Fähigkeiten übersteigen würde, würde ich sagen, dass postfaktisch von Ihnen kommt. Ich gehe jetzt«, sagte sie und versuchte, die Aufregung, die in ihr tobte, nicht in ihre Stimme wandern zu lassen.

Ruckartig beugte sie sich hinunter, um ihm das Kühlpack zu reichen, während er sich gleichzeitig aufrichtete. Sein Kopf traf sie mit voller Wucht seitlich am Auge. So viel zu einem würdevollen Abgang. Die Welt, der Trainingsraum und der Arschtreter verschwanden in einer tiefen Schwärze.

Kapitel 4

Sie fahren mich nicht.«

Er ignorierte sie.

Luisa spürte, wie ihre Körpertemperatur auf Höllenfeuer anstieg. Sie war so verdammt wütend. Dank ihm sah sie aus, als hätte sie versucht, einen Weltmeistertitel im Schwergewichtsboxen zu ergattern. Und sie war ohnmächtig gewesen. So richtig weg vom Fenster. Als sie die Augen wieder geöffnet hatte, hatte sie auf einem kleinen Sofa gelegen und ihn gerade noch davon abhalten können, den Notarzt zu rufen. Das war wahrlich der schlimmste Tag ihres Lebens, an den sich der katastrophalste Abend knüpfte und an den sich morgen ein demütigender Tag reihen würde. Sie würde mit einem leuchtenden Veilchen und vor Muskelkater humpelnd vor Gericht erscheinen. Und das, obwohl sie seit Jahren alles dafür gab, um das Image der respektablen, integren Strafverteidigerin aufrechtzuerhalten. Sie war unnahbar, effizient, strukturiert, erfolgsorientiert, es gab nichts an ihr auszusetzen, nichts, das irgendwie angreifbar war. Das alles war durch eine einzige Stunde beim Arschtreter im Eimer. Das Einzige, was sie ihm zugutehalten konnte, war, dass er minimal netter und ehrlich besorgt war. Aber vermutlich nur, weil er Angst hatte, dass sie ihn vor Gericht zerren und ruinieren würde. Am liebsten würde sie ausrasten und rumschreien, aber das war nicht angemessen. Was sie jedoch durchaus tun konnte, war, auf Höflichkeiten zu verzichten.

»Ich habe gesagt, ich möchte nicht, dass *du* mich fährst.«

Er zuckte mit den Schultern, schmetterte mit dieser lockeren Bewegung ihre Einwände ab und bedeutete ihr, in den Hausflur zu treten. Während er die Tür hinter sich zuzog und abschloss, klaubte sie ihren Regenschirm auf. Sie faltete ihn zusammen und sah ihn an.

»Ich habe kein Loch im Kopf, ich habe keine Gehirnerschütterung, ich kann sehr wohl allein –«

»Woher weißt du das?«, fragte er und schaltete das Licht im Flur an. Natürlich ging es jetzt. Er trat vor sie, zeigte mit einer Hand zur Treppe und sie begann hinabzusteigen. Sie folgte ihm wie ein braves Hündchen, was ihren Blutdruck katapultartig in die Höhe schießen ließ. Am liebsten wäre sie sofort, nachdem sie auf der Couch aufgewacht war, aufgesprungen und gegangen, aber da hätte ihr Kreislauf nicht mitgemacht. Sie drückte die Schultern durch und bemühte sich um einen sicheren Gang. Wenigstens ihre Haltung sollte Lässigkeit ausdrücken, denn ihr Outfit tat es nicht. Sie trug die Sporthose, die zerrissene Seidenbluse und darüber eine Kapuzenjacke vom Kampfsportprofi persönlich. Dazu High Heels von Ferragamo. Gleichzeitig presste sie sich das Kühlpack gegen ihr geschwollenes Auge. Ihre Haare waren zerzaust und verschwitzt. Einen Stylecheck würde sie heute Abend nicht bestehen. Aber sie war in der Lage, Auto zu fahren, denn der Zusammenstoß hatte keine Gehirnzellen aus ihrem Schädel geschmettert.

»Nun, zum einen bist du immer noch du. Wenn ich kurz davor wäre, ins Koma zu fallen, wärst sogar du, Herr Arschtreter, ein wenig netter. Ich sehe dich nur einmal, was ebenfalls ein gutes Zeichen ist. Ich kann gerade und aufrecht laufen, weiß, wie ich heiße, und habe dich nicht vollgekotzt. Alles ziemlich eindeutige Indikatoren dafür, dass ich keine Gehirnerschütterung habe.«

Sie hatte *vollgekotzt* gesagt. Es war nicht so, dass Luisa solche Wörter nicht dachte, im Gegenteil, aber sagen? Nie. Ihre eloquente Ausdrucksweise und ihre ruhige, besonnene Art waren ihr Steckenpferd. Aber er brachte sie auf die Palme mit diesem ständigen Schweigen und der Arschlochigkeit.

Selbstverständlich sagte er nichts weiter, aber als er den Kopf ein wenig drehte, glaubte sie, ein leichtes Zucken seines Mundwinkels gesehen zu haben.

Junge, Junge, sie hatte doch eine Gehirnerschütterung.

Als sie die letzte Stufe hinabgestiegen war, öffnete er ihr die Tür. Sein Oberkörper berührte ihren Rücken, als sie an ihm vorbeiging und er die Tür hinter ihr ins Schloss fallen ließ. Es kribbelte. Überall.

Himmel, diese Reaktion konnte sie wahrlich nicht gebrauchen. Sie atmete tief die frische Luft ein, denn diese benötigte sie mehr als dringend. Sie spannte den Schirm auf, um die Regentropfen davon abzuhalten, ihre Haare aussehen zu lassen, als hätte sie sich ein aufgeplatztes Sofakissen um den Kopf gebunden.

»Ich werde –«, begann sie, wurde jedoch jäh von ihm unterbrochen. Seine Miene war finster, sein Blick hatte etwas Finales.

»Luisa Elmas, wenn es sein muss, werde ich dir den Autoschlüssel gewaltsam entwenden, dich in den Kofferraum sperren und dich so nach Hause bringen, aber ich *werde* dich nach Hause fahren. Du kannst die Zeit nutzen, um dir zu überlegen, wie du den nächsten Mörder aus dem Gefängnis bekommst.«

Ihre Augen verengten sich zu schmalen Schlitzen.

»Das wäre Freiheitsberaubung.«

»Ja.«

»Das würdest du nicht tun«, sagte sie und starrte ihn an. Das meinte er doch nicht ernst. Der Plan war dämlich. Sie würde schreien und dann würde jemand die Polizei rufen und er in Gewahrsam genommen werden.

»Niemand würde um diese Uhrzeit in dieser Gegend die Polizei rufen«, sagte er, als könne er ihre Gedanken lesen. »Und ja, ich würde es tatsächlich tun. Du warst ohnmächtig. Ich wäre angepisst, wenn du dich hinters Lenkrad setzen würdest, einen Schwächeanfall bekämst und einen Unfall verursachen würdest, bei dem du Unschuldige verletzt.«

Oho, jetzt kam er ihr auf die Tour. Er appellierte an ihr Gewissen. Sie öffnete den Mund und schloss ihn wieder, denn dieses Szenario konnte sie dummerweise nicht ausschließen. Sie war noch nie ohnmächtig gewesen und wusste nicht, welche Folgereaktionen möglich waren, und das jetzt zu googeln, würde ihm in die Karten spielen. Aber sie war Anwältin und wusste, wenn sie tatsächlich einen Unfall bauen würde, wäre sie geliefert. Jeder, der in der Bahn mal neben einem Juristen gesessen hatte, besäße genug Skills, um ihr Fahrlässigkeit zu unterstellen und dafür zu sorgen, dass sie dreihundert Jahre ins Gefängnis musste. Na ja. Ungefähr.

Sie stieß die Hand in die Tüte des Sportladens, dem unwürdigsten Handtaschenersatz aller Zeiten, denn mal ehrlich … Sport? Endlich ertastete sie den Autoschlüssel, zog ihn heraus und drückte ihn Iljas in die Hand. Schuld oder Eingeständnis verbannte sie aus ihrem Blick und ihrer Körperhaltung.

»Mein Auto steht die Straße runter«, sagte sie, lächelte ihn zuckersüß an und fuhr dann mit der größtmöglichen Ironie in der Stimme fort: »Es wäre mir eine Freude, wenn du mich fahren würdest.«

Erneut zuckten seine Mundwinkel und er schloss die Hand um den Autoschlüssel, wobei seine Fingerspitzen ihre berührten. Kribbeln. Ach, verdammt.

Das *musste* etwas mit der Ohnmacht zu tun haben.

Sie drehte sich um und ging schnellen Schrittes zu ihrem Auto. Wenn doch dieser Tag nur endlich vorbei wäre. Er pfiff durch die Zähne, als sie vor ihrem schneeweißen BMW X1 stehen blieb.

»Scheint lukrativ zu sein, Verbrecher zu verteidigen.«

»Die meisten Mörder zahlen ziemlich gut dafür, die nächsten Jahre nicht in einer kleinen Zelle verbringen zu müssen. Mich interessiert es sowieso nicht, wer auf der Straße rumläuft, denn ich fahre ja in diesem Auto«, sagte sie und klopfte sachte auf das Dach des Wagens.

Er sah sie an, sagte aber nichts, denn letztendlich hielt sie ihm nur seine Meinung vor. Als sie auf dem Beifahrersitz einstieg, stellte sie fest, dass es exakt einen Grund gab, weswegen sie wirklich froh war, ihn an ihrer Seite zu haben: Sicherheit.

Hinter seiner dicken Arschlochfassade steckte ein Riesenarschloch, aber eins, das sich und im Zweifel hoffentlich auch sie verteidigen konnte. Dass sie dazu nicht in der Lage war, wusste sie. Außerdem holten die Geschehnisse des Tages sie ein. Ihre Muskeln, ihr Verstand, einfach alles fühlte sich bleiern und schwer an. Ihre Lust zu diskutieren, minimierte sich rapide. Sie sank im Sitz zurück und kühlte ihr Auge.

Als Iljas einstieg, schielte sie zu ihm rüber und konnte sich ein Lachen nur schwer verkneifen, denn mit ihrer Sitzeinstellung klebten seine Knie praktisch an den Ohren. Er warf ihr einen Blick über die Schulter zu und schob den Sitz nach hinten in den Kofferraum. Um nicht mit ihm reden zu müssen, tippte sie auf das Nach-Hause-Zeichen des Navis. Zügig parkte er aus, und als die warme Luft das Auto aufheizte, meinte er: »Was ist das hier? Eine Sauna?«

»Es ist kalt draußen.«

Es war Anfang Oktober, die meiste Zeit schüttete es wie aus Eimern. Sechsundzwanzig Grad im Innenraum waren völlig legitim. Plus die Sitzheizung, die er sich aus- und sie sich anstellte.

Sie beobachtete ihn, während er fuhr. Eine Hand lag locker auf dem oberen Teil des Lenkrads, die andere schaltete besonnen durch die Gänge. Wäre er jünger gewesen, hätte sie ihn für einen Proleten gehalten. Aber durch sein Alter, vermutlich Anfang vierzig, wirkte er souverän und mit sich selbst im Reinen.

Erst als sie fast angekommen waren, brach er das Schweigen, das während der Fahrt zwischen ihnen geherrscht hatte. Er warf ihr einen kurzen Blick zu, bevor er den Anweisungen des Navigationsgerätes folgend abbog. Über seine Wangen zogen sich dunkle Bartstoppeln, sein Kiefer war angespannt.

»Deine Motivation stimmt nicht«, sagte er, und Luisa verdrehte die Augen.

Klar. Natürlich wusste sie, wovon er sprach, und konnte sofort in die Konversation einstimmen. Wie sie so etwas mochte ... Hallo, Ironie. Auf seine Aussage einzugehen lag ihr fern. Sie ließ die Hand mit der Kompresse in den Schoß sinken. Wenn sie das Auge noch länger kühlte, würde es einfrieren, und damit war ja auch niemandem geholfen.

»Du bist zu mir gekommen, weil du eine konkrete Situation vor Augen hast und wissen willst, wie du dich in dieser verhalten sollst, aber das ist der falsche Ansatz.«

Das erste Mal war seine Stimme nicht ruppig, seine Worte nicht bissig. Der Regen prasselte lauter auf das Autodach. Die Scheibenwischer passten die Geschwindigkeit an.

»Du musst lernen, dich in *jeder* nur erdenklichen Situation schützen zu können. Dieser eine Augenblick kommt nicht wieder. Deine Fehler kannst du nicht ausbügeln. Der Typ hat dich ohne Probleme ausrauben können, weil du abgelenkt warst. Du hast deine Umgebung nicht studiert, dir die Gefahren nicht bewusst gemacht. Und vor allem war dein Rücken schutzlos.«

»Oh ja. Sorry, ich dachte doch tatsächlich, dass ich auf dem Weg in die Kanzlei war und nicht in einem Kampfgebiet im Sudan. Mein Fehler«, sagte sie.

»Sarkasmus bringt dich nicht weiter.«

»Das sagt der Richtige. Hier rein«, sagte sie und deutete auf die Tiefgarageneinfahrt. Sie drückte auf den Knopf einer Fernbedienung und das Rolltor aus Metall glitt nahezu geräuschlos nach oben.

»Morgen treffen wir uns am S-Bahnhof Friedrichstraße.«

Hoppla. Wie bitte? Noch eine Stunde? Hatte er ebenfalls einen Schlag abbekommen?

Polizist + Strafverteidigerin = Antipathie.

Im Idealfall.

Worst Case = Ohnmacht der Strafverteidigerin.

»Wie kommst du darauf, dass ich noch eine Stunde buchen möchte?«, fragte sie und wies ihm den Weg zum Stellplatz.

»Weil du den Besten willst.«

Sie schwieg. Darauf würde sie nicht noch einmal reinfallen. Da musste er schon tiefer in die Trickkiste greifen. Er parkte, stellte den Motor ab und sah sie an. Sein Blick war unergründlich und tief, seine Miene ernst. Was auch immer nun kommen würde, hätte Gewicht.

»Weil du die Angst nicht willst«, sagte er leise und sah sie an. Sie öffnete den Mund und schloss ihn wieder. Das war der Kern ihres Problems. Ganz genau das. Aber das bedeutete immer noch nicht, dass sie zu *ihm* gehen musste. Er, der sie erst einmal durch ein Bootcamp schickte, ihre Person aufgrund ihres Berufes nicht schätzte und sie nebenbei bewusstlos schlug. Man konnte schon mehr für sein Geld verlangen.

»Warum der S-Bahnhof?«, fragte sie trotzdem.

»Ich zeige dir, wie du unterscheiden kannst, wer eine Gefahr darstellt und wer nicht, wie du sehen kannst, wenn jemand etwas vorhat. Die Gegend ist ein Ballungszentrum von Taschendieben«, sagte er und schnallte sich ab.

Sie stiegen aus und Luisa ging zum Kofferraum, um ihre Aktentasche rauszuholen. Das Licht im Keller flackerte. Die Angst, die sie nicht zulassen wollte, *war da*. Ohne Frage. Sie hatte sich in ihr eingenistet, und es würde ein hartes Stück Arbeit werden, sie wieder loszuwerden. Sie schluckte und schloss die Klappe. Nur noch wenige Meter trennten sie von ihrer Wohnung und ihrem Bett. Sie musste eine Entscheidung treffen. Alleingang versus Hilfe. In ihrem Inneren rumorte es. Luisa rief den Fahrstuhl. Gemeinsam betraten sie die großzügige Kabine, die durch die Ausdehnung seines Körpers geschrumpft schien.

Alleingang.

Selbst wenn sie noch dreimal gegen den Sandsack schlagen würde, hätte sie gegen einen Mann wie Iljas immer noch keine Chance. Er müsste nur einmal in ihre Richtung pusten und sie würde schneller umfallen als das Strafgesetzbuch während eines Orkans. Effektiver war es, mal wieder joggen zu gehen.

»Welches Stockwerk?«, fragte er.

Allein, allein, allein.

»Ich lasse dich im Foyer raus«, sagte sie, und endlich, endlich hörte sie in ihrer Stimme eine gewisse Determination. Sollte sie noch einmal in ihrem Leben Selbstverteidigung lernen wollen, würde sie vorher überprüfen, ob ihr Lehrer und dessen Angehörige über vier Generationen hinweg Polizisten gewesen waren oder sonstige Abneigungen gegen Strafverteidiger hegten.

»Weißt du, Arschtreter, ich benötige keine weitere Stunde. Wie viel bekommst du für den heutigen Abend?«

Ohne eine Antwort abzuwarten, öffnete sie das Seitenfach ihrer Aktentasche und reichte ihm ihre Visitenkarte. »Bitte schick die Rechnung einfach an meine Kanzlei.«

Ein Pling ertönte, die Türen des Aufzugs öffneten sich und sie traten hinaus. Das Foyer roch nach Zitrusreiniger, in dem hellen Marmorboden brach sich funkelnd das Licht der Deckenlampe. Iljas blickte auf sie hinab. Seine Augen leicht zusammengekniffen, seine Lippen gekräuselt.

»Bist du dir sicher?«, fragte er.

Oh Gott, ja! Sie räusperte sich. »Ja, ich bin mir sicher. Du hast recht, ich hatte Angst, aber im Lauf des Abends ist mir klar geworden, dass ich nicht der Typ für diese Nahkampfsache bin. Ich trage meine Kämpfe eher verbal aus.« Die Stille des Foyers wurde lediglich durch das Klackern ihrer Absätze und das Zeitungsrascheln des Concierges unterbrochen, der hinter einem hohen Empfangstresen aus geräucherter Eiche saß.

»Guten Abend, Herr Hoffmann.«

»Guten Abend, Frau Elmas«, sagte er, besah kritisch ihr Auge und wandte schließlich den Blick ab.

Thomas Hoffmann war ein sehr zuverlässiger Mann, der seinen Job ernst nahm und professionell ausführte. Luisa schätzte ihn und war froh, dass er da war. Besonders heute. Sie wusste, dass er niemanden reinlassen würde, der nicht angemeldet war, und sowohl sie als auch die Polizei sofort telefonisch darüber in Kenntnis setzen würde, wenn sich jemand

Einlass verschaffen wollte. Er war erfrischend normal und diskret in einer Welt voller Extravaganz und heimtückisch aggressiver Kampftrainer.

»Soll ich ein Taxi rufen lassen?«, fragte Luisa.

Iljas stieß die Tür auf und sah noch einmal auf sie hinab.

»Nein«, sagte er schließlich und verschwand ohne ein weiteres Wort in der Dunkelheit.

Die Kälte, die seine Abwesenheit mit sich brachte, ließ Luisa fröstelnd die Arme vor dem Körper verschränken.

❤

Es kotzte Iljas an, rausgeschmissen worden zu sein. Eine Kündigung ohne Anstellung in einem Bereich, in dem er sich wirklich gut auskannte. Bis auf die menschliche Komponente vielleicht. Dabei hätte er ihr noch so viel beibringen können. Sein Wissen hätte ihr die nötige Stärke geben können, um mit der Situation umzugehen. Luisa hatte es wirklich sehr lange geschafft, ihn zu täuschen, sodass Iljas zu Beginn der Stunde tatsächlich gedacht hatte, sie wollte aus Spaß an der Freude Selbstverteidigung lernen, aber dann, als er sie eingekeilt an die Mauer gedrängt hatte, hatte er sie gesehen: die Angst.

Sie ging ihm nahe.

Zu nahe.

Sie weckte Erinnerungen an eine Zeit, in der er nicht verstanden hatte, was er sah, und zu sehr mit sich beschäftigt war, um nachzubohren. Luisas Panik hatte ihn in die Vergangenheit versetzt. All der Hass, die Verzweiflung und Trauer waren dabei hochgekommen. Und das unstillbare Bedürfnis, zu schützen. Wiedergutzumachen. Er wollte ihr helfen, weil dieser Teil in ihm, der von Schuld zerfressen war, ihn dazu zwang.

Er ballte die Hände zu Fäusten.

Luisa durfte diese Unruhe nicht in ihm auslösen. Sie zu schützen, dafür zu sorgen, dass ihr nichts geschah, durfte nicht sein Anliegen sein.

Himmel, Luisa war die Antichristin.

Ihre Berufswahl sprach Bände über ihren Charakter.

Aalglatt, kalkulierend, manipulativ und gewissenlos.

Eine Strafverteidigerin eben.

Dumm nur, dass er nicht eine dieser Eigenschaften bei ihr ausmachen konnte. Sie passte in keine seiner Anwaltsschubladen. Ihr Wesen war schwer zu fassen, denn sie verbarg unter einer dicken Fassade, wer sie war. Also, sie war nicht dick, sie war genau richtig.

Ein einziges Mal an diesem Abend hatte er einen Blick auf die wahre Luisa Elmas werfen können – während ihrer Panikattacke. All ihre Mauern waren zusammengefallen. Nackt und ungeschützt hatte sie vor ihm gestanden. Er hatte so viel gesehen. Angst, körperlich verletzt zu werden, die Kontrolle zu verlieren. Nackte, rohe Angst.

Aber damit war er durch. Sie hatte ihn rausgeschmissen, ihm klargemacht, dass sie nicht auf seine Hilfe angewiesen war, und er hatte keinerlei Intentionen, den Weg der Strafverteidigerin noch einmal zu kreuzen. Er würde nach Hause laufen, denn er wohnte nicht weit entfernt, duschen und dann ins Bett gehen.

Morgen hatte er einen Termin bezüglich einer Werbekampagne, und dann würde er sein nächstes Video drehen. Vielleicht würde er thematisieren, wie man sich vor einem Taschendieb schützte, wenn man allein und ängstlich in die Ecke eines Hauseingangs gedrängt war.

Denn es gab immer einen Ausweg. Man musste ihn nur

kennen. Tief in Gedanken versunken lief Iljas die Straße entlang und achtete dabei weder auf seine Umgebung noch auf die Menschen.

Kapitel 5

Vor vielen Jahren hatte meine Mutter einmal gehört, dass der Staat einer Familie mit zehn Kindern ein Haus kaufen würde. Damals gab es noch kein Internet für Privathaushalte und meine Mutter hatte auch keinen Grund zu zweifeln, hatte sie es doch von ihrem Schwager gehört. Dem Akademiker. Der es zu etwas gebracht hatte. Zu diesem Zeitpunkt hatten meine Eltern bereits fünf Kinder und der Plan schwelte zwischen ihnen. In schockierend kurzen Abständen folgten fünf weitere. Ich bin das zehnte Kind. Meine Geburtsurkunde war das Ass im Ärmel. Ausgelaugt von jahrelanger Schlaflosigkeit und Dauerschwangerschaft schleppte meine Mutter sich damit zum Bürgeramt. Sie verlangte das Haus, welches ihr ihrer Meinung nach zustand. Triumphierend hielt sie mich hoch, schüttelte mich leicht und wiederholte immer wieder, dass ich das zehnte Kind sei. Noch nicht einmal damals gab ich meinem Dasein einen Berechtigungssinn, denn ich war nicht das Haus bringende Messiaskind. Ich war nutzlos. Meine Mutter hatte der fassungslosen Beamtin sogar damit gedroht, mich auf dem Bürgeramt zu lassen, wenn sie kein Haus bekäme. Meine Geburt erfüllte letztendlich keinen Zweck, sondern stellte meine Eltern vor das Problem, ein weiteres hungriges Maul in einer viel zu kleinen Wohnung stopfen zu müssen. Mehr als meine Geschwister bekam ich den Ärger meiner Mutter zu spüren, denn ich hatte es vergeigt. Ich lernte, unsichtbar zu werden. Dieses Verhalten hat mir im Leben nicht viel gebracht, mir aber auch nicht geschadet. Unsichtbar zu sein, ist zu einem Bestandteil meiner Person geworden. Ich habe keinen Nutzen für diese Welt. Ich erledige meine bedeutungslose Arbeit und kehre in mein leeres Zuhause zurück. Ich will kein Mitleid, denn ich habe meinen Platz angenommen.

Und dann habe ich dich gesehen. Du leuchtest, bist all das, was ich nie war. Du hast mich wahrgenommen, nicht so wie ich dich, aber immerhin. In meiner Fantasie sind wir glücklich miteinander, wir haben uns gegenseitig die Einsamkeit genommen. Bisher hat das gereicht, denn wie schon gesagt – ich bin niemand. Ich schreibe dir diese Worte und weiß nicht, ob ich jemals den Mut haben werde, dir diesen Brief zu geben. Aber irgendwas muss ich tun.

Denn heute … heute hat sich etwas verändert. Du bist nicht mehr allein.

Das kann ich nicht zulassen. Tut mir leid.

T.

Kapitel 6

Und? UND? Wie war es? Wie war er?«, rief Amelie vom Kopierer aus, kaum dass Luisa einen Fuß über die Schwelle gesetzt hatte. Die Haare trug Amelie heute in allen Farben des Regenbogens, dazu ein Tanktop, kurze Hose mit einer geringelten Strumpfhose und bunten Nagellack.

Luisa humpelte durch das große, düstere Sekretariat auf ihr Büro zu. Der Raum an sich war nicht dunkel, aber ihre Sonnenbrille sorgte dafür, dass ihre Umgebung heute nicht nach Sonnenschein aussah. Selbst nach der vierten Schicht Concealer war ihr Auge so farbenfroh wie Amelies Haare.

Und dann wollte der Arschtreter tatsächlich, dass sie sich noch einmal mit ihm traf. Darauf konnte sie wirklich verzichten. Auch wenn sie gern wissen würde, ob er immer so unhöflich zu seinen Schülern war oder ob man juristischen Hintergrund benötigte, um in den Genuss der Auswüchse seiner sozialen Inkompetenz zu kommen.

»Luisa? Hallo?«, fragte Amelie und ließ sich geräuschvoll auf den Bürostuhl fallen.

»Es war … interessant.«

»Interessant? Genauer bitte.«

Seufzend blieb Luisa vor Amelies Schreibtisch stehen. Die pinken Post-its hatten sich über Nacht verdoppelt. Hinzugekommen waren noch grüne, orange und lilafarbene. Sie setzte sich auf die Tischkante und nahm die Sonnenbrille ab.

»Ach du Scheiße«, rief Amelie und schnellte in ihrem Stuhl nach vorne. »Bist du noch einmal überfallen worden?«

»Nein, das war der liebe Herr Selbstverteidigungslehrer. Ich muss nachher ins Gericht und sehe aus, als hätte ich eine Kneipenschlägerei angezettelt. Denn zusätzlich dazu«, sie deutete auf ihr Auge, »habe ich den ganzen Abend über Sport machen müssen und habe sogar im kleinen Finger Muskelkater.«

Amelies Kinnlade klappte herunter.

»Oh Mann. Sorry. Das tut mir leid. Ich dachte … also wegen der Kommentare dachte ich, dass er der Beste ist.«

Kommentare? Egal.

»Ist er vermutlich auch. Ich weiß es nicht, er war zu sehr damit beschäftigt, mich zu hassen, weil ich Strafverteidigerin bin und er als ehemaliger Polizist damit ein gewaltiges Problem hat.«

Luisa rappelte sich stöhnend von Amelies Schreibtisch hoch. »Das wusste ich nicht. Das stand nicht in seinem Profil.«

In seinem was? »Wovon redest du?«

»Von seinem YouTube-Kanal.«

»Ich habe keine Ahnung, was du meinst.«

Amelie zog ihre junge Stirn in nanomillimetertiefe Falten, klickte den Internetbrowser an und tippte auf ihre Tastatur. Auf dem Bildschirm erschien … der Arschtreter. In ruhigem Tonfall erklärte er eine Ausgangssituation, ehe er die Bewegungen erst langsam, dann schneller vormachte. Er wirkte dabei vertrauenerweckend, besonnen, ernst und – unglaublich, aber wahr – empathisch. Als läge ihm die Sicherheit des Zuschauers wirklich am Herzen. Als würde es ihn schier verrückt machen, wenn jemand in Gefahr war und er nicht helfen konnte.

Als mochte er Menschen.

Ha, beinahe hätte Luisa laut losgelacht und sich dabei auf dem Boden gewälzt.

Das war ein ganz anderer Mann als der, den sie gestern kennengelernt hatte. Obwohl das nicht stimmte. Als sie von ihrem Überfall erzählt hatte, hatte sie einen kurzen Blick auf den hier erhaschen können. Da schien es so als … ja, als würde er sie für den Bruchteil einer Sekunde nicht für die Leibhaftige halten und in Weihwasser ertränken wollen.

»Er ist YouTuber.«

»Bitte *was* ist er?«, fragte Luisa.

»Er dreht Videos und lädt sie hoch.«

»Das ist doch kein Beruf« war alles, was Luisa einfiel.

»Die Erfolgreichen unter ihnen verdienen ziemlich viel Geld. Ich rede hier von vier- bis fünfstelligen Beträgen im Monat«, sagte Amelie und legte ihre Hand mit den bunten Fingernägeln und den zahlreichen Ringen auf die Maus.

Luisa blinzelte. Mit Videos? Ein Berufsanfänger mit zwei Staatsexamen konnte in einer Großkanzlei auf ein Einstiegsgehalt von über hunderttausend Euro hoffen. Dafür musste man aber sieben Tage die Woche arbeiten mit maximalen Ruhepausen von fünf Stunden. Karls Kanzlei war keine international agierende Großkanzlei, aber eine renommierte, weswegen Luisa damals vergleichsweise hoch mit siebzigtausend eingestiegen war. Aber dafür hatte sie Jahre an der Uni verbracht, sich durch zwei Staatsexamen und einen Abschluss in Betriebswirtschaftslehre gequält und war nebenbei arbeiten gegangen. Danach hatte sie ein paar Jahre lang jeden noch so winzigen Fall, den Karl ihr auf den Schreibtisch gelegt hatte, akribisch bearbeitet, um sich zu beweisen. Ihr Gehalt war mittlerweile gestiegen, und als Partnerin würden sich ihre Bezüge nach den Einnahmen der Kanzlei richten und alle Strapazen entlohnen. Sie wäre die erste Frau in der Führungsriege.

Und dann war da Iljas, der kleine, hübsche Videos drehte, in denen er fröhlich rumturnte und die Frechheit besaß, auf sie hinabzublicken. Als ob sie niemand wäre und aufgrund ihres

Berufes minderwertig. Es brodelte in Luisa, doch sie versuchte, sich nichts anmerken zu lassen.

»Woher weißt du, dass er zu den Erfolgreichen gehört?«, fragte sie in ihrer ruhigen, von Emotionen befreiten Anwältinnenstimme und beugte sich näher zum Bildschirm.

»Siehst du diese Zahl hier?«, fragte Amelie. Es klickte, als Amelie immer wieder mit ihren Fingernägeln auf den Bildschirm deutete.

»Ja.«

»Das sind seine Abonnenten.«

»Was bedeutet Abonnenten?«

Während andere Videos drehten, war sie mit dem richtigen Leben beschäftigt. Mit Mandanten, bei denen es um alles ging. YouTube war nun mal nicht ihre Generation. Dachte sie bis jetzt zumindest. Vielleicht sollte sie ihre Plädoyers auch online stellen, dann müsste sie nicht mehr anwesend sein. Der Richter würde einfach auf das jeweilige Video klicken – unschuldig, schuldig mit der Bitte um milde Strafe und so weiter – und sie würde freundlich aber bestimmt so ihre Mandanten verteidigen. Vielleicht konnte sie auch noch hübsche Spezialeffekte einbauen. Konfetti, das über den Bildschirm rieselte, wenn sie fertig war, und kleine niedliche Katzenbabys mit großen Kulleraugen.

»Abonnenten sind jene, die dem Kanal folgen, ihn sozusagen gelikt haben, wenn du mit Facebook mehr anfangen kannst.«

Schon eher. Im Grunde war ihr das digitale Leben aber egal, was Amelie nie verstehen würde.

»Und dies ist die Anzahl seiner Follower?«

Amelie nickte, ihre bunten Haare wippten frenetisch im Eifer ihrer Euphorie. Luisa kam sich vor wie ein Welpe, der das erste Mal verstanden hatte, was mit *Sitz* gemeint war.

»Ist das da eine Zwei?«, fragte Luisa.

»Ja.«

»Vor ›Millionen‹?«

»Exakt«, sagte Amelie und ließ sich in ihren Bürostuhl zurückfallen, als hätte sie die Debatte um den Haushaltsetat für sich entscheiden können.

»Dann war das gestern nicht seine Selbstverteidigungsschule, in der ich war, sondern sein Studio?«

»Ähm, ja. Das könnte man so sagen.«

»Streng genommen hat er keine Schule?«, fragte Luisa weiter.

»Nein«, gestand Amelie.

Luisa verdrehte die Augen. Das erklärte einiges.

»Warum hat er mich unterrichtet, wenn das gar nicht sein Job ist?«

Amelie wandte den Blick ab.

»Amelie?«

»Ja?«

»Warum hat er mich unterrichtet?«

»Möglich, dass ich ihm … gedroht habe?«

Luisas Oberkörper schoss in die Höhe, was sie gleich darauf bereute. Sie war ein einziger großer Muskelfaserriss.

»Wie bitte?«

»Zuerst hat er abgelehnt, aber dann habe ich ihn darauf hingewiesen, dass ich im Auftrag einer sehr erfolgreichen Strafkanzlei anrufe, die Kontakte überallhin hat. Inklusive des Finanzamts.«

Oh Gott. Oh Gott. Das war … *oh Gott.* Luisa konnte nun gewisse Ressentiments seinerseits verstehen. Auch wenn er ihr nicht wie jemand vorkam, der sich einschüchtern ließ, hatte ihr Kennenlernen unter keinem guten Stern gestanden. Sollte sie sich bei ihm entschuldigen? Die Adresse hatte sie, und sie musste ihm sowieso noch seinen Pullover schicken.

»Sorry«, sagte Amelie.

»Tu so etwas nie wieder«, sagte Luisa streng und ging auf ihr Büro zu. Die Jugend von heute wurde immer skrupelloser.

»Luisa –«

»Nein, es gibt nichts mehr zu besprechen.«

Es wurde Zeit, dass Amelie ein bisschen erwachsen wurde und verstand, dass sie eine seriöse Kanzlei vertrat.

»Aber Luisa –«, sagte Amelie und stand auf.

»Amelie, wirklich, ich habe keine Zeit mehr«, sagte Luisa so laut, dass bereits die Kollegen aus den angrenzenden Zimmern durch die Tür lugten.

»Dein Hintern ist voller Post-its«, rief Amelie und zuckte entschuldigend mit den Schultern.

Ein kollektiv unterdrücktes Lachen ging durch die Räume der Kanzlei.

Mist.

Kapitel 7

Frau Elmas, es freut mich, dass Sie sich zu uns gesellen konnten.«

Luisa nickte dem Vorsitzenden Richter Jürgen Hartke, dessen Name Programm war, zu und setzte sich neben ihren Mandanten. Es war nicht ihre Schuld, dass sie zu spät kamen. Im Gegenteil. Die Justizvollzugsanstalt hatte den momentan vor Aufregung schwitzenden Felix Langbaum zu spät gebracht. Sie konnte ihn schließlich nicht selbst aus dem Gefängnis abholen und noch einen kleinen Sightseeingtrip durch Berlin mit ihm veranstalten. Selbstverständlich wusste Hartke das, aber er würde niemals eine Gelegenheit verstreichen lassen, um Anwälten zu zeigen, dass sie sich in *seinem* Gerichtssaal befanden und *seine* Zeit kostbar war.

Sie versuchte, sich so hinzusetzen, dass ihr Körper nicht schmerzte und sie alle Unterlagen aus der Tasche fischen konnte. Ihre Bewegungen glichen denen einer glühenden Anhängerin des Robotertanzes der Neunziger.

»Wie sieht der andere aus?«, fragte Hartke, in seiner Stimme kein Funken Humor.

»Wie bitte, Herr Vorsitzender?«, fragte Luisa, hielt in ihrer Bewegung inne und sah ihn an.

»Ich hoffe, der andere sieht schlimmer aus als Sie«, sagte er und umkreiste dabei sein eigenes rechtes Auge.

Ach ja. Das Veilchen. Sie starrte Hartke an. Ihr fiel einiges ein, was sie in Bezug auf Iljas erwidern konnte, aber nichts davon war der Umgebung eines Gerichtssaals angemessen, weswegen sie nur knapp nickte.

Hartke starrte sie noch kurz an, eröffnete aber dann die Verhandlung. Ihr Mandant, Felix Langbaum, war gemäß Paragraf 29 Absatz 1 des Betäubungsmittelgesetzes vor zwei Jahren zu einer dreijährigen Haftstrafe wegen illegalen Besitzes und Handels mit Betäubungsmitteln verurteilt worden. Nun, nachdem er fast zwei Drittel der Haft abgesessen hatte, war es gemäß Paragraf 57 des Strafgesetzbuches sein Recht, einen Antrag auf vorzeitige Haftentlassung zu stellen. Es ging nicht darum, ob Luisa es befürwortete, wenn jemand vorzeitig aus dem Gefängnis kam, es ging schlichtweg darum, dass das deutsche Justizsystem diese Möglichkeit offerierte. Wenn die Gesellschaft dies missbilligen sollte, mussten Gesetze geändert und nicht Strafverteidiger kritisiert werden, die »angeblich« jeden rausboxen wollten.

Wie Iljas es offensichtlich vermutete.

Pah, blöder Arschtreter.

Einerseits verstand sie seinen Ärger. Als Polizist musste es furchtbar sein, stundenlang Beweise zu sammeln, Zeugen zu befragen, Analysen auszuwerten und dann mit ansehen zu müssen, wie jemand freigesprochen wurde, den man für schuldig hielt. Andererseits musste man einwandfrei nachweisen, dass jemand wirklich schuldig war. Zweifel durfte es nicht geben. Was würde sonst aus der Justiz und der Gesellschaft werden, wenn jemand aufgrund einer Vermutung verurteilt wurde? Wenn es keine unumstößlichen und ausreichenden Beweise gab?

Der Sachverständige beendete das Verlesen des Gutachtens, der Staatsanwalt hatte das Wort.

»Herr Vorsitzender, die Staatsanwaltschaft beantragt, die vorzeitige Haftentlassung abzulehnen«, sagte Jan Keiler.

Der Richter zog eine Augenbraue in die Höhe. Luisa zwei. Felix Langbaums' Schweißbäche wurden zu Tsunamis.

»Wir sehen es als wahrscheinlich an, dass Felix Langbaum

rückfällig wird und weiterhin strafbare Handlungen gemäß Paragraf 29 Absatz 1 des Betäubungsmittelgesetzes begeht.«

Luisa räusperte sich und sah Keiler an. Am liebsten hätte sie die Ärmel ihrer Bluse hochgekrempelt und ihn an seinen langen Haaren aus dem Saal gezerrt. Kleiner schmieriger Wurm. Sie würden sich nächste Woche drei Tage lang gegenübersitzen, denn diesen Zeitraum hatte Richter Hartke für den Fall von Martin Kopowski, der der Korruption beschuldigt wurde, angesetzt. Das war der alles entscheidende Fall, der vermutlich wichtigste ihres Lebens. Die heutige Konstellation war ein Probelauf für nächste Woche, und Keiler wollte ein Exempel statuieren. Nicht mit ihr.

»Haben wir die gleiche Akte gelesen, werter Kollege? Ich helfe Ihrem Gedächtnis gern auf die Sprünge. Mein Mandant hat sich in der Haft mustergültig verhalten. Er hat einen Entzug gemacht, an psychologisch betreuten Gruppengesprächen teilgenommen, ist einer sinnvollen Tätigkeit nachgegangen, hat sich bereits vor Wochen um einen Job in der Firma seines Onkels gekümmert und zieht zu seiner Cousine, um möglichst weit weg von seinem früheren Kiez zu sein. Das, Herr Vorsitzender«, sagte sie mit Nachdruck an Hartke gewandt, »ist meiner Meinung nach ein Verhalten, das wir belohnen und fördern sollten.«

»Es war nicht das erste Mal, dass er mit Drogen gehandelt hat«, warf Keiler ein.

»Ja, weswegen mein Mandant überhaupt eine Haftstrafe bekommen hat, die mit drei Jahren sehr hoch angesetzt wurde«, entgegnete Luisa sofort.

»Er hat die Drogen an Minderjährige verkauft.«

Am liebsten hätte Luisa ihre Augen festgehalten, damit sie sich nicht eigenmächtig verdrehten.

»Er hat Marihuana an Mitschüler seiner Ausbildungsklasse verkauft, die im Gegensatz zu ihm noch nicht volljährig waren. Ja, das war nicht in Ordnung, aber auch das wurde in dem Strafmaß berücksichtigt. Herr Vorsitzender, müssen wir das alte Verfahren wirklich wieder aufrollen?«

Richter Hartke sah sie kurz an und schüttelte dann den Kopf. »Dem Antrag der Staatsanwaltschaft wird nicht stattgegeben. Die sofortige Haftentlassung wird angeordnet.«

Ha! Zufrieden lehnte Luisa sich zurück und lächelte Keiler an. Die erste Runde ging an sie.

❤

Luisa kehrte nach einem anstrengenden Tag bei Gericht wieder in die Kanzlei zurück. Nach Langbaums Verhandlung war Luisa vom Landgericht zum Amtsgericht geeilt, nur um dort die Unterbrechung eines Verfahrens aufgrund neuer Beweismittel zu beantragen. Das hörte sich nett an. In Wirklichkeit sah es so aus, dass der Ausgang des Verfahrens eigentlich schon klar gewesen war. Luisa hatte vor zwei Wochen um ein Gespräch mit dem Richter ersucht, um das Strafmaß zu besprechen, was nichts mit nebulösen Absprachen zu tun hatte, sondern gang und gäbe war. Ihr Mandant hatte Bescheid gewusst. Ihm wurden mehrere Betrugsfälle vorgeworfen, die allesamt ordentlich dokumentiert und bearbeitet worden waren. Ihr Mandant hatte zugestimmt, sich in einem Fall schuldig zu bekennen, damit die anderen Fälle, in denen er nicht eindeutig als Täter ausgewiesen werden konnte, unter den Tisch fielen. Das Strafmaß wurde dadurch auf eine Bewährungsstrafe reduziert, was wiederum sehr im Sinne ihres Mandanten war. Und dann verlas der Staatsanwalt die Anklage und ein Besucher sprang aus den hinteren Reihen auf, deutete auf den Angeklagten und beschuldigte ihn des Betrugs. Er behauptete, im Besitz von Beweisen zu sein, die ihren Mandanten in einem der vernachlässigten Fälle als Schuldigen identifizieren würden. Luisa wäre beinahe vom Stuhl gefallen. Fast erwartete sie, dass Barbara Salesch durch die Tür kommen und vorn Platz nehmen würde. Sie hatte eine Vertagung beantragt und der Richter hatte stattgegeben. Sehr wahrscheinlich würden die neuen Beweise nichts mehr ändern, aber sichten mussten sowohl sie als auch der Staatsanwalt sie trotzdem. Sie hatte ihrem Mandanten einen Seitenblick zugeworfen, den sie lange, lange geübt hatte. Er besagte zu gleichen Teilen: Theoretisch bist du unschuldig, bis man deine Schuld beweisen kann, praktisch bist du so dumm, dass du dein Gehirn nicht finden würdest, wenn ich dir deine Hand drauflegen würde. Er hatte wenigstens den Anstand besessen, beschämt den Blick zu senken. Ihr Mandant hatte sein Schicksal in der Hand und war dabei, die Sache an die Wand zu fahren, weil er ihr gegenüber die Wahrheit verschwieg. Dummerweise saß Luisa in solchen Augenblicken auch da, als hätte sie an der Uni maximal Stricken gelernt.

Sie stellte ihre Aktentasche auf den Schreibtisch und sank in den Bürostuhl. Okay, sie ließ sich fallen. Sinken ging nicht. Zu solch grazilen Bewegungen war sie vielleicht wieder in der Lage, wenn die ersten Siedlungen auf dem Mars gebaut wurden. Sie griff in die Schublade ihres Schreibtisches und angelte einen Schokoriegel heraus. Hastig riss sie das Papier auf und zog es bis zur Hälfte hinunter. Dann biss sie ab, schloss die Augen und wartete darauf, dass die Schokolade ihren geschundenen Körper streichelte. Die Versuchung lag nahe, auch noch die Füße auf der Tischkante zu platzieren, denn zu dem

Fiasko mit ihrem halbehrlichen Mandanten kamen die mitleidigen Blicke der Richter und Anwälte hinzu. Dass sie überfallen worden war, hatte sich vermutlich inzwischen herumgesprochen, denn letztendlich war die Berliner Juristenszene auch nichts anderes als GZSZ. Dass sie jedoch einen gewalttätigen Freund hatte, der sie schlug, wusste bisher niemand. Der Richter, den sie um Vertagung gebeten hatte, hatte sie tatsächlich noch gefragt, ob sie über irgendetwas mit ihm reden wolle. Währenddessen war sein Blick immer wieder an ihrem Veilchen haften geblieben. Ultrapeinlich. Sie wollte nicht, dass Richter, Kollegen, Staatsanwälte sie *so* sahen.

Menschlich. Verwundbar. Schwach.

Die Tür ging auf, jemand trat ein und klopfte dabei hastig gegen den Rahmen. Amelie. Keine Frage. Dafür musste Luisa nicht die Augen öffnen. Alle anderen Mitarbeiter der Kanzlei klopften an, *bevor* sie eintraten.

»Dein Termin mit Teddy ist gleich«, sagte Amelie.

Luisa stöhnte innerlich auf. Oder auch äußerlich. Ulrich Thaddäus Förch, in Abwesenheit Teddy genannt, der Steuerberater der Kanzlei, war akkurat, pünktlich, gradlinig und so humorvoll wie ein mallorquinischer Kinderanimateur am Ende einer langen, harten Saison. Jeden seiner Vorschläge verdeutlichte er, indem er mit seiner rechten Hand hackende Bewegungen vollführte. Als wäre er ein Metzger. Zu diesem Tick gesellte sich noch jener, immer alles in einer Dreierabfolge machen zu müssen. Er trank drei Schluck Kaffee, Blätter, die vor ihm lagen, rückte er dreimal zurecht. Bei der Hackbewegung war es genauso.

Immer drei hintereinander.

Hack. Hack. Hack.

Luisa hatte ihn nur ein einziges Mal zu einem Mandantengespräch mitgenommen, da es um ziemlich fantasievolle Steuerhinterziehung ging und Luisa gut genug war, um zu wissen, dass da ein Profi ranmusste. Während sie die Verteidigungsstrategie besprach, hatte Ulrich neben ihr gesessen und jeden einzelnen ihrer Sätze mit der hackenden Bewegung visuell untermauert.

»Zuerst werde ich die Akte der Staatsanwaltschaft sichten.«

Hack. Hack. Hack.

Unbewusst war ihr Mandant Ulrichs Bewegung mit dem Kopf gefolgt.

»Anschließend unsere eigenen Gutachter befragen.«

Hack. Nick. Hack. Nick. Hack. Nick.

»Danach treffen wir uns erneut, um Einzelheiten zu besprechen.«

Hack. Nick. Hack. Nick. Hack. Nick.

Seitdem nahm sie Ulrich nicht mehr mit.

Luisa ahnte, dass es ihn kränkte, denn bei solchen Besprechungen fühlte er sich immens wichtig, aber ihr Seelenheil und das ihrer Mandanten wog dann doch ein bisschen mehr.

»Hast du die Post gesehen, die ich dir auf den Schreibtisch gelegt habe?«

»Ja«, sagte Luisa und richtete sich auf. Der achtlos hingeworfene Stapel Post war auf ihrem aufgeräumten Schreibtisch natürlich aufgefallen, sie hatte ihn lediglich ignoriert. Sie wickelte das Papier um den halben Schokoriegel und legte ihn zurück in die Schublade. Nachdem sie die Aktentasche angehoben und den Poststapel begutachtet hatte, stach ihr eine ockergelbe Versandtasche ins Auge. Sie war zu klein für die üblichen Dokumente oder Akten. Luisa drehte den Umschlag in der Hand, fand aber keinen Absender. Sie schob den Brieföffner in die kleine Lücke bei der Gummierung und zog ihn schwungvoll durch. Ein Foto fiel heraus, zusammen mit einem kleinen Zettel. Sie klappte ihn auf und las:

Ich weiß, wo du wohnst.

Zischend atmete Luisa ein und ließ den Zettel fallen. Mit einem Fingernagel hob sie das Foto an einer Ecke hoch und drehte es schwungvoll um.

Ihr Herz polterte.

Sie drückte sich vom Schreibtisch weg.

Ihr Wohnhaus.

Sie sprang auf, fuhr sich durch die Haare, öffnete den Mund, aber die Worte des Entsetzens wollten sich nicht formen. Stumm hallten sie in ihrem Kopf wider.

»Was ist los?«, fragte Amelie.

Luisa sah sie an. Sie hatte keine Antwort. Ihr Blick fiel wieder auf den Schreibtisch.

Der Umschlag. Sie nahm ihn hoch und studierte ihn genauer.

Keine Briefmarke. Wer auch immer ihr das geschickt hatte, wusste, wo sie wohnte, und war persönlich hier gewesen.

Es fühlte sich an, als würde eine eiskalte Hand in ihrem Innern herumstochern und nur so zum Spaß ihre Gedärme neu anordnen. Ihre Hände wurden kalt und schwitzig. Sie wischte sie am Hosenbein ab.

»Luisa?«, fragte Amelie erneut.

Wortlos deutete Luisa auf den Zettel und das Foto.

»Ist das dein Haus?«, fragte Amelie.

»Ja.«

»Scheiße.«

Das traf es ziemlich gut.

Karl lief in ihrem Büro auf und ab, seine Brille hielt er in der rechten Hand, seine linke war hinter dem Rücken zur Faust geballt. Er sah aristokratisch aus, während er den Stoff des hellen Teppichs abwetzte.

»Das wird vermutlich nur ein Streich sein«, sagte Luisa.

Karl blieb stehen, nahm den Bügel seiner Brille in den Mund und kaute darauf herum. Er war kurz vorm Wedeln. Kein gutes Zeichen. Er lief weiter. Langsamer, seine Schritte bedächtiger.

»Das glaubst du nicht, und das glaube ich nicht«, sagte er schließlich.

Das stimmte.

»Was denkst du?«, fragte Luisa.

Er blieb vor dem Fenster stehen. Von seinem karamellfarbenen Anzug hatte er das Jackett abgelegt und trug nur noch seine Weste über dem weißen Hemd, dessen Ärmel er verzweifelt hochgekrempelt haben musste, denn die Falten lagen nicht akkurat aufeinander. Er sah hinaus, seine Schultern gestrafft, sein Kinn erhoben. Für einige Sekunden verharrte er in dieser Position, als stünde er für einen alten Maler Modell, ehe er sich abrupt zu ihr umdrehte.

»Was ich denke, ist, dass weder der Überfall noch die Drohung Zufall sind. Ich denke, die beiden Taten stehen in Zusammenhang.« Während er sprach, schweifte sein Blick zwischen ihr und dem Fenster hin und her. »Du musst die Polizei informieren.«

Verdammt, verdammt, verdammt. Sie schwieg, denn dem konnte sie nichts hinzufügen.

»Er wollte nur meine Handtasche«, sagte Luisa schließlich.

»Jemand will dich einschüchtern«, folgerte Karl.

Sie nickte und senkte den Blick auf ihre zartrosa lackierten Fingernägel. Ein Gesicht tauchte vor ihrem inneren Auge auf.

Boris Iwanow. Ein zwielichtiger Mann. Graumelierte Haare, die sich bis auf die Schultern wellten, feistes Gesicht. Er war ein russischer Bauunternehmer, dessen Firma letztes Jahr mit einer deutschen Baufirma fusioniert hatte. Da die Fusion nicht so ertragreich war wie erhofft, wollte er nun die Verträge auflösen, was sich als äußerst schwierig bis nahezu unmöglich erwies, zumindest ohne horrende finanzielle Einbuße. Daher warf er nun ihrem Mandanten, Martin Kopowski, Korruption vor. Die Beweise hatten dem Staatsanwalt für eine Klage gereicht. Ein Politiker, der eine kurze Rede für eine aberwitzige Summe vor einem beinahe leeren Saal gehalten und danach ein Projekt an Kopowski vergeben hatte, ein externer Vermittler zwischen der Baufirma und einer Immobilienverwaltung, der zufällig auch in einer städtischen Behörde saß und für seine Vermittlertätigkeit eine ansehnliche Summe kassierte. Das waren Beweise, aber wirklich gegen ihren Mandanten? So, wie sie die Sache sah, hatte Boris Iwanow seine schmierigen Finger im Spiel. Da sich in den letzten Wochen keine friedliche außergerichtliche Lösung gefunden hatte, begann nächste Woche die Verhandlung. Bei einer Verurteilung drohten ihrem Mandanten bis zu fünf Jahre Haft, wodurch Boris Iwanow alleiniger Geschäftsführer wäre. Er würde auf jeden Fall davon profitieren, wenn Luisa nicht ordentlich arbeiten würde. Sie öffnete den Mund, um von ihrer Überlegung zu erzählen, hielt dann jedoch inne. Karl war ihr gegenüber sehr protektiv. Er würde ihr den Fall wegnehmen, der sie zur Partnerin machen könnte. Auf Basis ihrer Vermutung.

»Ich rufe die Polizei an«, sagte sie, auch wenn sie wusste, dass es nicht viel bringen würde, außer Zeit zu schinden, bis der Prozess nächste Woche begann. Sie suchte das Opferblatt heraus, das ihr von den Kripobeamten nach dem Überfall ausgehändigt worden war. Darauf stand sowohl die Fall- als auch eine Telefonnummer. Unter Karls wachsamem Blick wählte sie die Nummer und schilderte, was geschehen war. Der Beamte, der weder ihren Fall noch sie kannte, klang insgesamt wenig beeindruckt. Die Notiz war nicht konkret genug, um die Polizei zum sofortigen Handeln zu zwingen. Sollte jemals einer ihrer Mandanten wegen so eines Briefes angezeigt werden, würde sie die Klage im Nu abschmettern können. Wollen war nach heute eine ganz andere Sache. Der Beamte bat sie, das Foto und den Zettel noch heute vorbeizubringen, was Luisa an Amelie delegieren würde. Nachdenklich beendete sie das Gespräch. Hatte derjenige, der ihr den Brief geschickt hatte, bewusst vermieden zu drohen? Das würde auf juristisches Wissen hindeuten. Sie legte das Handy auf den Schreibtisch und sah Karl an.

»Ich will eine Aufstellung all deiner Fälle, an denen du im Moment arbeitest und an denen du im Lauf dieses Jahres gearbeitet hast, mit besonderem Augenmerk auf Fälle, die in Revision gehen.«

Er sah sie über den Rand seiner Brille hinweg streng an. Ein Teil ihrer Arbeit war es, Gutachten hinsichtlich der strafrechtlichen Compliance zu erstellen. Firmen wollten beispielsweise von ihr wissen, ob sie sich mit bestimmten Formulierungen in Verträgen strafbar machen könnten. Von denen hatte sicherlich niemand Grund, sie zu bedrohen. Aber als Strafverteidigerin sammelte man Antipathie wie andere Leute Treuepunkte beim Einkaufen. Neben Arschtreter-Polizisten vor allem von Mandanten, die mit dem Urteil unzufrieden waren oder sich selbst als unschuldig im Gefängnis sahen. Es gab Nebenkläger von Geschädigten, die in ihr das personifizierte Böse sahen, weil sie die Täter vertrat. Insgesamt war die Liste nicht gerade kurz, aber keiner dieser Personen traute Luisa zu, dass sie sie überfiel und bedrohte. Irgendwie.

»Ich kümmere mich heute Abend darum«, sagte sie.

»Willst du ein paar Tage freihaben?«

»Was?! Nein. Warum?«

Karl kam auf sie zu und stützte sich auf dem Schreibtisch ab. Seine wässrigen blauen Augen sahen sie ernst an. Dumbledore, der sie vor Voldemort warnte.

»Du bist überfallen worden. Wenn du deine Hand bewegst, sehe ich, wie du zusammenzuckst, und ich bin mir sicher, dass du nicht beim Arzt warst. Gestern bist du bei einem Selbstverteidigungskurs k.o. gegangen, und jetzt wirst du bedroht. Reicht dir das nicht?«

Ha, bei der Sache mit dem Arzt irrte er sich. Sie war heute Morgen bei einem gewesen, der sich mit ernstem Blick vor sie gehockt und gefragt hatte, ob es bei ihr häusliche Probleme gab. Ihr Handgelenk war verstaucht, der Schnitt an ihrer Hüfte gereinigt und fachmännisch versorgt, ihr blaues Auge unschön, aber medizinisch nicht relevant.

»Das mit der Ohnmacht hört sich schlimmer an, als es war.«

»Dein blaues Auge sieht schlimmer aus als das des Liebhabers meiner Exfrau.«

Luisa lachte. »Als ob du jemanden schlagen könntest.«

Karl sah auf seine Hände hinab. »Wir sind alle zu Dingen fähig, die wir selbst nicht für möglich halten.«

Luisa zweifelte an vielem, aber nicht daran, dass Karl keiner Fliege etwas zuleide tun konnte. Er war friedlicher als ihre Eltern, und die waren Hippies. Und soweit Luisa wusste, hatte seine Frau sich von ihm scheiden lassen, weil er nie zu Hause war. Karl wollte sie aus dem Verkehr haben. Aber allein zu Hause würde sie verrückt werden und sich über Amazon ein

Fünftausendteilepuzzle eines blauen, wolkenlosen Himmels bestellen.

»Ich bin okay. Je mehr ich arbeite, desto abgelenkter bin ich.«

»Sagt diejenige, die mir noch vor Kurzem geraten hat, kürzerzutreten.«

»Du hattest einen Herzinfarkt! Das kann man ja wohl schlecht vergleichen«, warf Luisa ein.

»Der war kaum der Rede wert.« Er sah sie an. »Du könntest ein paar Tage nach … Brandenburg fahren.«

Nun stand Luisa auf, denn sie wusste haargenau, was er mit dieser Ablenkung und Anspielung bezwecken wollte.

»Nein.«

»Wie bitte?«

»Nein. Nein. Nein. Ich werde nicht, ich wiederhole mich jetzt, ich werde *nicht* meine Eltern besuchen.«

Karl grinste sie an. Von einem seiner Backenzähne blitzte Gold auf.

»Würde dir vielleicht guttun. Du könntest dir von … wie hieß sie noch? Birte? Sie könnte dir die Chakren reinigen.«

Luisa bedachte ihn mit dem bösesten Blick, den sie auf Lager hatte, und zog eine Akte aus einem der Büroschränke. Sie hätte Karl nie, nie, nie erzählen dürfen, dass ihre Eltern in einer Kommune lebten. Und dass sie sich mit Birte in einer Art Lebensgemeinschaft befanden, die … interessant war. Um es nett zu formulieren. Ein Besuch dort würde ihr niemals im Leben guttun, und das wusste Karl. Dummerweise stand in den nächsten Tagen ohnehin einer an, aber den würde sie keine Millisekunde länger ausführen als nötig. Lieber würde sie einen Bungeejump ohne Seil buchen.

»Wo musst du hin?«, fragte Karl und sah auf die Uhr.

»Ich habe um halb vier einen Termin mit Ulrich, den ich wegen des Briefs verschoben habe, danach treffe ich mich noch mit einem Mandanten.«

»Wo?«

Sie sah ihn an, reckte ihr Kinn.

»Überwachst du mich jetzt?«, fragte sie, als sie ihre Bürotür öffnete.

»Ja, Luisa, und ich meine das verdammt ernst. Ich will ab jetzt immer wissen, wo du hinfährst. Und hin und wieder von dir hören, damit ich weiß, dass alles in Ordnung ist.«

Ihr Herz schwoll an, ihre Kehle verengte sich und sie fragte sich, womit sie es verdient hatte, in dem ersten Chef ihres Lebens – von ihren Studentenjobs abgesehen – einen Freund gefunden zu haben, der sie mochte und förderte, der ihre Natur verstand und ihr ähnlich war. Und der sie – sobald die anderen Partner hinreichend von ihren Qualitäten überzeugt waren – zu seiner Nachfolgerin ernennen würde.

»Ich fahre ins Gefängnis.«

Karl legte eine Hand über sein Gesicht und schüttelte leicht den Kopf. Luisa wusste, was er dachte, aber er irrte sich. Wo sollte es für sie im Moment sicherer sein als an einem Ort mit strengen Kontrollen? Zu Hause bestimmt nicht.

Denn irgendjemand, der ihr nichts Gutes wollte, wusste schließlich, wo sie wohnte.

Kapitel 8

Fertig. Iljas lehnte sich zurück und klappte den Laptop zu. Er hatte tatsächlich ein Video mit jener Szene gedreht, die ihm Luisa Elmas gestern geschildert hatte. Währenddessen hatte er sich das erste Mal in seiner Karriere unwohl gefühlt, als würde er ihre Privatsphäre verletzen. Als würde er ohne Berechtigung Details ihrer Person verwenden.

Warum nur fand sie immer wieder einen Weg in seinen Kopf? Weil Schutz zu bieten nun mal den größten Teil seiner Persönlichkeit ausmachte – was ihr gestern kein bisschen weitergeholfen hatte. Im Gegenteil.

Gedankenverloren kratzte er mit dem Finger über das Emblem des Laptops, ehe er ihn schließlich wieder aufklappte. Sein Video hatte bereits tausend Likes. Er las ein paar Kommentare, beantwortete den einen oder anderen, scrollte weiter nach unten und stockte.

Wieder und wieder las er den Kommentar von Rainbowgirl24.

Sorry für diese Finanzamtsache ;-) Es gibt neue Entwicklungen. PM me.

Es benötigte kein Superhirn, um zu wissen, wer ihn angeschrieben hatte. Luisa Elmas' Sekretärin. Iljas stand auf, ging an den Kühlschrank und nahm sich ein Bier. Er öffnete die Flasche, warf den Kronkorken samt Öffner auf die Arbeitsplatte und ging zurück zum Laptop. Er setzte die Flasche an seine Lippen und trank einen großzügigen Schluck. Das war interessant. Welche neuen Entwicklungen? Über die Kommentarfunktion seines Videos zu gehen war ein geschickter

Zug. Der Ball lag nun in seinem Feld. Hätte die Sekretärin ihn angerufen, hätte er abgeblockt, vermutlich sogar aufgelegt. Nun, es gab nur eine Möglichkeit, herauszufinden, was los war. Er würde den Ball zurückkicken. Er stellte die Flasche zur Seite, die goldene Flüssigkeit schwappte hin und her, Schaum stieg gefährlich weit den engen Flaschenhals hinauf.

Dies war gewissermaßen eine Weggabelung. Würde er den Kommentar ignorieren, würde er Luisa Elmas für immer aus seinem Leben verbannen.

Iljas tippte eine Antwort.

❤

Luisa öffnete die Wohnungstür, trat über die Schwelle und hielt inne. Der Duft von Rosen, Hyazinthen und Melone strömte ihr entgegen, hüllte sie ein, vermochte es jedoch nicht, ihre Anspannungen zu lockern. Vielleicht sollte sie die Holzstäbchen aus dem Diffuser nehmen und einen kräftigen Schluck daraus trinken, um ihre Nerven zu beruhigen. Bereits in der Tiefgarage hatte sie so ein … Gefühl. Es ließ sich nicht abschütteln, war nicht direkt Angst, kam dem aber sehr nahe. Angestrengt lauschte sie nach Geräuschen, die nicht sein sollten, versuchte, eine Präsenz zu spüren, die nicht da sein durfte. Was totaler Mist war. Präsenzen und Auren waren für Menschen, die sich Küchentücher auf die Augen legten, um so mit den Bewohnern des Jenseits in Kontakt zu treten. Oder die um ein Lagerfeuer tanzten, voll bis unter die Schädeldecke mit Pilzen und anderem Zeug, das sie bunte Farben sehen ließ.

Dazu gehörte sicherlich nicht Luisa.

Sie würde sich nicht einschüchtern lassen. Das Holz, aus dem sie geschnitzt war, war härter. Routiniert stellte sie ihre

Aktentasche auf den Boden, schloss die Tür, hing ihren Mantel in die Garderobe und zog ihre silbernen Zanottis aus. Als ihre Füße den weichen Teppich berührten, atmete sie hörbar aus. Das war der Himmel auf Erden. Nach einem langen Tag auf Heels über weichen Teppichboden laufen. Sie wackelte mit den Zehen, um ihre Fußballen zu entspannen, ehe sie durch den Flur ging und sich dabei fühlte, als spränge sie über fluffige Wolken. Trotz des posthighheelschen Hochgefühls konnte sie das flaue in ihrem Magen nicht ignorieren. Es war dunkel und kalt in der Wohnung. Bisher hatte sie das nie gestört, aber jetzt wünschte sie sich eine Wärme, die nichts mit dem Aufdrehen der Heizung zu tun hatte. Eine persönliche Wärme. Vielleicht sollte sie sich eine Katze anschaffen? Allerdings bezweifelte Luisa, dass sie die geeignete Person für ein Haustier war. Das arme Kerlchen würde spätestens nach drei Tagen ein Loch in die Fensterscheibe kratzen und sich mit Sack und Pack über die Fassade nach unten hangeln.

Sie schaltete die Stehlampe neben der Couch ein und sah die Spiegelung ihrer Silhouette in der Fensterfront, die sich fast über die gesamte Südseite des Wohnzimmers zog.

Man kann mich von draußen sehen.

Mit Mühe unterdrückte sie einen kleinen Aufschrei, eilte zum Fenster und zog die schweren Vorhänge zu, die bis jetzt nur einen reinen Dekorationszweck erfüllt hatten. Unfähig, ihre Angst im Zaum zu halten, verfuhr sie in jedem Zimmer so. Sie schaltete überall das Licht an, zog Vorhänge vor und spähte sogar in Schränke, aber das würde niemand jemals erfahren. Denn Luisa Elmas hatte keine Angst. Sie ging ins Schlafzimmer, schlüpfte – Muskelkater sei Dank – umständlich aus dem Kostüm und griff sich die schwarze Sporthose von gestern, denn ja, sie war verdammt bequem. Dann zögerte sie. Normalerweise trug sie zu Hause gern Kaschmirpullover, vor allem jetzt, da die kalte Jahreszeit begann, aber ihr Blick fiel immer wieder auf Iljas' Kapuzenjacke. Sie verkörperte Wärme und Sicherheit, was sie stark an ihrem Verstand zweifeln ließ, denn hallo?! Es war eine Jacke. Kein Taser. Und der Besitzer ein Idiot. Die meiste Zeit zumindest.

Trotzdem schlüpfte sie hinein. Mit jedem sich schließenden Zahn des Reißverschlusses fühlte sie sich besser, wärmer, beschützter. Auch davon würde nie jemand erfahren. Morgen würde sie die Jacke waschen und zurückschicken.

Nachdem sie ihre Haare zu einem hohen Zopf zusammengefasst hatte, fühlte sie sich endlich nach Feierabend. Nun ja, das stimmte nur bedingt, denn sie musste etwas Essbares auftreiben und eine schriftliche Begründung in einem Revisionsverfahren verfassen. Nachdem ein Urteil gefällt wurde, hatte man eine Woche Zeit, Revision einzulegen, danach bekam man noch einmal vier Wochen, um die Begründung beim Bundesgerichtshof abzugeben, was wiederum nur ein dort zugelassener Anwalt tun konnte. Das war Luisa nicht, aber da es ihr Fall war, bereitete sie die Begründung vor. Das würde bestimmt super spaßig werden, zumal sie noch –.

Es klingelte.

Luisa versteckte sich hinter der Schlafzimmertür. Ihr Herz hämmerte im Brustkorb, ihr war heiß und gleichzeitig kalt. Es war beinahe halb zehn. Um diese Uhrzeit besuchte sie niemand. Nein, das stimmte nicht. Es besuchte sie grundsätzlich niemand. Sie kniff die Augen zusammen und betete, dass wer auch immer vor der Tür stand, sich in Luft auflösen würde.

Es klingelte erneut.

»Mist«, fluchte sie, holte tief Luft und ging langsam zur Eingangstür. Dass es verrückt war, nur wegen eines Klingelns einen Stresspegel von Meinem-Nachbarn-ist-die-Python-ausgebüxt zu haben, wusste sie, aber … so war es nun mal. Sie besaß keine Waffe, weil sie wusste, zu was das führen konnte, wollte aber auch nicht schutzlos die Tür öffnen. Ha! Sie hatte einen Kamin, der noch unbenutzt war, genauso wie das Set aus Schürhaken und Besen. Sie eilte zurück ins Wohnzimmer, während es erneut klingelte. Da war aber jemand ungeduldig, sie auszurauben. Den Schürhaken zu nehmen kam ihr vor, als ginge sie den ersten Schritt Richtung Serienmörderin, weswegen sie sich für den Besen entschied. Sie ging zur Tür und sah auf den Monitor, der ihr zeigte, wer ihre nächtliche Arbeitsruhe störte.

Es fühlte sich an, als hätte jemand die Pausetaste ihres Herzschlags gedrückt. Sie betätigte den Türöffner und ließ den Besen sinken, den sie bisher wie einen Baseballschläger in die Höhe gehalten hatte. Ihr Besucher hatte sie so sehr aus der Fassung gebracht, dass sie nicht einmal ansatzweise über ihr Erscheinungsbild nachdachte, als sie die Wohnungstür aufriss.

»Was machst *du* hier?«, fragte sie Iljas, der gerade die letzte Stufe erklomm. Selbstverständlich hatte Mr. Supersportler nicht den Fahrstuhl genommen. Gott verhüte, dass sich auch nur ein Gramm Fett auf seine Hüften verirrte.

»Freundliche Begrüßung«, sagte er und schlenderte auf sie zu, seine Hände tief in den Taschen der dunkelblauen Jeans vergraben. Ein grauer Pullover spannte sich über seine breite Brust und seine Füße steckten in blütenweißen Adidas-Schuhen. Was seinen Gang auszeichnete, waren die minimalen Modifizierungen, die anderen vielleicht entgangen wären, aber nicht Luisa, denn manchmal entschieden Winzigkeiten. Seine Ellbogen waren leicht nach außen gestellt, wodurch sich sein Körper öffnete. Seine Schultern waren gestrafft, sein Blick fokussiert, er schweifte nicht unsicher in der Gegend herum. Er schlurfte nicht, sondern setzte fest und sicher einen Fuß nach dem anderen auf.

Okay. Ja, sie gab zu, das war schon ziemlich sexy, weil er mit jeder Faser seines Körpers eine natürliche Überlegenheit signalisierte. Und jetzt, da Luisa über äußere Erscheinungsmerkmale nachdachte, fiel ihr ein, wie *sie* aussah. Blaues Auge, Leggins, Kaminbesen, Pullover.

Oh verdammt.

Pullover.

Sein Pullover.

Wie ein hormongesteuerter Teenager, der ganze zwanzig Minuten von Schatzi getrennt gewesen war. So etwas machte man als erwachsene, erfolgreiche Anwältin nicht. Zumal die Person, dessen Pullover sie trug, nicht gerade ihr Freund war. Himmel, er hatte sie verprügelt. Gut, aus dieser Nummer kam sie nicht mehr raus. Sie konnte lediglich ihre Körpersprache anpassen. Also hob sie den Kopf, spitzte die Lippen leicht, drückte den Rücken durch, öffnete den Körper ebenfalls, indem sie mit einer Hand weit oben an die Tür griff. Er blieb stehen, musterte sie. Musterte ihr Veilchen, und sein Blick verdüsterte sich. Sie zuckte mit den Achseln.

Das ist bloß eine Lappalie.

Er studierte ihr Gesicht, zu ihrem Leidwesen ihr Outfit und den Kaminbesen.

»Darf ich reinkommen?«, war – halleluja – alles, was er sagte.

»Warum?«, fragte sie, denn sie hatte wirklich keinen blassen Schimmer.

»Lass mich rein, dann erkläre ich es dir.«

»Nein«, sagte sie mit fester Stimme und sah zu ihm auf.

Denn es gab noch eine andere Komponente. Eine, wegen

derer sie den Griff um den Kaminbesen nicht lockerte. Auch er hätte ihr das Foto schicken können, denn seit gestern wusste er, wo sie wohnte. Und aus seinem Groll machte er kein Geheimnis. Aber was für ein Motiv hätte er, außer dass er ihren Beruf nicht leiden konnte? Sie atmete aus, versuchte, ihre verkrampften Muskeln zu lösen. Iljas als Verdächtiger war absurd.

»Warum trägst du meinen Pullover?«, fragte er leise, hob die Hand und wickelte einen Finger um eine der Kordeln. Ihre Haut bitzelte. Sie musterte ihn, während ihr Körper verrücktspielte, und in diesem Augenblick wusste sie, dass er auf keinen Fall derjenige war, der sie überfallen hatte. Iljas war einen guten Kopf größer als der Angreifer von gestern. Außerdem hatte sie im Büro auf Amelies Computer ein Video gesehen. Dort hatte sie ihn gesehen. *Ihn*. Die Empathie, die Sorge, den Willen durch das, was er tat, Änderungen herbeizuführen. Er mochte sie nicht, weil er ein grobschlächtiger Excop war – na ja, so was in der Art –, aber er war kein schlechter Mensch, er sorgte sich zumindest um Menschen aus nichtjuristischen Bereichen. Sie wich zurück, versuchte Distanz zu schaffen, um über seine durchaus berechtigte Frage bezüglich des Pullovers nachzudenken.

Ich hatte weniger Angst von dem Moment an, als ich ihn mir übergezogen hatte.

Diese Wahrheit würde niemals die Barriere ihrer Lippen überwinden. Eher würde sie während der nächsten Verhandlung Striptease tanzen. Sie schwieg. Immerhin beantwortete er ihre Fragen chronisch nicht. Er ließ seine Hand sinken und schob sie wieder in die Hosentasche.

»Ich habe mit Amelie telefoniert«, sagte er schließlich.

Ah, Amelie.

AMELIE???

Luisa wusste noch nicht einmal, wo sie anfangen sollte.

Er war per Du mit ihrer Sekretärin.

Er hatte mit ihr über sie gesprochen.

Das war falsch, einfach nur falsch. Amelie sollte ihr gegenüber loyal sein, nicht gegenüber irgendeinem dahergelaufenen düsteren Muskelpaket, der so viele Abonnenten wie die Bravo Leser hatte.

»Nimm es ihr nicht übel, sie war in Sorge um dich.«

»Wie kommst du darauf, dass ich ihr böse bin?«, fragte Luisa und konnte nur mit Mühe ihre Zähne davon abhalten, zu knirschen. Die Hände musste sie ebenso stark kontrollieren. Ihre linke, damit sie die Tür nicht ausriss, ihre rechte, damit sie ihm den Besen nicht über den Schädel zog. Das erste Mal in ihrem Leben hatte Luisa eine gewisse Ahnung davon, wie es sich anfühlen musste, wenn man kurz davorstand, eine Affekthandlung auszuführen.

»Dein Todesblick.«

»Mein *was?*«, fragte sie und ihr Körper entspannte sich.

»Ich bin unter Frauen groß geworden und alle haben mir im Lauf ihres Lebens den Todesblick zugeworfen. Er besagt, dass man sich wünscht, dass sein Gegenüber in Flammen aufgeht, angefangen beim Gemächt, damit er noch am Leben ist, wenn es lichterloh brennt.«

Luisa grunzte wenig elegant. Es war eine Mischung aus Schnauben und Lachen, denn sie wusste nicht, wonach ihr zuerst war.

»Was genau wollte Amelie von dir?«

Iljas blickte über seine Schulter.

»Es wäre besser, wenn wir das drinnen besprechen würden.«

Seine kryptische Antwort ließ Luisa erahnen, was genau Amelie ihm gesteckt hatte, und nun hielt sie eine Verlegung des Gesprächs auch für die bessere Lösung. Möglich, dass ihre Nachbarn nicht so gut darauf reagierten, wenn sie wussten, dass Luisa bedroht wurde. Geräuschvoll stieß sie die Luft aus und öffnete die Tür weit.

»Was hat es mit dem Besen auf sich?«, fragte Iljas.

»Ich war beim Wohnungsputz.«

Er blickte auf den kurzen, völlig sauberen Kaminbesen, sagte aber nichts.

»Hast du es der Polizei gemeldet?«, fragte er, kaum dass sie die Tür geschlossen hatte.

»Ja.«

Sinnlos, so zu tun, als würde sie nicht wissen, wovon er sprach, denn er hatte mit Amelie alias die tratschigste Sekretärin der Welt gesprochen. Er wusste vermutlich alles über sie. Luisa hob den Kopf und blickte in seine dunklen Augen.

Mhm, Espresso.

Nachdem sie vom Anblick seiner Augen gekostet hatte, wandte sie sich schließlich ab und führte ihn ins Wohnzimmer. Sie bedeutete ihm, auf der Couch Platz zu nehmen. Immer noch seinen Pullover zu tragen war peinlich, aber sich jetzt umzuziehen wäre noch heikler. Einfach ausziehen ging auch nicht, weil sie nur einen BH darunter trug. Schöne Scheiße.

»Wie ist deren Einschätzung?«, fragte Iljas, nachdem er sich gesetzt hatte. Sein Körper vibrierte, er faltete die Hände, nur um sie gleich darauf zu lösen, sein Blick wanderte durch die Wohnung, sein Bein wippte.

Luisa versuchte Ruhe auszustrahlen, sich nicht von seiner Nervosität anstecken zu lassen.

»Ich bin Strafverteidigerin, da kommt so etwas vor«, sagte sie.

»Ernsthaft?«

»Die Situation ist nicht schön, aber auch nicht lebensbedrohlich.«

Übermannt von der Energie stand er schließlich auf, lief um die Couch herum, als würde er Freiraum brauchen. Er betrachtete die gerahmten Schwarz-Weiß-Fotos an der Wand eingehend und besah sich die Front aus blickdichten Vorhängen, als würde er wissen, dass Luisa den Schutz der Verborgenheit gesucht hatte.

»Das ist Schwachsinn«, sagte er, nachdem er sich wieder zu ihr umgedreht hatte. »Ich würde meine Hand dafür ins Feuer legen, dass der Brief in direktem Zusammenhang mit dem Überfall steht.«

Luisa nickte zum Kamin. »Tu dir keinen Zwang an«, sagte sie und zog ihre Beine neben sich auf die Couch. »Der Punkt ist aber, dass der Polizei die Hände gebunden sind. Sie haben den Täter nicht gefasst, der Brief beinhaltete keine direkte Bedrohung, und ich wette, sie finden weder Fingerabdrücke noch DNS daran. Und selbst wenn, hätten sie keine Spuren vom Überfall, mit denen sie sie vergleichen könnten.«

Sie zählte die Punkte an ihren Fingern ab.

»Geh den Überfall noch einmal mit mir durch«, forderte er sie auf.

Das Gespräch verlief schleppend, die Luft zwischen ihnen fühlte sich dick und schwer an, durchzogen von Feindseligkeit. Sie wünschte, er würde gehen, gleichzeitig wollte sie, dass er blieb. Sie sah ihn an. Sein Blick hatte etwas Unumstößliches. Warum auch immer. Ihr Magen knurrte. Ach, was soll's. Er war hier, er würde nicht gehen. Sie musste essen. Sie stand auf und ging in die angrenzende offene Küche. Er folgte ihr.

»Hunger?«, fragte sie.

Er schwieg und sah sie an, als vermutete er ein Ablenkungsmanöver. Junge, das würde ein gemütlicher Abend werden. Luisa öffnete den Kühlschrank.

»Was soll ich mit deinen Eiern machen?«

»Wie bitte?!«, fragte er, ehrlich entsetzt.

Als Luisa begriff, was sie gerade gesagt hatte, schlug sie die Hände auf den Mund, konnte die Lachsalven jedoch nicht bremsen, die zwischen ihren Fingern durchbrachen.

»Oh Gott«, sie prustete, »so meinte ich das nicht.«

Mit einer Hand hielt sie sich am Griff des Kühlschranks fest, um während des Lachens ihr Gleichgewicht zu halten. Er stand neben ihr, lehnte seine Hüfte gegen die Arbeitsplatte und musterte sie. Sie glaubte erneut, einen Mundwinkel zucken zu sehen, aber da ihr Tränen die Sicht nahmen, konnte sie sich auch irren.

»Ich meinte, ob du Rühreier oder Spiegeleier möchtest«, keuchte sie schließlich und wischte sich eine Träne aus dem Augenwinkel. »Ich wollte nicht auf deine … du weißt schon … Hoden anspielen.«

Sie holte den Karton mit den Eiern heraus. Den Eiern, nicht seinen Eiern, wohlgemerkt. Dezent überprüfte sie, ob sie noch haltbar oder am Tag ihres ersten Staatsexamens abgelaufen waren. Sie stellte eine Pfanne auf den Herd und gab ein wenig Öl hinein. Dann drehte sie sich zu ihm. Bevor es noch peinlicher wurde, würde sie ihm einfach erzählen, was er wissen wollte, sich anhören, was er zu sagen hatte, und ihn dann wieder wegschicken.

»Ich bin wie jeden Morgen zur Arbeit gegangen. Ich fange für gewöhnlich sehr früh an, damit ich mein Tagespensum schaffe, denn meistens werde ich durch neue Mandanten oder Ähnliches unterbrochen. Jedenfalls –«

»Die Pfanne ist heiß.«

Sie wandte ihren Blick ab und schlug vier Eier hinein, dann nahm sie eine Gabel und stach das Eigelb auf.

»Was tust du da?«, fragte er und in seiner Stimme schwang echte Bestürzung. Als hätte sie gerade kleine Hundewelpen in den Backofen geschoben.

»Rührei machen«, sagte sie und warf ihm über die Schulter hinweg einen kurzen Blick zu.

»Geh zur Seite, ich mach das«, sagte er und drängte sie weg.

»Ich bin durchaus in der Lage, Rührei zu machen.«

»Das, was du da machst, gleicht einer Eivergewaltigung.«

Bei dem Wort Vergewaltigung zuckte sie unwillkürlich zusammen und Iljas ließ den Löffel sinken, mit dem er in der Pfanne gerührt hatte.

»Du hast mir gestern nicht alles erzählt, oder?«, fragte er. »Was hat er noch getan?«

Ihre Eingeweide zogen sich schmerzhaft zusammen. Sie hatte niemandem davon erzählt, weil es der schlimmste Augenblick des Überfalls gewesen war. Das Eindringen in ihren privaten, geschützten Raum. Das Berühren ihrer Brust. Es fügte dem schweren Raub sexuelle Belästigung hinzu, die nach Paragraf 184i des Strafgesetzbuchs strafbar war. Aber wem machte sie etwas vor? Der Dieb würde nie gefasst, das Verbrechen an ihrem Körper nie geahndet werden. Welchen Nutzen hätte es, wenn sie es erzählte?

»Nichts«, krächzte sie.

Er sah sie an und schwieg. Es würde sie nicht wundern, wenn er dieses elende Schweigen in der Polizeischule gelernt hätte, um besonders hartnäckige Verbrecher zum Reden zu bringen. In der Pfanne zischte und brodelte das Ei. Es roch verbrannt. Luisa versuchte wirklich, seiner Taktik standzuhalten, aber sie merkte, wie ihr das Schweigen immer unangenehmer wurde, wie es an ihrer Fassade kratzte, hindurchschlüpfte und sie schubste, sie dazu drängte, zu reden.

»Er hat mich berührt«, versuchte sie mit fester Stimme zu sagen und hatte plötzlich Verständnis für all die Zeuginnen, die während einer Verhandlung weinten. Weil sie jemand gegen ihren Willen berührt hatte und weil sie es aussprechen mussten. Denn das machte es realer.

»Das war's dann auch schon«, sagte sie und wich zurück.

Iljas senkte den Blick, und als er den Kopf wieder hob, sah sie seine zusammengepressten Lippen, die zu schmalen Schlitzen verengten Augen, sein kontrolliertes Atmen. Er war in Rage. Ihretwegen. Obwohl sie sich nicht kannten. Er war kein Freund. Nicht einmal ein Bekannter. Und doch war er gekommen, als er gehört hatte, dass sie bedroht wurde. Es kümmerte ihn, was ihr widerfahren war. Das war vermutlich der ausgeprägteste Beschützerinstinkt, den sie jemals gesehen hatte.

»Das war nicht alles«, sagte er leise.

Das Ei zischte und brutzelte nicht mehr, es war so fest wie ein gebrannter Lehmziegel. Luisa ging um ihn herum und stellte den Herd ab. Sie versuchte in ihrer normalen Anwaltsstimme zu reden.

»Nachdem er mich an der Brust berührt hat, habe ich etwas in seinen Augen gesehen. Ich habe es mit dem Gefühl der sexuellen Lust in Verbindung gebracht und hatte Angst, dass er … Es kam mir so vor, als hätte er in Erwägung gezogen …«

Gott, Luisa, sag es doch einfach. Ver-ge-wal-ti-gen. Das hast du vermutet, davor hattest du Angst. Die Worte formten sich stumm in ihrem Kopf, aber sie schafften es nicht, über ihre Lippen zu schlüpfen. Sie sah ihn an. Hilfe suchend? Um Beruhigung flehend? Was auch immer sie sich von ihm erhofft hatte, er gab es ihr nicht. Er nickte lediglich brüsk.

»Welche Sicherheitsmaßnahmen ergreifst du?«

Sie hatte mittlerweile ein Pfefferspray in der Tasche. Ihr Blick wanderte von seinen dunklen Augen zum Kaminbesen.

»Dein Ernst?«, fragte er.

»Hör zu, Iljas. Ich bin in der Strafverteidigung, ich kenne das Rechtssystem in- und auswendig, ich habe alles unternommen, was derzeit in meiner Macht steht.«

»Juristisch gesehen stimmt das. Komm morgen Abend zu mir«, sagte er und in seiner Stimme schwang eine Dringlichkeit mit, die sie nicht verstand. Sie zu schützen war ihm wichtig, und die Angst in ihr war unendlich froh darüber.

»Ich glaube, das ist keine gute Idee«, sagte Luisa trotzdem und zeigte auf ihr Auge. Sie wollte nicht abhängig sein. Sie war für sich selbst verantwortlich.

»Das war ein Versehen.«

Sie schwieg, sah ihn an. Es war, als würde sich die Beschaffenheit der Luft im Raum ändern. Die schweren, trägen Moleküle verschwanden, machten Platz für leichte, tanzende, die summten und knisterten.

»Warum ist dir das so wichtig? Du kannst mich nicht leiden«, flüsterte sie.

Er kam näher. Luisa hielt die Luft an und wich zurück. Ihr unterer Rücken traf die Arbeitsplatte.

»Sie irren sich, Frau Strafverteidigerin«, sagte er leise. Kurz vor ihr blieb er stehen, seine dunklen Augen fixierten sie, hielten sie genau dort fest.

Baggerte er sie gerade an? Wollte er sie *küssen?* Die Hitze seines Körpers schwappte zu ihr über, während es sich so anfühlte, als hätte jemand Brausepulver auf ihrer Haut verteilt.

War die Antipathie vom Gefühl der Lust überdeckt oder immer noch da? Sie hatte keine Zeit, dieser Frage nachzugehen, denn er stützte seine Hände links und rechts neben ihr ab. Er wartete. Worauf? Sollte sie ihn berühren? Wollte sie das? Und dann wusste sie, auf welches Signal er wartete. Dass die Zweifel in ihrer Körperhaltung und ihrem Blick verschwanden. Der Rausch des Augenblicks hatte sie fortgetragen, sie impulsiv auf ihn reagieren lassen, aber ihre Bedenken bewusst zu unterdrücken vermochte sie nicht. Dazu war sie zu rational, handelte zu kalkuliert. Jetzt, am Scheideweg ihrer Karriere, etwas mit Iljas anzufangen ging nicht.

Sie senkte den Blick und es fühlte sich an, als hätte sie mit der Bewegung ihres Kopfes ein Band durchschnitten. Er wich zurück und fuhr sich mit der Hand übers Gesicht. Luisa atmete ein und wieder aus.

»Tut mir leid«, sagte er.

Sie sah ihn an. »Es ist nichts passiert. Iljas, verzeih mir, aber ich muss noch arbeiten.«

Er nickte knapp und verließ sie ohne ein weiteres Wort. Wieder einmal.

Was auch immer für den Bruchteil einer Sekunde zwischen ihnen gewesen war, war verschwunden.

Kapitel 9

Iljas saß im Auto und dachte nach. Warum er zu ihr gefahren war, wusste er. Was Amelie ihm erzählt hatte, klang besorgniserregend, und Luisa war nicht einmal ansatzweise dazu in der Lage, sich zu schützen. Er hingegen schon. Er konnte ihr beibringen, sich zu wehren. Im Lauf seiner Polizeikarriere hatte er so viele Menschen getroffen, die Opfer einer Gewalttat geworden waren, dass er sie nicht einmal aufzählen könnte, wenn er sich in Hypnose begeben würde. Er konnte und wollte nicht zulassen, dass der Kampfgeist in Luisas Blick erlosch, dass ihr Sarkasmus verschwand und ihre Schlagfertigkeit geschlagen wurde, weil die Angst ihr Wesen verdrängte. Das erste Mal in seinem Leben hatte er die Möglichkeit, *vorher* etwas zu unternehmen, und er war sich sicher, dass der Brief, den sie erhalten hatte, erst der Anfang war. Wer auch immer so viel Mühe auf sich nahm, Luisa zuerst zu überfallen und sie anschließend zu bedrohen, verfolgte ein Ziel, das er nicht einfach verwerfen würde. Die Bedrohung war real. Die Gefahr nicht zu unterschätzen.

Nun zur nächsten Frage. Warum hatte er versucht, sie zu küssen? Selbst als Teenager hatte er sich ein bisschen cleverer angestellt und die Mädchen, denen er unters T-Shirt wollte, wenigstens vorher auf eine Cola eingeladen. Da stand Luisa in der Küche vor ihm, erzählte ihm von dem Überfall, und er hatte nichts Besseres zu tun, als ihr in den Ausschnitt zu gaffen. Herzlichen Glückwunsch, Herr Arschtreter, hervorragende Leistung. Er hatte die Vollidiotenskala gesprengt. Aber von dem Augenblick an, als er sie in der Wohnungstür gesehen hatte, war das Bedürfnis, sie zu berühren, sekündlich gewachsen. Es war diese Kombination aus dem markanten Gesicht einer stolzen Amazone, dem Veilchen, wegen dem er seine Stirn am liebsten immer noch gegen eine stabile harte Wand schlagen würde, und seinem Pullover, der ihren kurvigen Körper verhüllte. Welche Gründe hatten sie dazu bewogen, ihn anzuziehen? Jedenfalls war ihm nicht entgangen, dass sie darunter nur einen BH trug. Danach hatte er – abgesehen von der Wut auf ihren Angreifer – nichts mehr gedacht. Am liebsten hätte er sie auf die Arbeitsplatte gehoben, den Reißverschluss geöffnet und seine Hände über ihren Körper wandern lassen. Gut, dass wenigstens einer von beiden geistig anwesend gewesen war, um Schlimmeres zu verhindern. Iljas schämte sich nicht dafür, zu begehren, Verlangen zu verspüren. Das war ein natürlicher Instinkt, dem er in der Regel ohne Scheu nachging, aber mit Luisa war das etwas völlig anderes. Ihre Berufe standen in natürlichem Gegensatz zueinander. Auch wenn Iljas kein Polizist mehr war, so wohnte ihm dennoch der Wunsch inne, Menschen zu schützen und die Bösen außer Gefecht zu setzen. Luisas Job hingegen beinhaltete, Strafen zu mildern, wenn nicht sogar zu verhindern. Sie waren Magnete, die sich aufgrund ihrer Ladung abstießen. Bei Luisa durfte er seinem Verlangen *nicht* nachgehen.

Er lehnte sich im Autositz zurück und studierte die Umgebung, als er das Haus gegenüber bemerkte. Ein Ruck ging durch seinen Körper. Ohne darüber nachzudenken, stieg er aus und ging über die Straße. Luisa wohnte in einer exklusiven Stadtvilla, deren Wohnungen mit einem normalen Gehalt nicht finanzierbar waren, was gewisse Vorteile barg. Es gab rund um die Uhr einen Concierge, eine Tiefgarage, und man befand sich in einer zentralen Lage. In der Nachbarschaft dieser Neubauten und luxussanierten Häuser waren zahlreiche Botschaften, Banken und Regierungsgebäude. Die meisten von ihnen mit Videoüberwachung, genau wie das Gebäude ihr gegenüber. Iljas hatte nicht lange suchen müssen, um das blinkende rote Licht einer Kamera zu entdecken.

Er würde dem Security-Personal einen Besuch abstatten. Er musste sich nur noch eine entsprechende Geschichte ausdenken. Seiner Erfahrung nach war es nie schlecht, mit der Tür ins Haus zu fallen. Außer vielleicht, wenn er in der Küche einer Strafverteidigerin stand, dann war es verdammt noch mal angebracht, die Tür geschlossen zu halten.

Kapitel 10

Luisa stand erneut vor der Tür der Kanzlei und hielt einen Kaffeebecher von der Größe eines Industrietanks in den Händen, in dem sich mehrere Espressi sowie jeweils zwei Spritzer Vanille- und Mandelaroma befanden. Nachdem Iljas gestern gegangen war, war sie gefühlte zwei Kilometer durch die Wohnung getigert und hatte über die Dinge nachgedacht, die geschehen waren, und über jene fantasiert, die offengeblieben waren. Dummerweise hatten sie die Letzteren länger beschäftigt. Wie hätte es sich angefühlt, wenn seine Lippen auf ihre getroffen wären? Wären sie weich und zärtlich geworden oder hart und fordernd geblieben? Sie hatte es bis jetzt nicht in Erwägung gezogen, mit Iljas auf diese Weise zusammen zu sein. Aber wie um alles in der Welt sollte sie diesen Gedanken jetzt aus dem Kopf bekommen? Das war, wie Eltern beim Sex zu überraschen. Zuvor ignorierte man jeglichen Gedanken daran, danach war das Bild omnipräsent.

Als der Hausmeister sie entdeckte, hastete er mit tropfendem Wischmopp zur Tür und riss sie auf. Für gewöhnlich begegneten sie sich jeden Morgen, wenn Luisa zur Arbeit kam und er den Flur wischte. Dass er während des Überfalls auf dem Klo gesessen und sich die Seele aus dem Leib geschissen hatte – seine Worte, nicht Luisas – nagte an ihm.

»Guten Morgen, Herr Jung. Ich hoffe, es geht Ihnen wieder gut.«

»Danke, Frau Elmas, es geht mir blendend. Ick hatte mir einen Infekt aus der Kita von meinem kleinen Balg eingefangen. Ick sage Ihnen, wat die da züchten, müsste eigentlich an ein Labor für die Erforschung biologischer Waffen geschickt werden«, sagte er und drückte auf den Knopf des Aufzugs. Der

Hausmeister war Ende vierzig und seine jüngste Tochter eine ungeplante Nachzüglerin. Er gehörte zur aussterbenden Rasse der Urberliner. Seine Frisur erinnerte an einen Vokuhila, auf seinem Arm befand sich ein verblichenes Tattoo, bestehend aus einem Herz, in dem ein Pfeil steckte, und dem Namen Ingrid auf einer Papyrusrolle darunter. Er bezeichnete seine Jüngste immer als kleines Balg, aber Luisa ließ sich davon nicht beeindrucken, denn sie hatte den feuchten Schimmer in seinen Augen gesehen, als sie ihm zur Geburt gratuliert hatte.

»Oh, na dann hoffe ich mal, dass Sie Ihre Keime bei sich behalten«, sagte Luisa lächelnd und trat in den Fahrstuhl.

Durchfall konnte sie jetzt genauso gut gebrauchen wie eine Gesetzestextamnesie.

Kaum hatte sie die Kanzlei betreten, brach der alltägliche Wahnsinn über sie herein. Luisa versuchte erst gar nicht, gegen die Verrücktheiten anzukämpfen, und ließ sich treiben, erstellte Gutachten und las Urteile.

Als sie am Nachmittag einen kurzen Augenblick Ruhe hatte, schloss sie die Tür zum Büro ab. Sie zog die Heels aus, nahm ihren Laptop nebst Schokoriegel und setzte sich im Schneidersitz auf den Boden.

Zu Beginn rechtfertigte sie ihr Vorhaben damit, Iljas für heute absagen zu müssen, wofür sie gestern irgendwie den Augenblick verpasst hatte. Wegen dieser Sache mit dem Beinahekuss. Im Grunde wusste sie, dass ihre hübsch zurechtgelegte Rechtfertigung genauso viel Wahrheitsgehalt hatte wie die im Juni 1961 von Walter Ulbricht geäußerte Behauptung, dass niemand eine Mauer bauen wolle. Sie wollte Iljas sehen, wollte seinen Körper bewundern und anstarren dürfen, ohne mit Konsequenzen rechnen zu müssen. In der Ruhe ihres abgeschlossenen Büros wollte sie auf die Tastatur sabbern und überlegen, ob sie diese Kusssache zulassen sollte, falls es – natürlich nur rein hypothetisch – noch einmal dazu kommen sollte. Ihr Einwand, keine Zeit für eine Beziehung zu haben, bestand immer noch, sie hatte sich geschworen, das Wagnis nicht mehr einzugehen, ehe sie Partnerin war. Denn ein Wagnis waren Beziehungen immer, man ging Kompromisse ein, öffnete sich, wurde verwundbar. Und das ihm gegenüber? Never ever.

Wobei sie nicht das Gefühl hatte, dass er zwingend jemanden suchte, den er nächste Woche vor den Altar zerren konnte. Vielleicht waren sie sich in dieser einen Sache ja einig?

Beziehung nein, Sex ja. Hm …

Sie tippte *The Asskicker* ein und drückte auf den Startbutton des ersten Videos. Da war es, das Studio, in dem sie vorgestern beinahe an multipler Muskelermüdung gestorben wäre. Das Licht war gedimmt und Iljas trat in den Fokus der Kamera. Luisa riss das Papier des Schokoriegels auf und lauschte seinen ruhigen Worten, in denen er knapp die Ausgangssituation erklärte. Ihre Hand hielt in der Bewegung zum Mund inne. Sie sah zu, wie er sich gegen die Wand stellte, an der sie ihren kleinen Nervenzusammenbruch gehabt hatte. Ihr Unterkiefer klappte nach unten, als sie sah, wie seine Hände in ihre Haltung übergingen, wie er eins zu eins das nachspielte, was sie erlebt hatte.

Ihr Überfall.

Das Grauen, das in ihrem Kopf hauste.

Detailgetreu.

Er hatte ein gottverdammtes Video daraus gemacht.

❤

Es brodelte in ihrer Brust, als sie erneut die Goerz-Höfe durchquerte. Die Dunkelheit, die Kälte, der Nieselregen waren ihr scheißegal. Sie drückte mehrmals schnell hintereinander auf den Klingelknopf, und nachdem die Anlage ein krächzendes Summen von sich gab, stieß sie die Tür auf. Die Treppe nahm sie dieses Mal wesentlich schneller, denn im Gegensatz zum letzten Mal war nicht Angst ihr Begleiter, sondern Wut. Er hatte es wirklich gewagt, ihren persönlichen Albtraum nachzuspielen, einem Millionenpublikum klarzumachen, dass ihre Reaktion auf den Angreifer ein Paradebeispiel für Darwins natürliche Selektion war. Wieder stand er in dem Türrahmen, seine Haltung locker, er ging noch davon aus, dass sie mit ihm trainieren würde, und nicht, dass sie ihm den Arsch so weit aufreißen würde, dass er beide Hände reinstecken konnte plus seine Tipps für wehrlose Opfer plus eine fünfköpfige Nashornfamilie.

»Luisa, ich habe nicht so früh mit dir gerechnet«, sagte er und sah auf sie hinab.

Wortlos preschte sie an ihm vorbei, rempelte ihn an, wobei sie zur Seite wankte und er sich keinen Millimeter bewegte.

»Ist etwas passiert?«, fragte er, ehrlich alarmiert, und ihr wurde klar, dass ihm sein Verhalten noch nicht einmal im Ansatz falsch vorkam.

»Ja, in der Tat ist etwas passiert. *Du* passierst«, sagte sie und stach mit einem Finger in seine Brust, was wehtat, denn sie war härter als gedacht. »Du bist gestern zu mir nach Hause gekommen, hast mich eingelullt mit deinem ach so aufmerksamen Beschützerinstinkt. Hast mich die Geschichte wieder und wieder erzählen lassen, damit du ein beschissenes Video daraus machen kannst. Hast du während der ganzen Zeit, in der du vor der Kamera gestanden hast, einmal daran gedacht, dass du über meinen persönlichen Albtraum redest, dass du einen Moment meines Lebens visualisierst, den ich vergessen möchte? Der Überfall war so ziemlich das Schlimmste, was mir je passiert ist, und jetzt haben Millionen deiner Fans genau diese Situation gelikt und Freunden empfohlen. Das ist abartig.«

Iljas öffnete den Mund, doch Luisa schnitt ihm mit einer Handbewegung das Wort ab.

»Ich. Bin. Noch. Nicht. Fertig. Du hast keinen Namen genannt, aber du hast eine Situation detailliert dargestellt, die dir im Rahmen eines persönlichen Gesprächs anvertraut wurde. Ich werde jetzt ins Büro fahren und in sämtlichen juristischen Fachzeitschriften suchen, bis ich ein Urteil finde, das ich heranziehen kann, und dann verklage ich dich so lange, bis die einzigen Videos, die du drehen kannst, vom Gefängnisalltag handeln.«

Luisa wartete gar nicht erst auf eine Antwort. Auf den Absätzen ihrer Heels machte sie kehrt und stürmte die Treppe hinab. Sie hatte gehofft, einen Teil ihrer Wut loszuwerden, nachdem sie ihm quasi vor die Füße gekotzt hatte, aber das hatte nicht funktioniert. Sie fühlte sich kein bisschen besser. Das Blut rauschte ihr in den Ohren, ihre Beine zitterten und ihr Körper fühlte sich fremd an.

Er hatte sie eingeholt, als sie dabei war, den ersten Hof hinter sich zu lassen.

»Warte, Luisa. Bitte.«

Seine Stimme war ruhig, doch sie hörte den flehenden Unterton. Ohne sie anzufassen, zwang er sie, sich umzudrehen. Der Nieselregen war zu einem festen Prasseln übergegangen und sowohl ihr Mantel als auch sein Kapuzenpullover waren binnen Sekunden durchweicht. Aber sie spürte weder die Kälte noch die Nässe. Da war nur Wut.

»Warum? Brauchst du noch ein paar Infos? Noch mehr Details für dein nächstes Video?«

Angewidert wandte sie sich von ihm ab, doch dieses Mal hielt er sie tatsächlich fest.

»Ich habe es nicht so gesehen. Ich –«

Er brach ab und blickte aus diesen dunklen Augen auf sie hinab. Regen perlte von den Haarspitzen über die Stirn, verfing sich in seinen langen, dichten Wimpern, doch er rührte sich nicht. Selbst dann nicht, als ein Tropfen über sein Auge rann und sich in den störrischen Bartstoppeln verlor. Er sah sie an. Sein Blick bohrte sich in sie, als könnte er ihr so seine Schuld begreifbar machen. Luisa sah weg.

»Mag sein, dass du es nicht so gesehen hast, aber das ändert nichts«, sagte sie.

»Es tut mir leid. Ehrlich.«

»Warum?«, fragte sie.

Er blickte hinauf in den wolkenverhangenen Himmel, als wären die Regentropfen, die auf sein Gesicht trommelten, Teil seiner Strafe.

»Als du am Montag zu mir ins Studio gekommen bist«, begann er und sah sie wieder an, »habe ich dich für eine arrogante Anwältin gehalten, die die Stunde zum Spaß gebucht hat, um mal etwas Neues zu machen. Ich habe bemerkt, wie verbissen du mit dem Sandsack gekämpft hast, und mir dämmerte, dass das nicht alles sein kann. Dann hast du mir von dem Übergriff erzählt und seitdem geht mir das Bild nicht mehr aus dem Kopf, wie du hilflos in eine Ecke gedrängt stehst. Ich sehe dich, deine Angst und deine Verzweiflung, jedes Mal wenn ich meine Augen schließe. Ich dachte mir, dass nicht nur du so empfindest, sondern jeder Mensch, der sich in einer vergleichbaren

Situation befindet. Man fühlt sich schwach und wehrlos, aber eigentlich ist man es nicht.«

»Warum *mein* Überfall?«, fragte sie und spürte, wie ein Teil der Wut sich in dem strömenden Regen verlor und zwischen den Pflastersteinen versickerte. Aber nur ein Teil. Mit dem Rest funkelte sie ihn immer noch wütend an. Sie ahnte, dass er ihr nicht alles gesagt hatte. Da war noch mehr, aber sie konnte es nicht fassen, und als er den Blick abwandte, wusste sie, dass er es ihr nicht sagen würde. Lieber würde er jede Konsequenz in Kauf nehmen.

»Es tut mir leid, Luisa. Ich habe nicht nachgedacht. Sobald ich wieder oben bin, werde ich das Video löschen.«

Er ließ sie los, drehte sich um und ging auf das Treppenhaus zu. Sein Gang war langsam, seine Schultern nicht geöffnet und sein Kopf nicht erhoben. Ah, verdammt. Es tat ihm wirklich leid. Und er würde das Video wirklich löschen. Weil sie es wollte. Damit würden seine Millionen Follower niemals erfahren, wie sie sich verhalten sollten, falls sie sich in solch einer Situation befanden.

»Warte«, sagte sie. Er blieb stehen. Regen färbte das Grau seines Pullovers schwarz. Der Geruch der nassen Stadt hing in der Luft. Luisa atmete tief durch.

»Lass das Video online. Ich habe es mir vorhin im Büro angesehen und es hat sich so angefühlt … Es kam mir vor, als wärst du gestern nur bei mir gewesen, um all diese Informationen von mir zu bekommen. Ich habe mich …«

Los, Luisa, sag es. Sei kein Feigling.

»Ich habe mich betrogen gefühlt«, sagte sie kaum hörbar.

Endlich drehte er sich zu ihr. Die Nacht, der Regen, die Höfe, all das verschwand in der Intensität seines Blicks. Er schüttelte den Kopf, ging ein paar Schritte auf sie zu und … da war etwas. Irgendwas in seinem Blick, in der Luft, in der Atmosphäre, das plötzlich anders war.

»Gestern Abend war das Video schon längst online. Ich war deinetwegen bei dir.«

Das nahm ihr nun endgültig den Wind aus den Segeln. Sie sackte leicht zusammen.

»Komm mit mir«, sagte er, und trotz des Regens und der Kälte feuerten die Nervenzellen unter ihrer Haut im Takt ihres wilden Herzschlags.

❤

Luisa saß auf einem Stuhl, rubbelte sich mit einem Handtuch die Haare trocken und sah dabei so sexy aus, dass Iljas nur mit Mühe seine Kleidung, die sie sich im Austausch gegen ihre nasse angezogen hatte, an ihrem Körper lassen konnte. Irgendetwas geschah mit ihm, wenn er sie in seinen Sachen sah. Ein Schalter, der umgelegt wurde, sein Penis, der darauf aufmerksam machte, dass er anwesend und im Vollbesitz seiner Fähigkeiten war. Iljas mahlte Kaffeebohnen, gab sie in einen Filter und goss kochendes Wasser darüber. Während die Tropfen sich langsam, aber stetig in die Tasse quälten, drehte er sich zu ihr.

»Ich habe Nachforschungen angestellt«, sagte er.

»Wozu?«, fragte sie und drapierte das nasse Handtuch ordentlich über dem Stuhl neben ihrem. Ihre Haare standen in alle Richtungen. Wieder einmal dachte er bei ihrem Anblick an eine Amazone.

»Das Gebäude gegenüber deinem Haus wird videoüberwacht, und nachdem ich gestern bei dir war, habe ich dem Pförtner einen kleinen Besuch abgestattet.«

Ihre blauen Augen verengten sich kritisch. In seiner Kleidung, die ihren Körper verschluckte, hatte sie nichts von einer strengen Strafverteidigerin. Aber Iljas ließ sich von diesem Bild nicht täuschen, denn Luisa würde ohne mit der Wimper zu zucken aufstehen und ihm seine Hoden abreißen, wenn sie sie für Beweismittel hielt.

»Er hat dich einfach so die Videos sichten lassen? Ohne richterlichen Beschluss?«, fragte sie und versuchte erst gar nicht, den Argwohn aus ihrer Stimme zu halten.

Iljas nickte. »Ich habe ihm erzählt, dass meine Freundin von einem Spinner verfolgt wird und die Polizei erst dann etwas unternehmen wird, wenn sie eins neunzig tief liegt.«

Luisa schüttelte den Kopf, als missbillige sie, was er getan hatte.

»Hast du jemanden darauf gesehen?«, fragte sie dennoch.

Wortlos verließ er den Raum, um den DIN-A4-großen Ausdruck des Fotos zu holen. Die Überwachungskamera war ziemlich gut, konnte aber den Umstand nicht ändern, dass es an jenem Abend geregnet hatte und die Person sich lediglich für einen kurzen Augenblick am Rande des Kamerasichtfeldes aufgehalten hatte. Eine Stunde lang hatte er mit dem Mann von der Security die Aufnahmen durchgesehen und schließlich einen Schatten entdeckt. Nachdem sie zu einer anderen Kamera gewechselt hatten, sah man eine dunkle Figur vor Luisas Haus stehen, die eine unförmige Regenjacke trug, die Mütze tief ins Gesicht gezogen. Iljas hatte sich die Aufnahme per Mail geschickt und mit sämtlichen Bildbearbeitungsprogrammen, die er besaß, versucht, mehr rauszuholen. Das Ergebnis legte er nun vor Luisa auf den Tisch und tippte darauf.

Luisa beugte sich über die Fotografie und studierte sie schweigend. Schließlich lehnte sie sich wieder zurück und räusperte sich. Ihre Miene war die einer Anwältin, die kurz davor war, ihm schonend beizubringen, dass seine Theorie vielleicht Kindergartenkinder begeistern würde, aber sie ganz bestimmt nicht.

»Ich möchte deine Mühe nicht infrage stellen und weiß zu schätzen, dass du überhaupt für mich nachgefragt hast, aber aufgrund dieses Fotos können wir weder Rückschlüsse auf das Alter noch auf das Aussehen der Person ziehen. Und können wir sicher sein, dass es sich bei diesem pixeligen Fleck überhaupt um die Person handelt, die das Foto gemacht und mir geschickt hat?«

Damit hatte Iljas gerechnet.

»Hundertprozentig sicher können wir uns nicht sein, aber die Vermutung liegt nahe, denn auf den Aufnahmen sieht man, wie die Person ein Handy in die Richtung deines Hauses hält. Der Winkel stimmt mit dem von dem Foto überein.«

Luisa versteifte sich. »Woher kennst du das Foto?«

»Amelie«, sagte er und beobachtete währenddessen Luisas Reaktion auf diese Information. Es war ziemlich offensichtlich, dass sie es nicht mochte, übergangen zu werden.

»Natürlich«, sagte Luisa und verdrehte die Augen. »Dieses Foto würde kein Richter als Beweis anerkennen. Und falls doch, würde ich jeden Mandanten rausbekommen, selbst wenn er auf dem Schoß des Richters säße und ein *Schuldig*-Schild schwenkte. Zumal wir noch nicht einmal sicher sagen können, dass diese Person ein Handy hochhält, wir können nur sagen, dass sie *etwas* hochhält.«

Iljas verschränkte seine Arme vor der Brust. Sollte er wirklich herausfinden, wer dieser Spinner war, der Luisa bedrohte, würde er ihn sich persönlich vorknöpfen. Denn er wusste, dass es anhand der Beweise, die sie hatten, kein Urteil geben würde, das ihn zufriedenstimmen konnte.

»Wir sind nicht vor Gericht, Luisa. *Ich* möchte wissen, mit wem wir es zu tun haben.«

Und ein Detail besaßen sie nun, das sie vorher nicht gehabt hatten. Und manchmal begannen Ermittlungen auf genau diese Weise. Man hangelte sich von einer Winzigkeit zur nächsten, bis man ein Bild des Täters besaß.

Iljas zog sich einen Stuhl an den Kopf des Tisches, sodass er neben Luisa saß. Sein Knie berührte ihres. Fast erwartete er, dass sie ihr Bein zur Seite nahm, doch sie sah ihn nur an und bewegte sich keinen Millimeter. Er beugte sich über das Foto.

»Du hast recht, man sieht so gut wie gar nichts. Aber falls es wirklich die Person ist, die dich bedroht, wissen wir nun zwei Dinge. Erstens, die Person hat die Aufnahme deines Hauses tatsächlich erst nach dem Überfall auf dich gemacht, was es noch wahrscheinlicher macht, dass die beiden Vorkommnisse in direktem Zusammenhang stehen. Zweitens, die Person ist nicht besonders groß«, sagte Iljas und deutete auf eine Tulpenmagnolie.

Luisa zog ihre Stirn über der Nasenwurzel zusammen und besah sich das Foto genauer.

»Du meinst, er war nicht besonders groß in Relation zu dir. Du bist ein Meter neunzig?«, fragte sie.

»Ja. Wie groß war derjenige, der dich überfallen hat?«, fragte Iljas, stand auf und brachte Luisa ihre Tasse Kaffee.

»Er war kleiner als du, ein bisschen größer als ich, aber ich trug an jenem Tag Heels«, sagte sie, während Iljas sich selbst einen Kaffee zubereitete.

»Bedeutet?«, fragte er und versuchte, das Bild von Luisa in Heels aus seinem Kopf zu bekommen. Also nur Heels.

»Ich bin ein Meter fünfundsechzig ohne Schuhe.«

»Der Typ war also ungefähr eins achtzig. Eine genaue Einschätzung nur über das Foto ist schwierig, aber das wäre in etwa die Größe gewesen, die ich vermutet hätte.«

Sie trank einen Schluck.

»Der ist wirklich gut«, sagte sie und blickte verwundert in die Tasse.

»Ich trinke keinen schlechten Kaffee.«

»Das ist … was ist das für eine Sorte?«

»Hunkute aus Sidamo in Äthiopien.«

Sie starrte ihn an. »Okay. Bis auf Äthiopien habe ich kein Wort verstanden. Er schmeckt so … so…«

»Zitronig?«

»Genau«, sagte sie.

Sie trank einen weiteren Schluck. Ihr Blick war durchdringend, bohrend, und ihm war klar, dass sie nun etwas fragen würde und während seiner Antwort jede noch so kleine Regung studieren wollte.

»Warum bist du mitten in der Nacht rübergegangen und hast das Sicherheitspersonal behelligt?«

»Um die Videoaufnahmen zu überprüfen.«

»Ja«, sagte sie, lächelte und stellte die Tasse ab. »Das war mir klar. Aber warum wolltest du sie sichten?«

Iljas schwieg. Er redete nicht über seine Vergangenheit, denn das würde Tote auferstehen lassen, deren Geist er nicht ertragen konnte. Dass sich seine Vergangenheit in Luisas Angst widerspiegelte, war ohnehin schon schmerzhaft genug. Langsam zuckte er mit der Schulter.

»Alte Angewohnheiten legt man schwer ab.«

»Was meinst du?«, fragte sie und studierte ihn.

»Ich war einmal Polizist.«

Sie verschränkte die Arme vor der Brust und lehnte sich in dem Stuhl zurück, schuf Distanz und Mauern. Ihm war klar, dass sie seine Bemühungen sah, die Wahrheit zu verbergen. Sie war kein bisschen zufrieden mit seiner Antwort.

»Ermittelst du immer für deine Schüler?«

Das Gespräch ging eindeutig in eine Richtung, die er nicht guthieß. Es war seine Vergangenheit und sie hatte kein Recht, darin herumzustochern. Er ging auf sie zu, stützte eine Hand auf der Tischkante ab und die andere auf der Rückenlehne ihres Stuhls. Sie sah zu ihm auf, ohne zu blinzeln oder zurückzuweichen.

»Nein«, sagte er schlicht, verharrte aber in dieser Haltung, bis Luisa den Augenkontakt unterbrach. Sie hatte es nicht getan, weil sie durch ihn eingeschüchtert war, sondern weil sie wusste, dass er ihr nicht sagen würde, was sie wissen wollte.

»Okay«, sagte sie.

Er zog sich zurück und deutete in die Richtung des Raums, in dem er seine Videos drehte.

»Lust, noch eine Runde zu trainieren?«

Sie starrte ihn an, als ob er ihr vorgeschlagen hätte, die Bundesbank auszurauben.

»Wir gehen es langsam an«, setzte er hinterher.

»Ich glaube ernsthaft, dass ich für diese Selbstverteidigungssache nicht geeignet bin.«

Er reichte ihr die Hand.

»Da bin ich anderer Meinung, Frau Strafverteidigerin.«

»Wenn Sie darauf bestehen, Herr Arschtreter.«

Kapitel 11

Ihre Beziehung zu dem Sandsack hatte sich kein bisschen gebessert. Dank ihres verstauchten Handgelenks stand heute Beinarbeit im Vordergrund, was aber keineswegs bedeutete, dass der Sack so Sympathien gewann. Er war wie die nervige Tante, die einem immer in die Wangen kniff, oder der Onkel, der sich jedes Mal die Zeugnisse zeigen ließ. Sie wurde ihn einfach nicht los. Wenn wenigstens ein Fortschritt hinsichtlich ihrer körperlichen Fitness erkennbar wäre – immerhin war das ihre zweite Sporteinheit in dieser Woche … Zumindest durfte sie dieses Mal nach der »Aufwärmphase« pausieren, saß nun gegen die Wand gelehnt auf dem Boden und beobachtete Iljas, wie er bemüht war, ihr Bewegungsabläufe näherzubringen. Wenn Luisa ehrlich war, folgte sie seinen Worten kaum, denn sie dachte nach. Das war auch Sport, zumindest für ihr Hirn.

Er log sie in Bezug auf seine Beweggründe an.

Er wurde nett zu ihr, wenn es um Überfälle und Angst ging.

Es bedurfte keines Genies, um eins und eins zusammenzuzählen. Trotzdem würde sie nicht weiterbohren. Vorerst. Deswegen hatte sie dem Training oder auch dem schlechtesten Ablenkungsmanöver aller Zeiten zugestimmt. Und jetzt, da er vor ihr stand und sein massiger Körper ruhige, flüssige Bewegungen vollführte, war sie bereit, sich voll und ganz auf die Ablenkung einzulassen. Das Spiel seiner Muskeln war … beeindruckend. Okay, wem machte sie etwas vor? Es war heiß.

Die Männer, die Luisa normalerweise umgaben, hatten die ergonomische Form ihrer Bürostühle angenommen und investierten all ihre Zeit in die Arbeit. Zeit, um den Körper zu formen, blieb kaum, was Luisa gut nachvollziehen konnte, denn es ging ihr ähnlich. Die paar Mal, die sie es im Monat im

Fitnessstudio auf den Crosstrainer und anschließend noch eine Runde an die Geräte schaffte, konnte sie an drei Fingern abzählen. Iljas' Job hingegen war es, mit seinem Körper zu arbeiten und ihn fit zu halten. Und dieser Aufgabe kam er offensichtlich gewissenhaft nach. Was man an seinem Bizeps, den breiten Schultern und den muskulösen Oberschenkeln erkannte. Himmel, selbst seine Augenlider sahen trainiert aus. Seine Muskeln wirkten fest und kompakt, nicht so, als würde er sich in einen Tanga zwängen, mit Bräunungscreme einschmieren und versuchen, Bodybuilding-Meisterschaften zu gewinnen. Muskeltechnisch war es ein schmaler Grat zwischen Bewunderung und Würgreiz. Auf der anderen Seite wären seine Videos kaum überzeugend, wenn er aussah, als nähme er regelmäßig an Cheeseburger-Wettessen teil. Bei dem Gedanken an Essen gab ihr Magen ein dezentes Knurren von sich, um auf sich aufmerksam zu machen. Es war immerhin schon halb acht und ihre letzte Mahlzeit eine Ewigkeit her. Mittags kam ein Lieferdienst ins Büro, dessen Mitarbeiter sie mit einem großzügigen Trinkgeld bestach, damit sie ihr einen Schokomuffin beiseitelegten. Ihre Eltern waren unglaubliche Gesundheitsfreaks, sodass sich ihr die köstliche Welt des raffinierten, arterienverstopfenden Zuckers erst sehr spät, aber dafür nachhaltig erschlossen hatte. Jedenfalls war dieser Muffin alles gewesen, was sie seit dem Frühstück gegessen hatte.

»Wollen wir Pizza bestellen?«, fragte sie.

Iljas ließ seine Hände sinken, die er gerade in irgendeiner Position zu irgendeinem Schlag gehalten hatte.

»Hast du mir überhaupt zugehört?«, fragte er.

Nein. Aber zugesehen. Luisa stand auf und wiederholte die Reihenfolge der Schläge, die er ihr eben demonstriert hatte. Vermutlich weniger elegant und korrekt. Er schüttelte leicht den Kopf, ging dann aber in die Küche und kam mit seinem Handy und einem Bestellzettel zurück.

»Margarita, bitte«, sagte sie.

»Wie extravagant«, entgegnete er, wählte dann die Nummer und bestellte. Er verschwand wieder in der Küche. Luisa stellte fest, dass dies die erste Mahlzeit seit langer Zeit war, die sie in Gesellschaft verbrachte. Von Geschäftsterminen und den gelegentlichen Abendessen mit Karl abgesehen, zu denen er sie unter dem Deckmantel seiner Einsamkeit zwang. Aber Luisa wusste es besser. Er wollte nicht, dass sie allein war. Sie nahm es ihm nicht übel, denn niemand konnte verstehen, warum sie Ruhe und Einsamkeit vorzog. Warum Wochenenden, an denen sie arbeitete, keine Strafe waren. Gesellschaft anderer Menschen war ihr schnell zu viel. Heute Abend war es anders. Iljas kehrte mit zwei Flaschen eines isotonischen Sportgetränks zurück, von denen er eine Luisa reichte.

»Der Überfall …«, begann er, brach ab und schien die Worte in seinem Geist neu zu formulieren. »*Muss* der Überfall etwas mit deiner Arbeit zu tun haben?«

Ah, er wollte auf eine Beziehungstat hinaus.

»Du meinst, ob es einen eifersüchtigen Freund gibt?«

Er setzte sich ihr gegenüber. Sie trommelte auf den Deckel der Flasche.

»Die Frage ist, ob es in deinem privaten Umfeld Probleme gibt«, setzte er nach.

»Nein«, sagte Luisa und zog die Beine in den Schneidersitz.

»Keine heimtückische Cousine?«

»Nein.«

»Kein Erbfall, der nicht friedlich gelöst werden konnte?«

»Nein.«

»Kommst du mit deinen Eltern klar?«

Sie zögerte. Er bemerkte es.

»Ja«, sagte sie.

»Gibt es einen Exfreund?«

Die Frage entfachte ein Feuer in ihrem Inneren.

»Selbstverständlich.«

»Und einen Freund?«, fragte er und sah ihr fest in die Augen.

Die Frage konnte mehr bedeuten, wenn sie es beide wollten.

»Nein«, sagte sie leise.

Luisas Haut kribbelte.

»Triffst du jemanden?«, fragte er ebenso leise.

Das Kribbeln verstärkte sich.

»Nein.«

Das dunkle Braun seiner Augen verschwand beinahe vollkommen, als seine Pupillen sich weiteten. Vor Erregung? Vor Lust? Okay, die Fragen hatten absolut nichts mehr mit dem Überfall zu tun.

»Wie lange ist deine letzte Beziehung her?«, fragte er und seine Stimme klang, als befänden sie sich in einem Raum voll heißer, stickiger Luft. Sein Blick glich einer Berührung, die nun ihren gesamten Körper prickeln ließ. Sie brannte für diesen Mann, und er sah es. Jeden einzelnen Funken, der in ihr loderte, konnte er sehen, als tanzte er durch den Raum.

»Eine Weile«, sagte sie und versuchte, seinem Blick standzuhalten, der sich tiefer, immer tiefer in sie hineinbohrte. Alles an ihm, an diesem Augenblick, war intensiv. Seine Fragen, die Bedeutung, die Richtung, die sie gerade einschlugen. Iljas ebnete Dingen den Weg, die nicht sein durften und die sie nicht aufzuhalten vermochte.

»Bist du auf der Suche nach etwas Festem?«, fragte er.

Da war sie. *Die* Frage. Luisa schüttelte den Kopf.

»Nein«, sagte sie leise.

Er nickte knapp mit dem Kopf, setzte an, etwas zu sagen, wurde jedoch von der Türklingel unterbrochen. Nachdem eine weitere Sekunde verstrichen war, in der er sie beobachtete, stand er auf. Luisa atmete hörbar aus, und mit dem Sauerstoff, den sie wieder einatmete, löschte sie das Feuer.

Wow.

Auf wackeligen Beinen folgte sie ihm den Flur entlang. Sie wollte sich nicht von ihm einladen lassen, das war so datemäßig. Außerdem schuldete sie ihm noch den Lohn für das Fiasko der ersten Stunde. Iljas stand an der Tür und wartete.

»Hier«, sagte Luisa und reichte ihm Geld.

Er sah sie finster an.

»Ich bezahle.«

»Das ist nett, aber nein. Ich begleiche die Rechnung. Immerhin unterrichtest du mich.«

Der Pizzabote erklomm die letzte Stufe.

»Bestellung für Richie?«, fragte er.

»Rick«, sagte Iljas und drehte sich zu dem Boten.

Luisa schob sich näher zur Tür, um dem Lieferanten schnell das Geld zustecken zu können. Iljas wollte ihr mit einem Abwinken klarmachen, dass er bezahlte, als sie sich nach vorn beugte. Sein Fingernagel kratzte über die Pupille ihres linken Auges und Luisa schrie auf.

❤

Luisa saß in Iljas' Auto und kühlte ihr Auge. Erneut. Sie wollte gar nicht wissen, wie sie jetzt aussah, hatte aber eine gewisse Vorstellung davon. Zerzauste, gewellte Haare, ein buntes Veilchen um das rechte Auge, ein blutunterlaufenes linkes, ein Handgelenk, welches in den hübschesten Lilatönen schimmerte. Sie nahm ein weiteres Pizzastück aus dem Karton und biss hinein. Es würde keinen Unterschied machen, ob sie sich nun auch noch mit Tomatensauce bekleckern würde. Am Krankenhausempfang würde sie so oder so zur Psychiatrie durchgewinkt werden.

»Was macht dein Auge?«

»Brennt.«

»Gott, Luisa. Es tut mir leid.«

»Schon gut«, sagte sie und biss erneut ab. »Du solltest es auf jeden Fall dabei belassen, Videos zu drehen. Dein nächster Schüler verklagt dich vielleicht, und wenn ich ehrlich bin, könnte ich dich dann nicht ruhigen Gewissens verteidigen.«

Er lachte auf. »Du würdest mich nicht vertreten?«

»Du bist gefährlich, Iljas«, sagte sie und konnte ein Grinsen dabei nicht unterdrücken. »Ich würde vielleicht versuchen, mit dem Staatsanwalt einen Deal auszuhandeln. Er lässt die Klage fallen, wenn du schwörst, dass du nie wieder einer Menschenseele Selbstverteidigung beibringst.«

Es grollte in seiner Brust.

»Ich versuche, dich zu schützen, und verletze dich nun schon zum zweiten Mal.«

»Ist mir nicht entgangen«, sagte Luisa fröhlich.

Was es in ihr auslöste, dass er sie schützen wollte, würde sie jetzt nicht ergründen.

Iljas hielt vor dem Krankenhaus, umrundete das Auto und öffnete ihr die Tür. Luisa legte den Pizzakarton in den Fußraum, stieg aus und betrachtete das Gebäude, in dem sie vermutlich die Nacht verbringen würde. Wegen eines Kratzers im Auge würde sie keine bevorzugte Behandlung bekommen. Eher Blicke, die sagten: *Ernsthaft? Deswegen kommen Sie her? Sie sehen schon, dass hier in der Notaufnahme Menschen sind, die kurz davor sind, zu STERBEN?* Und im Grunde stimmte das, auf der anderen Seite sollte man ihr einen Menschen auf dieser Welt zeigen, der nicht komplett austicken würde, wenn DAS AUGE BLUTETE. DAS AUGE.

Iljas, der darauf bestanden hatte, mitzukommen, und sie betraten das Gebäude, meldeten sich an und nahmen im Wartebereich Platz. Luisas schwarze Hose, ihre Bluse und ihr Jackett fühlten sich klamm an und kühlten ihre Körpertemperatur um zwanzig Grad ab, aber in Iljas' Kleidung mitsamt ihren Heels in der Notaufnahme zu sitzen war indiskutabel. Sie sah schon verrückt genug aus.

Ihr Blick – okay, ihr halber Blick – schweifte über die anderen Wartenden und die Hoffnung, vor Mitternacht nach Hause zu kommen, sank mit jedem schmerzerfüllten Gesicht.

Ein Mann hielt seinen Sohn auf dem Arm. Sein hellblauer Schlafanzug mit Segelbooten darauf war mit Blutsprenkeln übersät. Sein Vater presste ihm ein Taschentuch ans Kinn. Vor dem Kind kam sie sicherlich nicht dran, denn bei dem Tempo, in dem der Mann die Taschentücher wechselte, würde das arme Kind sonst verbluten. Daneben saß ein Mann in Sportkleidung, der sich immer wieder über die Schulter fuhr. Sein Gesicht war blass und kaltschweißig. Keine Chance, vor ihm dranzukommen. In einer Ecke des Wartezimmers saß ein Teenagerpärchen, der Junge hielt sich ein blutiges Tuch gegen die Stirn und seine Freundin strich ihm beruhigend über den Rücken, während ihr Blick hilflos zur Tür des Warteraums wanderte, als könnte sie so einen Arzt oder eine Schwester herbeizaubern. Luisas Verletzung kackte im Vergleich zu den anderen mächtig ab, auch wenn ihr blutunterlaufenes Auge gruselig aussah.

»Wieso Strafverteidigerin? Wollen Mädchen nicht immer Tierärztin werden?«

Luisa richtete ihren Zombieblick auf Iljas, der aussah wie das blühende Leben. Er gehörte nicht in diesen Tumult aus gepeinigten Körpern. Seine Jeans wies keine Blutrückstände auf, seine Lederjacke war nicht zerrissen, sein weißes Longsleeve strahlend. Er war ein gesunder Fremdkörper, der Fragen stellte, um sie bei Laune zu halten. Grundsätzlich redete sie nicht allzu gern über ihre Vergangenheit, mit ihm jedoch erst recht nicht. Warum sollte sie sich öffnen, wenn er sich komplett verschloss? Trotz der körperlichen Anziehungskraft kniffen sie, sobald sie Themen ankratzten, die tiefer gingen.

»Nach dem Abitur wollte ich etwas studieren, das mir breit gefächerte Möglichkeiten bietet. Jura stand ganz oben auf der Liste. Nach meiner ersten Vorlesung in Strafrecht wusste ich, dass es das ist, was ich machen möchte.«

Ja, das war so in etwa die halbe Wahrheit. Oder ein Viertel. Okay, es war eine komplett erfundene Geschichte.

Sein Blick ruhte auf ihr. Das Chaos um sie herum aus zuckenden Blaulichtern, sich öffnenden Türen, Desinfektionsschwaden, hektisch quietschenden Schritten auf dem Linoleumboden schien er nicht wahrzunehmen.

»Stört es dich nicht, Verbrecher zu vertreten?«

Seine Frage war ernst gemeint. Es beschäftigte ihn, es widersprach seiner Natur und war der Kern seines anfänglichen Unmutes ihr gegenüber.

Luisa atmete tief durch. »Nein.«

Er wich zurück, kratzte sich an der Schläfe, löste seinen Blick von ihrem. Luisa ließ das Kühlpack in den Schoß sinken. Es war lauwarm, und ob es bei ihrer Verletzung überhaupt half, war ohnehin fraglich.

»Nach unserem Rechtssystem gilt die Unschuldsvermutung. Das ist ein Fakt, der gern vergessen wird. Selbst dann, wenn jemand durch Zeugenaussagen eindeutig identifiziert wird, Spuren am Tatort auf ihn als Täter hinweisen, muss er nicht schuldig sein.«

Sein Blick verdüsterte sich. Die nervöse Energie ergriff wieder Besitz von seinem Körper. Er vermutete die typischen Strafverteidigerargumente.

»Du sagst also, wenn ich als Polizist Beweise sammle und Zeugen ausfindig mache, die allesamt auf einen Täter hindeuten, irre ich mich«, sagte er. Seine Stimme verlor sich am Ende des Satzes, so sehr musste er sich bei diesem Thema beherrschen. Aber das, was er sagte, war genau die Polizistenmentalität, die sie störte und ihren Beruf erschwerte. Nicht Iljas und seine Arbeit standen im Fokus, sondern der Beschuldigte. Die Arbeits- und letztendlich auch Lebenszeit, die er in einen Fall investierte, waren ihr scheißegal. Ihr Mandant zählte.

»Es geht nicht darum, ob du fehlbar bist oder nicht, Iljas. Ich greife mit meinem Beruf doch nicht dich persönlich an. Mir geht es um meine Mandanten und ihr Recht darauf, dass ihre Schuld bewiesen werden muss. Es darf nicht den Hauch eines Zweifels geben. Ich will dir einen Fall schildern, den ich bearbeitet habe. In einem Mehrparteienhaus wurde eine Frau mit sieben Messerstichen getötet. Die Polizei ermittelte zunächst im Umfeld, befragte den Freund, die Familie, die Arbeitskollegen, aber ein Täter wollte sich nicht so recht herauskristallisieren. Der zuständige Beamte war neu und setzte sich selbst unter großen Druck. Er befragte die Bewohner des Hauses erneut, ob sie nicht doch etwas gesehen hätten. Sein Vorgehen dabei war aggressiv und suggestiv. Eine der Nachbarinnen erinnerte sich schließlich, einen ›wild aussehenden‹ Mann gegen Nachmittag von oben ›herunterpoltern‹ gesehen zu haben. Er soll schnell gelaufen sein, sich immer wieder hastig umgesehen und in seinen Bewegungen fahrig gewirkt haben. Der Beamte ließ ein Phantombild anfertigen, und noch am gleichen Tag erkannte ein anderer Bewohner des Hauses darin einen Obdachlosen, der in der Nähe hauste und bis dahin als harmlos galt.«

Eine Schwester eilte in den Wartebereich, rief einen Namen auf und verschwand wieder. Der Mann mit dem Sohn stand auf und verließ die Gruppe der Gepeinigten. Sie richtete ihren Blick wieder auf Iljas, der sie musterte.

»Was ist?«, fragte sie und fuhr sich automatisch mit dem Daumen an den Mundwinkel, um zu überprüfen, ob sich dort irgendwo Tomatensauce befand.

»Nichts«, sagte Iljas und bedeutete ihr mit einer kreisenden Bewegung seiner Hand fortzufahren.

Luisa schob die Arme fröstelnd vor dem Körper zusammen.

»Jedenfalls holten sie ihn zur Befragung ab. Er war den Beamten gegenüber fahrig, unkonzentriert, latent aggressiv und verstrickte sich in Widersprüche. Sie brachten ihn dazu, ihnen seine Kleidungsstücke für eine Analyse zu überlassen, und fanden an den Sohlen der Schuhe Blut des Opfers. Er wurde verhaftet, seine Fingerabdrücke genommen und mit denen, die man in der Wohnung fand, verglichen. Ein Treffer an der Außenseite der Handtasche. Der Haftrichter erließ einen Haftbefehl wegen erhöhter Fluchtgefahr aufgrund des fehlenden Wohnsitzes.«

Iljas stand auf, zog seine Lederjacke aus und legte sie ihr um die Schultern. Sofort breitete sich eine angenehme Wärme in ihr aus, die möglicherweise auch etwas mit Iljas' Geruch zu tun hatte, den die Jacke verströmte. Leder, Zedernholz und Patschuli. Keine süße Note dabei. Durch und durch Mann. Dieses Kleidungsstück hatte die gleiche Wirkung auf sie wie seine Kapuzenjacke. Das war doch nicht normal, dass sie auf Klamotten konditioniert war wie der Pawlow'sche Hund auf den Glockenton. Luisa fuhr fort: »Danke. Für die Verhandlung wurde dem Mann ein Pflichtverteidiger zur Seite gestellt. Und so kam ich ins Spiel. Das war das erste Mal seit der Befragung seitens der Polizisten, dass ihm rechtlicher Beistand zugesichert wurde. Ich fuhr noch in der Nacht ins Gefängnis und redete mit dem Mann. Aus seiner Geschichte konnte ich mir keinen Reim machen. Er redete immer wieder von etwas Rotem und der Handtasche, die wiederum von den Polizisten als Motiv angesehen wurde. Sie gingen davon aus, dass er der Frau in die Wohnung gefolgt war, sie dort überwältigt hatte und ihre Handtasche stehlen wollte. Irgendetwas musste ihn dann im weiteren Verlauf abgeschreckt haben, denn er ließ sowohl die Tasche als auch den Inhalt am Tatort zurück.«

»Befanden sich in der Innenseite der Tasche ebenfalls Fingerabdrücke?«, fragte Iljas nachdenklich.

»Nein.«

»Fand man die Tatwaffe?«

»Ja, ein Messer aus der Küche des Opfers.«

»Fand man dort Fingerabdrücke des Beschuldigten?«

»Nein.«

Iljas sank in seinem Stuhl zurück. »Der Tathergang ist nicht sauber rekonstruiert, könnte aber stimmen. Als Verdächtigen konnte man deinen Mandanten nicht ausschließen.«

»Korrekt. Man durfte ihn nicht ausschließen. Was der Beamte aber getan hat, war, sich völlig auf ihn einzuschießen. Er hat damit seine eigenen Ermittlungen torpediert, hat sich die Beweise so zurechtgedreht, dass sie nur auf meinen Mandanten hinwiesen. Andere Fakten außer Acht gelassen. Und dafür bin ich da. Ich muss dafür sorgen, dass es keine Zweifel mehr gibt, ehe jemand verurteilt wird.«

Iljas nickte. »Wie ist der Fall ausgegangen?«

»Freispruch.«

»Wow. Wie hast du das hinbekommen?«

»Ich bin noch einmal ins Wohnhaus des Opfers gefahren und habe die Zeugin befragt. Es war eine ältere Frau, die sich nur noch mit dem Rollator durch die Wohnung bewegen konnte. Sowohl am Tag des Tötungsdeliktes als auch an jenem Tag, an dem ich da war, befand sich die Enkelin in der Wohnung der Zeugin. Ich redete mit ihr und sie sagte mir, dass sie zuvor mit den Einkäufen ihrer Großmutter das Haus betreten wollte, als mein Mandant mit einer Handtasche auf sie zukam. Er stammelte immer wieder, er müsse die Tasche zurückgeben. Die Enkelin fragte, an wen, und er sagte ihr, er müsse zur Frau mit dem roten Mantel. Sie wusste, dass damit nur die Frau in der Wohnung über ihnen gemeint sein konnte, und schickte ihn hinauf. Sie fand, dass ihm der Finderlohn zustand.«

Iljas legte eine Hand über seine Augen und schüttelte leicht den Kopf. »Er hat ihr die Tasche zurückgebracht, aber da war sie bereits tot.«

»Korrekt. Er hat die Wohnung durch die offen stehende Tür betreten, ist in die Blutlache getreten, hat die Tasche fallen gelassen und die Wohnung fluchtartig verlassen. Er wusste, wenn er geblieben wäre, wäre er automatisch der Schuldige gewesen.«

»So, wie es auch geschehen ist.«

»Genau. Ich sorge nicht dafür, dass jemand der Strafe entgeht, die er verdient hat. Ich sorge lediglich dafür, dass die Strafe fair ist, wenn sie zweifelsfrei bewiesen werden kann. Ich bin die letzte Instanz vor dem Urteil.«

Gedankenverloren beobachtete Iljas den roten Sekundenzeiger der Wanduhr, der sich unermüdlich im Kreis drehte.

»Wurde der Täter geschnappt?«, fragte er schließlich, nachdem er zwei lange Runden schweigend zugesehen hatte.

»Ja. Es war ihr Exfreund. Er hat sich gestellt, nachdem bekannt wurde, dass die Polizei die Ermittlungen wiederaufnimmt.«

»Frau Elmas?«, fragte die Schwester, und Luisa sah sich um. Der Warteraum hatte sich geleert.

Sie stand auf und reichte Iljas seine Jacke. Eindringlich sah sie auf ihn hinab.

»Ich bin nicht die Böse«, sagte sie und ging.

Kapitel 12

Das Auge heilt wieder?«, fragte Iljas und hielt ihr die Autotür offen.

»Ja. Ich soll zweimal am Tag eine entzündungshemmende Salbe auftragen.«

Er stieg neben ihr ein, startete den Motor und fuhr vom Gelände des Krankenhauses.

Es war kurz nach elf und Luisa hundemüde. Es war eine Müdigkeit, die in den Knochen steckte, die hinter den Augenlidern lauerte und die Bewegungen träge werden ließ. Sie musste noch ihr Auto holen und nach Hause fahren. Weder das eine noch das andere erschien ihr als eine Aufgabe, die sie bewältigen konnte. Sie schloss ihre geschundenen Augen und lehnte den Kopf gegen die kühle Scheibe des Wagens.

»Ist alles okay?«, fragte Iljas.

»Ja. Ich bin müde.«

Er sagte nichts, musste aber den Knopf der Sitzheizung betätigt haben, denn plötzlich breitete sich eine angenehme Wärme von der Unterseite ihrer Schenkel aus. Entweder das oder sie hatte auf den Sitz gepinkelt. Sie betete, dass es nicht Letzteres war.

»Ich werde versuchen, dich in deiner nächsten Stunde weder bewusstlos zu schlagen noch auf eine andere Art zu verletzen«, sagte er plötzlich in die Stille hinein.

Luisa lachte. »Glaubst du allen Ernstes, ich würde noch einmal zu dir kommen?«

Sie öffnete die Augen. Die Bedeutung ihrer Worte hallte in der Stille des Autos nach, ehe sie begriff, was sie gesagt hatte, und darüber nachdachte, wie es wäre, wenn sie ihn nicht mehr sehen würde. Nachdenklich sah er zu ihr hinüber.

»Du hast keine andere Wahl. Jemand bedroht dich, und du weißt nicht, worauf das hinauslaufen wird.«

Luisa nickte. »Das sehe ich sogar ein«, sagte sie und deutete auf ihr Auge. »Aber warum sollte ich zu dir kommen?«

»Du willst den Besten«, wiederholte er die leere Floskel und legte seine Hand kurz auf ihre. Es war vermutlich als beiläufige Geste gedacht, entfachte aber wieder dieses Feuer in ihr.

»Iljas, du hast mir bis jetzt noch rein gar nichts beigebracht außer einer Sandsackphobie. Es wäre sicherer, wenn ich mir deine Videos zu Hause ansehe.«

»Morgen?«, fragte er und die Flammen erloschen.

Morgen ging nicht. Auf keinen Fall. Da war ihr Abend, den sie sich immer freihielt, komme, was wolle. Und wenn die Welt untergehen würde, sie würde sich nicht davon abbringen lassen –.

»Luisa?«, fragte Iljas nach.

»Nein, da kann ich nicht … Ich … ähm. Also da bin ich schon … verabredet«, stammelte sie schnell. Was sie morgen vorhatte, ging ihn gar nichts an. Es war ihr einziges Hobby, das sie sich leistete, ihr Ausgleich für die Arbeit.

»Klingt mysteriös«, sagte er, und sie wusste, dass sie sich verraten hatte. Hätte sie einfach Nein gesagt, wäre es ihm nicht einmal ansatzweise in den Sinn gekommen, das, was sie morgen tat, geheim war. Nicht einmal Karl wusste davon, und sie würde ihre Gebärmutter dafür hergeben, dass es so blieb. Iljas hatte sie nun jedoch auf ihr Geheimnis angesetzt, als würde sie mit einem blutigen Steak vor der Nase eines Weißen Hais wedeln.

»Diese Woche werde ich es nicht mehr schaffen, mich von dir verprügeln zu lassen. Ich muss einiges aufholen, was in den letzten Tagen liegengeblieben ist.«

Iljas schwieg zunächst und lenkte den Wagen durch die Straßen der Stadt.

»Gut, dann nächste Woche.«

Luisa nickte, zu müde, um zu widersprechen. Wenn er ihre Nähe wollte, könnte er sie doch auch einfach zum Essen einladen. Da wäre sie zumindest vor ihm in Sicherheit. Wobei er sie vermutlich auch mit einem Teelöffel tödlich verletzen konnte.

»Der Überfall. Die Drohung. Du solltest der Polizei eine Auflistung deiner Fälle geben«, sagte er und gab ihr so einen Grund, warum sie Selbstverteidigung lieber heute als morgen lernen sollte.

Luisa schüttelte den Kopf. »So viel Zeit wird niemand in mein Anliegen investieren, Iljas. Es gibt kein konkretes Verdachtsmoment. Ich bearbeite in der Regel einen großen Fall und zwei bis drei kleinere Fälle gleichzeitig. Sich da durchzuwühlen, das stünde in keinem Verhältnis zu den Vorkommnissen.«

»Was meinst du mit einem großen Fall?«, fragte er nach.

»Mein Spezialgebiet ist Wirtschaftskriminalität.«

»Das wusste ich nicht«, sagte er.

»Du hast nie nachgefragt. Du bist einfach davon ausgegangen, dass ich diejenige bin, die dafür sorgt, dass jeder Schwerverbrecher wieder auf die Straße kommt.«

Ihm das unter die Nase zu reiben, konnte sie nicht lassen, denn es zeigte nur zu gut, wie unbegründet seine anfängliche Antipathie ihr gegenüber gewesen war, und das wiederum zeigte, dass er sich völlig umsonst wie das letzte Arschloch verhalten hatte. Ha.

Mit einer Handbewegung wies sie ihm den Weg in die Seitenstraße, in der sie vor einer gefühlten Ewigkeit geparkt hatte.

Denn seitdem war außerordentlich viel passiert. Sie hatte ihm den Kopf abreißen und kurz darauf über ihn herfallen wollen. Je mehr sie darüber nachdachte, desto eher hielt sie ihn für einen jener Kerle, die Frauen abschleppten, um einige multiple Orgasmen reicher machten und dann wieder ihrer Wege gingen. Die Richtung seiner Fragen vorhin bestätigten ihre Vermutung.

»Überlege wenigstens für dich, welcher deiner Fälle etwas damit zu tun haben könnte. Du solltest vorbereitet sein. Ich habe so ein Gefühl, dass das nicht alles war«, sagte er schließlich.

Das Gefühl hatte sie auch, denn bisher waren auf die Drohungen keine Forderungen gefolgt. Irgendjemand wollte etwas von ihr, aber was, das lag nach wie vor im Dunkeln. Wieder tauchte Boris Iwanows Gesicht vor ihr auf. Und wieder sagte sie nichts. Iljas hielt neben ihrem Auto. Er stellte den Motor nicht ab, wandte sich ihr nicht zu. Damit sie nicht sehen konnte, was in ihm vorging?

»Es ist nett, dass du dir Sorgen machst, aber ich habe bereits eine Liste angefertigt und Karl gegeben.«

»Karl?«, fragte Iljas.

Luisa war sich nicht sicher, aber es schien so, als hätte sich seine Miene verdüstert.

»Mein Chef.«

Er nickte und sie öffnete die Tür.

»Danke.«

»Wofür?«

»Dass du mich ins Krankenhaus begleitet hast.«

Er stieß die Luft durch die Nase aus.

Luisa zwang sich, die Tür zu schließen. Sie wollte nicht gehen. Sie genoss Iljas' Gegenwart, trotz der ganzen Schmerzen, die ein Treffen jedes Mal mit sich brachte. Offenbar war sie masochistisch veranlagt. Andererseits hatte sie immer bewusst vermieden, das Gefühl für Sicherheit und Wohlsein durch eine andere Person zu erreichen. Sie wollte selbst für diese Gefühle verantwortlich sein. Sie schlug die Tür zu, drehte sich um und erstarrte. Wie festgefroren blieb sie stehen. Das Beifahrerfenster senkte sich.

»Alles okay?«, rief er ihr über die Mittelkonsole hinweg zu.

Sie drehte sich zu ihm um.

»Die Reifen«, sagte sie. »Sie sind zerstochen. Alle vier.«

❤

»Und du hast keine Ahnung, was hier vor sich geht?«

Iljas blickte zu Luisa hinüber, die steif wie ein Brett auf dem Beifahrersitz saß. Ihre Arme waren fest vor der Brust verschränkt, ihre Miene düster, ihre Oberschenkel zusammengepresst. Sie versuchte, den Sturm in ihrem Innern irgendwie im Zaum zu halten.

»Nein«, sagte sie knapp.

Er konnte ihre Wut verstehen. Würde ihm auch nicht anders gehen, wenn jemand die Reifen seines Wagens zerstochen und *Bitch* in die Seite der Karosserie geritzt hätte. Den Schaden zu beheben würde mehrere Tausend Euro kosten, wobei er nicht glaubte, dass Luisa wegen des Geldes stinksauer war. Er schätzte sie, allein schon ihres Berufes wegen, als eine Person ein, die Probleme sofort anging und löste. Die mit ihrer Meinung nicht hinterm Berg hielt, sondern sie frei heraus äußerte. Vermutlich wünschte sie sich, dass jemand zu ihr käme und ihr ins Gesicht sagen würde, dass er sie scheiße fand. Und ihr nicht Umschläge zukommen ließ und ihr Auto mutwillig zerstörte. Diese Einstellung konnte Iljas ziemlich gut nachvollziehen, denn er teilte sie. Nur Menschen, die von Grund auf feige waren, wählten den Weg hintenrum. Dazu gehörten weder er noch sie.

»Diese Sache mit der Bitch sieht so aus, als bestünde eine Beziehungsebene zwischen dir und dem Täter.«

Sie nickte und drehte sich endlich zu ihm. Er zuckte zusammen und hätte um ein Haar laut aufgeschrien. Ihre Lippen waren so fest aufeinandergepresst, dass sie blutleer waren, ihre Augen sahen … uh, echt krass aus. Doch trotz der Einblutung und des Hämatoms schleuderten sie Blitze.

»Ich weiß«, sagte sie.

»Gibt es vielleicht doch einen Freund oder Exfreund, der dafür infrage kommen könnte?«

»Nein!«

Er räusperte sich. Seine nächste Frage war ihm latent unangenehm. Andererseits hatte er während zahlreicher Verhöre wesentlich schlimmere Fragen stellen müssen.

»Hattest du mal was mit einem verheirateten Mann?«

»Wie bitte?!«, fragte sie, und er war sich ziemlich sicher, dass sie ihm gedanklich gerade schlimme Schmerzen zufügte.

»Eine eifersüchtige Ehefrau oder Partnerin hätte ein Motiv und die Vorfälle würden passen.«

»Dir ist schon klar, dass ich von einem Mann überfallen wurde?«

Iljas lachte trocken auf. »Dir ist schon klar, dass wir in Berlin wohnen. In gewissen Vierteln findest du ohne Probleme jemanden, der gegen Bezahlung eine Anwältin überfällt. Also?«

Sie wandte ihren Blick ab und starrte durch die Windschutzscheibe auf die regennasse Straße. Iljas bog ab und glaubte schon, dass sie sich nicht weiter dazu äußern würde, als sie schließlich doch redete.

»Während meiner Studienzeit kam ich nicht umhin, mit einigen Kommilitonen in Kontakt zu treten. Die meisten konnte ich nicht leiden, aber es sind schließlich zukünftige Kollegen und wie in jedem Bereich des Lebens ist man unter Umständen auf eben solche Beziehungen angewiesen. Die meisten lebten bei ihren Eltern oder wurden von ihnen finanziert. Ich hingegen habe mir alles allein erarbeiten müssen. Nach den Vorlesungen ging ich arbeiten, teilweise bis spät in die Nacht. Ich war nicht beim Segeln oder Golfen. Ich absolvierte Praktikum um Praktikum und erarbeitete mir einen Namen – durch meine *Leistung*.«

Scheiße. Iljas war sich sicher, dass sie mehr als nur angepisst wegen seiner Frage war. Aber er musste sie ihr stellen. Es war naheliegend.

»Jetzt habe ich beruflich genau das erreicht, was ich wollte, und es läuft verdammt gut. Ich bin kurz davor, Partnerin und dann Nachfolgerin des Gründers einer altehrwürdigen Strafkanzlei zu werden. Die Richter respektieren mich.«

»Es läuft so gut, dass ich weder Zeit noch Lust auf Beziehungen habe.«

Yep, sie war sauer.

»Oder auf *Affären*.«

Und wie. Wenn ihn nicht alles täuschte, vereiste die Scheibe gerade von innen.

»Mit verheirateten Männern sowieso nicht.«

Gleich würde sie sich umdrehen, ihren Kiefer ausrenken und ihn verschlingen. Und er würde nichts dagegen tun können, denn er wäre zu sehr damit beschäftigt, sie anzustarren und zu hoffen, dass sich der erste Knopf ihrer Bluse auf magische Weise öffnen würde. Sauer war Luisa Elmas noch einmal ein ganz anderes Kaliber. Das Kaliber, das jeder halbwegs gesunde, klar denkende Mann sich nackt im Bett wünschte.

»Also nein, ich habe keine Affäre, ich hatte keine und ich würde niemals etwas mit jemandem anfangen, der sich in einer Beziehung befindet, denn es geht um sehr viel mehr als eine Familie, die ich dadurch zerstören würde. Zumindest für mich. Es würde um alles gehen, was ich mir aufgebaut habe, und den Ruf, den ich anschließend mit mir rumschleppen würde. Luisa Elmas, die Schlampe, die mit verheirateten Männern fickt, um beruflich weiterzukommen.«

Okay. Botschaft angekommen. Sie machte so etwas nicht.

Iljas parkte vor ihrem Wohnhaus und drehte den Schlüssel im Zündschloss um. Der Motor erstarb und tickte leise vor sich hin.

»Ich bringe dich rein.«

»Ich schaffe das allein«, sagte sie und stieg aus.

»Das weiß ich«, sagte er und verschloss das Auto.

Iljas war weder Macho noch formvollendeter Gentleman. Seiner Erfahrung nach war es ein schmaler Grat zwischen korrektem Hofieren und es wie ein kompletter Vollidiot übertreiben, aber darum ging es jetzt nicht. Es war ihm scheißegal, ob sie sich in ihrer weiblichen Würde angetastet fühlte oder ob sie dachte, er hielt sie nicht für kompetent genug, einen Schlüssel in ein Schloss zu stecken. Ihre Sicherheit stand noch um einige Stufen höher als ihr Ego. Er würde mit hochkommen, dafür sorgen, dass sie unbeschadet in ihrer Wohnung ankam und dort sicher sein würde.

Ihre Schritte klackerten laut und fest auf dem Asphalt und Iljas fürchtete, dass dieser lächerlich schmale Absatz brechen würde, wenn sie weiterhin versuchte, ihre Wut über den Erschütterungsmessenger nach Australien zu senden.

Sie schloss die Tür auf und begrüßte den Concierge mit einem knappen Nicken. Dieser hob den Kopf und wollte etwas erwidern, verstummte aber angesichts ihres tornadohaften Auftritts und ihres lädierten äußeren Erscheinungsbildes. Der Blick des Portiers flog zu Iljas, und er glaubte, Wut darin zu erkennen. Der Mann dachte vermutlich, dass Iljas Luisa so zugerichtet hatte. Iljas schüttelte den Kopf, um klarzumachen, dass er nicht dafür verantwortlich war. Zumindest nicht so, wie der Mann es im Sinn hatte.

Ungeduldig stand Luisa vor dem Aufzug und wartete, bis das leise Pling ertönte und die Türen sich öffneten. Das Innere des Aufzugs bestand aus Marmorplatten und Spiegelscheiben, und dass keine davon auch nur den geringsten Kratzer aufwies, zeugte davon, dass es sich bei den Bewohnern des Hauses ausschließlich um besserverdienende Kinderlose handelte. Die Türen schlossen sich.

»Warum kommst du mit hoch?«, fragte sie.

»Ich mache mir Sorgen.«

»Hier passiert mir nichts.«

Er sah auf sie hinab. Eine Strähne hatte sich aus ihrem Zopf gelöst, den sie sich vorhin gebunden hatte, als sie auf die Polizei gewartet hatten. Ihr dunkelbraunes Haar glänzte im Licht des Aufzuges. Es nicht zu berühren war schwer.

Er ging einen Schritt auf sie zu und ihre Haltung veränderte sich. Gestern noch in ihrer Wohnung hatte er Zweifel gesehen, weswegen er sie nicht geküsst hatte. Heute sah er etwas anderes. Aber es reichte ihm nicht. Er wollte nicht nur Neugierde sehen. Wollte nicht, dass sie sich nur fragte, ob es gut wäre, wenn er sie küsste. Sie sollte sich nach der Berührung sehnen.

Sie sollte es für die beste Idee aller Zeiten halten. Und das war nicht so. Noch nicht. Seine Lust auf Luisa war in Etappen entstanden. Als er den BH unter seinem Pullover entdeckt hatte. Als sie im Regen vor ihm gestanden hatte, als sie verschwitzt in seinem Studio gesessen und ihm Fragen zu ihrem Beziehungsstatus beantwortet hatte. Mit jeder Sekunde, in der er nicht über sie herfiel, wuchs seine Begierde.

Wenn es um Luisa Elmas ging, würde er erst wieder klar denken können, wenn er sie in seinem Bett gehabt hatte. Als erneut ein sanftes Pling ertönte, wich er einen Schritt zurück und verließ zuerst den Fahrstuhl.

»Gib mir deinen Wohnungsschlüssel.«

Sie zögerte, folgte aber schließlich seiner Aufforderung.

Er schloss die Tür zu ihrer Wohnung auf und bedeutete ihr, im Flur zu warten. Zimmer für Zimmer durchkämmte er die Wohnung, sah in Schränke und hinter Türen. Vielleicht verweilte er ein paar Minuten länger als nötig in ihrem Schlafzimmer, speziell an der Kommode mit der Unterwäsche, aber das war der gerechte Lohn für seine Mühen hinsichtlich der Wohnungsdurchsuchung. Gerade als er ihr Schlafzimmer verlassen wollte, fiel sein Blick auf seine Jacke, die über dem Fußende ihres Bettes lag. Er wollte, dass sie sie trug, damit er sie ihr ausziehen konnte. Schnell wandte er sich ab und schloss die Tür zum Schlafzimmer.

Sie wartete im Wohnzimmer, in ihrer Hand einen Schokoriegel.

»Willst du auch einen?«, fragte sie und biss ab.

»Snickers?«

Sie zuckte mit den Schultern. »Erdnüsse sind gesund.«

»Danke, ich nehme gern einen.«

Sie gingen in die Küche und Luisa legte ihre Hand auf eine Schublade. Plötzlich hielt sie inne.

»Was du gleich sehen wirst, mag vielleicht etwas verstörend wirken«, sagte sie beinahe entschuldigend.

»Es wird sich ja wohl kaum eine Leiche darin –. Ach du Scheiße.«

Die Schublade quoll über mit Schokoriegeln, Gummibärchen und Chipstüten.

»Was ist nur los mit dir?«, fragte er und griff wahllos hinein.

Sie biss erneut ab, kaute und sah ihn dabei an.

»Ich hätte dich für den Dinkel-Hirse-Typ gehalten«, sagte er.

»So kann man sich irren«, sagte sie und schob den Rest des Riegels in den Mund.

Ihr Hang zu Süßem gefiel ihm. Es machte sie normal und menschlich. Und er kannte zugegebenermaßen wenig bis gar keine Frauen, die diesen Drang auslebten und dann noch dazu standen. Iljas riss das Papier auf und versenkte seine Zähne in der Schokolade.

»Deine Wohnung ist sauber«, sagte er.

»Das bezweifle ich«, sagte sie und blickte in die Schublade. Dieses Mal jedoch gewann die Vernunft und sie schloss sie wieder.

»Im Sinne von: Es befindet sich kein Angreifer darin.«

Sie nickte und stand unsicher vor ihm. Er blickte auf die Uhr, es war bereits nach Mitternacht. Seit Anfang dieser Woche hielt er sie vom Schlafen ab. Der Gedanke gefiel ihm. Die Gründe noch nicht. Er zerknüllte die Folie seines Riegels und beugte sich näher zu ihr. Dann griff er um sie herum und warf das Papier in den Mülleimer. Seine Hand berührte ihren Oberarm, sein Atem traf die Haut ihres Nackens.

»Ich gehe jetzt«, flüsterte er in ihr Ohr und seine Lippen streiften wie beiläufig ihre Wange.

Als er sah, wie ihre Pupillen sich weiteten, war er sich sicher, dass er Luisa Elmas, die Strafverteidigerin, in seinem Bett haben würde.

Nicht heute, nicht morgen, aber bald.

So wahr ihm sein Penis helfe.

Kapitel 13

Ich war schon einmal verheiratet. Aber die Ehe war nicht mehr wert als das Stück Papier, auf dem wir sie besiegelten, denn sie basierte nicht auf Liebe. Letztendlich war ich sogar selbst daran schuld, denn ich habe in meiner Ehe alte Muster fortgeführt. Die Anschuldigungen, ein Nichts zu sein, strahlten mir von überall entgegen, und weil ich sie kannte, habe ich sie angenommen. Du hingegen bist alles. Ich sehe dich jeden Tag, du läufst an mir vorbei, du siehst meine äußere Form, mein Gesicht, meinen Körper, aber nicht mich. Dein Körper, dein Beruf, dein Erfolg, all das ist mir egal, denn ich sehe dich. Sehe deine Sanftmut hinter der Fassade aus Ehrgeiz, sehe deine Großzügigkeit, versteckt hinter kühler Gefasstheit. Durch dich könnte ich eine Wertigkeit erlangen. Wenn du an meiner Seite wärst, würde ich zu jemandem werden. Doch alles, was ich bisher versucht habe, hat dich weiter in die Arme dieser … dieser Person getrieben. Noch nicht einmal das kann ich. Und das, obwohl ich dich … liebe. Ja, ich liebe dich. Es ist vermessen, es ist kühn, es ist falsch und richtig. Und gerade deswegen kann ich nicht zulassen, dass du mir entgleitest, denn auch wenn du es noch nicht weißt, sind wir einander für die Ewigkeit bestimmt. Für dich werde ich versuchen, nicht ich zu sein, für dich werde ich bis zum Äußersten gehen.
Nicht aus Wut, nicht aus Hass, sondern aus Liebe.
Für dich. Für uns.
T.

Kapitel 14

Das ist doch kein Fall«, sagte Luisa laut und warf beide Hände in die Luft. Eine ältere Dame am Nachbartisch räusperte sich pikiert. Luisa ignorierte sie, schob die Akte über den Tisch und tippte mit dem Zeigefinger darauf. »Du willst mich vom Arbeiten abhalten, damit ich außer Gefahr bin.«

Karl stach seine Gabel in das weiße Fleisch des Wolfsbarsches, hob mit dem Fischmesser das Stück vorsichtig ab und beförderte es in den Mund. Er war die Ruhe selbst, während er anschließend ein Konvolut aus dünnen Prinzessbohnen auf seine Gabel schob. Luisa kochte innerlich. Sie schob ihren Teller mit den Linguine zur Seite, griff sich ihr Wasserglas und trank einen großen Schluck. Sie wünschte, es wäre etwas Alkoholisches.

»Du bist die Beste. Deswegen bekommst du dieses Anliegen.«

Fast hätte Luisa das Wasser ausgespuckt. Sie knallte das Glas auf den Tisch zurück, eine Welle schwappte über den Rand und platschte auf die Tischdecke. Das Räuspern der Frau am Nachbartisch steigerte sich zu einem lauteren Hüsteln, welches Luisa ebenso ignorierte.

Karl hatte sie gebeten, mit ihm Mittagessen zu gehen. Da sie nur noch den Kopowski-Fall nächste Woche hatte, war sie davon ausgegangen, dass er ihr weitere anreichen würde. Sie besprachen oft neue Aufträge beim Mittagessen. Nun, im Prinzip war auch genau das geschehen, aber ihr neuer Mandant war … eine Farce.

»Karl«, versuchte sie es erneut. Dieses Mal ein wenig ruhiger. Zumindest so ruhig, dass nicht die Aufmerksamkeit sämtlicher Gäste des Restaurants auf sie gelenkt war, speziell die ihrer neuen Freundin am Nachbartisch, die bald so heiser sein würde, als schrie sie seit 1790 für Freiheit, Gleichheit und Brüderlichkeit. Luisa würde an Karls Logik appellieren. »Ich bin Strafverteidigerin im Wirtschaftsrecht mit einem weiteren Abschluss in BWL und mehreren Jahren Berufserfahrung. Diesen Fall kannst du dem Praktikanten geben. Oder dem Praktikanten des Praktikanten. Oder jeder x-beliebigen Person auf der Straße, die clever genug ist, geradeaus zu laufen. Es wäre eine Vergeudung deiner Ressourcen und letztlich Geld zum Fenster rausgeschmissen, wenn ich das übernehme.«

Ja. Das war Logik. Um ihren Worten Nachdruck zu verleihen, nahm Luisa die Damastserviette vom Schoß und warf sie auf den Tisch. Das hatte etwas Finales. Es war alles gesagt.

Behutsam legte Karl die Gabel und das Fischmesser auf den Teller und faltete langsam die Hände in Höhe seines Kinns. Er blickte sie über den Rand seiner Brille hinweg an.

»Luisa«, sagte er ruhig und bedacht, was ihr Blut noch mehr in Wallung brachte, »die Sache ist bereits beschlossen. Der Fall gehört dir.«

Sie spürte, wie ihr Auge zuckte und eine verräterische Hitze über ihre Wangen kroch. Sie schloss kurz die Lider, sammelte sich und versuchte Karl so anzulächeln, dass sie nicht aussah, als würde sie kleine Kinder zum Frühstück essen.

»Okay«, sie hob die Hände und zuckte mit den Schultern, »dann werde ich mich um den Pinguin kümmern. Soll ich ihm einen Eimer Fische mitbringen, wenn ich in den Zoo zur Befragung fahre? Welche mag er? Sardinen?«

»Du vertrittst nicht den Pinguin, sondern –«

»Den Jungen, der ihn geklaut hat. Das. Weiß. Ich.«

Sie lehnte sich im Stuhl zurück. Die Lehne war gepolstert, denn die Restaurants, in die Karl ging, waren keine Schnellimbisse. Leider. Karl nahm sein Besteck wieder in die Hände und aß weiter. Für ihn war das Thema erledigt, aber in Luisa rumorte es. Sie konnte nicht nachgeben.

»Es ist nicht mehr als ein Anruf.«

»Wie bitte?«

»Ich könnte das jetzt erledigen. Das Bürschchen hat im Zoo einen Pinguin geklaut und in seinem Rucksack mitgenommen. Das ist eine selten dämliche Idee, aber es war nicht mehr als die Wegnahme einer fremden, beweglichen Sache, denn es war ein *Pinguin,* Herrgott. Der Zoo wird bestimmt keine Anzeige erstatten. Ich biete an, dass er zum Gehegeausmisten kommt, der Zoo wird annehmen, und das war's. Der Pinguin ist noch nicht einmal traumatisiert. Nachdem die Lehrerin ihn gefunden und zurückgebracht hat, ist er eine Runde geschwommen und hat anschließend alle Weibchen des Geheges gevö… begattet. Das sind keine übermäßigen Anzeichen von Stress, wenn du mich fragst.«

Karl schien unbeeindruckt. Er nahm das Besteck in eine Hand, pickte mit der anderen einen Krümel von der Größe eines Elektrons von der Tischdecke und schnippte ihn zur Seite.

»Dann freue dich über die Freizeit und bereite dich auf deine Verhandlung nächste Woche vor.«

»Ich bin vorbereitet.«

Sie schwang nach vorn. Die plötzliche Bewegung löste am Nachbartisch Schnappatmung aus. Genervt entschuldigte sich Luisa und beugte sich noch weiter vor.

»Glaube ja nicht, dass ich nicht weiß, was du tust …«, sagte sie leise.

Karl kaute langsam weiter, schluckte den Bissen hinunter und trank ein wenig Wasser.

»Natürlich weißt du, was ich mache. Du bist intelligent und wir kennen uns schon sehr lange. Luisa, ich bin deine Fälle durchgegangen, dabei stach mir niemand ins Auge, der für die Taten verantwortlich sein könnte. Bis die Sache geklärt ist, hältst du den Ball flach. Außerdem«, fügte er hinzu, »siehst du aus, als wärst du beim Thaiboxen spontan mit in den Ring gestiegen. So kann ich dich auf keine neuen Mandanten loslassen. Gerade mal so auf den Pinguin.«

Unwillkürlich wanderte ihr Blick zur Wand, an der vor einer dunklen Tapete mit Lilienmuster ein antiker Spiegel hing. Dass sie in dieser Woche keinen Termin mehr vor Gericht hatte, war wirklich ein Segen. Ihr blutunterlaufenes Auge war dezent im Vergleich zu dem Veilchen um ihr anderes Auge, das von lila zu grün übergegangen war. Neongrün. Als hätte Amelie Post-its darum geklebt. Immerhin würde sie dieses Problem in wenigen Tagen los sein. Ihr Handgelenk wäre bis dahin ebenfalls wieder in Ordnung, genauso wie die Verletzung an ihrer Hüfte. Wie lange die Einblutung in ihrem Auge brauchen würde, um zu heilen, wusste sie nicht, aber damit konnte sie auch vor einen Richter treten, ohne sich kurz darauf mit merkwürdigen Fragen konfrontiert zu sehen. Und dass sie nächste Woche absolut integer sein musste, war essenziell. Erstens wegen ihres Mandanten, zweitens weil sie Partnerin werden wollte.

Mehr als alles andere.

»Gönn dir ein bisschen Ruhe, Luisa«, sagte Karl mit Nachdruck. »Seitdem du bei mir angefangen hast, hast du dir kaum Urlaub genommen.«

»Und das aus deinem Munde«, murmelte Luisa.

»Nicht alles, was ich tue, muss die Maxime für dein Handeln sein«, sagte Karl und legte sein Besteck geräuschlos exakt auf fünf Uhr. Sein Teller war so sauber, dass man ihn gleich wieder in den Schrank hätte stellen können. Und das ohne Ablecken.

»Was meinst du damit?«, fragte Luisa, denn in Karls Stimme schwang so etwas wie … Bedauern?

»Sieh mich doch an, Luisa. Ich bin Anfang siebzig und habe nichts Besseres zu tun, als jeden Tag in die Kanzlei zu rennen, die mir viel gegeben und noch mehr genommen hat. Ich habe es verpasst, mir etwas aufzubauen. Meine drei Ehen haben nicht funktioniert und meine alten Freunde sind nach der letzten Scheidung zu meiner Frau übergelaufen, weil ich ein alter, treuloser Idiot bin. Weder ein Hund noch ein Goldfisch ist mein Eigen. Die einzige Freizeit, die ich habe, ist, wenn ich mit dir essen gehe. Und was mache ich? Ich ziehe dich – die einzige Frau, die freiwillig bei mir bleibt – zu meiner Nachfolgerin heran, damit dich das gleiche Schicksal ereilt. Das ist doch Scheiße. Mach mehr aus deinem Leben. Die Kanzlei ist nicht alles.«

Während seiner Rede hatte die Frau am Nachbartisch jedes Schimpfwort mit Husten und dem Schütteln ihres Kopfes begleitet, als wäre sie ein Wackeldackel. Viel schlimmer war jedoch, wie ruhig und besonnenen Karl gesprochen hatte. Als würde er wirklich jedes Wort so meinen. Das verstand Luisa nicht. Aus dem Nichts hatte Karl eine der besten Kanzleien Berlins hochgezogen, mit vier hochkarätigen Partnern. An Karls Seite befand sie sich in einer anderen Welt. In einer Welt der Stoffservietten und des silbernen Bestecks, der Vier-Gänge-Menüs und der gepolsterten Stühle. Dort, wo sie herkam, gab es das alles nicht. Da gab es Hare Krishna und Hirsebrei. Richtig scharf war sie auf keins von beidem. Aber Karls Welt ging noch am ehesten mit dem konform, was sie wollte, wie *sie* sein wollte.

»Aber du hast das alles aufgebaut. Die Kanzlei ist dein Zuhause.«

»Ja, weil ich es nicht geschafft habe zu erkennen, was noch zählt. Ich bin jetzt allein und werde es auch in Zukunft sein. Ich werde in meinem großen, teuren Haus sterben und noch nicht einmal eine Katze haben, die meine Überreste annagt. Niemand wird um mich trauern, mein Name wird in keinen Gedanken nachklingen. Aber das ist es doch, was zählt, oder? Dass wir etwas von uns hinterlassen, und das meine ich nicht in finanzieller Hinsicht, denn meine Exfrauen werden drei Kreuze im Kalender machen, wenn ich endlich das Zeitliche segne. Etwas von uns muss überdauern, damit wir in Ruhe gehen können. Und zwar Liebe. Wir müssen unser Herz hierlassen, Luisa, es ist das Einzige, was von uns bleiben kann.«

»Karl, ich …«

Luisa brach ab. Sie wusste nicht, was sie sagen sollte. Noch nie hatte Karl so mit ihr gesprochen. Sie ergriff seine Hand, denn sie sah, wie ernst es ihm war. Seine wasserblauen Augen schienen zu verlaufen.

»Wenn du irgendwann von uns gehst. In sehr ferner Zukunft, denn für alles andere bist du ein zu sturer Hund, dann wirst du immer ein Teil von *mir* sein. Du hast mir alles von dir gegeben und bist so viel mehr für mich als nur ein Kollege. Dass ich deine Nachfolge antreten darf, ist eine Ehre. Du warst mir eine Familie, als ich dringend eine gebraucht habe.«

Karl schüttelte leicht den Kopf, als hätte sie nicht einmal ansatzweise verstanden, was er ihr sagen wollte. Dann erhellte sich seine Miene plötzlich.

»Apropos, was machen deine Eltern?«

Luisa entzog ihm ihre Hand. Ganz mieses Ablenkungsmanöver. Karl liebte es, auf ihrer Familiensituation rumzureiten.

Wenigstens thematisierte er dieses Mal nicht Tante Birte. Eine Kellnerin kam und räumte die Teller ab. Und weil Luisa ihre Nudeln kaum angerührt hatte und Karl bezahlte, bestellte sie Samoa-Cheesecake.

»Ich weiß es nicht. Es ist ja nicht so, als würde ich ihnen mal eben eine WhatsApp schicken können«, sagte sie, nachdem die Kellnerin weg war.

»Immer noch kein Handy?«

»Wo denkst du hin?«

»Telefon?«

»Nur im Haupthaus, während der Bürozeiten, die einmal in der Woche für zwei Stunden sind.«

»Jeder setzt andere Schwerpunkte«, sagte Karl und in seinen Augen blitze es belustigt auf. Wie immer, wenn sie von ihren Eltern erzählte. Von ihren Eltern, die in der ältesten noch existierenden Kommune Deutschlands lebten. Für Karl war das ein prächtiger Schenkelklopfer, für Luisa hingegen der reinste Albtraum, denn sie hatte ebenfalls dort leben müssen, und es hatte für sie ein *Davor* gegeben. Eine Normalität. Ihre Kindheit hatte sie in einer normalen, gutbürgerlichen Umgebung verbracht, ehe sich alles geändert hatte und ihr Vater angeklagt worden war. Er wurde beschuldigt, Gelder der Firma, in der er gearbeitet hatte, veruntreut und die Bücher gefälscht zu haben. Der Prozess, der sich über Wochen gezogen hatte, veränderte alles. Das Verhältnis zum Rest der Familie. Das Verhältnis zu den Nachbarn, das Verhältnis untereinander. Luisas Eltern waren letztendlich nicht mehr bereit gewesen, das Bild der Verbrecherfamilie, welches ihnen überall entgegenschlug, hinzunehmen, denn es änderte sich auch nicht, als ihr Vater freigesprochen wurde. Insgeheim zerrissen sich die Leute die Mäuler darüber, warum der Fall so lange verhandelt wurde und ob der Freispruch wirklich einer gewesen war oder die Beweise einfach nicht ausgereicht hatten. Ihre Eltern jedenfalls hatten ihre Sachen gepackt und waren mit Luisa im Schlepptau nicht einfach nur umgezogen. Neeeeiiiinnn, ihre Eltern hatten alles verändert.

Ihr Leben, Luisas Leben.

Ihre Identitäten.

Denn in der Kommune gab es kein Ich mehr. Es gab nur noch das Wir. Eine gemeinsame Kasse, einen Kleiderraum – Luisa schauderte –, in dem sich jeder bedienen durfte, eine Küche, in der alle kochten, ein Feld, das die Kommune bewirtschaftete, Schlafräume, Gemeinschaftsduschen, Essensräume. Überall war jemand. Immer. Und Luisa war gerade dabei gewesen, ein Teenager zu werden. Sie interessierte sich für Mode, Make-up, Jungs. Für sie war das Leben in der Kommune die Hölle auf Erden gewesen. Ihre Eltern hingegen wurden heiß glühende Anhänger der freien Liebe, inklusive freier Partnerwahl und häufig wechselnder Liebschaften.

»Wie wäre es, wenn du sie mal wieder besuchen würdest?«, fragte Karl.

»Was für eine zauberhafte Idee. Wie wäre es, wenn du mich begleitest? Wir könnten deine Exfrauen ebenfalls einladen. Mitsamt ihren Kindern und den neuen Männern. Wie alt ist doch gleich der Neue von Gesa? Fünfundzwanzig? Das wird toll.«

»Sind wir heute zu Späßen aufgelegt, Frau Elmas?«

»Du hast damit angefangen. Zuerst der Pinguinfall und dann willst du mich zu meinen Eltern schicken?«

»Oh, ich möchte dich nur aus deiner Komfortzone locken und in die Arme von Birte treiben.«

Luisas Lachen war so trocken wie die Trockensavanne in

der Trockenzeit. Und noch trockener. Birte. Sie war die personifizierte Kommune. Sie trug weite Haremshosen, ihre langen blondgrauen Rastazöpfe reichten bis zum Ansatz ihres Pos und sie sah so … gesund gemüsig aus. Von April bis Oktober lief sie grundsätzlich barfuß rum. Egal, wo. Ihre Daumen und Zeigefinger waren stets zu einem Kreis geformt, dem Jnana Mudra, um inneren Frieden zu erreichen. Das Schlimmste an Birte jedoch war ihr Bedürfnis nach körperlicher Nähe. Sie hing sich an jeden und alles ran, behauptete, sie müsse die Menschen in ihrer Umgebung fühlen. Ja. Das war Birte. Sie und Luisa würden nie beste Freundinnen werden. Birte wollte sie jedes Mal massieren, ihre Chakren reinigen und ihre Energien zum Fließen bringen.

»Ich muss nächstes Wochenende übrigens wirklich zu meinen Eltern.«

Karl grinste. »Oha.«

»Zu einer Feier des Lichts«, sagte Luisa und lehnte sich zurück, um es der Kellnerin leichter zu machen, das Dessert vor ihr abzustellen. Sie nahm die Gabel, stach in den Kuchen und schob genüsslich ein Stück in den Mund.

»Was zur Hölle ist eine Feier des Lichts?«

»Mit der Hölle hat es nichts zu tun. Eher mit dem Himmel. Wenn sich ein Paar besondere Zuneigung zusprechen möchte, feiern sie dieses Fest. Es ist eine Art Ehe, nur ohne den ganzen Monogamiekram. Und ohne feste Bindung. Eigentlich ohne alles.«

Gott. Dieser Kuchen …

»Interessant«, sagte Karl und tat so, als würde er tatsächlich darüber nachdenken.

Luisa schlug sanft mit der Stoffserviette auf seine Hand.

»Glaube mir, das Leben dort würde dir nicht gefallen.«

»Oh, das glaube ich nicht«, sagte Karl und ließ seine Lider flattern.

»Das Essen dort ist vegan. Es gibt nur das, was man in eigener Produktion herstellen kann.«

Karl wich ein Stück zurück, seine Miene ehrlich schockiert. »Und da ist niemand in der Lage, einen Fisch zu fangen?!«

»Bestimmt, aber sie tun es nicht, denn es ist ein Lebewesen.«

»Okay, dann bin ich raus.«

»Dafür gibt es Pilze in jeder nur erdenklichen Variation.«

»Und schon bin ich wieder drin.«

Luisa grinste und räusperte sich.

»Der Pinguinfall ... oh Mann, ich hätte nie gedacht, dass ich so etwas mal sage. Jedenfalls, ich mache es. Auch wenn es noch nicht einmal ansatzweise zu einem Verfahren kommen wird, werde ich das klären und dann werde ich ... nun ja ... kürzertreten.«

»Hört, hört. Es geschehen noch Zeichen und Wunder.«

»Mir liegt etwas an meinem Leben, und solange ein Irrer draußen rumläuft und meint, ich hätte ihm irgendetwas getan, werde ich kein Risiko eingehen. Aber – und das sage ich dir ganz klar – ich werde nicht vom Kopowski-Fall zurücktreten.«

»Die Fusion der zwei Baufirmen.«

»Exakt.«

Luisa legte die Gabel auf den leer gekratzten Teller.

Karls Miene wurde nachdenklich. Seine Finger tippten auf die schwere, weiße Tischdecke, als befänden sich dort die Tasten eines Klaviers.

»Ich würde es begrüßen, wenn du den Fall weiterhin betreust. Du arbeitest seit einem Monat daran und bist die einzige Anwältin, die voll und ganz in der Materie ist. Allerdings«, sagte Karl streng, als Luisa hörbar ausatmete, »will ich, dass du einen Notfallplan erstellst. Wir wissen nicht, was kommt und was nötig sein wird.«

»Einen Notfallplan?! Ich mache doch keinen Notfallplan von dem Fall, der über meine Partnerschaft entscheidet. Damit bereitest du vor, dass ich ihn abgebe.«

»Es kommen noch andere große Fälle.«

»Karl … bitte«, flehte sie. »Tu mir das nicht an.«

»Ich will diesen Plan, Luisa. Ich sage nicht, dass ich dich morgen von dem Fall abziehe«, sagte Karl, griff in die Innentasche seines Jacketts und zog sein Portemonnaie heraus. Er öffnete den Lederumschlag mit der Rechnung, prüfte die ausgewiesene Summe und legte einen Schein hinein. Er klappte das Etui zu und schob es an den Rand des Tisches. »Du erstellst ein Dokument mit den Details des Falles, was du bisher getan hast, deine Strategie, deine Zeugen, sodass sich jeder von uns schnell einarbeiten kann, falls es nötig sein sollte. Und du überlegst dir, wer aus der Kanzlei am ehesten dazu geeignet wäre, dich zu vertreten. Wann und ob es nötig ist, entscheiden wir, nicht du.«

Heiße Wut durchströmte sie, schnell trank sie einen Schluck Wasser, um das Feuer zu löschen.

Sie wollte den Fall nicht abgeben. Sie wollte erst recht nicht, dass es überhaupt infrage kam, denn wenn es nötig sein sollte, eine Vertretung zu suchen, bedeutete dies, dass der Psycho einen Schritt weitergegangen war. Die nächste Stufe wäre sehr wahrscheinlich, ihr körperlich nahezutreten. Und dann würde die Forderung kommen, denn ab da würde Luisas Leben aus Angst bestehen. Angst, aus dem Haus zu gehen, Angst, den kurzen Weg zum Gericht zu fahren, Angst, Mandanten zu treffen. Denn sie wusste nicht, wer sie bedrohte, und das machte es umso schlimmer.

❤

Luisa saß im Büro und starrte auf den Bildschirm ihres Computers. Mit den Fingernägeln kratzte sie über das blank polierte Holz des Schreibtisches. Ihr linkes Bein wippte auf und ab. Ihr Blick huschte zwischen dem Video und der Tür hin und her. Es war bereits das zweite, das sie sich ansah. Das Spiel seines Körpers, seine Ausstrahlung, die Gewissenhaftigkeit und Dringlichkeit, die er selbst über den Bildschirm noch transportierte, fesselten sie. Nachdem er sich ihr gegenüber nicht mehr so verhielt, als wäre sie die Schwester des Beelzebubs, war er sogar … okay. Er hatte dieses … Beschützerding. Und sah gut aus. Seine Espresso-Augen blickten immer wieder in die Kamera und sahen sie direkt an. Na ja, das dachte vermutlich jede seiner Abonnentinnen. Seine Oberarme waren muskulös. Voll. Definiert. Als könnte er sie damit bis ans Ende der Welt tragen. Aber das würde er nicht tun, denn auf eine Ewigkeit war er nicht aus. Er musste scharenweise Fans haben, die gewillt waren, für ihn den Sandsack zu bekämpfen, und dabei eine wesentlich bessere Figur machen würden als Luisa. Denn er war das, was eine Frau wollte. Er konnte sie schützen, halten und war gleichzeitig eine faszinierende Mischung aus latentem Humor und Gefahr. Und Luisa hätte in den nächsten Tagen sogar Zeit für eine kurze … Affäre. Die Tür schwang auf, Amelie trat ein und klopfte gleichzeitig hastig an den Türrahmen.

»Du wolltest mich sprechen?«, fragte sie und schob eine Haarsträhne in Knalltürkis hinters Ohr.

Luisas rechte Hand schnellte zum Bildschirm, um den Ton leiser zu stellen, die linke zur Maus, um das Bild wegzuklicken, irgendetwas zu tun, damit es nicht auffiel, dass sie Iljas … beobachtete. Sie stieß gegen ihre Kaffeetasse, verschüttete dabei etwas auf dem Schreibtisch, stand schnell auf, um ein Tuch zu holen, wobei ihr Bürostuhl umkippte. Sie warf die Hände in die Luft und schickte eine Fluchtirade hinterher.

Der Überfall, die Drohungen, die Angst, der Pinguin und Iljas – das alles veränderte sie. Sie wusste nicht, was aus ihr wurde und ob sie sich noch leiden konnte. Seufzend blickte sie auf den Schreibtisch und sah zu, wie die dunkle Flüssigkeit langsam, aber stetig von einem Blatt Papier aufgesogen wurde und sich die ehemals gradlinige Schrift darauf auflöste. Luisa sah zu und fühlte sich hilflos. Es war nur Kaffee und es war nur Papier. Aber es war auch ihr Leben, das unter einer wahren Flut von Ereignissen begraben wurde und sich veränderte. Die Gradlinigkeit löste sich auf.

»Ist alles okay bei dir?«, fragte Amelie, die ihr zuvorkam und mit einem Taschentuch die Pfütze auf dem Tisch wegwischte.

»Klar«, sagte Luisa und hob den Blick. Sie sah Amelie, den Bildschirm, auf dem Iljas gegen einen imaginären Feind kämpfte, und wusste wieder, warum sie Amelie zu sich gerufen hatte.

»Setz dich bitte«, sagte sie und stellte den Bürostuhl wieder hin. Nachdem sie sich ebenfalls niedergelassen hatte, faltete sie die Hände locker vor dem Körper und bemühte sich um ihre entspannte Anwaltsmiene, während Iljas weiter gegen einen unsichtbaren Feind kämpfte.

»Ich möchte mit dir über Iljas reden.«

»Über das Video?«, fragte Amelie und deutete auf den Bildschirm.

»Nein«, sagte Luisa und schaffte es endlich, mit der Maus auf das kleine x zu fahren und Iljas in den Tiefen des Internets verschwinden zu lassen.

»Schade. Das finde ich nämlich echt gut. Während dieser Kicks sieht er heiß aus.«

Luisa räusperte sich. Das stimmte ohne jeden Zweifel, war aber nicht der Punkt.

»Vielmehr möchte ich über deine Kontaktaufnahme mit ihm reden.«

»Weil ich ihm eine PM geschickt habe?«

»Eine was?«

»Private Message.«

»Genau. Du hast das hinter meinem Rücken, ohne meine Einwilligung getan und hast ihm außerdem das Foto zukommen lassen.«

Amelie drückte den Rücken durch, hob das Kinn, wobei ihre türkisfarbenen Haare über die Schulter rutschten.

»Ja, habe ich.«

»Mach so etwas nicht mehr. Du hattest kein Recht dazu.«

Amelie lehnte sich vor, ihre schwarz umrandeten Augen fixierten sie. Sie war niemand, der klein beigab. Das schätzte Luisa, denn sie könnte mit keiner Assistentin leben, die nur Ja und Amen sagte.

»Das hatte ich vielleicht nicht, aber ich würde es jederzeit wieder tun«, sagte sie leise. Ihr Ton suggerierte, dass sie sich über die Konsequenzen ihrer Äußerung im Klaren war. Luisa wich im Sitz zurück und musterte Amelie. Mit Widerworten hatte sie gerechnet, aber in Amelies Haltung lag noch etwas, das Luisa nicht greifen konnte. Sie forderte Amelie mit einer Geste ihrer Hand auf, fortzufahren.

»Ich mag dich, Luisa. Ich mag dich wirklich. Damals war ich sehr lange auf der Suche nach einem Ausbildungsplatz. Niemand wollte mich, weil ich bunt bin, niemand akzeptierte mich, weil ich laut bin, niemand konnte sich vorstellen, mich um sich zu haben, weil ich nicht die Norm bin. Und dann habe ich dich kennengelernt. Das alles war dir egal. Du hast mich gesehen. Nicht die Farben, nicht die Fassade, sondern mich. Hast bemerkt, dass ich … anders bin, aber es war dir egal. Ich werde es dir nie vergessen, dass du Karl überzeugt hast, mir eine Chance in der Kanzlei zu geben, und deswegen würde ich immer wieder Kontakt zu Iljas aufnehmen, weil er das tun kann, was weder Karl noch ich noch die Polizei tun können. Er kann dich schützen. Ich kann Verlust nicht ausstehen, und dich zu verlieren, wäre scheiße. Also, sei sauer auf mich, so viel du willst, aber ich entschuldige mich nicht dafür.«

Amelie lehnte sich zurück und verschränkte die Arme herausfordernd vor der Brust. Luisa sah sie an, dachte an die junge Frau, die damals wütend und mit gekränktem Wesen in ihre Kanzlei gestürmt war, und studierte die Frau, zu der sie geworden war. Sie war immer noch ein unruhiger Geist. Sie war immer noch auf der Suche; es war dieser Schimmer auf der Iris, der sie verriet und den Luisa nur zu gut kannte. Während ihrer Zeit in der Kommune hatte er ihr aus jedem Spiegel entgegengeschrien.

Sie hatte diesen Ort so sehr gehasst, dass sie ständig auf der Suche nach einem Ausweg gewesen war, nach Anzeichen, dass ihre Eltern dieses Experiment abbrechen wollten, nach einem Funken Hoffnung, wieder in ihr altes Leben zurückzukönnen. Die damit in ihre Seele einkehrende Verzweiflung, die aus jeder ihrer Handlungen und jedem ihrer Sätze sprach, war es, was die Kommunarden in Sorge versetzt hatte. Sie antworteten auf Luisas Verzweiflung mit dem, was sie am besten konnten. Sie schenkten ihr Nähe, Liebe und Aufmerksamkeit. Ständig umwoben sie sie und nahmen sie in den Arm. Sie bildeten ein Netz aus Besorgnis, das sich immer fester und dichter um Luisa spannte. Ihre Fürsorge verschloss Luisas Mund, nahm ihr das Licht zum Sehen und letztendlich die Luft zum Atmen. Mit diesem Ausdruck der Sorge konnte sie nicht umgehen. Er schnürte ihr die Kehle zu. Sie war alt genug, sie konnte auf sich selbst achtgeben. Damals wie heute. Und dann traf sie die Erkenntnis wie ein Schlag.

Es wiederholte sich gerade. Luisa blinzelte ein paar Mal schnell hintereinander.

Karl machte sich Sorgen. Sie atmete schneller.

Amelie machte sich Sorgen. Ihre Ohren fühlten sich dumpf an, als hätte sie jemand mit Watte gefüllt.

Iljas war ständig da. Der Rand ihres Sichtfeldes verdunkelte sich.

Die Distanz zu ihnen verschwand langsam, aber sicher.

Das alles war zu viel. Sie bedrängten sie, engten sie ein. Sie legte die Hand auf ihr rasendes Herz, spürte, wie es gegen den Brustkorb wummerte und nickte.

»Okay, okay. Danke, Amelie. Du kannst gehen.«

Überrascht stand Amelie auf, verharrte dann aber mitten in ihrer Position, halb auf dem Stuhl, halb im Stehen.

»Ist alles in Ordnung?«, fragte sie nach.

»Ja«, sagte Luisa und stand ebenfalls auf, während sie vorsichtig mit den Fingerknöcheln über ihr Sternum rieb und versuchte, ihre Atmung zu kontrollieren.

Sie musste raus.

Raus.
Weg.
Luft bekommen.
Wie gut, dass heute Donnerstag war.
Ihr Tag zum Atmen.

Kapitel 15

Erst als sich Luisa auf der B5 befand, die in westlicher Richtung aus Berlin führte, wagte sie es, sich ihrer Gedankenwelt zu stellen. Vorher hatte sie lediglich gehandelt, als wäre ihr Geist aus dem Körper geschlüpft und würde ihn von weit weg beobachten.

Raus aus dem Büro.

Zu Hause umziehen.

Tasche mit der Ausrüstung packen.

Es war fünfzehn Uhr, als sie losfuhr, das Verkehrsaufkommen erhöht, weswegen sie sich konzentriert zwischen den anderen Autos durch die Bezirke geschoben hatte. Endlich konnte sie auf die erlaubten hundert Stundenkilometer beschleunigen und die Anspannung von sich abfallen lassen. Es fühlte sich nicht mehr so an, als säße jemand auf ihrer Brust und hindere ihre Lungen daran, sich auszudehnen. Um diese Zeit nicht zu arbeiten kam ihr in höchstem Maße illegal vor, aber Karl war selbst schuld. Er hatte ihr außer dem Pinguinfall nichts Neues gegeben und sie somit zu Freizeit verdonnert. Sie schaltete das Radio ab, denn die Musik hallte als schrilles Kreischen in ihrem Kopf wider. Donnerstag war schon immer *ihr* Nachmittag. Sie hatte sich nicht für dieses Hobby entschieden, das Hobby war zu ihr gekommen, hatte sie in ihren düstersten Augenblicken gefunden. Heutzutage schien die Antwort auf jedes berufliche und private Problem Yoga zu sein. Flow Yoga, Morgenyoga, Mittagsyoga, egal, Hauptsache, man steckte mit Dutzenden anderen in einem sauerstoffarmen Raum und konzentrierte sich auf die Atmung. Die Ironie darin ließ Luisa in der Stille des Wagens auflachen. Sahen die Menschen denn nicht, was wirklich half? Luisa setzte den Blinker und fuhr von der Autobahn. Mitten ins Nirgendwo, denn nur dort konnte sie sich sammeln und herausfinden, was es mit diesem fulminanten Chaos auf sich hatte.

Dem Arschtreter, der sie wegen ihres Berufes zunächst verabscheute, aber alles in allem wohl in Erwägung zog, mit ihr zu schlafen.

Ihre Sekretärin, die sich dagegen entschieden hatte, Anweisungen anzunehmen, weil sie es besser wusste.

Ihr Chef, der ihr Pinguine vermittelte und ihr plötzlich weismachen wollte, dass es noch mehr gab als die Kanzlei.

Luisa seufzte.

Am Ende der Autobahnausfahrt bog sie auf eine Landstraße und drückte das Gaspedal erneut durch. Ihre WetterApp hatte nicht gelogen, der Himmel war zwar wolkenverhangen, aber es regnete nicht. Vereinzelte Sonnenstrahlen brachen durch und schienen wie Scheinwerferkegel auf die Erde.

Als sie mit ihren Eltern in die Kommune gezogen war, waren sie von der Gemeinschaft aufgefangen worden. Physisch und psychisch. Ihrer Mutter ging es damals schlecht, ihr Vater war nur noch Haut und Knochen und Luisa mürrischer denn je, denn einerseits verstand sie mit ihren elf Jahren noch nicht gänzlich, was um sie herum geschah, andererseits kapierte sie bereits genug, um zu wissen, dass sie die Veränderungen hasste.

Die Kommunarden verwöhnten sie mit den besten Schlafplätzen, dem besten Essen, mit Massagen. Während ihre Eltern von Tag zu Tag immer mehr zu sich zurückfanden und ein neues Ich konzipierten, floh Luisa, wann immer es ihr möglich war. Das ständige Eingebettetsein in eine Gemeinschaft war etwas, das sie nicht kannte, denn zuvor waren ihre Eltern berufstätig und Luisa nach der Schule allein gewesen. Einsamkeit war ihr Begleiter – und jetzt? Gab es ein Gruppenmantra für alles. Für mehr Gelassenheit, für mehr Ernsthaftigkeit, für Spiritualität, für mehr Sexualität. Sie wollte für sich sein und nicht mit ihrer behaarten Neutante Birte über Sex reden. Sie war damals am Anfang der Pubertät. Sie wollte mit NIEMANDEM über ihren Körper, den Körper anderer Menschen oder Dinge, die aussahen wie Körper, reden. Geschweige denn über Sex.

Sie rannte und rannte, weg von dem neuen Leben, in das sie geworfen worden war. Als würde man einen Topmanager aus Frankfurt ohne Vorbereitung zu einem brasilianischen Naturstamm schicken und ihn auffordern, mit den Einheimischen ein Konzept zur Nachhaltigkeit zu entwickeln, um es anschließend in China auf Suaheli vorzustellen. Luisa rannte, bis nur noch sie und die Natur da waren. Die Natur war ihr stummer Begleiter. Ihre Konstante.

Luisa hatte sich auf den Stamm einer umgefallenen Kastanie sinken lassen und auf das Weizenfeld gestarrt, das vor ihr lag wie ein goldener Teppich. Gedanken ums Abhauen wehten ihr durch den Kopf und glichen herunterfallenden Schneeflocken an einem Wintertag. Ihre Eltern waren sowieso gerade mit sich selbst beschäftigt – es würde ihnen vermutlich noch nicht einmal auffallen. Und die Kommunarden? Die würden schon jemand anders zum Massieren und Mantrieren finden. Luisa schloss die Augen und atmete die Luft ein, als sie den Schrei hörte. Sie zuckte zusammen und riss die Augen auf. Ein Vogel, den sie für einen Adler hielt, kreiste am Himmel, lauerte, beobachtete. Er flog näher an das Feld heran, tauchte in die goldenen Halme des Weizens und flog erfolglos wieder nach oben. Erneut kreiste er über dem Feld und hielt dann plötzlich inne. Einen Augenblick schwebte er still und regungslos am Himmel, ehe er pfeilschnell nach unten schoss und eine Maus mit seinen starken Fängen packte. Heute wusste Luisa, dass es sich dabei nicht um einen Adler gehandelt hatte, sondern um einen Bussard. Luisa beobachtete die kräftigen Flügelschläge, wünschte sich ebenfalls Schwingen, um entkommen zu können. Einem Impuls folgend stand sie auf und rannte dem Bussard hinterher. Sie rannte durchs Feld; den unebenen Boden und die Halme, die ihr die Haut aufrissen, spürte sie nicht, denn in Gedanken flog sie. Dem Himmel näher als dem Boden. Hoch über ihren Problemen und Ängsten. Als sie atemlos am Waldrand ankam, wohin der Bussard verschwunden war, wurde sie langsamer, pirschte sich an und entdeckte den Vogel auf einem Ast sitzend. Obwohl das dichte Blätterdach viel vom Licht des Tages schluckte, erkannte Luisa, dass der kleine Körper der Maus leblos in den kräftigen Krallen hing. Der Bussard blickte sich auf der Suche nach Feinden um, die ihm seine Beute streitig machen konnten. Luisa hielt die Luft an, stand mucksmäuschenstill da, um nicht durch das Knacken eines Zweiges oder das Rascheln von Weizenhalmen am Feldrand auf sich aufmerksam zu machen. Sie starrte den Bussard an, bewunderte die stoische Haltung, den gebieterischen Blick, ehe er ruckartig seinen Kopf bewegte und sie ansah. Seine gelben Augen verdunkelten sich, ein greller Schrei entfuhr seiner Kehle. Er hielt sie für die Gefahr. Blitzschnell breitete er seine Flügel aus und entschwand mit seiner Beute in die Lüfte.

Die meisten ornithologischen Vereinigungen bestanden aus Profis und Amateuren und zählten die Tiere einer Gattung, um die Bestände für ein bestimmtes Gebiet über längere Zeiträume beobachten und empirische Aussagen treffen zu können. Das erforderte in erster Linie Expertenwissen, Geduld und Zeit. Letzteres war ein Ausschlusskriterium. Für Luisa war es ein Hobby, weswegen sie keinem Verein beitrat. In ihrer

Zeit in der Kommune begnügte sie sich damit, die gängigsten Vogelarten kennenzulernen und ohne Hilfsmittel identifizieren zu können. Diese Beschäftigung erdete sie, gab ihrer Kommunenzeit einen Sinn. Sie wurde ruhiger. Konnte mehr ertragen. Während des Studiums geriet ihr Hobby in den Hintergrund, denn die Paragrafen hatten in jener Zeit definitiv Vorrang, außerdem hatte sie die brandenburgische Kommune verlassen und lebte nun in Berlin. Außer Tauben, Sperlingen und Verrückten gab es vom Zimmerfenster ihrer Kreuzberger WG nicht viel zu beobachten. Allerdings belegte Luisa einen Fotografiekurs an der Uni und kaufte sich von ihrem ersten Gehalt eine Kamera. Zuerst zog sie durch Berlin und fotografierte Vögel, doch sie stellte fest, dass die Stadt zu eng war, die Parks zu unruhig, als dass die Vögel lange an einem Ort verweilten, weswegen sie in den Speckgürtel Berlins fuhr. Hier fand sie die Natur und die Ruhe, die sie brauchte, um schöne Aufnahmen machen zu können. Und genau dort befand sie sich jetzt. Sie durchquerte Buschow und gelangte zur Ortserweiterung, die aus wenigen Häusern bestand, die allesamt auf einer Straßenseite lagen. Auf der anderen Seite befand sich nichts. Im wahrsten Sinne des Wortes. Sie fuhr auf den verbreiterten Auslauf des Wirtschaftsweges, wo auf jeder Seite zwei Autos Platz hatten. Die Reifen holperten über die Betonplatten, die an der Breitseite miteinander verklammert waren und so den Spurweg zwischen den Feldern bildeten. Direkt vor dem Schild mit dem Hinweis, dass das Betreten des Areals während der Brutzeit der Vögel nicht gestattet war, parkte sie. Anfang Oktober war diese Zeit vorbei, und somit konnte sie sich auf den Weg machen.

Es war halb fünf, die Dämmerung würde bald hereinbrechen und das letzte Tageslicht verdrängen, weswegen Luisa sich beeilte, ihre Ausrüstung aus dem Kofferraum zu holen. Denn die Vögel hüpften nicht freudig vor die Kamera, machten ein Duckface und formten mit den Krallen das Peace-Zeichen. Geduld war das Zauberwort ihres Hobbys. Außerdem interessierte sie am meisten der eine Moment, in dem die Flügel eines Vogels so fest schlugen, die Luft so enorm zur Seite drückten, dass sie es schafften, den Körper von der Erde hochzuheben. Diese Millisekunde war der fundamentale Unterschied zwischen Vögeln und anderen Säugetieren – die Fähigkeit, wegzufliegen und alles hinter sich zu lassen. Sie schloss den Kofferraum und lief auf der rechten Seite des Weges entlang. Links von ihr befanden sich wilde, ungepflegte Hundsrosenhecken, deren Hagebutten jetzt im Spätsommer feuerrot leuchteten. Rechts von ihr lagen Tausende Hektar Feld. Ursprünglich war das Havelländische Luch eine flache Moorlandschaft gewesen. Während Luisa in Gummistiefeln und Regencape den nassen, matschigen Weg entlanglief, versuchte sie sich das Tal vorzustellen, wie es vor der Kultivierung im achtzehnten Jahrhundert ausgesehen hatte. Das schmatzende Geräusch ihrer Stiefel half, sich die bepflanzten Felder wegzudenken und sich die knietiefen morastigen Tümpel vorzustellen, darunter Torfschicht um Torfschicht. Als man Kanäle gebaut hatte, um die Region trockenzulegen, verschwand das wildromantische Landschaftsbild, es wurde akkurat, geordnet und deutsch. Einzig die Schwarzerlen am Rand der Kanäle und die vereinzelten kleinen Wäldchen oder verbuschten Stellen waren letzte Zeugnisse dieser Zeit. Luisa folgte dem Weg weiter, bis sie eine Kreuzung erreichte. Geradeaus ging es zu einem umzäunten Hof, der zwar verlassen wirkte, aber trotzdem nicht öffentlich zugänglich war. Der Weg rechts führte noch kilometerweit zwischen Feldern entlang, während es links zu einem kleinen Wäldchen ging mit einem Hochstand, von denen es hier im Luch reichlich gab. Jene aus Holz waren ungemütlich und boten Luisa mit der ganzen Fotoausrüstung zu wenig Platz. Und wenn sie an die aus Metall dachte, jagte ihr ein Gänsehautschauer nach dem anderen den Rücken hinunter. Ein einziges Mal hatte sie eine der Leitern erklommen und einen Blick ins Innere geworfen. Das mit kratzigem Stoff ausgeschlagene Häuschen stank wie die Pest, und der Stuhl mit dem gleichen grasgrünen Bezug wirkte so, als ob ein Grenzposten der DDR bis vor fünf Minuten noch dort gesessen hatte. Sie bog links ab und stiefelte in den Wald. Der Regen der letzten Tage hatte den Boden rutschig gemacht, weswegen Luisa langsam und mit Bedacht lief. Ungefähr in der Mitte des Wäldchens blieb sie stehen. Zum nächsten Feldstück hin stand ein umgefallener, von Moos und Pilzen überzogener Baumstumpf und sie ließ ihre Ausrüstung dort zu Boden gleiten. Das Luch war ein Eldorado für Ornithologen, denn im Südwesten waren über fünftausend Hektar als Europäisches Vogelschutzgebiet erklärt worden. Neben Vögeln, die man in der Stadt praktisch nie sah, lebte dort die fast ausgerottete Großtrappe. Ein Vogel, der wie eine skurrile Mischung aus Truthahn, Fasan und Möwe aussah und von dem normale Menschen weder gehört noch gelesen hatten. Luisa hockte sich hin und öffnete die schwarze Tasche mit ihrer Kamera. Ein Foto jenes Vogels zu schießen, wenn er dabei war, loszufliegen, fehlte ihrer Sammlung, was nicht verwunderlich war, denn ein ausgewachsenes Männchen konnte schon mal achtzehn Kilo wiegen. Mit diesem stolzen Gewicht versuchte man es tunlichst zu vermeiden, oft zu fliegen.

Luisa richtete den Blick gen Himmel. Die Sonne verschwand langsam am Horizont, die blaue Stunde brach herein.

Sie versprach zwar phänomenales Licht, bedeutete aber auch, dass die Vögel des Tages verschwanden. Wenn sie überhaupt noch einen vor die Linse bekommen wollte, musste sie sich beeilen. Im Moment sah sie nur vereinzelt ein paar Vögel in der Ferne, aber für einen Ortswechsel fehlte ihr die Zeit. Sie würde ihr Stativ einfach hier aufstellen und warten. Entweder ein gefedertes Tier erbarmte sich und flog ihr vor die Linse oder sie wäre eben allein mit ihren Gedanken um Iljas, Amelie, Karl und den Typen, der sie terrorisierte.

Luisa griff in die Tasche, als sie das laute Knacken eines brechenden Astes vernahm. Sie schrak zusammen, stand auf und blickte sich um. Das kleine Wäldchen war stumm, auf dem Wirtschaftsweg kein Mensch zu sehen. Luisas Herz raste und ihr wurde flau im Magen. Sie hatte noch nie Angst gehabt, wenn sie hier draußen war. Allein in der Natur zu sein verband sie mit dem Gefühl der Geborgenheit. Dies hier war ihre Zuflucht, ihr Sanktuarium vom Alltag, der aus Korruption und Offshore-Konten bestand. Hier musste sie sich keine Gedanken darüber machen, wie sie als Frau auf einen Richter wirkte, ob ihr Mandant einen schlechten Eindruck hinterließ oder welche Zeugen sie vernehmen würde. Hier konnte sie einfach allein sein und den Moment genießen. Und das würde sie sich auf keinen Fall nehmen lassen. Sie drehte sich wieder um, kehrte dem Wald und ihren Ängsten den Rücken zu. Und egal, welches Geräusch sie hören würde, es wäre ihr egal, denn es würde sie nicht betreffen. Luisa kniete sich hin, nahm den Anblick des Feldes in sich auf und genoss die Ruhe. Sie schaffte es, ihren Herzschlag zu verlangsamen, die Natur auf sich wirken zu lassen. Die letzten Sonnenstrahlen des Tages hinterließen ein warmes Prickeln auf der Haut. Sie sog die Luft ein, roch den leicht modrigen Geruch des nassen Waldbodens. Die Entspannung kam.

Bis sich eine Hand von hinten auf ihren Mund legte.

Kapitel 16

Iljas parkte den Wagen auf der anderen Seite des kleinen Parkplatzes und folgte Luisa vorsichtig den schmalen Pfad entlang. Die Hecken boten ihm kaum Möglichkeiten, sich zu verstecken, und er hoffte, dass sie sich nicht umdrehte. Mit energischem Schritt eilte sie vollbeladen in die Richtung eines kleinen Wäldchens.

Was zum Teufel machte sie hier?

Er wusste lediglich, dass Luisa heute ein ernstes Gespräch mit Amelie geführt hatte, weil diese sich als Edward Snowden entpuppte und Iljas stetig mit Informationen versorgte. Was sie auch gleich nach dem Gespräch getan hatte, währenddessen Luisa wohl schlagartig blass und merkwürdig ruhig geworden war. Kurz darauf hatte sie das Büro wie fast jeden Donnerstag zeitig verlassen. Amelie vermutete einen wöchentlichen Sportkurs, aber heute hatte sie beunruhigt, wie Luisa gegangen war. Hastig, gehetzt.

Iljas war aufs Geratewohl zu Luisa nach Hause gefahren und hatte sie gerade noch beim Verlassen der Tiefgarage gesehen. In sicherem Abstand war er ihr gefolgt. Als sie Richtung Charlottenburg gefahren war, hatte er sich noch nichts gedacht, erst als sie Spandau erreicht und schließlich Berlin hinter sich gelassen hatte, begann er, sich zu fragen, wo zum Henker sie hinwollte. Das hier war das Umland Berlins. Kein Mensch war freiwillig hier. Ihm blieb nichts anderes übrig, als ihr zu folgen, wenn er Antworten wollte.

Hinter einem kleinen Straßendorf war sie unvermittelt abgebogen. Iljas hatte geflucht und war vorbeigefahren, in der Hoffnung, dass sie seinen Wagen nicht erkannt hatte. Da er mittlerweile Luisas Selbstverteidigungskenntnisse kannte und ihr Vermögen, Situationen zu beobachten und auf ihre Gefahr hin einzuschätzen, fühlte er sich sicher. Sehr sogar. So sicher, dass er ihr nun in den kleinen Wald hinein folgte.

Am nächsten Feldrand blieb sie schließlich stehen und legte ihre Ausrüstung auf den Boden. Iljas verschmolz im Schutz eines Baumes mit der Dunkelheit. Irgendwo im Dickicht brach ein Ast. Vögel schreckten auf und Luisa wirbelte herum. Panisch sah sie sich um. Iljas hielt die Luft an, schloss die Augen, konzentrierte sich auf die Umgebung, konnte aber keine weiteren Geräusche ausmachen. Vorsichtig drückte er seinen Körper vom Baum weg und starrte in den düsteren Wald hinein. Nachdem er sich sicher war, niemanden zu sehen, richtete er seinen Blick wieder auf Luisa. Die dunkelblaue Öljacke schlackerte an ihrem Körper und war ein extremer Kontrast zu ihren sonstigen Outfits. Ihre Kostüme schmiegten sich eng an ihre Kurven, betonten ihre Figur, hoben hervor, ohne dabei billig zu wirken. Und dann waren da noch seine Sachen an ihr. Das sah irgendwie … richtig aus. Ganz und gar nicht richtig sahen die schwarzen übergroßen Gummistiefel, die dunkelblaue Regenhose und die unförmige Jacke aus. Das war nicht Luisa. Und irgendwie doch. Sie wirkte gelöst und glücklich. Als wäre das hier ihr wahres Ich. Trotz der Panik, die er in dem Bruchteil einer Sekunde gesehen hatte, in der sie sich umgedreht und er sich versteckt hatte.

Iljas beschloss, noch ein wenig zu warten, denn mehr als alles andere auf der Welt wollte er wissen, was sie hier tat. Nie und nimmer hätte er sie als Naturmenschen eingeschätzt, der sich in der Freizeit hierher – wo auch immer er gerade war – verirrte. Eher als eine Frau, die sich in den teuersten Spas der Stadt rumtrieb oder beim Yoga. Doch hier hockte sie nun, mitten im Nirgendwo. Vorsichtig lugte er hinter dem Baum hervor, hielt seinen Körper im Schutz des Stammes. Luisa saß auf einem Baumstumpf und schien die Aussicht in sich aufzunehmen. Er beobachtete, wie sich ihr Körper unter der Regenjacke abzeichnete. Gott, wenn ihn jetzt jemand erwischen würde, hinter einem Baum stehend, mit einem Ständer in der Hose, würde selbst Luisa ihn nicht aus dem Gefängnis bekommen. Sobald sie nicht mehr so tief in Gedanken versunken war, würde er sie vorsichtig auf sich aufmerksam –.

Iljas erstarrte.

Ein Schatten löste sich ungefähr dreißig Meter nördlich von ihm aus den Bäumen und schlich näher.

Iljas' Körper reagierte. Das Adrenalin beschleunigte seinen Herzschlag, weitete seine Pupillen, trieb seinen Puls in die Höhe. Er war bereit. Geräuschlos eilte er zu Luisa. Damit sie nicht den ganzen Wald zusammenschrie, legte er ihr eine Hand auf den Mund und umklammerte mit dem anderen Arm ihren Körper. Er zog sie hoch und hinter den Stamm einer Erle. Mit seinem Körper keilte er sie ein und bot ihr so von allen Seiten Schutz.

»Schschhh, ich bin's. Wir sind nicht allein«, flüsterte er in ihr Ohr.

Iljas löste seine Hand und ließ zu, dass Luisa sich in seinen Armen umdrehte. Loslassen würde er sie nicht. Er sah zu ihr hinab und bemerkte das Entsetzen in ihrem Blick.

»Was tust du hier?«, wisperte sie.

Ein weiterer Ast brach. Näher.

Iljas' Kopf schnellte hoch. Er konzentrierte sich, versuchte jedes Geräusch zu kategorisieren. In gefährlich und harmlos. Sein Blick suchte den Schatten, wartete, dass er zu einer Person wurde, die sie angreifen würde. Seine Muskeln waren angespannt. Dutzende Szenarien rauschten durch seine Gedanken, und alle begannen damit, dass er Luisa in Sicherheit bringen musste. Er fuhr sich durch die Haare.

»Wie groß ist der Wald?«

Luisa zuckte mit den Schultern. Ihre Augen waren weit aufgerissen, ihre Haut schneeweiß, ihr Körper verkrampft.

»Es ist nur ein kleines Wäldchen zwischen zwei Feldern. Wen hast du gesehen?«, fragte sie.

»Ich weiß es nicht.«

Weiter ins Dickicht konnten sie nicht, denn dort lauerte die Gefahr. Das einzige Dorf in der Nähe war ein Straßendorf, ohne verzweigte Seitenstraßen, in die man flüchten konnte.

»Der Hof ist umzäunt«, sagte Luisa leise.

Iljas senkte den Blick, sah Luisa in die Augen und wusste, dass sie auf die gleiche Lösung gekommen war wie er:

Sie mussten zurück zu den Autos.

Über den Feldweg.

Offenes Gelände. Kein Schutz.

Raschelndes Laub. Näher.

»Bereit?«, fragte Iljas.

»Nein«, sagte Luisa und versuchte, sich von ihm wegzuschieben und sich zu bücken.

»Was ist?«, fragte er leise.

»Meine Kamera«, wisperte sie.

Er lehnte sich nach hinten, nahm die Tasche und hing sie sich quer über die Brust.

»Wir ziehen uns durch den Wald zurück, und dann geht es auf mein Kommando los. Wir müssen so schnell wie möglich hinter die Hecken und dann zu den Autos.«

Er nahm ihre Hand in seine.

Sie nickte und er zog sie mit sich.

❤

Scheiße. Scheiße. Oh Gott. Schon wieder so eine Polizei-Gefahr-Überfall-Sache. Mann.

Sie war hier in der Nähe von Buschow, um genau zu sein, Buschow Ausbau, das ging noch nicht mal als Dorf durch – und sowohl Iljas als auch der andere Typ waren ihr hierher gefolgt? Damit erhöhten sie die Anzahl der Menschen, die sich auf diesem Fleckchen Erde aufhielten, um dreihundert Prozent.

Luisa folgte Iljas geduckt durch den Wald und betete, dass es sich um eine Person aus dem Dorf oder einen anderen Ornithologen handelte. Ihr Herz pochte wie wild und sie hatte Angst, dass es außerhalb ihres Brustkorbes zu hören war. Wie das Herz unter der Diele bei Edgar Allan Poe. Abwechselnd blickte sie auf den Waldboden, um nicht auf einer Wurzel umzuknicken, und in die Dunkelheit hinein.

Iljas hielt an, und sie wusste, dass nun die Stunde der Wahrheit gekommen war, sie mussten den Schutz der Bäume verlassen. So eine Scheiße. Sie wünschte sich in ihr Büro, in ihr Zuhause, sogar in die Kommune, nur nicht an diesen Ort. Sie warf einen flüchtigen Blick über die Schulter. Der Wald, der bis eben noch ihr Sanktuarium gewesen war, wirkte nun bedrohlich und düster. Als lechzten die kahlen Äste der Bäume nach ihrem Leben.

Iljas drehte sich zu ihr. Sie vertraute ihm, sie würde ihm nicht widersprechen. Er war Polizist, das war sein Metier.

»Zickzack, keine gerade Linie.«

Er ging davon aus, dass jemand auf sie schießen würde. Sie war nicht in der Lage, etwas zu fühlen, die Bedeutung seiner Worte ließ sie zittern. Wie um sich zu schützen, schob sie einen Arm vor den Körper, aber die Kälte breitete sich immer weiter aus. Sie musste sich sammeln, musste es schaffen zu funktionieren. Ihr Blick traf seinen, und es war, als würde er sanft auf ihre eiskalte Seele hauchen.

»Alles wird gut«, sagte er leise, fast wortlos.

Der Blick aus seinen braunen Augen huschte über ihr Gesicht, verweilte kurz an ihren Lippen. Die Wärme breitete sich weiter aus. Sein Kopf senkte sich minimal. Fast erwartete sie, dass er sie küsste, und Gott, ja. Sie wollte es. Sie war bereit dafür. Denn ehrlich, wenn sie jetzt sterben würde, würde sie sich ewig grämen, warum sie ihm gegenüber so zurückhaltend gewesen war. Er hob die Hand, zögerte, ehe er kurz über ihre Wange strich. Seine Berührung war tröstlich, vielsagend, nichtssagend, zu wenig und zu viel. Luisa schloss die Augen, presste den Kopf in seine Hand, um länger mit ihm verbunden zu sein.

Ein Ast brach.

Sie öffnete die Augen, nickte ihm zu.

Los ging es.

Die Zugkraft an ihrer Hand riss sie vorwärts wie ein Katapult. Sie setzte so schnell ein Bein vor das andere, als hätte jemand ein Laufband auf Stufe hundertfünfzig gestellt. Iljas hielt sie fest. Sie dachte, ihre Handknochen würden brechen. Er würde sie nicht loslassen, komme, was wolle. Sie rannte und rannte, die Tasche, die er sich über die Schulter geschlungen hatte, schlenkerte, traf ihre Hüfte, ihre Arme.

Vielleicht flohen sie vor einem Jäger, vielleicht vor einem körperlosen Schatten.

Und dann ertönte der Schuss.

All ihre Zweifel, dass es sich um ein Missverständnis handeln könnte, verschwanden. Sie rechnete mit dem Schmerz einer Schusswunde, mit dem Aufprall einer alles durchdringenden Kugel, spürte aber nichts außer Entsetzen.

»Schneller!«, brüllte Iljas, beschleunigte das Tempo, änderte sekündlich die Richtung, hetzte hin und her, bog rechts ab. Luisa folgte ihm blind, klammerte sich fest an ihn, denn paradoxerweise wollte sie ausbrechen, Iljas' Hand abstreifen, zurückrennen und denjenigen stellen. Ihm sagen, dass sie keine Ahnung hatte, was er von ihr wollte, nicht wusste, was sie getan hatte, und er sich verdammt noch mal ins Knie ficken konnte. Iljas hielt sie noch fester, öffnete mit der Fernbedienung seinen Wagen und rannte mit ihr um die Motorhaube herum. Keuchend gingen sie in die Hocke.

»… geschossen«, japste Luisa.

Iljas nickte, riss die Tür auf und starrte gleichzeitig den kleinen Waldweg entlang. Die blaue Stunde war vorüber, das tiefblaue Licht war einnehmendem Schwarz gewichen. Die Nacht war da, tauchte den Wald in ein düsteres Szenario aus spitzen Ästen und kahlen Bäumen und nahm ihnen jede Möglichkeit, zu sehen, wer geschossen hatte.

»Verschwinden wir«, sagte Iljas.

Luisa nickte, hob ihre Hand und zeigte den Stinkefinger in Richtung des Waldes.

»Das wird ihn beeindrucken«, sagte Iljas. »Steig ein.«

»Ich bin mit meinem Auto da«, sagte sie.

Iljas sah sie an, dann nickte er knapp. »Wir treffen uns bei dir.«

»Okay«, sagte sie und sah hinab auf ihre Hand, die immer noch in seiner lag. Sie wollte nicht, dass er sie losließ, dass er in seinem Auto saß und sie in ihrem. Aber genau deswegen musste sie jetzt gehen. Sie löste sich von ihm, huschte unter seinem achtsamen Blick zum Auto und stieg schnell ein. Jemand hatte auf sie geschossen, aber sie nicht verfolgt. Wollte er ihr noch mehr Angst machen?

Wenn ja, hatte er erreicht, was er wollte.

Luisa hatte Todesangst.

Kapitel 17

Der Rosen-Hyazinthen-Melonen-Duft ihrer Wohnung beruhigte sie kein bisschen. Jemand hatte auf sie geschossen. Das bogen Rosen auch nicht gerade. Zumal es nicht mal echte waren, sondern lediglich ein chemisch konstruierter Duft, der aus dem Diffuser von Baobab strömte.

Schweigend nahm sie Iljas die Jacke ab, hängte sie in die Garderobe und stieg anschließend aus ihrer Regenkluft.

»Entschuldige mich kurz«, sagte sie und huschte ins Schlafzimmer.

Im Leben würde sie nicht in der hautengen Thermowäsche vor ihm auf der Couch sitzen und über die Geschehnisse reden. Trauma hin oder her, es ging um kleinere und größere Röllchen, die an Stellen waren, an denen keine sein sollten.

Sie wollte sich wohlfühlen und sie selbst sein können. Sie würde ihm ihre Dankbarkeit ausdrücken und mit neutraler Sachlichkeit in die Diskussion einsteigen. Gut, er hatte ihre Wange berührt, und sie war innerlich irgendwie … weich geworden, aber das war etwas völlig anderes gewesen. Eine Extremsituation. Jetzt sah sie wieder klar.

Sie schlüpfte aus der Kleidung und versuchte das Erschauern ihres Körpers zu ignorieren. Das schlimmste Zittern hatte während der Autofahrt nachgelassen. Doch wann immer sie darüber nachdachte, was geschehen war, überkam sie ein Schauder, der sie zu verschlucken drohte. Nachdem sie eine graue Leggins und ein T-Shirt angezogen hatte, stand sie unschlüssig im Schlafzimmer. Sie sehnte sich nach Iljas' Pullover. Nach der rauen Innenfläche des Sweatstoffes, der sie an ihn erinnerte und ihr gleichzeitig dieses merkwürdige Gefühl von Sicherheit zuraunte. Sie seufzte. Das ging nicht. Sie öffnete den

Schrank und suchte einen langen cremefarbenen Pullover mit Zopfmuster heraus. Außerdem schlüpfte sie in dicke Wollsocken. Danach setzte sie sich aufs Bett und gönnte sich einen Augenblick. Einen Moment, in dem sie die Emotionen zwar nicht zuließ, aber einen kleinen Blick darauf erhaschte. Um Iljas gegenüberzutreten, seine Fragen beantworten zu können, musste sie die Anwältin-Luisa sein. Das Zittern ihrer Unterlippe musste aufhören, die verräterischen Zuckungen ihres Körpers verstummen. Sie schloss die Augen, atmete tief ein und ruhig wieder aus.

Iljas stand im Wohnzimmer, nicht unsicher, nicht schüchtern, nicht fehl am Platz. Er stand einfach da und sah sie an. Die Vorhänge hatte er zugezogen, die Hände zu Fäusten geballt, sodass die Muskeln seiner Oberarme deutlich das schwarze T-Shirt spannten. Seine Jeans saß locker auf den Hüften, das Blau verwaschen, der Stoff an manchen Stellen so fadenscheinig, dass seine Haut durchschimmerte.

Luisa ging bis zur Rücklehne der Couch, nutzte das Möbelstück als Barriere und legte die Hände darauf.

»Was, verdammt noch mal, ist hier los?«, fragte er.

Seine Stimme gepresst, die Wut nicht einmal ansatzweise verdeckt.

»Ich weiß es nicht.«

Er starrte sie weiter an.

»Wirklich, Iljas. Ich weiß es nicht«, sagte sie und kreuzte die Arme vor der Brust. Selbstschutz. Auch wenn sie mit Anschuldigungen gerechnet hatte, schmerzten sie auf sonderbare Weise. Seine Fäuste öffneten sich, sein Körper entspannte sich. Er wechselte die Strategie.

»Was hast du in dem Wald gemacht?«

»Nichts. Offensichtlich. Ich wollte fotografieren.«

Iljas' Blick löste sich von ihrem und wanderte zu den Fotos an der Wand.

»Die sind von dir?«

»Ja«, sagte Luisa und ging um die Couch herum in die Küche. »Möchtest du etwas trinken?«

Sie fragte nicht, ob er Wasser wollte, und er verstand.

»Was hast du da?«

Luisa öffnete den Kühlschrank, ihre Finger zuckten unkontrollierbar. Ihr Innerstes zog sich zusammen. Ein Schuss.

»Wodka.«

Ein Schuss. Auf sie. Wegspülen. Vergessen.

»Gern.«

Sie goss in zwei Gläser jeweils einen kleinen Schluck und prostete ihm zu. Sie trank und hielt das Glas dann angewidert von ihren Lippen weg. Das brannte wie die Hölle. Ein Mandant hatte ihr die Flasche geschenkt. Iljas leerte den Wodka in einem Zug. Sie tat es ihm nach.

»Noch einen?«, fragte sie. Ihre Hände wurden ruhiger, die Hitze des Alkohols breitete sich in ihr aus und neutralisierte die Kälte des Schusses. In ihrem Kopf drehte es sich schlagartig.

»Nein.«

Halleluja. Noch einen Wodka und sie würde mit russischem Akzent und ohne Speiseröhre weiterleben müssen. Aber das wäre vielleicht auch egal. Immerhin schoss jemand auf sie. Er blickte auf sie hinab, seine Augen düster, sein Körper nur wenige Zentimeter von ihrem entfernt. Sie wollte ihn berühren, wollte, dass seine Wärme ihre Kälte vertrieb, wollte den Kuss, den er ihr im Wald mit seinem Blick versprochen hatte. Sie legte ihre Hand auf seine Brust, spürte, wie sein Herz kräftig und schnell gegen die Innenfläche schlug. Dieser Mann, der sie verletzte und zugleich schützte, schaffte es, dass sich das Verlangen in ihrem Körper ausbreitete wie Flammen in einem trockenen Wald. Sie hob den Blick, suchte Bestätigung und fand sie in seinen schwarzen Pupillen.

Sie öffnete die Lippen, um etwas zu sagen, doch dazu kam sie nicht. In einer flüssigen Bewegung nahm er ihr das Glas aus der Hand und stellte es ab, schlang einen Arm um sie und drückte mit seiner freien Hand ihren Kopf am Kinn nach oben. Seine Lippen trafen auf ihre, schneller, als sie es begreifen konnte. Er ging vorwärts, sie taumelte rückwärts. Ihr Rücken traf den Kühlschrank, lehnte dort, während er seine Hand von ihrem Kinn löste und in ihre Halsbeuge schob. Er drehte ihren Kopf, intensivierte den Kuss und öffnete mit der Spitze seiner Zunge ihre Lippen. Sie hielt den Atem an und genoss die Sekunde, in der seine Zunge auf ihre traf. Er schmeckte nach Wut, Verzweiflung und Schutz. Wenn sie in den letzten Tagen dachte, dass die Berührung seines Körpers ihren unter Strom setzte, so hatte sie keinen Begriff für das, was jetzt geschah. Wie der Urknall. Als würde diese Berührung sie neu erschaffen.

Als würden sämtliche Empfindungen ihres Körpers sich auf diese Stelle fokussieren.

Das Spiel seiner Zunge ließ jeden Gedanken an einen Schuss verblassen. Ihr war unmissverständlich klar, worauf dieser Kuss hinauslaufen würde, und dieses Wissen befreite sie. Die Entscheidung, mit der sie seit Tagen haderte, war gefallen. Die Panik des gerade Erlebten wurde von Erregung überlagert. Sie krallte sich an ihn, wollte ihm noch näher sein, noch mehr von der beruhigenden und zugleich aufwühlenden Wirkung seines Kusses spüren.

Alles, was sie in den letzten Tagen erlebt und durchgemacht hatte, war zu einem festen Brocken im Bauch zusammengeschmolzen, der drohte, sie hinabzuziehen. In eine Ungewissheit, in Unsicherheiten. Dieser Kuss, sein Atem in ihr, seine Hände auf ihr, wärmten sie von innen und außen, schmolzen ihre Probleme und ihre Knochen. Sie wollte Iljas so sehr, denn mit ihm kam die Erlösung. Er sollte sie hochheben, in ihr Schlafzimmer tragen und diesen verdammten Pullover ausziehen, der als Schutzschild gegen ihr Begehren versagt hatte. Sie legte die Hände in seinen Nacken und genoss ihn, Iljas. Nicht den Polizisten, nicht den YouTuber, sondern den Mann, der sie gerade küsste. Dessen Zunge in ihrem Mund kreiste und dessen Hände zu ihrem Hintern wanderten und ihn kneteten.

Gott. *Oh Gott.*

Er drückte und presste so lange, bis er ihren Unterkörper genau dort hatte, wo er ihn wollte, und dann rieb er seine Hüfte an ihrer. Das Stöhnen konnte und wollte sie nicht unterdrücken. Sie wollte mehr. So viel mehr. Hastig griff sie die Ränder ihres Pullovers und zog ihn mitsamt dem T-Shirt aus. Iljas wich zurück, um ihr Raum zu verschaffen, und ließ die Hände von ihrem Gesäß zu ihren Brüsten wandern. Seine Bewegungen wurden dringlicher, fordernder und waren exakt das, was sie wollte und brauchte. Dass sie dieses Begehren in ihm auslöste, steigerte ihre eigene Lust. Sein Daumen fuhr langsam über den Stoff ihres BHs, während er ihren Hals mit Küssen übersäte.

»Was willst du?«, raunte Iljas.

Die Gänsehaut prasselte ihren Körper hinab, drang unter ihre Haut und fuhr dort mit der süßen Folter fort.

»Dich«, sagte sie atemlos.

»Genauer.«

Er sah sie an, sein Blick von absoluter Lust vereinnahmt. Aber da war noch etwas. Eine Frage.

Ein Schimmer.

Der Schimmer.

Der gleiche wie bei Amelie. Den sie ebenfalls kannte und von dem sie wusste, wie sehr er nagte und quälte. Iljas war auf der Suche nach etwas, das nichts mit Sex und vor allem nichts mit ihr zu tun hatte. Und genau wegen dieser Suche war Sex alles, was er ihr geben konnte. Er wollte ihr Einverständnis. Dass sie sich zu einer Einmaligkeit bereit erklärte.

Keine Beziehung, keine Kirchenglocken, keine Fahrradschlösser mit eingravierten Namen an Brücken.

Nur Sex. Sie nickte.

»Sag es«, forderte er sie auf. Seine Daumen folterten ihre Nippel, indem sie darüberkreisten, vorsichtig durch den Stoff kratzten. Luisa stöhnte, ihre Beine gaben nach und sie war bereit, ihm alles zuzugestehen, inklusive ihres Erstgeborenen, wenn er sie jetzt nur ausziehen und nehmen würde. Aber er würde nichts dergleichen tun, sie immer weiter reizen, ehe sie ihm gab, was er verlangte. Er schützte sich, sorgte dafür, dass sie wusste, worauf sie sich einließ.

Es war fair, und es war ihr vor allem egal, solange nur sein Körper den ihren berührte. Diese wenigen Minuten im Wald, als sie nicht wusste, was passieren würde, zeigten ihr, wie kostbar und vor allem kurz das Leben sein konnte. Aber sie wollte fühlen, empfinden, angefasst werden, Lust spüren, vor Verlangen bersten, vor Emotionen implodieren.

»Ich will dich spüren, Iljas«, flüsterte sie und griff den Saum seines T-Shirts. »In mir. Ganz tief in mir.«

Sie schob es nach oben, er hob seine Arme. Der Stoff war weg. Ihre Haut berührte seine, fühlte die Wärme, die Härte, die Männlichkeit. Hastig öffnete sie die Schnalle seines Gürtels, riss die Knöpfe seiner Jeans auf und fuhr mit ihrer Hand hinein.

Iljas warf den Kopf zurück, stöhnte, keuchte. Versuchte stillzuhalten, seine Hüften nicht zu bewegen. Sie beobachtete ihn, sah, wie die Sehnen an seinem Hals hervortraten, wie die Adern seiner Arme deutlich sichtbar wurden. Als befände er sich dabei, einen Gipfel zu erstürmen. Sie konnte nicht aufhören, ihn anzustarren, zu sehen, wie das, was sie tat, ihn verzehrte. Er war dabei, die Beherrschung zu verlieren, und sie genoss jede einzelne Sekunde.

»Stopp«, presste er hervor.

Luisa hielt inne, wollte aber weiterhin der Grund dafür sein, dass er sich verlor. Sie kratzte mit den Fingernägeln über die Haut seines Rückens und fuhr mit der Zunge über seinen Hals, seine Schulter hin zu seiner Brust. Sich einem Mann hinzugeben war eine Sache, aber sich ihm gegenüber zu offenbaren, alle Aspekte der Lust zu zeigen, war etwas, das sie für gewöhnlich nicht tat. Sie hielt immer einen Teil von sich im Verborgenen, denn wer wusste schon, wie eine Beziehung ausging? Was sich Anwälte untereinander über sie erzählten? Und genau das waren ihre Exfreunde: Anwälte, Staatsanwälte, Juristen. Bei Iljas spielte das keine Rolle. Er war nicht mit ihrem Alltag verwoben, ihre Wege hatten sich nur zufällig gekreuzt und würden sich wieder trennen.

Für diesen einen Augenblick, für diese eine Nacht würde sie sich nicht mit ihm messen, nicht gegen ihn kämpfen, es gäbe keinen Unterlegenen, denn sie beide hatten das gleiche Ziel. Und genau weil dieser Akt des Kräftemessens, den sie tagtäglich mit allen Männern in ihrer Umgebung führte, nicht stattfand, fiel es ihr leicht, sich zu öffnen, diejenige zu sein, die Lust bereitete, die vor ihm in die Knie ging, ohne das Gefühl zu haben, dabei Schwäche zu zeigen.

Sie würde ihm alles geben, denn sie würde alles verlangen.

Ihr Herz hämmerte, ihr Unterleib zog und pochte, als sie ihren Kopf beugte und sich langsam an seinem Körper hinabküsste. Doch Iljas nahm ihre Wangen in seine Hände und zwang sie zärtlich nach oben. Er presste seine Lippen auf ihre, ungestüm, drängend, als hinge sein Leben davon ab. In diesem Kuss lagen all sein Verlangen und seine Begierde, ohne Zurückhaltung – er ließ ebenfalls seine Barrieren fallen, und als sie die Augen öffnete, sah sie, wie verändert sein Gesicht war. Er wirkte freier und entspannter, als würde die Lust das, was ihn im Alltag führte und leitete, wegwaschen. Er drückte seinen Daumen gegen ihren Kiefer, veränderte so den Winkel ihres Kopfes, damit er den Kuss, der sie lodern ließ, vertiefen konnte. Heißes Blut strömte von ihrem Bauch durch den ganzen Körper, ließ sie wimmern. Gleichzeitig fuhr sie mit ihren Fingerspitzen durch seine Haare, krallte sich fest, zog ihn noch näher zu sich. Neben seiner Lust spürte sie seine Verzweiflung.

Weil es ihm nicht schnell genug ging?

Weil er noch nicht in ihr war?

Weil er einen Teil von sich preisgab?

Sie drückte gegen seine Brust, um ihn zu leiten, in Bewegung zu setzen und in ihr Schlafzimmer zu locken. Gemeinsam stolperten, liefen, küssten sie sich den Weg zum Bett. Seine Hände fuhren über ihre Brüste, sein Daumen fand immer wieder ihre Nippel, und jedes Mal schossen Blitze durch sie hindurch. Sie ließen nur voneinander ab, um hastig an den Resten ihrer Kleidung zu reißen. Als sie endlich nackt waren, pressten sie sich aneinander, spürten die Hitze des jeweils anderen. Ihre Hände fuhren über seine Oberarme, fühlten die Erhebungen seiner Muskulatur, ehe sie weiter zu seiner Brust wanderten, wo sie seine Anspannung spürte. Sie wich zurück, ließ ihren Blick über seinen Körper wandern, den sie nun zum ersten Mal ohne lästige Kleidungsstücke betrachten konnte. Alles. In voller Länge.

Länge.

LÄNGE.

Wow.

Ihre Pupillen weiteten sich und ihr Blick wanderte wieder zu seinen Augen. Doch er sah nicht sie an, er studierte ebenfalls ihren Körper, fixierte ihre Brüste, und ohne, dass er sie berührte, richteten sich ihre Brustwarzen auf.

Sein Blick wanderte langsam tiefer und die Feuchtigkeit in ihrem Schritt nahm zu. Als er sie endlich wieder ansah, war jeder noch so kleine Braunton aus seinen Augen verschwunden und seine Iris schwarz.

Oh Gott. Sie wollte ihn so sehr, und wenn sie noch länger hierstehen und sich von ihm anstarren lassen würde, würde sie auf der Stelle kommen. Ihm schien es ähnlich zu gehen, denn nachdem er einen leisen Fluch ausgestoßen hatte, kam er auf sie zu und packte sie an der Hüfte. Er schob sie rückwärts und sie glitt, gestützt durch seine Arme, ins Bett. Als sein Gewicht sie noch tiefer in die Matratze drückte, stöhnte sie. Das fühlte sich so verdammt gut an. Iljas war überall, begrub sie, umhüllte sie, vereinnahmte sie. Automatisch hob Luisa ihr Becken, presste ihre Brüste fester gegen ihn, weil es nicht reichte. Sie griff seinen Po, wollte ihn dazu bringen, jetzt sofort in sie einzudringen, doch er richtete sich auf, lächelte auf sie hinab wie ein Raubtier auf seine Beute und begann sie zu küssen. Sein Bart schabte über die weiche Haut ihrer Halsbeuge, sein Kiefer fuhr hart über ihr Schlüsselbein, seine Zähne kratzten über die empfindliche Haut ihrer Brust. Der süße Schmerz stieß sie eine Klippe hinab und hob sie gleichzeitig in die Höhe. Vor jedem anderen wäre es ihr unangenehm gewesen, aber vor Iljas nicht, denn die Leidenschaft, die sie gerade spürte, war nur ein Funke dessen, was er mühevoll versuchte, in Zaum zu halten. Während er sie zärtlich quälte, fuhr er mit seiner Hand zwischen ihre Beine, liebkoste und streichelte sie.

»Ich kann nicht mehr«, keuchte Luisa, vermochte jedoch nicht, ihn aufzuhalten. Schwach hob sie die Arme, doch er packte mit einer Hand ihre Handgelenke und hielt sie fest. Als er ihre Brustwarze zwischen seine Zähne zog und gleichzeitig ohne Vorwarnung einen Finger in sie schob, kam sie mit einer Heftigkeit, die sie direkt von ihrem Bett ins All katapultierte. Sterne zogen an ihr vorbei, Dunkelheit wechselte sich mit Wellen des Lichtes ab, während er seinen Finger immer wieder in sie stieß und das Gefühl nicht abebben ließ.

Alles, was sie jeden Tag war und sein musste, schrumpfte zu einer Winzigkeit zusammen und verschwand im Wirbelwind ihrer Gefühle. Sie redete, wusste aber nicht, was, sie stöhnte und warf ihren Kopf hin und her, ehe sie plötzlich Kälte spürte. Verwirrt und benommen blickte sie auf. Iljas sah auf sie hinab, sein Körper verschwitzt, seine Lippen geschwollen, seine Kiefer fest aufeinandergepresst. Seine Augen dunkel wie die Nacht und gleichzeitig so hell wie der Morgen. Er stand auf und sah sich suchend um.

»Hör jetzt nicht auf«, sagte sie und konnte die Verzweiflung nicht aus ihrer Stimme verbannen.

Er legte den Kopf schief.

»So ungeduldig?«, fragte er heiser, und ihr wurde klar, was er suchte.

»In der Schublade sind Kondome«, sagte sie. Er nahm eins heraus und beugte sich endlich wieder zu ihr hinab. Er küsste sie erneut, und auch wenn seine Lippen zuerst sanft auf ihre trafen, so wurde aus dem Kuss schnell mehr. Luisa stöhnte, wimmerte, bettelte, sobald sein Mund den ihren auch nur für den Bruchteil einer Sekunde verließ. Ein dumpfer Laut drang aus seiner Kehle.

»Bist du so weit?«, presste er zwischen den Zähnen hervor.

Die Anspannung in seiner Stimme, die rohe Lust, die darin zu hören war, gaben ihr den Rest. Sie war ganz kurz davor, erneut zu kommen.

»Ja«, sagte sie.

»Sicher?«

»Ja.«

Er richtete sich auf und zog sich das Kondom über. In einer flüssigen Bewegung beugte er sich hinab, legte sich eines ihrer Beine über seine Armbeuge und drang in sie ein.

Luisa schrie auf, denn das Gefühl von ihm in ihr raubte ihr die Sinne, nahm ihr alles, was sie dachte, zu sein. Er ließ ihr keine Zeit, sich an die Dehnung zu gewöhnen, sondern stieß in einem langsamen, sanften Rhythmus in sie. Sein Kopf senkte sich, seine Zähne gruben sich in ihre Schulter, sanft und doch zu fest. Alles war zu viel und gleichzeitig nicht genug. Er hielt inne, entließ ihr Bein, verschränkte seine Hände mit ihren und küsste sie erneut. Zärtlich zuerst, dann immer schneller, als wäre der Kuss ein düsterer Vorbote. Und als er sich endlich, endlich wieder bewegte, dieses Mal ohne jegliche Zurückhaltung, wusste sie, dass es stimmte. Iljas war ein düsteres Gewitter, ein unberechenbarer Hurrikan, der sie mitreißen und danach ausspucken würde. Jede Böe würde sie höher tragen, jeder Sturzregen mit nach unten ziehen. Sie schloss die Augen und kam mitten in dem wütenden Orkan, dem sie sich nicht entziehen konnte.

❤

Iljas erwachte, ohne geschlafen zu haben. Er tauchte mühsam aus einer alles verschlingenden Schwärze auf und rollte sich von Luisa, bevor er sie zerdrückte.

»Bleib«, sagte sie kraftlos und leise.

»Kann nicht«, antwortete er und zog sie mit sich, sodass ihr Kopf in seiner Armbeuge ruhte. »Zu schwer für dich.«

Stoßweise atmend lag er auf dem Rücken, sein Brustkorb hob und senkte sich schneller als nach zwei Stunden Training. Es war schon lange her, dass er eine Frau mit dieser Intensität gewollt hatte. Vom Augenblick des ersten Kusses an hatte er sich beherrschen müssen. Am liebsten hätte er ihr schon in der Küche den Slip vom Hintern gerissen. Mit seiner freien Hand fuhr er sich übers Gesicht.

Luisa war eine Herausforderung.

Sie war neugierig, dominant und forsch, weil sie ganz genau wusste, wo sie stand, was sie wollte und wer sie war. Kein Zögern, kein Zaudern, kein Verstecken ihres Körpers.

Scheiße. Als sie nackt im Schlafzimmer vor ihm gestanden hatte, ihre geschwungenen Lippen ein lautloses *Oh* geformt und ihre Augen seinen Schwanz fixiert hatten, hätte er beinahe auf den Boden gespritzt. Sie hatte ihm ohne Zurückhaltung alles gegeben. Beim ersten Mal. Für sie war es ebenfalls nur Sex. Nur unglaublicher Sex.

Denn wenn eine Frau etwas für einen Kerl empfand und ihn als potenzielles Heiratsmaterial ansah, hielt sie sich zurück, offenbarte sich ihm Stück für Stück, um länger geheimnisvoll zu bleiben und sich im Falle eines Scheiterns nicht mit zu viel Gefühl in die Sache geworfen zu haben.

Luisa hingegen wollte nur mit ihm vögeln, und wenn es physisch möglich wäre, würde sein Schwanz jetzt aufstehen und vor Freude im Kreis hüpfen, während er sich selbst auf die Schulter klopfte.

Er hoffte inständig, dass sie Lust auf eine Wiederholung hatte. Himmel, er würde sogar die Seele seiner Mutter dafür verkaufen. Denn er hatte noch lange nicht genug von ihr. Von ihrem Kampfgeist, ihrem Körper, dem Strudel, in den sie ihn zog, wann immer sie ihn berührte. Sie drehte den Kopf, ihre dunklen Haare kitzelten ihn an der Nase, sie hob ihren Arm, legte ihn auf seine Brust und fuhr die Konturen seiner Muskeln nach. In ihr arbeitete etwas, sie wurde unruhig, ihr Geist hielt den Zustand der Ruhe nicht aus. Luisa Elmas hatte in jeglicher Hinsicht Feuer unterm Hintern – er betete zu Gott, Buddha, Zeus und seinetwegen sogar zu Franz Beckenbauer, dass, was auch immer sie beschäftigte, etwas mit Sex zu tun hatte.

»Warum bist du mir gefolgt?«, fragte sie schließlich.

Verdammt.

»Amelie«, sagte er schlicht und Luisa richtete sich auf.

»Unglaublich. Wann hat sie dich angerufen?«

Ihre dunklen, fast schwarzen Haare umrahmten ihr Gesicht. Eine Strähne fiel ihr ins Gesicht und Iljas schob sie wieder zurück.

»Wir haben nicht telefoniert, nur PMs geschickt.«

»Ist mir völlig egal. Und wenn sie dir Rauchzeichen zugewedelt hat. Ich will wissen, wann.«

»Nach eurem Gespräch.«

»In dem ich ihr gesagt habe, dass sie dir nicht alles brühwarm erzählen soll?«

»Ich denke schon«, sagte er vorsichtig, denn er mochte Amelie. Sie war lustig und scherte sich einen feuchten Dreck um Anweisungen. Er vermutete, dass sie die Welt ihrer Moment-das-werde–ich-einmal-in–meinem-Gesetzbuch-nachschlagen-Chefin gehörig durcheinanderbrachte.

Luisa stöhnte. Aber es hörte sich nicht ganz so gefährlich an. Nicht so, als wollte sie ihm am liebsten alle Gliedmaßen abreißen, was gut war, denn ihre Hand ruhte gefährlich nah an seinem besten Stück. Sie kuschelte sich wieder in seine Armbeuge und Iljas atmete aus. Es kam ihm vor, als hielt er eine Handgranate im Arm, ohne den Stift.

»Das Kind sorgt sich um dich«, sagte er.

»Ich weiß. Alle Welt sorgt sich neuerdings um mich.«

»Weil du einen verrückten Stalker hast, der auf dich schießt.«

Kaum, dass er das gesagt hatte, loderte die Wut in seiner Brust auf. Jemand hatte auf Luisa *geschossen.*

Scheiß auf ihr Auto und ihre Handtasche.

Das vorhin war ein Anschlag auf ihr Leben gewesen und die Polizei würde nun ernsthaft ermitteln müssen. Allerdings glaubte Iljas nicht, dass es viel zu ermitteln gab. Der Täter hatte die Hülse sehr wahrscheinlich mitgenommen, und solange er nicht mit Blut und Spucke seinen Namen in den Waldboden geschrieben hatte, würde es kaum verwertbare Spuren geben. Ein Waldstück war aus Ermittlerperspektive genauso ein Albtraum wie eine öffentliche Toilette.

Er würde von nun an keinen Millimeter von Luisas Seite weichen, wenn sie einen Fuß vor die Tür setzte. Ob sie wollte oder nicht. Denn es gab noch ein weiteres Problem. Die Polizei würde den Täter zuerst im privaten Umfeld suchen, das war das Standardverfahren. Sollten sie ihn dort nicht finden, würden sie Luisas Fälle ins Visier nehmen, was wiederum viel Zeit kosten und einen schwerwiegenden Konflikt entfachen würde: Ermittlungen versus Schweigepflicht. Von Letzterer musste Luisa entbunden werden, bevor sie Auskunft geben konnte. Er hingegen hätte die Möglichkeit, einige dieser Türen zu umgehen, sie dazu zu bringen, über ihre Fälle und Mandanten zu reden.

»Ich sollte den Vorfall der Polizei melden«, sagte sie und richtete sich auf, doch er zog sie wieder zu sich hinab.

»Während der Rückfahrt habe ich Joshua angerufen, einen Freund und ehemaligen Kollegen. Er ist bei der Mordkommission und wird deinen Fall übernehmen.«

»In Berlin?«

»Ja.«

»Aber wir waren eben in Brandenburg.«

»Er wird alle Vorfälle zusammentragen und mit den Behörden in Brandenburg besprechen. Ich glaube nicht, dass es Probleme geben wird.«

»Danke«, sagte sie.

»Kein Problem. Du musst dennoch deine Aussage machen, aber Joshua ist erst ab morgen im Dienst. Gegen Mittag, wenn alles geklärt ist, kommt er in die Kanzlei.«

Sie bewegte ihren Kopf und er deutete dies als Nicken.

»Was genau wolltest du eigentlich mitten im Wald am Ende der Welt fotografieren?«, fragte er.

Sie lachte. »Lass mich raten, du bist gebürtiger Berliner.«

»Ja.«

»Es gibt auch lebenswertes Leben außerhalb von Berlin.«

»Undenkbar.«

»Banause.«

»Ja.«

Sanft fuhr er mit den Fingerspitzen über ihren Oberarm und spürte, wie die kleinen Härchen sich aufrichteten. Sie hatte ein kleines Detail preisgegeben. Luisa war keine gebürtige Berlinerin. Woher sie ursprünglich kam, würde er noch herausfinden, zuerst einmal interessierte ihn jedoch diese Sache mit den Fotos.

Fotos. Die Bilder an ihrer Wand!

»Du bist eine Ornidings«, sagte er, als er endlich verstand.

Die Anspannung, die selbst der Sex nicht hatte lösen können, zog sich fester und fester zusammen. Und dann, ohne dass er es hätte verhindern können, geschah es. Luisa Elmas, krasseste Strafverteidigerin der Welt, mochte Vögel.

Sie vögelte gerne.

Sie war gut zu vögeln.

Sie verbrachte ihre Freizeit mit Vögeln.

Grunzende Laute krochen seine Kehle hoch. Er hustete, richtete seinen Oberkörper auf.

»Meinst du Ornithologin? Ja, ich beschäftige mich mit Vogelkunde«, sagte Luisa und er war verloren.

»Du stehst auf vögeln«, presste er hervor, während er mühsam um Beherrschung rang.

Nun richtete sie sich auf und sah empört zu ihm hinüber.

»Sag das nicht so.«

Er wollte antworten, aber er konnte nicht, denn dafür musste er zu sehr lachen. Luisa, die jedem, der Schmiergelder auch nur ansah, das Leben zur Hölle machte, war gut zu Vögeln. Er lachte noch mehr.

»Iljas«, sagte sie und boxte ihn. »Das ist nicht lustig. Vögel sind bemerkenswerte Tiere, deren Gattung –«

Er drehte sich zur Seite, weil er so hart lachen musste. Gattung … Begattung.

»An Vögeln ist nichts pervers!«

Iljas fiel fast vom Bett.

Als er sich langsam, aber sicher beruhigt hatte, drehte er sich wieder Luisa zu, die ihn strafend ansah. Aber ihren Todesblick kannte er bereits, und den hatte sie nicht aufgesetzt. Sie wollte ihm nicht mehr den Föhn zuwerfen, während er duschte, eher die Zehennägel einzeln nach oben klappen oder so.

»Du hast sie doch nicht mehr alle«, sagte sie und ließ sich zurück in die Kissen sinken. In ihren Augen funkelte es amüsiert.

»Oh Gott, Luisa, ich habe schon lange nicht mehr so gelacht«, sagte er.

»Warum nicht?«, fragte sie.

Iljas erstarrte, konnte nicht glauben, dass er unbewusst in der Leichtigkeit des Augenblicks etwas von sich preisgegeben hatte.

»Ich bin nicht sehr oft in Gesellschaft«, sagte er vage.

»Das glaube ich dir nicht. Was ist der wahre Grund?«

»Lange Geschichte.«

»Kneifen Sie etwa, Herr Arschtreter?«

»Nein, ich finde nur, dass die Vergangenheit kein schönes Gesprächsthema ist für zwei Erwachsene, die sich gerade gegenseitig das Gehirn rausge*vögelt* haben.«

Er lachte erneut.

»Haha. Lustig.«

Sie schwieg und starrte an die Decke, als befänden sich dort Antworten auf ihre Fragen. Dass sie es dabei beließ, war ein erneutes Zeichen dafür, dass sie nicht mehr verband als der Sex und die Gefahr, in der sie sich befand.

»Danke, dass du heute da warst. Obwohl ich immer noch nicht verstehe, warum. Amelie hat dich angerufen. Schön. Aber es gibt nichts, was sie hätte sagen können.«

Nur aus Luisas Mund klang ein Danke wie eine Mordanklage.

»Sie hat mir erzählt, dass du von einer Minute auf die andere plötzlich sehr ernst geworden bist und sie gebeten hast, den Raum zu verlassen.«

Sie drehte sich zu ihm, ohne ihn zu berühren, ihre Haare ein dunkler Fächer auf dem hellen Kissen. Ihre Haut, die einen Hauch dunkler war als seine, ein ansehnlicher Kontrast zu der weißen Bettdecke, auf der sie lag.

»Warum. Bist. Du. Mir. Gefolgt?«

Er zuckte mit den Schultern.

»Ich habe dir gesagt, dass der Typ austickt, und hatte recht.«

Luisa schwieg und sah ihn an. Er sah es in ihren Augen aufblitzen. Sie wusste, dass dies nicht seine einzige Motivation gewesen war, fragte sich, was hinter all dem steckte. Sie war nicht blöd. Im Gegenteil. Und er hatte schon mehrfach bei Fragen abgeblockt, die einen Teil seiner Geschichte, seines Wesens enthüllen würden. Aber er wollte ihr nicht sagen, warum er so war, wie er war, denn sie würde dann schlecht von ihm denken. Ihn infrage stellen, ihren Umgang mit ihm anzweifeln. Und das nur wegen des kleinsten, tiefsten Elements seines Wesens, das doch alle anderen zum Schwingen brachte. Nicht größer als ein Sandkorn, aber mächtiger als ein Sandsturm, denn es verschloss ihm Türen.

Die zum sorgenfreien Leben – der Schmerz und die Scham über sich selbst saßen zu tief.

Die zum Miteinanderleben – denn er konnte keine Bindung eingehen, wenn er doch wusste, dass sie ihn in den Wahnsinn treiben würde. Die ständige Sorge. Die Angst. Die Panik. Das wollte er nicht mehr fühlen. Er hatte es hinter sich gelassen. Mit dem Sarg seiner Schwester begraben. Niemals würde er mit Luisa über seine Vergangenheit reden, denn das würde weder an der Gegenwart noch an der Zukunft etwas ändern.

Über ihre zu sprechen war wichtiger, denn das würde letztendlich darüber entscheiden, wie die Sache für Luisa ausging. An die Wahrheit zu gelangen würde ein ganzes Stück Arbeit werden.

»Wer hat so eine Wut auf dich, dass er auf dich schießt, Luisa?«, fragte er.

Luisa richtete sich auf, zog die Decke unter ihrem Körper hervor und warf sie über sich. Nicht aus Scham, sondern weil ihr kalt war. Das sah er an den nach oben gedrückten Haarfollikeln auf der Oberfläche ihrer Haut und an ihren aufgerichteten Brustwarzen, die ihn schier in den Wahnsinn trieben.

»Ich weiß es nicht. Wirklich.«

Sie zögerte leicht. Sie schützte jemanden. Am liebsten hätte er die Faust in die Matratze gedonnert. Stattdessen atmete er tief durch und beschloss, die Sache von einem anderen Winkel anzugehen.

»Erzähl mir von deiner Arbeit.«

»Kann ich nicht.«

»Nicht im Detail. Welche Fälle vertrittst du im Allgemeinen? Ich bin davon ausgegangen, dass du gewalttätige Straftäter vertrittst, wegen der Geschichte mit dem Obdachlosen, aber du bist auf Wirtschaftsrecht spezialisiert.«

Sie seufzte. »Ich habe Jura und BWL studiert. Das Wirtschaftsstrafrecht wurde von der Öffentlichkeit in der Vergangenheit relativ wenig beachtet. Seitdem Strafverfahren mit wirtschaftlichem Bezug in den Medien und vor allem im Internet präsent sind, veränderte sich die Gesetzeslage drastisch, vor allem in den letzten fünfzehn Jahren. Dinge, die damals üblich waren, wie Schmiergelder an ausländische Firmen bezahlen, werden nun strafrechtlich geahndet und mit erheblichen Geldstrafen und Freiheitsstrafen beschwert. Das eröffnet einem als Jurist viele Möglichkeiten. Vor allem, wenn man gut ist.«

»Und du bist gut«, sagte Iljas.

»Oh ja, das bin ich. Weil ich hart dafür gearbeitet habe.«

»Das glaube ich dir aufs Wort.«

»Während des Jurastudiums muss man ein Referendariat absolvieren, und ich entschied mich für Karls Kanzlei, denn er war damals mit dem Siemens-Korruptionsfall in den Medien. Karl vertrat einen der beschuldigten Mitarbeiter, wodurch seine Kanzlei große Aufmerksamkeit erhielt. Noch während meines Referendariats wurde klar, dass ich nach meinem zweiten Staatsexamen dort anfangen würde. Als Frischling bekommt man allerdings noch nicht gleich die ganz großen Fische zugeworfen, die muss man sich verdienen, und das tat ich. Dazu gehörte, dass alle Neulinge abwechselnd um das Notfallhandy der Kanzlei pokerten, das wir vierundzwanzig Stunden am Tag bei uns haben mussten. Sieben Tage die Woche.«

»Und du hast oft gewonnen.«

Sie grinste. »Ja. Der Nachteil der Pflichtverteidigung ist, dass man verdammt viele Fälle auf dem Tisch liegen hat und lediglich nach Tarif bezahlt wird, was nicht viel ist, wie du dir vielleicht denken kannst.«

»Ich war Polizist«, sagte Iljas nüchtern.

Luisa nickte und Iljas dachte darüber nach, dass es vermutlich auch für Luisa einen Grund gegeben hatte, Strafverteidigerin zu werden. So wie er einen Grund gehabt hatte, Polizist zu werden. Ihr Sandkorn kannte er nicht, und das war auch okay. Letztendlich hatten sie es beide geschafft, aus ihrer Motivation heraus Karriere zu machen.

»Und weiter?«, fragte Iljas.

»Ich bekam meinen ersten großen Fall. Damals war Karl an

meiner Seite, überwachte jeden meiner Schritte, bis er sah, dass er die Leine lockern konnte. Er war froh, eine gute Anwältin für Wirtschaftskriminalität gefunden zu haben.«

»Hast du gewonnen? Deinen ersten Fall meine ich.«

Sie sah ihn an. Um ihre Mundwinkel spielte ein Lächeln, das ihn daran erinnerte, dass auch Samtkatzen Raubtiere waren.

»Selbstverständlich.«

»Und seitdem ist Schluss mit der Pflichtverteidigung?«

»Nein. Die großen Wirtschaftsfälle spülen viel Geld in die Kasse der Kanzlei, wovon ich auch profitiere, sind aber prozentual gesehen seltener als die kleinen Strafmandate. Und in meinem Büro sitzen und nichts tun gehört zu den Dingen, die ich gar nicht leiden kann.«

»Aber die Vorbereitung der großen Fälle ist doch bestimmt ziemlich komplex.«

Eine normale Vierzigstundenwoche bekam sie damit allemal voll.

»Klar.«

»Dann kommt es aufs Selbe hinaus.«

Sie zögerte, und noch bevor sie sprach, verstand er.

»Es gibt Mandanten, die sich einen teuren Anwalt nicht leisten können.«

»Du arbeitest unter deinem Wert, um sie zu vertreten, und nimmst in Kauf, wesentlich mehr Stunden pro Woche zu arbeiten«, stellte er fest.

Luisas Wesen zu ergründen entpuppte sich als erstaunliche Aufgabe. Sie vögelte – oh Gott, er konnte es nicht lassen –, fotografierte, arbeitete für weniger Geld, als sie könnte, mehr Stunden, als sie sollte. Die herz- und gewissenlose Strafverteidigerin, die in einer Seidenbluse kämpfen lernen wollte, trug mittlerweile regenfeste Sachen und arbeitete pro bono.

Sie nickte.

»Warum?«, fragte er, denn er wollte ihrem Kern noch ein kleines Stück näherkommen, ehe er ihm wieder entglitt.

»Warum kommst du immer wieder zu mir?«, fragte sie.

»Weil du meine Hilfe brauchen könntest.«

»Und deine Leistungen stellst du mir sicher in Rechnung, oder?«

Sie sah ihn an.

Touché. Sie handelten beide aus den gleichen Gründen. Wegen des Sandkorns. Und sie hielten es beide voreinander geheim. Versteckten es im Getriebe ihres Körpers. Und jedes Mal, wenn der andere daran stieß, ließen sie es tiefer fallen. Er beließ es dabei, denn er wollte auch nicht, dass sie weitergrub. Vor allem nicht mit dem Verstand, der ihr gegeben war. Es war Zeit, zu ihrem Angreifer zurückzukommen.

»Was für Wirtschaftsfälle bearbeitest du?«

»Es geht oft um Korruption, vor allem in der Baubranche. Untreue gehört genauso dazu wie Steuerhinterziehung und Kartelldelikte.«

»Großes Feld.«

Luisa nickte.

»Und dein jetziger Fall?«, fragte er, drehte sich ganz zur Seite und stützte sich auf einem Arm ab. Am liebsten hätte er das Licht angeschaltet. Jede einzelne Regung in ihrem Gesicht studiert, um zu wissen, wann sie auswich, wann sie log und wann sie die Wahrheit sagte. Ihre Mandanten kämen an erster Stelle. Ihr Blick wanderte über sein Gesicht, langsam und ruhig, als erforsche sie ihn ebenfalls.

»Ich versuche, deine Fragen zu beantworten, aber dir muss klar sein, dass ich meinen Mandanten schützen muss.«

Iljas nickte. Sie war ehrlich und geradeheraus. Er mochte das.

»Worum geht es?«

»Um die Fusion zweier Baufirmen. Du hast keine Ahnung, wie oft solche Deals scheitern. Die beiden Parteien sind sich vorab nicht einig, was sie von einer Fusion erwarten, die weichen Faktoren werden außer Acht gelassen. Letztendlich ist dieses Modell für die wenigsten geeignet, ich rate stets zu einem Joint Venture, in dem die Firmen noch relativ unabhängig voneinander agieren können.«

»Luisa?«

»Ja?«

»Ich verstehe kein Wort.«

Sie lachte und stützte sich ebenfalle auf einen Arm.

»Was ich sagen wollte, ist, dass die meisten Zusammenschlüsse von Firmen wieder getrennt werden, häufig mit großen finanziellen Verlusten auf beiden Seiten. In meinem jetzigen Fall will einer der beiden Partner aus der Fusion raus. Aber die ist vertraglich hieb- und stichfest, weswegen er seine Strategie geändert hat. Mein Mandant und ich haben in den letzten Wochen versucht, die Situation außergerichtlich zu klären, aber die Gegenseite erhob schließlich Vorwürfe gegen meinen Mandanten, die den Staatsanwalt davon überzeugten, Anklage zu erheben.«

»Und welche Vorwürfe?«

»Korruption.«

»Wie kommt es plötzlich dazu?«

»Nun, das ist recht einfach. Die beiden Gegner sind Geschäftsführer der zusammengeschlossenen Baufirma. Wenn mein Mandant ins Gefängnis geht, bleibt nur noch der andere übrig.«

Iljas dachte nach. Zwei Bauunternehmer im Streit. Die letzte

Möglichkeit, *die letzte Instanz* vor dem Gefängnis. Das hatte Luisa selbst über sich gesagt. Sie war die letzte Instanz.

»Er will dich loswerden«, sagte Iljas. »Die Gegenseite. Der andere Bauunternehmer.«

Luisa schwieg. Ihre Zunge befeuchtete die Unterlippe.

»Verdammt, Luisa! Daran hast du auch schon gedacht. Wann beginnt der Prozess?«

»Nächste Woche.«

Er sah sie eindringlich an. Wollte herausfinden, ob sie die gleiche Schlussfolgerung zog wie er. Dass das Timing kaum ein Zufall sein konnte. Sie dachte es ebenfalls.

»Wie heißt er?«

Sie zögerte.

»Luisa, er ist nicht dein Mandant.«

Sie funkelte ihn an.

»Nein, ist er nicht, aber wenn mein Chef erfährt, dass ich ihn in Verdacht habe, würde er mich zwingen, das Mandat niederzulegen.«

»Und damit hat er verdammt noch mal recht, deine Kanzlei sollte diesen Fall abgeben.«

»Das wird nicht passieren, denn er entscheidet darüber, ob ich Partnerin werde.«

Er saß nun im Bett, konnte die Wut in seinem Bauch kaum in Schach halten.

»Scheiß auf die Partnerschaft«, stieß er hervor.

»Sicherlich nicht«, sagte sie gefährlich leise. Er sah, wie sehr sie bemüht war, die Fassung zu wahren. »Außerdem bin ich abgesichert. Ab morgen ist mein Chef über jeden meiner Schritte im Bilde, weiß, was ich für den Prozess unternommen habe, welche Zeugen ich vorbereitet habe und welche Strategie ich fahre, weil ich ihm ein Exposé erstelle.«

Das ließ ihn aufhorchen.

»Was macht er mit dem Exposé?«, fragte er.

»Sich in den Fall einarbeiten, falls er ihn übernehmen muss.«

Iljas' schoss in die Höhe. Er stand schneller neben dem Bett als Luisa Paragraf eins sagen konnte. Nur über seine verfickte Leiche.

»Das ist ein Scherz, oder?«, fragte er.

Er bemerkte selbst, dass seine Stimme zu laut und zu wütend klang, aber er konnte sich nicht bremsen. Luisas Miene verfinsterte sich ebenfalls. Sein Auftreten gefiel ihr nicht, aber das war ihm scheißegal. Er würde diese Thematik nicht mit einem deliziösen Tässchen Earl Grey im Kaminzimmer besprechen. Es ging verdammt noch mal um Luisas Sicherheit. Niemand, nicht eine lebende Seele auf diesem Planeten würde ihr auch nur ein Haar krümmen. Allein der Gedanke daran ließ sein Blut kochen und seinen Verstand schrumpfen. Er dachte nicht mehr nach, als er nackt, wie Gott ihn schuf, vor dem Bett stand und kurz davor war, zu explodieren.

»Das ist verdammt noch mal nicht euer Ernst, oder? Ihr habt einen beschissenen Notfallplan erstellt, falls ein verfickter Psycho dich erledigt?! Nein. Keine Chance. Das lasse ich nicht zu. Das kannst du dir abschminken.«

Luisa fuhr ebenfalls hoch, und er bemerkte vage, dass er seine Worte falsch gewählt hatte. Doch es war zu spät. Der Elmas'sche Tornado begann sich zu drehen.

»Wie bitte?«, fragte sie leise.

Ah, Mist.

»Ich meinte –«

»Was genau möchtest du nicht zulassen? Dass ich meinen Job mache? Iljas, ich bin kein Kind, das ist nicht mein erster Fall. Ich hatte schon mehr als einmal einen Mandanten, der gewisse Gefahren mit sich gebracht hat, aber es ist meine Entscheidung. Nicht deine.«

Während sie sprach, war sie ebenfalls aufgestanden. Erneut standen sie sich nackt gegenüber, dieses Mal war die Luft jedoch nicht voller erotischer Leidenschaft, sondern elektrisch geladen von der Wut, die aus ihren Körpern barst. Sie starrte ihn wütend an, während ihm nichts einfiel, womit er sich rechtfertigen könnte, ohne von seinem Standpunkt abzurücken, dann brach sie den Blickkontakt ab und suchte ihre Kleidung zusammen. Sie dachte sicherlich, er würde sie bevormunden, aber das war idiotisch. Keine Seele dieser Erde war dazu in der Lage, Luisa Elmas zu bevormunden. Sie würde diese Seele nehmen und in ihren Händen zu Brei zerquetschen.

Ja, er hatte es verkackt, seine Fähigkeit, sich so auszudrücken, wie er es tatsächlich meinte, war von der Angst überdeckt, dass die Geister, die Luisa gerufen hatte, grausamer waren, als sie dachte. Beschwichtigend hob er seine Hände. Eine Minute. Er brauchte nur eine Minute.

»Ich habe es nicht so gemeint, Luisa –«

»Ich habe keine Ahnung, woher dein Beschützerinstinkt kommt, aber du kannst ihn einen Gang runterfahren.« Sie umrundete das Bett und war im Begriff, an ihm vorbeizustapfen.

Er wollte nicht, dass es so endete, ihr erster Sex in einem Streit ausartete. Er hielt sie fest, wollte sie zwingen, ihn anzusehen, um seinen nächsten Worten Nachdruck zu verleihen, doch Luisa strampelte wild in seinen Armen. Sofort löste er seinen Griff, denn körperliche Nähe ging nur selten gut aus, wenn sie emotional aufgebracht war. Ruckartig drehte Luisa sich um und donnerte mit dem Kopf gegen die halb geöffnete Schlafzimmertür.

Sie drehte sich zu ihm, sah ihn verwirrt an, da begann auch schon das Blut aus ihrer Nase zu sprudeln.

Oh, verdammt.

Kapitel 18

»Ich hasse dich.«

»Ich weiß.«

»Nein, wirklich. Ich meine es exakt so, wie ich es sage. Aus den tiefsten Tiefen meines Wesens, meines Körpers und meines Herzens hasse ich dich«, sagte Luisa und presste sich weiterhin das Taschentuch unter die Nase. Sie zog es kurz weg, studierte es im Licht einer Straßenlaterne. Ihre Nase blutete nicht mehr so stark wie vorhin, aber einen Bruch konnte sie nicht ausschließen. Weswegen sie neben Iljas im Auto saß.

Erneut.

Auf dem Weg ins Krankenhaus.

Schon wieder.

Er drehte seinen Kopf in ihre Richtung. Das rote Licht der Ampel warf helle und dunkle Schatten auf sein Profil. In seinem Blick lag halb Bedauern, ein Viertel Sorge, ein Viertel Belustigung.

Und sie konnte es ihm nicht verübeln.

Irgendwie.

Sie sollten sich einen Running Gag aussuchen, bei dem sie nicht jedes Mal ins Krankenhaus musste. Vielleicht diese Sache mit dem Sex, denn das war wesentlich angenehmer.

Er parkte den Wagen auf ihrem Stammparkplatz vor dem Krankenhaus und öffnete ihr die Tür.

Wie ein eingespieltes Team. Süß.

Sie schwang die Füße aus dem Auto, platzierte sie auf dem unebenen Boden und hievte sich raus. Das alles gestaltete sich äußerst schwierig, denn er machte ihr kaum Platz zum Aussteigen.

Ihr Körper berührte seinen.

Stromstöße tanzten durch ihre Zellen. Er wich keinen Millimeter. Die Spannung zwischen ihnen stieg, vibrierte in ihr, ließ sie schneller atmen und weniger denken. Ihre Synapsen waren damit beschäftigt, Iljas' breite Schultern anzustarren, seinen massigen Brustkorb, der sich mit jedem Ein- und Ausatmen hob und senkte. Sie hatte gehofft, ihr Körper würde weniger intensiv auf ihn reagieren, jetzt, da sie mit ihm geschlafen hatte. Aber das war nicht so. Im Gegenteil. Sie wollte ihn erneut berühren, mit ihrer Hand unter sein Shirt fahren, seine Haut unter ihren Fingerspitzen fühlen. Sie öffnete den Mund, wollte ihn bitten, zur Seite zu treten, als ihr dämmerte, warum er das tat.

Er schützte sie. Vor Schüssen. Vor Messern. Vor der Wut, die sie nicht verstand. Mit seinem Körper. Nachdem er die Gegend studiert hatte, richtete er seinen Blick auf sie. Luisa sah zu ihm auf, der Wind peitschte ihr die Haare vors Gesicht.

»Ich hasse dich nicht«, sagte sie leise. »Auch wenn du es verdient hättest.«

Er lächelte. Schwieg. Nahm die Haarsträhne. Die Amperezahl der elektrischen Wellen nahm zu, als würde jemand den Regler schmerzhaft weit nach oben drehen. Er schob seine Finger zwischen ihre. Maximale Ampere erreicht. Sie wollte ihn wegschubsen und gleichzeitig an sich ziehen.

»Lass uns reingehen«, sagte Iljas.

Sie folgte ihm in die Notaufnahme, die erneut gut besucht war. Müde nahm sie auf ihrem Stuhl Platz. Sie hatte mit Iljas geschlafen und war doch so weit von ihm entfernt. Je näher sie sich kamen, desto mehr versuchten sie den anderen auf Abstand zu halten. Sie lehnte sich an seine Schulter. Aus Erschöpfung und weil seine Wärme sie beruhigte. Das erste Mal in ihrem Leben fühlte sie sich angreifbar, und Iljas war nun mal da – manchmal war das alles, was man brauchte.

Die Nähe, die niemals nah sein würde. Er hob seinen Arm und zog sie an sich. Automatismen, die es zwischen ihnen nicht gab. Szenarien, die sich nicht wiederholen würden. Sie schloss die Lider, ihr Herzschlag wurde ruhiger. Sie fühlte sich erschöpft, leer, das Bedürfnis nach Nähe und Distanz zermürbte sie. Wenn sie morgen mit dem Polizisten sprach, würde sie Boris Iwanows Namen nennen. Dann hatte sie wenigstens diesbezüglich Gewissheit.

»Frau Elmas?«, rief eine Schwester ins Wartezimmer hinein.

Luisa stand auf, ließ die Wärme und Geborgenheit zurück. Sie folgte den quietschenden Schritten auf dem Linoleum, blendete alles andere aus. Sie ließ die Untersuchung über sich ergehen, das Röntgen, die skeptischen, fragenden Blicke, die Erleichterung, dass es kein Bruch war, die Fahrt nach Hause, und fiel schließlich ins Bett. Allein, denn sie hätte nicht mehr die Kraft besessen, ihre Barrieren aufrechtzuerhalten. Iljas war nur gegangen, weil er wusste, dass sie in dieser Wohnung sicher war, weil er seine Nummer in ihrem Handy eingespeichert hatte und weil sie ihn eindringlich gebeten hatte.

Allein sein war das, was sie kannte.

Allein sein war das, was sie jetzt brauchte.

Allein sein hatte sich noch nie so unvollkommen angefühlt.

Umso wichtiger war es, dass sie sich wieder daran gewöhnte.

❤

Am nächsten Morgen wurde ihr Schlaf jäh durch das Plärren ihres Handyweckers beendet. Stöhnend schob sie ihre Hand unter der Bettdecke hervor und tippte wild auf dem Display herum. Ihre Morgenroutine, die sie noch nie infrage gestellt hatte, erschien nun unerträglich. Und so sank sie, anstatt aufzustehen, ins Bad zu gehen, heiß zu duschen und sich dann mit Föhn und Rundbürste um ihre Haare zu kümmern, noch tiefer in das Kopfkissen. Der Stoff roch vermutlich nach Iljas, aber – Boxernase sei Dank – nahm sie es nicht wahr. Trotzdem packte sie das Kissen, presste es kurz an ihr Gesicht, holte tief Luft und schob es sich dann auf den Bauch. Die Wärme, die sich dort ausbreitete, war nichts im Vergleich zu den Gefühlen, die Iljas dort ausgelöst hatte.

Den Streit von gestern hatte sie vergessen, denn im Grunde war es keiner gewesen. Sie waren beide starrköpfig und gewohnt zu bekommen, was sie wollten. Luisas momentane Bedürfnisse hatten nichts mit ihrer Karriere und alles mit Iljas' nacktem Körper zu tun. Wie konnte es sein, dass er sich immer wieder in ihre Gedanken schob, die Tatsache, dass jemand auf sie geschossen hatte, dagegen zu einem trüben Hintergrundbild verblasste?

Weil Schüsse zu ihrem Alltag gehörten.

Schüsse, Messerstiche, Schläge.

Aus Verzweiflung, aus Vergeltung, aus Hass.

Sich Gedanken über einen trainierten, nackten Mann zu machen war weitaus ungewöhnlicher. Die Fragen und Unsicherheiten rumorten in ihr, ließen sie ratlos zurück und sie wünschte sich, jemanden zu haben, mit dem sie darüber reden konnte. Mit dem sie über ihn reden konnte.

Welche Geschehnisse hatten ihn zu dem Mann gemacht, der er war? Der sich vor sie stellte?

Ein Gedanke kam ihr. Sie schob das Kissen zur Seite. Sollte sie …? Ja! Der Vorteil ihrer Nichtbeziehung war definitiv, dass sie ihm gegenüber keinerlei Verpflichtung hatte. Schnell stand sie auf, ging ins Wohnzimmer, schnappte sich ihren Laptop und verzog sich wieder ins Bett. Das dumpfe Pochen ihrer Nase ignorierte sie. Sie klappte den Laptop auf und ihr Zeigefinger verharrte über dem Einschaltknopf.

Sie sollte. Sie musste. Die Neugierde war ein Teil ihres Wesens. Nicht zu wissen, warum er so war, glich dem Gefühl, einen furchtbar juckenden Mückenstich nicht kratzen zu dürfen.

Er würde sich nie öffnen. Ein globaler Weltfriedensvertrag war wahrscheinlicher. Sie kannte alle Anzeichen dafür, dass jemand die Wahrheit versteckte, drum herumschiffte und hoffte, an den scharfkantigen Felsen nicht zu zerschellen. Sie war Anwältin, jeder zweite Mandant verbarg etwas vor ihr. Und außerdem war es ihre eigene Taktik, denn die Sache mit der Kommune war ihr kleines birtiges Geheimnis. Ihr prägendster Lebensabschnitt, der sie geformt hatte. Zu jemandem, der Distanz suchte und Nähe mied. Außerdem war es ultrapeinlich, sagen zu müssen, dass die eigenen Eltern Hippies waren.

Sie drückte endlich auf den Knopf und sah die Reflexion ihres Selbst. Erschrocken schnappte sie nach Luft. Ihre Nase war geschwollen, die Farbe des Veilchens mittlerweile heller mit dunkleren Sprenkeln, ihr anderes Auge nur ein dunkler Klecks. Sie sah aus wie eine Schlägerbraut mit türkischen Wurzeln. So konnte sie unmöglich in die Kanzlei gehen. Als ihr entsetztes Abbild durch das Aufleuchten des Hintergrundbildes ersetzt wurde, tippte sie ihr Passwort ein. Sie öffnete das E-Mail-Programm und schrieb sowohl Amelie als auch Karl eine Mail. Es fühlte sich merkwürdig an, sich krankzumelden. Sie benötigte zwei Anläufe, die Nachricht zu formulieren. Da sie weder den vollständigen Namen des Polizisten hatte, der heute ihre Aussage aufnehmen würde, noch seine Telefonnummer, schrieb sie Iljas eine SMS mit der Bitte, seinen ehemaligen Kollegen zu ihr nach Hause zu schicken. Anschließend öffnete sie den Internetbrowser und tippte Iljas' Namen bei Google ein. Es fühlte sich weder falsch noch richtig an. Sie tat es einfach und redete sich ein, sie würde über einen Mandanten recherchieren. Nicht mehr und nicht weniger. In den Tiefen des Internets machte sie sich auf die Suche nach *ihm*.

Nach seiner Geschichte.

Sie suchte und suchte, las Zeitungsartikel, in denen es um seine Fälle ging, las Einträge über seinen YouTube-Kanal, vor allem Schwärmereien von Frauen. Luisa blähte ihre Backen auf und ließ die Luft geräuschvoll entweichen. Ihr war nicht klar gewesen, dass sie mit Steven »Der Arschtreter« Lee alias Justin Bieber senior geschlafen hatte, und wenn sie das richtig las, sollte es auch lieber nicht ans Tageslicht kommen, sonst würden seine Fans eine Voodoopuppe mit Luisas Antlitz herstellen und ihr Nadeln ins Auge stecken. Sie verließ die Seiten, deren theatralische Seufzer sie quasi durch den Bildschirm hören konnte, und suchte weiter.

Und dann, vergraben unter seinen Fanpages und seinem Erwachsenenleben als Polizist fand sie es: eine Annonce.

In tiefer Trauer verabschieden wir uns von unserer Tochter, Schwester und Enkelin Johanna Rick. Die Beisetzung findet im engsten Familienkreis statt.

Da stand er, Iljas' Name und der seiner toten Schwester.

Sie löschte seinen aus dem Suchfeld und gab den seiner Schwester ein. Was suchte sie? Wirklich eine Erklärung? Oder eine Prognose für eine Eventualität, die sie bisher noch nicht in Betracht gezogen hatte? Eine Beziehung zwischen ihr und Iljas. Nicht jetzt. Nicht morgen. Irgendwann vielleicht?

Als sie las, dass Johanna Rick mit jemandem zusammen gewesen war, der sie getötet hatte, damit sie ihn nicht verlassen konnte, wusste sie, dass Iljas Rick nie bei ihr oder einer anderen Frau bleiben würde, denn die Schichten seines Wesens waren durchtränkt von einem Schuldbewusstsein, das ihn an Johanna band. Es war kein Beschützerinstinkt. Es war Schuld. Das war seine Motivation, sein Antrieb, was schlimm war, denn sie musste tief sitzen. Laut Artikel war Iljas' Mutter alleinerziehend, er war der Mann im Haus gewesen und hatte versagt. Alles, was er tat, was er dachte und fühlte, würde einzig und allein auf seine Schwester bezogen sein. Laienpsychologisch gesehen wäre Iljas niemals für eine Gegenwart oder gar eine Zukunft zu haben, wenn er sich von der Vergangenheit nicht lösen würde. Nicht mit ihr, nicht mit einer Jüngeren, nicht mit einem Topmodel, das über ihre Schokoladenschublade das zarte Näschen rümpfen würde. Es lag nicht an ihr, es lag an Iljas' Wesen, das sich über die Jahre manifestiert hatte.

Als Luisa weiterlas, sein Leben weiterverfolgte, verstand sie immer mehr, wer er war, und wusste, dass sie trotz allem wollte, dass er bei ihr war. Als Freund, als Gefährte. Dieser Gedanke ließ sie erstaunt innehalten, denn er drang vor in das tief verwurzelte Geflecht ihres Alleinseinwunsches, machte sich dort breit und brachte alles durcheinander. Luisa Elmas wollte niemanden an ihrer Seite haben, denn sie mochte es, ihre Arme zu schwingen, sich in die Lüfte erheben zu können, wann immer sie wollte. Metaphorisch gesehen selbstverständlich. Eine Person an ihrer Seite würde sie daran hindern. Egal, ob es sich dabei um Amelie, Karl oder Iljas handelte. Am allerwenigsten Iljas.

Abrupt klappte sie den Laptop zu. Die Sache mit Iljas würde auf einer rein körperlichen Ebene bleiben. Das musste machbar sein, Luisa hatte einen Willen aus Stahl. Sie hatte sich durch Jura und BWL geboxt, Studiengänge, bei denen andere ins Koma fielen, wenn sie nur daran dachten, eine Vorlesung besuchen zu müssen. Er wäre ein Freund mit gewissen Vorzügen, wie man das wohl heutzutage nannte, das war in.

Pfff. Gott sei Dank hatte sie ihn gegoogelt. Man stelle sich einmal vor, sie hätte ernsthaft in Erwägung gezogen, mit Iljas eine Beziehung einzugehen … Pah. Das wäre absurd. Automatisch winkte Luisa mit der Hand ab. Iljas und sie. Tsss. Körperlich ja. Emotional nein. So einfach war das.

Klar durfte sie ihn bewundern, sie bewunderte schließlich viele Menschen, Richter Hartke, Martin Luther King, Mutter Teresa, aber nicht jeden starrte sie an, während Blümchen aus ihren Augen hüpften. Was er tat, was er sich aufgebaut hatte, war beeindruckend, im Bett war er fantastisch, und darauf würde sie so schnell nicht verzichten, aber das war es dann auch. Sie hatte ihre Arbeit und davon würde sie sich nicht abbringen lassen. Weder von breiten Schultern noch von Espresso-Augen noch von aufgeschlitzten Reifen.

Kapitel 19

Luisa tauchte den abgeschleckten Löffel erneut in den Eiscremebehälter aus Pappe und begab sich auf die Suche nach extra großen Keksstücken. Ein Klecks Schokoladeneis rutschte von der unteren Seite des Löffels und landete auf ihrem weißen Oberteil; erstaunlicherweise war es ihr egal. Luisa Elmas war heute nicht zu Hause, um während ihrer Grippe Homeoffice zu machen, sie würde keine E-Mails nebenbei beantworten, sie würde einfach nur abhängen. Okay, das stimmte nicht ganz, das Exposé für Karl hatte sie fertiggestellt und weggeschickt, drei E-Mails beantwortet und zwei weitere geschrieben, immerhin fing nächste Woche der alles entscheidende Prozess an. Wenn Amelie ihr endlich per Kurier die Unterlagen schickte, würde sie noch einmal die Zeugenaussagen durchgehen. Widersprüche zwischen dem, was jemand vor Gericht sagte, und dem, was er bei der Polizei ausgesagt hatte, waren Gold wert, aber Details bemerkte man nur, wenn man jede Aussage gründlich und sorgfältig studiert hatte. Nun, da die Akten noch nicht da waren, war sie leider, leider zum Nichtstun verdonnert. Sie hatte hinsichtlich des vormittäglichen Fernsehprogramms einiges aufzuholen. Während die Schokolade tief in die Fasern eindrang, lag sie auf der Couch, über den Beinen eine geometrisch gemusterte Decke aus Merinowolle. Der Grauton glich dem ihrer Couch und wechselte sich mit einem intensiven Brombeerrot ab, welches sich an mehreren Stellen des Wohnzimmers widerfand.

Der Fernseher lief und enthüllte Schicksale, die sie ursprünglich nicht interessierten, mittlerweile aber in den Bann gezogen hatten. Die siebzehnjährige Patrizia war schwanger, ihr Freund hatte sie aufgrund eines Missverständnisses sitzenlassen, das sie hoffentlich aus der Welt schaffen konnten, denn eigentlich waren die beiden wirklich niedlich zusammen. Patrizia mit ihren Sommersprossen und Christoph mit seinem verträumten Blick und den wilden dunklen Haaren. Sollte Christoph sich jedoch als Vollidiot entpuppen, konnte Patrizia sich gern an Luisa wenden, wenn es um Unterhaltszahlungen ging. Luisa würde Christoph so fertigmachen, dass er ihr freiwillig seinen letzten Schlüppi gab. In diesem Leben und in den nächsten zwölf ebenfalls. Luisa stellte den Eiskarton auf den Couchtisch und nahm sich ein Stück Apfel. Nachdem sie genug in Iljas' Leben herumgewühlt hatte, als wäre sie eine verrückte Liebhaberin – oh, na ja … –, hatte sie sich online Einkäufe nach Hause liefern lassen und war nun stolze Besitzerin eines vollen Kühlschranks sowie einer Bioobstkiste. Luisa sah auf die Uhr, es war bereits Mittag und bald würde Joshua kommen, um ihre Aussage zu protokollieren und das weitere Vorgehen mit ihr zu besprechen. Sie hatte heute Morgen bereits mit ihm telefoniert, denn er wollte wissen, womit er es zu tun hatte, bevor er die Kollegen in Brandenburg bat, ihn in der Schießerei ermitteln zu lassen. Widerwillig hatte Luisa ihm sowohl Boris Iwanows Namen als auch die ihrer Exfreunde genannt. Mittlerweile war sie davon überzeugt, dass Iwanow dahintersteckte. Ihre Furcht hatte sich auf ihn fokussiert, denn die Alternative wäre noch schlimmer: ein Unbekannter. Dessen Motivation sie nicht kannte, dessen Gesicht im Dunkeln lag. Daher hatte sie sich komplett auf Iwanow eingeschworen. Dafür sprach außerdem der Zeitpunkt der Attacken, den sie so kurz vor dem Prozessauftakt als ungünstig empfand. Wobei es fraglich war, ob es einen passenden gab.

Oh, in den nächsten Tagen ist es sowieso ruhig, bitte schießen

Sie auf mich. Und rauben mich aus. Und klauen meine Fendi-Tasche. Und zerstören mutwillig mein Auto. Sie Vollpfosten.

Jetzt musste sie sich nur noch überlegen, wie sie Karl klarmachen konnte, dass sie ahnte, wer hinter dieser Sache steckte, ohne Konsequenzen befürchten zu müssen. Sie würde sich darüber Gedanken machen, wenn es so weit war. Luisa legte den Apfel zur Seite, schraubte den Deckel des Orangen-Mandarinen-Saftes von der Packung und trank einen Schluck daraus. Herrlich. Solche Tage sollte sie öfter einlegen. Sie lachte auf. Bis sie Partnerin war, wäre es realistischer, ein zuckerwattepupsendes Einhorn auf dem Ku'damm zu treffen. Umso mehr würde sie den heutigen Tag genießen. Sie lehnte sich zurück, bereit, sich voll und ganz in Patrizias und Christophs Schicksal zu ergehen.

Es klingelte an der Tür.

Einmal.

Zweimal.

Dreimal.

Schnell hintereinander.

Die Klingel klang … genervt?

Luisa eilte zur Tür und blickte auf den Monitor. Amelie stand vor der Haustür, ihre lila Haare wehten im Wind, der dunkle Kajal verkleinerte ihre Augen zu wütenden Schlitzen. Der matt lilafarbene Lippenstift konnte die nach unten gezogenen Mundwinkel auch nicht schönreden. Amelie war sauer. Die Gründe für Amelies Launen waren nicht immer ersichtlich. Klar war jedoch, dass sie jede noch so kleine Gefühlsregung lebte. Luisa öffnete die Tür und wappnete sich gegen den wütenden Farbklecks, der gleich in ihre Wohnung stürmen würde.

Amelie stapfte die Treppe hoch und Luisa bekam ein

schlechtes Gewissen, offensichtlich war sie die Einzige, die den Fahrstuhl in den zweiten Stock nahm. Theoretisch könnte sie ebenfalls in Erwägung ziehen, die Treppe zu nehmen. Vielleicht ab Montag. Obwohl sie da sehr k.o. vom Gericht wiederkommen würde. Dann ab Mittwoch, da war die Verhandlung quasi vorbei, aber da wäre es auch schlecht, weil … darum.
Kaum hatte Amelie den Treppenabsatz ihres Stockwerkes erreicht, legte sie los: »Jemand schießt auf dich? Was soll die Scheiße? Warum macht Steven ›The Asskicker‹ Lee nichts dagegen? Ich dachte, so etwas ist exakt sein Spezialgebiet.«

Eine Hand fest zu einer Faust geballt und in die Hosentasche gestopft, walzte Amelie auf sie zu. In der anderen Hand trug sie einen Jutebeutel.

»Sind da die Unterlagen drin?«, fragte Luisa.

Irritiert blickte Amelie an ihrem rechten Arm hinab, als hätte sie vergessen, dass dort etwas baumelte.

»Ja«, sagte sie, drückte ihn Luisa in die Hand und drängte sich an ihr vorbei in die Wohnung.

»Du hast die Gerichtsakten in einen Beutel gestopft, auf dem *Fuck the System* steht?«

»Anwälte sind die Geilsten habe ich schon für die Leichenteile meines Exfreundes verwendet. Außerdem ist der Beutel aus Hanf. Das ist meine Art, für die Legalisierung von Marihuana zu kämpfen.«

Luisa gluckste, versuchte sich aber nichts anmerken zu lassen. Sie mochte Amelie wirklich. Sie war wie eine Naturgewalt, ungefiltert und rein.

Sie folgte Amelie in die Wohnung. Der Blick ihrer Sekretärin huschte durch das offene Wohnzimmer, blieb an der Fensterfront hängen, an den eingerahmten Vogelbildern, an der offenen Küche, ehe er sich jedem Möbelstück widmete.

»Na ja. Ich würde so ja nicht wohnen wollen«, sagte sie schließlich achselzuckend und ließ sich geräuschvoll auf die Couch sinken. Sie trug eine zerrissene Netzstrumpfhose, Doc Martins, die sie selbstverständlich nicht ausgezogen hatte, und eine abgeschnittene Jeanshose. Karl hatte ihrer Einstellung nur zugestimmt, weil sie bloß telefonisch mit Mandanten Kontakt hatte, Besucher wurden von der Empfangsdame in den Konferenzraum geführt.

»Tut mir leid, dass meine Einrichtung nicht deinem Geschmack entspricht«, sagte Luisa und setzte sich ebenfalls. Um den Eiskarton hatte sich eine Pfütze gebildet. Luisa ignorierte das Chaos auf dem Tisch, schaltete den Fernseher aus und leerte den Hanfrebellionsbeutel.

»Ist heute viel los?«, fragte sie gedankenverloren, während sie überprüfte, ob Amelie alle Akten eingepackt hatte.

»Ja. Karl ist fuchsteufelswild. Er ruft abwechselnd die Polizei und private Sicherheitsfirmen an.«

Luisas Kopf schnellte hoch. Ihre volle Aufmerksamkeit lag nun bei Amelie, die sich über die Wange und den Mundwinkel fuhr und Luisa dabei eindringlich ansah.

»Was will Karl mit Sicherheitsfirmen?«

»Einen Bodyguard für dich.«

»Wie bitte?«, fragte Luisa und sprang auf. »Das kann er gleich vergessen. Ich brauche keinen Bodyguard, und wenn, kümmere ich mich darum.«

»Steven?«

»Wer?«

Amelie verdrehte die Augen. »Na, Iljas. Ist er dein Bodyguard?«

»Nein. Das ist er nicht.«

»Noch nicht?«

»Gar nicht.«

»Warum nicht?«, fragte Amelie weiter.

»Ich brauche keinen Bodyguard. Wenn, dann nehme ich Kevin Costner.«

Amelie zog ihre Stirn in Falten, die so minimalistisch waren, dass sie unter Existenzängsten leiden mussten.

»Wen?«

Unglaublich. Luisa setzte an, etwas zu sagen, schüttelte dann aber den Kopf. »Egal.«

»Was ist mit deiner Nase passiert?«, fragte Amelie und Luisas Hand fuhr unwillkürlich an ihr Nasenbein.

»Nichts.«

»Hattest du eine weitere Stunde bei ihm?«

»Nein.« Das stimmte schon irgendwie.

»Trefft ihr euch privat?«

Luisa zögerte, ihr Blick schweifte zum Fenster, dann wieder zu Amelie, die kerzengerade und freudestrahlend auf der Couch saß. Ach, Mist. Luisa war in die Falle gelaufen. Mit fliegenden Fahnen. Ihr war nicht klar gewesen, dass Amelie sie ins Kreuzverhör genommen hatte.

»Du solltest dir überlegen, doch noch Jura zu studieren«, sagte sie und setzte sich wieder hin.

»Ha, dafür müsste ich erst einmal Abitur machen.«

Luisa zwirbelte eine Haarsträhne zwischen ihren Fingern. »Soweit ich weiß, kannst du dir deine Ausbildung anerkennen lassen. Ich kann den Dekan meiner Alma Mater fragen, ich stehe immer noch in Kontakt mit ihm, denn ich war die –«

»Nein danke«, sagte Amelie schnell, stand auf und drehte sich suchend im Raum um. »Hast du Musik hier?«

»Nein.«

»Ich sag ja, deine Einrichtung ist scheiße.«

Ihre Einrichtung war nicht scheiße. Sie war klassisch. Geradlinig. Und trotzdem gemütlich. Gedämpfte Farben. Gelegentliche Farbtupfer. Weiche Stoffe. Luisa wusste, warum Amelie dieses Thema aufgebracht hatte: Ablenkung.

»Warum willst du nicht studieren?«

Amelie zuckte mit den Schultern, schnappte sich den Eiskarton mit dem geschmolzenen Eis und schlürfte daraus, während sie sich wieder hinsetzte. Erneut wischte sie sich im Gesicht rum.

»Zeit«, sagte sie und zerkaute ein Keksstück, das Luisa anscheinend entgangen war. Verdammt.

»Du könntest in Teilzeit gehen. Das würden wir hinbekommen. Du bist intelligent, Amelie, du würdest das Studium ohne Probleme packen.«

Amelie stellte den zerknautschten, aufgeweichten Karton auf den massiven Couchtisch aus Kernbuche. Kondenswasser lief am Rand hinab und bildete eine neue Pfütze. Sie wirkte nachdenklich. Luisa sah genauer hin. Nein. Nicht nur nachdenklich. Traurig. Existenziell traurig.

»Ich meine nicht diese Zeit, Luisa«, sagte sie.

In Amelies Blick lag plötzlich so viel mehr. Mehr Alter. Mehr Wissen. Luisa versuchte zu verstehen, was sie da sah. Sie hatte schon immer geahnt, dass mehr hinter Amelies Fassade steckte. Im Grunde war es nicht nötig, dass Amelie es ihr erzählte. Sie arbeiteten prima zusammen, auch ohne dass sie ihre Vergangenheiten während eines Pyjamaabends beim Fußnägellackieren therapierten. Jeder trug etwas mit sich herum, das man im Verborgenen ließ. Das war normal.

Ha, wie schön, dass du Iljas dieses Recht verwehrt hast, raunte ihr eine fiese Stimme zu. Aufgrund ihrer Bösartigkeit beschloss Luisa, sie zu ignorieren. Wäre sie vernünftig mit ihr in den Dialog gegangen, okay. Aber so? Nein.

»Welche Zeit meinst du dann? Hast du ein Hobby?«, fragte Luisa dann doch nach, weil irgendwie auch schon alles egal war. Sie hatte eine Freundschaft mit gewissen Vorzügen und ihren Liebhaber tiefenpsychologisch gegoogelt wie eine Irre. Karl führte mit ihr neuerdings merkwürdige Gespräche, die mehr waren als nur geschäftlicher Kram. Amelie saß bei ihr im Wohnzimmer wie ein aufgebrachter Regenbogen. All die Menschen, die sie über die Jahre sorgsam auf Abstand gehalten hatte, setzten sich auf Luisas einwandfreie Mauern und pulten mit den Fingerspitzen in den Fugen, bis sie einstürzen würden.

»Ja«, sagte Amelie und lächelte. »Das Leben.«

Langsam entließ Luisa die Luft aus den Lungen. Welch merkwürdige Antwort. Sie zupfte ein paar Fusseln von der Decke. Überlegte. Haderte mit sich, wie weit sie gehen sollte. Nur noch eine Frage, dann gäbe es kein Zurück mehr.

»Wie meinst du das?«, fragte sie schließlich.

Amelie sah sie an, ebenfalls unentschlossen, aber dann – wesentlich schneller als Luisa – traf sie eine Entscheidung. Sie zuckte mit den Schultern, stand auf, lief zu den Fenstern und sah hinaus. Ihr schmaler Körper wirkte vor der großen Fensterfront noch zierlicher. Die Sonne strahlte auf ihre lila Haare, das Licht im Raum veränderte sich, reflektierte Amelie, einen Teil ihrer Farbe, einen Teil ihres Wesens.

»Ich will dich nicht verlieren, Luisa«, sagte sie schließlich und drehte sich um. In ihren Augen schimmerte eine klare Feuchtigkeit.

Himmel. Weinte sie? Ihre Amelie? Sie wusste, dass Amelie sie mochte, aber das ging zu weit, oder? Luisa war ja nicht tot. Noch nicht einmal verletzt. Hm, zumindest nicht durch den

Schuss. Luisa konnte nur entsetzt starren und Amelie lachte auf.

»Gott, Luisa. Ich kenne niemanden, der so wenige Gefühle zulässt wie du. Dabei müssen sie in die Welt hinaus, den Körper verlassen.«

Sie hielt kurz inne, dann zuckte sie zusammen, als ob etwas vom Scheitel bis zur Fußsohle durch sie hindurchgefahren war.

»Ich habe meinen Vater und meine Schwester verloren.«

»Oh Gott«, sagte Luisa. »Das tut mir leid, Amelie.«

»Ich weiß. Aber du weißt nicht, wie es sich anfühlt. Wenn ein Teil deines Lebens von dir gerissen wurde, wenn du keinen Sinn mehr siehst, wenn alles nur noch schwarz ist. Davon hast du keine Ahnung, und doch lebst du so, als wäre dieses Schicksal das deine.«

Es klang wie ein Vorwurf, aber Luisa verstand es nicht so.

Sie schwieg, denn Amelie war noch nicht fertig.

»Mein Vater litt sein Leben lang an Depressionen. Meine Mutter ist Krankenschwester, sie ist eine gute Seele, die alle heilen möchte. Die Reinkarnation Florence Nightingales. Aber meinem Vater konnte sie nicht helfen, nie. Er wusste es, tief in sich wusste er, dass das alles in einer Tragödie enden würde, dennoch ließ er zu, dass sie zu ihm zog, sie Kinder bekamen und ihre Herzen verschmolzen. Wir waren glücklich, er liebte uns von ganzem Herzen. Doch die unbeschwerten Tage wurden immer seltener. Schließlich, als die Krankheit zu viel für ihn war, brachte er sich um. Einfach so.«

Amelie schnippte mit den Fingern und Luisa zuckte zusammen. »Wir, meine Schwester, meine Mutter und ich, haben nicht gereicht, weißt du? Wir waren nicht genug, um gegen die Finsternis anzukommen. Unser Licht zu schwach, um die Dunkelheit in meinem Vater zu vertreiben. Die Krankheit war stärker als unsere Familie, mächtiger als unsere Liebe und fester verankert als der Wille zu leben.«

Amelie erzählte nüchtern und sachlich. Über ihre Wangen rannen Tränen. Luisa schluckte den Kloß im Hals hinunter. Sie wollte stark sein für Amelie.

»Meine Mutter fand ihn eines Morgens in der Garage. Er hatte einen Schlauch vom Auspuff ins Innere des Wagens gelegt. Das hatte er schon zweimal getan, dieses Mal erfolgreich. Ich stelle mir immer vor, dass er erleichtert und glücklich war, als er einschlief, weil er endlich in den Tod gehen konnte, der ihn schon so lange rief. Und letztendlich hoffte er vielleicht auch, dass es uns ohne ihn bessergehen würde. Er empfand sich als Ballast der Familie, der uns daran hinderte, zu leben. Wer weiß schon so genau, was in uns vorgeht, kurz bevor wir sterben?«

»Was ist mit deiner Schwester geschehen?«, fragte Luisa leise. Sie wollte es nicht wissen, denn sie ahnte Schlimmes. Gleichzeitig wusste sie, dass sie ohne dieses Wissen niemals Amelie in ihrer Gesamtheit verstehen konnte.

»In den letzten Wochen, in denen mein Vater noch bei uns war, hatte meine Mutter sich aufopfernd um ihn gekümmert, als würde sie das Unheil spüren. All ihre Kraft hatte sie auf ihn gerichtet und dabei übersehen, dass die Krankheit bei meiner Schwester ausgebrochen war. Wie ein Familiengeschwür, das weitervererbt wurde und unbemerkt wuchert, ehe es sich das nächste Leben nimmt. Sie muss gelitten und gekämpft haben, ehe sie untergegangen ist. Von alldem hat sie mir nie etwas gesagt. Zwei Wochen nach dem Tod meines Vaters hat sie sich das Leben genommen«, sagte Amelie leise und hielt ihre Hände ausgestreckt vor sich, als befände sich ihr Herz darauf, dessen Schmerz Luisa nun verstand. »Sie hat mir einen Brief hinterlassen, Luisa. Mir und meiner Mutter. Eine Art Manifest. Sie hat uns angefleht, glücklich zu sein, zu leben. In vollen Zügen, ohne auf die Risiken zu achten und ohne auch nur irgendetwas zu verpassen. Sie wollte, dass wir alles erleben, alles fühlen, jedes Hoch und Tief eines Lebens, das ihr verwehrt war. Diesen Brief trage ich immer bei mir, denn er erinnert mich daran, dass wir nur dieses eine Leben haben und ich es auch für zwei weitere Personen leben muss. Mein Herz schlägt für die beiden. Alles, was ich sehe, ist für sie. Alles, was ich tue, gibt ihren Seelen Kraft, wo auch immer sie sein mögen.«

Dieses Mal konnte Luisa ein Schluchzen nicht unterdrücken. Sie wollte aufstehen und Amelie in den Arm nehmen, aber die junge Frau stand so fest und selbstsicher vor ihr, dass sie es nicht wagte, sie ins Wanken zu bringen. Der dritte Tod, von dem sie an diesem Tag erfuhr. Jedes Mal mit einem anderen Hintergrund, jeweils mit seiner eigenen Tragik und immer mit Menschen, die blieben, um ein Leben zu leben, das im Schatten dieser Tode stand.

»Und das machst du, indem du in einer Kanzlei arbeitest?«, fragte Luisa schließlich und Amelie lachte auf.

»Ja, könnte man so sagen. Ich bin nach der Schule gereist. Ich habe verdammt viel von der Welt gesehen, ich habe mich treiben lassen, bin gefallen, habe Erfahrungen gemacht, die meinen Horizont erweitert haben, auf Weisen, die du dir nicht vorstellen kannst. Ich habe das Licht gesehen, das reine Leben, und ich will noch viel mehr sehen. Mein Hunger ist noch lange nicht gestillt, aber dafür brauche ich Geld«, sagte sie.

Luisa lachte auch, aber es klang falsch und schrill.

»Ich kann mir auf Anhieb zehntausend Berufe vorstellen, die mehr zu deiner Einstellung passen«, sagte Luisa.

»In Thailand habe ich einen Mann kennengelernt. Er war

irgendein Anwalt in irgendeiner Kanzlei in New York, ich habe keine Ahnung mehr, wenn ich ehrlich bin. Jedenfalls hat er mir von seinem Job mit solcher Leidenschaft erzählt, dass sie auf mich übergeschwappt ist .«

»Aber du wolltest die Zeit für ein Jurastudium nicht opfern. Ich verstehe.«

Und sie verstand auch, warum Amelie sie nicht verlieren konnte, was der Verlust eines Menschen, der ihr wichtig war, für sie bedeutete.

»Was ist mit deiner Mutter?«, fragte Luisa.

Amelie strahlte. Offen und ehrlich wie die Sonne. »Sie ist in Raja Ampat, um ihren Tauchschein zu machen, damit sie bei einer Organisation mitarbeiten kann, die das Korallendreieck erforscht.«

»Wart ihr je zusammen unterwegs?«

»Nein, nie. Denn jeder sollte seinen Traum leben, nicht den eines anderen.«

Die Bedeutung der Worte hing schwer in der Luft.

Die Dramatik der Geschichte hatte die Atmosphäre verändert.

Luisa schluckte. Sie sah Amelie nun in einem anderen Licht. Ihre Farben waren kein Ausdruck eines Protests, sondern drückten ihre unerschütterliche Liebe zum Leben aus. Amelie war frei, unabhängig und so glücklich, wie man es in ihrer Situation nur sein konnte. Luisa stand auf und umarmte sie. Nicht weil sie ihr leidtat, sondern weil sie die Liebe und das Licht und die Farben, die in Amelie wirbelten, spüren wollte. Luisa sog die Luft durch die Nase ein, nahm wahr, dass Amelie nach Zuckerwatte und Sonne roch, und fühlte, wie stark sie war. Sie löste sich schließlich aus der Umarmung, schob sich ein Stück zurück und setzte an, etwas zu sagen, als es an der Tür klingelte.

Einmal. Kurz. Es klang … aristokratisch.

Luisa entschuldigte sich bei Amelie und ging zur Tür.

Über den Monitor sah sie Karl, die Arme hinter dem Rücken verschränkt, die Haltung gerade und tadellos. Sie betätigte den Türöffner und wartete. Irgendwie hatte sie im Gefühl, dass Karls Besuch keine guten Neuigkeiten mit sich brachte. Der Fahrstuhl brummte, ein leises Pling ertönte, die Türen öffneten sich und Karl trat heraus, als würde er zur Audienz mit sämtlichen Königshäusern der Welt erscheinen. Er blickte zuerst nach rechts, ehe er sich nach links drehte und Luisa sah.

»Luisa«, sagte er, sein Lächeln erreichte die wasserblauen Augen nicht. Oh je. »Welch Freude, dass du noch unter uns weilst.«

Luisa musste sich sehr beherrschen, die flache Hand nicht gegen die Stirn zu klatschen, wobei Karl es sowieso nicht bemerkt hätte, denn er starrte auf ihren Mund. Den einzigen Fleck ihres Gesichts, der nicht grün und blau geschlagen war.

»Karl, was kann ich für dich tun?«, entgegnete sie und sein Blick wanderte kurz zu ihren Augen, ehe er wieder zu ihrer geschwollenen Nase driftete. Ungläubig schüttelte er den Kopf.

»Mich reinlassen, damit wir über dieses leidige Thema des Schusswechsels sprechen können«, sagte er, nahm seine Brille von der Nase und schob den Bügel zwischen die Lippen. Die zweite Stressstufe. Nicht gut.

Ob auch er den heutigen Tag nutzen würde, um ihr seine Familiengeschichte zu offenbaren? Falls ja, würde Luisa … sie wusste es nicht.

Weinen? Lachen? Wegrennen?

Amelie saß im Wohnzimmer. Karl stand vor der Tür.

Beide waren dabei, Teil ihres Lebens zu werden, nicht nur ihrer Arbeitswelt. Resigniert seufzte Luisa und öffnete die Tür ganz. Karl blickte zu seinen maßgefertigten englischen Schuhen hinab und sah sie fragend an. Luisa winkte ab, seine Sohle war unter Garantie sauberer als der Reinraum eines Labors.

»Frau Sommer«, sagte Karl zu Amelie, nachdem er das Wohnzimmer betreten hatte. »Ich bin erfreut, Sie zu sehen.«

Kerzengerade blieb Karl vor der Couch stehen, in die Amelie sich gelümmelt hatte, als hätte sie nicht gerade ihre Seele aus dem Inneren gezogen und vor Luisa ausgebreitet.

»Herr Meyer«, sagte sie und nickte ihm zu, machte jedoch keinerlei Anstalten, sich zu erheben. Amelie und Karl waren Gegensätze in ihrer reinsten Form. Die beiden zusammen in ihrem Wohnzimmer, das war, als würde Gott eine Tasse Tee mit dem Teufel trinken. Fehlten nur noch Iljas, ihre Eltern, Karl Marx und Steve Jobs, dann wäre die Runde komplett.

»Willst du einen Kaffee?«, fragte sie Karl und dieser nickte. Sich jetzt auf ein Gespräch mit ihm einzulassen, erschien ihr undenkbar. Sie fühlte sich durch Amelies Geschichte, Iljas' Geschichte und den Schuss emotional aufgewühlt. Sie war unruhig; Karl einen Kaffee zu machen gab ihr eine Aufgabe und schindete Zeit. In diesem Moment war sie äußerst froh, Anwältin zu sein. An ihrer Miene würde Karl nie und nimmer bemerken, was in ihr vorging.

»Welche Sicherheitsmaßnahmen gedenkst du zu ergreifen?«, fragte Karl und kam damit gleich zur Sache.

Luisa versuchte, ihre Worte mit Bedacht zu wählen. Sie musste ihn beruhigen und ihm versichern, dass sie alles nur Erdenkliche für ihre Sicherheit tat. Vielleicht wäre es nicht schlecht, in diesem Zusammenhang zu erwähnen, dass sie einen Verdacht hatte, den sie der Polizei bereits mitgeteilt hatte. Das klang professionell und vor allen Dingen endlich. Heute Abend konnte Boris Iwanow schon in einer Zelle schmoren.

Sie räusperte sich.

»Karl, ich denke, ich weiß, wer dahintersteckt.«

Seine Augen wären beinahe über den Teppich gekullert. Damit hatte er nicht gerechnet.

»Ich würde mich sehr freuen, wenn du mich an deiner Überlegung teilhaben lassen würdest.«

»Boris Iwanow.«

Karl wedelte mit der Brille. Wäre seine Schädeldecke durchsichtig, würde Luisa sehen können, wie die Synapsen seines Hirns feuerten.

Hätte Boris Iwanow etwas davon, wenn Luisa nicht im Vollbesitz ihrer Fähigkeiten war? Ja.

Passte das Timing? Ja.

War Iwanow ein hinterlistiges Schlitzohr, dem das zuzutrauen war? Ja.

Er sah sie an. Wenn er noch mehr wedeln würde, würde die Brille dank der Zentrifugalkraft abheben. Jetzt musste sie ihn beruhigen. Ihn abholen und in Watte packen.

»Das sind gute Neuigkeiten, Karl. Wir wissen, mit wem wir es zu tun haben. Wahrscheinlich. Ich werde nur noch von zu Hause arbeiten. Frau Sommer war so nett, mir die Akten für nächste Woche zu bringen. Ich habe keinen weiteren Mandanten«, sie blickte ihn über den Rand der Kaffeemaschine hinweg an, denn das war schließlich seine pinguintastische Entscheidung gewesen, »sodass ich auch keine Außentermine habe. Sämtliche Aktivitäten, für die ich ungeschützt in der Öffentlichkeit sein müsste, werde ich verschieben beziehungsweise anders lösen, bis die Polizei Iwanow überführt hat.«

Ruckartig setzte Karl die Brille auf, schob seine Arme hinter den Rücken und wandte sich zu ihr.

»Ich bin noch nicht von deiner Sicherheit überzeugt.«

»Karl, ich –«

»Wie um alles in der Welt ist es dazu gekommen, dass er auf dich schießen konnte? Wo warst du?«

Luisas Finger hielt in der Bewegung inne, auf den Knopf zu drücken. Sie schämte sich nicht für ihr Hobby, denn es war ja nicht so, dass sie leidenschaftlich gern in Swingerclubs ging und an Rudelbumsen teilnahm. Fotografie war gesellschaftskonform, ästhetisch und angesehen. Aber die Sache mit den Vögeln bot eine gewisse Angriffsfläche, wie sie gestern bereits festgestellt hatte.

»Ich war in Brandenburg«, sagte sie und drückte auf den Knopf. Das Mahlen der Kaffeebohnen war so laut, dass sie hoffte, es würde ihre nächsten Worte schlucken, weswegen sie leise und schnell fortfuhr: »Ich fotografiere gern, und das Licht dort eignet sich hervorragend dafür. Jedenfalls war ich gerade dabei, ein kleines Waldstück zu verlassen, als wahrscheinlich Iwanow auf mich schoss.«

Zack. Es war raus. Schnell, unpräzise, unsachlich. Sie sollte in die Politik gehen. Karls Augenbrauen schossen so weit nach oben, dass Luisa Sorge hatte, sie würden über den Hinterkopf zu Boden rutschen.

»Und wann hast du dir die Nase demoliert?«, fragte er.

Ach ja. Die Nase. Da sie nicht mehr blutete und die Schwellung immer mehr zurückging, war sie schon aus ihrem Verletzungsgedächtnis gestrichen.

»Das ist eine andere Geschichte und hat mit dem Schuss nichts zu tun.«

Karl sah sie an und schwieg. Amelie schob sich auf der

Couch nach vorne und beobachtete gespannt das Spiel aus konkrete Frage zuwerfen, flüchtige Antwort zurückspielen. Vermutlich sehnte sie sich nach einem Eimer Popcorn. Karl atmete aus, seine Schultern entspannten sich und er senkte den Kopf. Resignation.

»Ich bin nicht blöd«, begann er schließlich.

Oh nein. Er würde endlose Fragen und unmögliche Forderungen stellen. Luisa sah kurz zu Amelie hinüber, die amüsiert grinste. Ihre Blicke begegneten sich, und obwohl sie kein Wort miteinander wechselten, wusste Luisa, dass Amelie sich ebenso fühlte wie sie: wie ein kleines Kind, das nun einen mächtigen Anschiss bekommen würde.

»Meine Familie ist sehr alt.«

Amelie kicherte und Karl warf ihr einen strengen Blick zu.

»Fakt ist, ich stamme von einem alten, deutschen Adelsgeschlecht ab. Meine Vorfahren wurden vom Kaiser zu Markgrafen benannt und erhielten Land, um das Kaiserreich vor Eindringlingen zu schützen.«

Luisas Hirn raste. Worauf zur Hölle wollte Karl hinaus? Sie hatte keine Ahnung.

»Welcher Kaiser?«, fragte Amelie.

»Der Kaiser von China.«

»Nein. Wirklich?!«, fragte sie und studierte sein Gesicht auf der Suche nach Zeichen seiner fernöstlichen Abstammung.

»Nein«, schnaubte Karl und begann, auf und ab zu laufen. »Ich rede vom Deutschen Kaiserreich, welches vor der Weimarer Republik existierte.«

»Ach so«, sagte Amelie beinahe enttäuscht und ließ sich in der Couch zurücksinken.

»Du hast kein ›von‹ im Namen«, stellte Luisa fest.

»Ich habe den Namen meiner ersten Frau angenommen.«

»Wie kommt es, dass du nicht irgendein Schloss und den Familienschatz verwaltest?«, fragte Luisa weiter und nutzte damit die Unterbrechung, die Amelie generiert hatte. Solange Karl über sich und seine Familie sprach, würde es nicht um sie gehen.

»Meine Familie wurde mit der Zeit sehr aristokratisch, lebte über mehrere Generationen in einer kaiserlichen Scheinwelt in dem Familienschloss, das wir nach wie vor –«

»Es gibt ein Schloss in Ihrer Familie?!«, fragte Amelie.

»Ja«, sagte Karl und blickte sie strafend an. »Jedenfalls war ich der Rebell der Familie. Ich habe mich geweigert, in die Fußstapfen eines Verwalters zu treten. Ich habe Jura in Deutschland und England studiert und mich dann dazu entschieden, Strafverteidiger zu werden, weil Verteidigen die wahre Natur meiner Familie ist. Nicht das Herumsitzen und Geldhaben, nicht das Protzen mit einem Schloss, nicht das Herumwerfen mit Adelstiteln, sondern das Schützen und Verteidigen von Menschen.«

Luisa hielt in ihrer Bewegung inne, die Kaffeetasse auf eine Untertasse zu stellen, denn Karl war schnellen Schrittes auf den Tresen zugekommen, an dem sie immer noch stand. Er stützte sich darauf ab, die dünne Haut seiner Hand wirkte noch transparenter.

»Verteidigung ist in meinem Blut, Luisa. Generationen vor mir haben verteidigt und Menschen geschützt, die sie nicht einmal kannten, nur verbunden durch den Geist eines Reichs. Was glaubst du, würde ich alles in Kauf dafür nehmen, um jemanden zu schützen, den ich mag? Der mir etwas bedeutet?«

Er schleuderte ihr die Worte entgegen, und die Bedeutung traf Luisa wie tausend Pfeile, die ihr Herz zerlöcherten. Luisa schluckte. Er wollte sie von dem Fall abziehen. Oh Gott. Er war gekommen, um ihr genau das mitzuteilen. Die Partnerschaft rückte in ferne, ferne Zukunft.

»Karl, ich –«, begann Luisa, wurde dann jedoch von der Klingel unterbrochen.

Lang gezogen, bestimmend, fordernd. Wenn diese Sache mit der Klingel nicht nur Produkt ihrer verwirrten Fantasie war, handelte es sich um Iljas. Luisa zuckte entschuldigend mit der Schulter, verließ die Küche und ging zur Wohnungstür. Sie betete, dass er es war und sie rettete. Entweder durch seine bloße Anwesenheit, weil Karl ihr vor ihm nicht den Fall entziehen würde, oder weil er irgendetwas herausgefunden hatte. Sein Kumpel von der Polizei hatte sich vielleicht schon den Tatort angesehen und wusste mehr. Sie sah auf den Monitor und blickte in Iljas' dunkle Augen. Halleluja.

Er bewegte sich nicht, seine Miene war unergründlich. Sie betätigte zum dritten Mal den Türöffner und wartete. Dieses Mal sah sie gar nicht erst zum Fahrstuhl. Vermutlich hatte er sowieso schon dreihundert Sporteinheiten hinter sich und das Joggen in ihr Stockwerk war ein kleines Cool-down.

»Iljas«, sagte sie. »Was kann ich für *dich* tun?«

Bitte. Bitte, sag, dass es irgendwelche Neuigkeiten gibt.

»Unsere Aussagen. Joshua müsste jeden Moment hier sein«, sagte er und blieb vor ihr stehen. Er betrachtete ihre Augen, ihre Nase und senkte seinen Blick schließlich auf ihren Mund. Seine Mimik klarte auf, ein Mundwinkel zog sich nach oben und er fuhr ihr mit dem Daumen über die Lippen.

Die Haut prickelte an den Stellen, die er berührte.

Bilder und Empfindungen zogen durch ihren Körper, die sie um den Verstand brachten. Sie wünschte, Iljas würde ihr augenblicklich das Oberteil wegreißen, seine Lippen um ihre Brustwarzen schließen und fest daran saugen. Allein der bloße

Gedanke daran ließ sie feucht werden. Das konnte sie nicht zulassen. Nicht, während Karl und Amelie im Wohnzimmer saßen. Er setzte an, etwas zu sagen, doch sie stieß hastig seine Hand weg, drehte sich um und bedeutete ihm, ihr zu folgen. Je weniger Kontakt sie miteinander hatten, desto besser war es. Für das Seelenheil einer jeden Person, die sich im Raum befand.

Als sie mit Iljas den Wohnraum betrat, lehnte Karl am Tresen, die Arme vor der Brust verschränkt, von der Unterbrechung wenig begeistert. Amelie saß im Schneidersitz auf der Couch und grinste. Ihre Schuhe hatte sie achtlos auf den Teppichboden gekickt. Karl ging auf Iljas zu, kerzengerade, hoheitlich und streckte ihm die Hand hin.

»Gestatten, Karl Meyer, Inhaber der Kanzlei, in der Frau Elmas tätig ist«, sagte er.

Iljas schlug kräftig in die ihm dargebotene Hand.

»Iljas Rick. YouTuber.«

Karl sah ihn fragend an, Iljas winkte jedoch ab, als würde es zu lange dauern, die Sache zu erklären.

»Sind Sie der Verursacher der geschwollenen Nase?«, fragte Karl und seine Frage war irgendwie … unangenehm, weil sie so viel mehr bedeutete. Er hätte auch gleich fragen können, ob sie miteinander geschlafen hatten und wie viele Orgasmen jeder von ihnen gehabt hatte. Oder assoziierte Luisa ihre Nase lediglich damit, weil es direkt danach geschehen war? Uh, nicht, dass sie nun irgendeine perverse Verknüpfung zwischen Nase und Sex hatte.

»Ich war gewissermaßen daran beteiligt«, sagte Iljas vage, ging jedoch nicht weiter darauf ein.

»Waren Sie dabei, als auf Luisa geschossen wurde?«, fragte Karl weiter und bewies durch die Nichtexistenz von Feingefühl, dass er mit seiner Geduld am Ende war.

Iljas wurde ernst, seine Augen verengten sich.

»Ja.«

»Vielleicht möchten Sie mir ein wenig detaillierter von dem Schuss erzählen als meine Kollegin?«, fragte Karl.

»Karl, ich habe dir bereits gesagt, was geschehen ist. Die Geschichte zehntausendmal zu hören, wird sie nicht ändern«, sagte Luisa und sah Iljas eindringlich an.

»Luisa, ich möchte mir ein möglichst genaues Bild von der Situation machen, damit ich meine Entscheidung bezüglich der Konsequenzen genau abwägen kann.«

Luisa starrte nun Iljas an. Oh Gott, hoffentlich verstand er, worum es hier ging. Wenn Karl beschloss, dass ihm das Iwanow-Desaster zu heikel wurde, würde er einen Riegel davorschieben, und der wäre nicht aus Schokolade. Iljas nickte kaum merklich, wandte seinen Blick ab und begann zu erzählen. »Nachdem ich bemerkte, dass sich außer Luisa und mir noch jemand in dem Waldstück befand, beschlossen wir, es zügig zu verlassen. Währenddessen schoss jemand auf uns«, sagte er, hielt inne und atmete tief durch. »Meiner Meinung nach ein Warnschuss.«

Warnschuss?! Das war brillant! Oder meinte er es wirklich so? Nein, bestimmt nicht.

»Interessant. Wie kommen Sie auf den Warnschuss?«

»Er hat nur einmal geschossen. Hätte ich jemanden ausschalten wollen, hätte ich das Magazin geleert.«

Was Luisa beinahe das Schokoladeneis auf den Teppich spucken ließ, beruhigte Karl. Vielleicht weil er wusste, dass Luisa jemand Kompetentes an ihrer Seite hatte? Oder weil ein Warnschuss irgendwie harmloser war als ein Schuss durch den Oberschenkel? Karl nickte, als wäre das Thema erst einmal erledigt. Iljas blickte ins Wohnzimmer und sah Amelie, die sich auch für den Abonnentenmillionär nicht erhob. Dafür lächelte sie ihn umso breiter an.

»Steven Lee«, sagte sie und winkte.

Iljas stutzte, ehe er verstand. »Rainbowgirl24. Schön, dich kennenzulernen.«

Und dann geschah das Unfassbare. Er ging zu Amelie, lehnte sich zu ihr hinab und umarmte sie. Flüchtig zwar, aber immerhin. Was sollte das? Ihre erste Begegnung mit ihm glich einem Nahtoderlebnis. Luisa musste jedes noch so freundliche Wort mit einem blauen Auge bezahlen und bei Amelie tat er so, als wären sie schon seit Jahrzehnten Freunde. Lag es wirklich nur an ihrem Beruf? Sie war nur Anwältin, keine Drogendealerin, die Meth an Hochschwangere verkaufte. Wenn sie der personifizierte Teufel war, dann war Amelie zumindest die Vorzimmerdame der Hölle und hatte keine bessere Behandlung verdient.

»Wie geht es dir?«, fragte Iljas Amelie.

»Gut so weit. Hast du dir die Sache mit den Videodays noch mal durch den Kopf gehen lassen?«

»Nee, das ist nichts für mich«, sagte Iljas, winkte ab und ließ sich neben Amelie auf die Couch sinken.

Amelie zuckte mit den Schultern und sah Luisa an.

Karl beobachtete die beiden kurz, drehte sich dann um und blickte dann auch zu Luisa.

Iljas verschränkte die Arme vor der Brust und starrte sie ebenfalls an.

Wahnsinn, Dumbledore, ein Regenbogen und der Arschtreter in ihrem Wohnzimmer. Die drei besaßen keinerlei Gemeinsamkeiten, und doch bewog sie der gleiche Grund, hier zu sein. Sie hatten sich verschworen, um sie zu schützen. Erneut bildete sich ein Kloß in Luisas Hals und sie schluckte ihn hastig hinunter. Sie sah in die Runde. Niemand sagte etwas, und Luisa begann, sich unsicher zu fühlen. Sie trug kein Bürooutfit, sondern nur gemütliche Klamotten für zu Hause, aber dafür würde sie sich nicht schämen, denn schließlich hatte sie keinen der drei eingeladen. Sie alle waren völlig ungefragt in ihr Wohnzimmer geprescht und mussten nun damit leben, dass Luisa in einer Leggins und barfuß vor ihnen stand. Immerhin hatte sie erst vor Kurzem die Zehennägel frisch feuerrot lackiert und ihre Haare zu einem hohen Zopf zusammengebunden, so sah sie wenigstens ein bisschen gestylt aus. Und – was wesentlich wichtiger war – sie trug nicht Iljas' Pullover, sondern ein Kleidungsstück aus ihrem Schrank. Welch ein Fortschritt. Dennoch blickten sie alle an, als wäre sie soeben aus einer Raumkapsel gestiegen. Die Spannung im Raum nahm mit jeder tickenden Sekunde zu, während in Luisa sowohl die Ratlosigkeit als auch die Rastlosigkeit wuchsen.

»Was ist?«, fragte Luisa schließlich gereizt, als sie die Situation nicht mehr aushielt.

Amelie fuhr sich wieder mit den Fingern im Gesicht rum.

»Du hast Schokolade im Gesicht«, sagte Iljas trocken.

»Wie bitte?«, fragte Luisa entsetzt.

»Ich habe schon die ganze Zeit versucht, dir das klarzumachen«, sagte Amelie entschuldigend. »An der rechten Wange und im Mundwinkel.«

Karl kniff die Augen zusammen. »Stimmt. Ich dachte, es sei Blut. So, wie du aussiehst, lag diese Schlussfolgerung wesentlich näher.«

Er griff in seine Hosentasche und holte ein gebügeltes Stofftaschentuch heraus, dessen Ecke mit Initialen bestickt war. Wahrscheinlich denen seiner adligen Familie. Luisa nahm es, verzog das Gesicht und eilte ins Badezimmer. Hastig wischte sie an ihrem Mundwinkel rum. Ihre Gedanken kreisten um das Trio im Wohnzimmer und die immer noch schwelende Gefahr, die Karls Anwesenheit mit sich brachte. In Rekordzeit hetzte sie zurück. Karl nickte ihr zu und wandte sich dann an Iljas: »Wir waren gerade dabei zu erörtern, welche Sicherheitsmaßnahmen sinnvoll sind.«

»Eigentlich waren wir beim Kaiser«, warf Amelie ein.

Luisa verdrehte die Augen. Und weiter ging es.

»Da komme ich ja richtig«, sagte Iljas.

»Möchte noch jemand einen Kaffee?«, fragte Luisa und reichte Karl endlich seine Tasse.

»Wenn du schon dabei bist«, sagte Iljas.

»Hast du Matchatee?«, fragte Amelie.

»Ich weiß nicht einmal, was das ist.«

»Dann nehme ich auch Kaffee. Mit viel Zucker und Milch bitte.«

Luisa stellte zwei weitere Tassen unter die Maschine.

»Kuchen habe ich nicht da«, sagte sie sarkastisch.

»Kein Problem«, sagte Amelie fröhlich.

Sie konnte diverse Schokoriegel aus der Schublade der Höllenkalorien anbieten, aber von der wusste nur Iljas und dabei sollte es bleiben. Sie stellte die Tassen, Milch und Zucker auf ein Tablett und brachte es zum Couchtisch. Karl setzte sich ebenfalls auf die Couch und Luisa kam es vor, als befänden sie sich bei einer Art Insider-EU-Gipfeltreffen.

»Nun?«, fragte Karl konspirativ und trank einen Schluck. Er stellte die Tasse zurück auf den Unterteller, ohne dabei auch nur das kleinste Geräusch zu verursachen. Feudal wie immer. Erneut sahen alle sie an, als ob sie eine Lösung für die Situation wusste. Irgendetwas in Luisa wand sich, bäumte sich auf und sie holte tief Luft, um zum Schlag auszuholen. Es war genug.

Luisa straffte die Schultern, reckte ihr Kinn und blickte in die Runde. Sie hob den Daumen und tippte mit dem Zeigefinger ihrer anderen Hand darauf.

»Erstens: Ich habe Iwanow nicht gebeten, mich zu attackieren. Ihr könnt aufhören, so zu tun, als sei ich schuld an der Situation und würde meine Sicherheit leichtsinnig aufs Spiel setzen. Das stimmt einfach nicht. Er handelt irrational, was es mir erschwert, auf seine … Belange entsprechend zu reagieren.«

Wenigstens hatten die drei Musketiere den Anstand, schuldig auszusehen. Luisa wollte gerade fortfahren, als Karl sich räusperte. »Du könntest dir freinehmen und untertauchen. Ich würde Kopowski an eine andere Kanzlei verweisen.«

Luisa schnappte nach Luft. Da war er. Der Gedanke. Den Fall abgeben. Untertauchen. Partnerschaft auf unbestimmte Zeit verschoben. Alles, ALLES wofür sie in den letzten Jahren gearbeitet hatte.

»Das ist absolut indiskutabel«, sagte Luisa leise.

»Ich finde die Idee gut«, sagte Iljas.

»Ich auch«, sagte Amelie.

Luisa funkelte Karl an. »Welche Botschaft würden wir als Kanzlei dann vermitteln? Dass man uns nur ein bisschen einschüchtern muss, und schon geben wir klein bei?«

Karl stellte die Tasse auf den Tisch und faltete die Hände in seinem Schoß.

»Luisa, ich bin schon ein paar Jahre länger in diesem Beruf als du und ich habe noch nie erlebt, dass einer meiner Kollegen auf diese Weise bedroht wurde. Wären wir Staatsanwälte auf Sizilien, die die Mafia zur Strecke bringen, hätte ich Verständnis. Unterzutauchen, bis Kopowski einen neuen Anwalt hat, wäre sinnvoll.«

»Deine Reifen«, warf Iljas ein, »wurden in einer kleinen Seitenstraße zerstochen und auf dich wurde in einem verdammt abgelegenen Waldstück geschossen, was bedeutet, dass dich jemand ständig verfolgt.«

Karl wandte sich an Iljas. »Sie wissen außerordentlich gut Bescheid.«

»Ich war jedes Mal dabei«, sagte Iljas.

»Aha«, sagten Karl und Amelie wie aus einem Mund.

Luisa legte beide Hände aufs Gesicht und schüttelte kurz den Kopf. Ein Stöhnen konnte sie gerade noch so unterdrücken.

»Offensichtlich werde ich von zwei Personen verfolgt«, sagte sie dann und sah Iljas an.

Iljas erwiderte den Blick, rutschte auf der Couch nach vorn und stützte die Ellbogen auf den Oberschenkeln ab. Seine Schultern wirkten noch breiter in dieser Pose.

»Ich bin auch hier, um dir den neuesten Ermittlungsstand mitzuteilen. Im Waldstück wurden weder eine Patronenhülse noch andere verwertbare Spuren gefunden. Die Polizei hat keinerlei Anhaltspunkte. Iwanow mit der Tat in Verbindung zu bringen wird schwer.«

»Verdammt«, sagte Luisa und setzte sich auf die Couch. Es half nichts, ihre Situation wurde nun vom Gremium der Allwissenden diskutiert, sie konnte das nicht mehr nur mit sich selbst ausmachen, denn sie wusste, keiner der hier Anwesenden würde nachgeben.

»Dass keine Hülse gefunden wurde, wundert mich nicht. Bisher hat er an keinem Tatort Spuren hinterlassen. Er wird sie mitgenommen haben«, sagte Luisa.

Amelie beugte sich ebenfalls vor. »Wo hat er geparkt?«, fragte sie.

»Guter Gedanke«, lobte Iljas. »Ein Stück weiter nördlich des Waldstücks befindet sich Buschow, ebenfalls ein Straßendorf, die Kollegen haben sich umgesehen, aber nichts gefunden.«

»Wie ist er Luisa gefolgt?«, fragte Karl.

»Ich weiß es nicht«, sagte Iljas. »Ich bin ihr in einigem Abstand hinterhergefahren, habe aber niemanden bemerkt. Joshua – mein ehemaliger Kollege, der Luisas Fall übernommen hat – wird sich nachher dein Auto anschauen.«

»Wieso?«, fragte Luisa.

»Er will überprüfen, ob ein Sender angebracht wurde.«

Luisa schluckte. Daran hatte sie noch gar nicht gedacht. Karl lehnte sich zurück. »Sie waren Polizist, bevor Sie Tuba spielten?«

Amelie kicherte, Luisa grub die Zähne in die Innenseite ihrer Wangen und versuchte, jede Regung zu unterdrücken.

»Ich bin YouTuber. Aber ja, davor war ich Polizist.«

Karl nahm seine Brille ab und dachte nach.

»Wie schätzen Sie die Gefahr ein?«

Erneut warf Luisa Iljas einen flehenden Blick zu.

»Iwanow ist zu allem entschlossen, dafür benötigen Sie meine Einschätzung nicht. Bis Montag sollte Luisa sich bedeckt halten und das Haus nach Möglichkeit nicht verlassen. Wenn die Verhandlung erst einmal begonnen hat, die ersten Zeugen vernommen wurden, halte ich es für nicht wahrscheinlich, dass dann noch mehr geschehen wird. Der kritischste Augenblick wird das Betreten des Landgerichts.«

Iljas sah sie eindringlich an. Ob Iwanow es wirklich war, wussten sie nicht, aber Iljas' Worte unterstrichen diese Theorie, und es klang, als wäre der Spuk beinahe vorüber und als gäbe es keinen Grund, Luisa von der Arbeit fernzuhalten. Sie sah

Iljas' angespannten Kiefer, sah seine fest verschränkten Arme. Er redete gegen seine Überzeugung und sie war ihm dankbar dafür.

»Was, wenn es nicht Iwanow ist?«, fragte Karl.

Okay, das war genug.

»Karl, ich bin anwesend, Herrin meiner Sinne und in der Lage, die Gefahrensituation einzuschätzen. In meinem Privatleben gibt es keine Probleme. Ich bin mir sicher, dass es spätestens Mittwoch vorbei ist«, sagte sie daher.

Karl seufzte und setzte seine Brille wieder auf.

»Ich verstehe, Luisa, aber du musst mich auch verstehen. Ich sorge mich um dich. Ein Fall, den ich dir zugeteilt habe, bringt dich möglicherweise in Gefahr, und darüber hinaus schätze ich dich nicht nur als Mitarbeiterin.«

»Luisa, du hast mir so viel gegeben und beigebracht. Wenn dir etwas zustoßen würde …«, Amelie ließ den Satz unbeendet und Luisa musste schlucken. Sie sah, wie Amelie um Worte rang und wusste, was dahintersteckte. Sie schlug die Beine übereinander und sah in die Runde. Karl in seinem perfekt sitzenden Anzug, Iljas in Jeans und dunklem Shirt, Amelie mit ihren Farben und ihrem bunten Wesen. Schließlich seufzte sie.

»Was schlagt ihr vor? Ich will den Fall definitiv nicht abgeben.«

Karl räusperte sich. »Personenschutz.«

Luisa knirschte mit den Zähnen. Sie hatte sich so etwas gedacht. Wenn das der Preis dafür war, dass sie weiterarbeiten konnte, würde sie ihn bezahlen.

»Okay.«

»Rund um die Uhr.«

Oh Mann. Das würde ihr Konto schmelzen lassen. Sie sah zu Amelie, die kaum merklich nickte, und dann zu Iljas, dessen

Kiefer gerade dabei waren, Beton zu mahlen. Seine Hände waren zu Fäusten geballt, sein Körper angespannt.

»Ich mache es«, sagte Iljas und sah sie an.

Nur sie.

Er fixierte sie, drohte ihr, versagte ihr mit seinem Blick, Nein zu sagen. Das war der Sold, den er forderte – für den Warnschuss, für die wohlwollende Einschätzung ihres Falls. Sie versuchte, ihm standzuhalten, ihn nicht zu sehr an sich heran- und in ihr Leben zu lassen, aber Karls, Amelies und Iljas' Anwesenheit zerrte an dem Konstrukt ihres Selbst. Sie wollte allein sein, das wollte sie wirklich, und das respektierten die drei auch. Irgendwie. Sie sorgten sich um ihre Sicherheit, und das konnte sie ihnen nicht übel nehmen. Würde jemand einen der drei bedrohen, würde sie zum Berserker werden.

»Einverstanden«, sagte Luisa und die Spannung im Raum nahm ab. Fast erwartete sie, dass die Musketiere abklatschten.

»Sehr gut«, sagte Karl und stemmte sich hoch. »Frau Sommer, ich kann Sie mit in die Kanzlei nehmen.«

Amelie schlüpfte in ihre Schuhe und stand ebenfalls auf. »Mit Ihrer Kutsche?«, fragte sie.

»Wie bitte?«, fragte Karl irritiert, doch Amelie tätschelte ihm lediglich die Schulter, als sie an ihm vorbeilief.

Prima. Ab jetzt hatte Luisa einen Bodyguard.

Es klingelte erneut. Ihre illustre Runde würde sich nun um einen Regenbogen und einen Markgrafen schmälern und einen Polizisten erweitern, der sie vermutlich nicht leiden konnte, weil sie Strafverteidigerin war, aber sich ihrer annehmen würde, weil sie mit Iljas schlief. Fantastisch.

Das war der Ruf, auf den sie all die Jahre hingearbeitet hatte.

Kapitel 20

Ich habe geschossen. Ich habe es tatsächlich getan. Die Waffe lag kalt in meiner schweißnassen Hand, und ich wollte es nicht. Wirklich nicht. Hast du schon einmal eine angefasst? Bestimmt, bei deinem Job. Der Knall war so laut und ohrenbetäubend, dass ich die Waffe sofort habe fallen lassen. Er klingelt immer noch in meinen Ohren. Der Knall hat mir wehgetan, tief in mir drin, weil der Schuss nicht nur ein Schuss war, sondern Zeichen dafür, wie sehr ich mich verändert habe, wie sehr du mich verändert hast. Denn letztendlich tue ich alles nur für dich. Für uns. Das musst du mir glauben.

In meinem Innern streiten sich zwei Stimmen. Die eine fragt mich, ob ich sie nicht mehr alle habe, die andere schreit mich an, fordert mich auf, noch weiter zu gehen.

Ich kann nicht so sein. Ich darf nicht so sein. In was verwandle ich mich? Wenn ich doch nur … Wenn ich doch nur eine Möglichkeit hätte, zu dir zu kommen, dann könnte ich dir alles erklären und du würdest es sehen. Würdest uns sehen. Aber ich kann nicht. Es ist … nicht meine Art. Ich bin nicht wie du. Ich habe dich beobachtet. Du bist selbstsicher, erhaben und hast diese Aura, die mich fasziniert und an dich bindet. Vielleicht hätte ich auch so werden können wie du. Vielleicht, wenn mein Leben sich besser gefügt hätte. Nein. Ich muss aufhören, eine Entschuldigung für mein Leben zu suchen. ICH bin für mich verantwortlich. Das weiß ich jetzt. Und ich kann und werde handeln. Ich hatte gehofft, der Schuss würde … Es war keine gute Idee. Ich würde dich nie verletzen, das war nicht mal eine echte Waffe. Sie sollte wirken, dich zu mir bringen, aber der Plan war dämlich. Das wird mir nicht noch einmal passieren. Je mehr ich darüber nachdenke, desto mehr Sinn macht es, direkt mit dir zu reden.

Ich muss wenigstens für einen kurzen Augenblick all das sein, was ich gerne wäre. Mutig, offen, sichtbar. Wenn du mich jetzt sehen könntest. Meine Hand zittert beim Schreiben, aber ich muss zu dir. Ich kann nicht länger warten.
T.

Kapitel 21

Iljas konnte die Gefahr so dicht spüren, als hauchte sie ihm in den Nacken. Sie kroch über seinen Körper. Jeder seiner Sinne war geschärft und er fühlte, wie etwas näher kam, lauerte und nur auf eine Chance wartete, zuzuschlagen. Der Verhandlungsbeginn rückte näher, so auch der Druck auf Iwanow – sollte er wirklich dahinterstecken. Am liebsten würde Iljas losziehen, ihn ausfindig machen und klarstellen, dass er die Finger von Luisa lassen sollte. Aber dafür müsste er sie allein lassen. Und das konnte er nicht. Stärker noch als das Gefühl der Gefahr war das Bedürfnis, sie zu schützen. Mit ihr auf unbestimmte Zeit zusammen zu sein, bedeutete unweigerlich, dass er mit ihr schlafen würde. Sie war leidenschaftlich, wusste, was sie wollte, und er hatte sie erst einmal gehabt. Er war erst einmal in den Genuss gekommen, tief in sie zu stoßen und das Gefühl ihres Körpers um sich zu spüren. Er machte sich keinerlei Illusionen, dass er für sie mehr war als ein körperlicher Zeitvertreib, und selbst, wenn sie mehr in Erwägung ziehen würde, würde sie ihn zum Teufel jagen, sobald sie seine Vergangenheit kannte, denn ihr Sinn für Gerechtigkeit war zu groß. Außerdem konnte er ihr nichts von sich geben. Vor allem nicht das Wichtigste: Liebe. Das, was aus diesem Gefühl hervorging, war zerstörerisch.

Er zog den Reißverschluss seiner Tasche zu und warf sie sich über die Schulter. Neben Kleidung für die nächsten Tage und seinem Laptop, um Videos, die er vor längerer Zeit gedreht hatte, hochzuladen, befand sich eine Waffe darin. Kurz nach seiner Kündigung bei der Polizei hatte er sich eine CZ 75 Tactical Sports gekauft, mit der er regelmäßig auf den Schießstand ging. Gegen eine Kugel konnten seine Fäuste nichts ausrichten.

Er sah auf die Uhr, es war später Nachmittag. Luisas Jurakumpels aus dem Büro waren gegangen, als Joshua gekommen war, der ihm versprochen hatte, auf seine Rückkehr zu warten. Iljas war in seine Wohnung gefahren, hatte gepackt und noch eine Kleinigkeit erledigt. Das Designen hatte ihn zwei lausige Minuten gekostet, und da er bei diesem Anbieter für Werbemittel einen Account hatte, ging alles Weitere im Bruchteil weniger Sekunden. Die Expresslieferung bis Montag war ihm die Sache wert. Er zog die Tür hinter sich zu und machte sich auf den Weg. Als er über die Straße zu seinem Wagen ging, war da dieses Gefühl. Die Haare in seinem Nacken richteten sich auf, sein Magen fühlte sich an, als hätte er kochendes Wasser hineingegossen. Jemand beobachtete ihn.

Sein Puls beschleunigte sich, seine Muskeln spannten sich an. Iwanow. Insgeheim hoffte Iljas, dass er rauskommen und ihn angreifen würde. Denn gegen ihn hätte Iwanow keine Chance. Er war eine Kämpfernatur. Es lag ihm im Blut, sich zur Wehr zu setzen. Leichtsinnigkeit hingegen nicht. Die schusssichere Weste spannte an seiner Brust und verlieh ihm das trügerische Gefühl von Sicherheit. Seinen Kopf aus größerer Distanz zu treffen würde nur jemand schaffen, der dazu ausgebildet war, ein Scharfschütze beispielsweise. Jeder Laie würde auf die größte Fläche seines Körpers zielen, weil es dort am wahrscheinlichsten war, zu treffen. Und den Rücken präsentierte er gerade, während er die Tasche langsam im Kofferraum verstaute. Er holte sein Handy aus der Hosentasche und tat so, als würde er eine Nachricht lesen, während er in Wahrheit die Kamera aktivierte, sie umdrehte, über die Schulter hielt und wahllos mehrere Fotos schoss. Dann, kurz bevor er einstieg, drehte er sich ruckartig um. Er sah einen Mann, Anfang zwanzig vielleicht, graue Jogginghose, grüne Militärjacke, die Mütze tief ins Gesicht gezogen, das Handy ans Ohr gepresst. Er lief an Iljas vorbei, ohne ihn auch nur eines Blickes zu würdigen. Eine Frau umrundete sein Wohnhaus, hinter dem sich eine kleine Grünanlage befand. Sie schob einen Kinderwagen, den sie gleichzeitig schaukelte. Sie bückte sich, hob etwas auf, warf es gedankenverloren in den Kinderwagen und widmete sich dann wieder dem Display ihres Handys. Ein Mann lief mit seiner Frau über die Straße. Er stützte sich schwer auf einen Gehstock, trug aber dennoch allein die Einkäufe in den prall gefüllten Tüten. Seine Frau schlurfte langsam neben ihm, den Rücken gekrümmt. Iljas schätzte die beiden auf gute achtzig Jahre. Das war's. Iljas ließ den Blick über die Fassade des Hauses gleiten, bis hin zum Flachdach. Die Nachmittagssonne spiegelte sich in den Fenstern des Treppenhauses, sodass er keine Chance hatte, zu sehen, wer sich dort versteckte. Er hatte gute Lust hineinzustürmen, alles abzusuchen, sich danach den Park und jeden einzelnen Busch vorzunehmen, bis er ihn gefunden hatte, und dann würde er ausnahmsweise einmal seinen Gefühlen freien Lauf lassen. Wer zu Luisa wollte, musste erst einmal an ihm vorbei. Da er aber nicht wusste, wie Iwanow aussah, konnte er lediglich ins Auto steigen und zu Luisa fahren. Bevor er den Motor startete, sah er auf sein Handy. Keine weitere Person.

❤

»Soll ich Essen bestellen?«, fragte Luisa.

»Ist dir bekannt, dass man eine Küche dazu verwenden kann, um Nahrungsmittel zuzubereiten?«

Luisa schürzte die Lippen und sah ihn an. Ihre dunklen Haare wippten immer noch in diesem hohen Zopf, den er am liebsten packen würde. Sie trug immer noch eine schwarze Leggins, hatte aber kurz vor dem Gespräch mit Joshua einen sauberen Pullover angezogen. Darüber trug sie nun seine Jacke, weswegen sein Blut winkend das Gehirn verlassen und sich in tiefere Körperregionen zurückgezogen hatte. Ein fester und ungewöhnlich schneller Herzschlag zeugte von den Bemühungen seines Körpers, es wieder nach oben zu transportieren.

»Komm mir nicht mit Gemüse«, sagte Luisa und verschränkte die Arme vor der Brust. Wenn ihm jemand anbieten würde, seine Milz zu entfernen, wenn er dafür im Austausch den Reißverschluss öffnen dürfte, käme er hart ins Straucheln. Hinsichtlich dieser essenziellen Überlegung verzichtete er auf frisches Essen und stimmte dem Bestelldienst zu. Letztendlich hätte er auch bei der Organtransplantation eingewilligt. Luisa ging in die Küche und öffnete die Schublade neben der mit den Zuckervorräten für sämtliche Haushalte Deutschlands für das Jahr 2017, 2018 und 2019. Sie reichte ihm die Speisekarte, ohne hineinzublicken.

»Was hast du mit Joshua besprochen und warum musstet ihr das machomäßig im Geheimen machen? Es geht um mich. Außerdem bin ich Anwältin, ich kenne mich in der Materie aus.«

Iljas Blick wanderte von der Speisekarte zu ihr. Ihre Augen funkelten angriffslustig. Dass Joshua kurz vor der Tür mit ihm gesprochen hatte, musste sie wahnsinnig gemacht haben.

»Er hat mir lediglich gesagt, dass es keine Spuren gibt.«

Zwischen ihren Augenbrauen entstand eine Furche so tief wie der Mariannengraben.

»Das habt ihr ganz sicher nicht besprochen, Herr Arschtreter. Ich war zufällig eine Stunde mit ihm allein und hatte ausreichend Zeit, ihn zu befragen. Ich weiß selbst, dass er nichts hat, was auf Iwanow hinweisen könnte. Die Auswertung des Drohbriefs hat nichts ergeben und der Regen jede mögliche Spur von meinem Auto gewaschen, an das im Übrigen niemand einen Sender angebracht hat. Also: Was habt ihr besprochen?«

Dass sie mit Joshua gesprochen hatte, stimmte nicht ganz. Sie hatte ihn ins Kreuzverhör genommen und Joshua hatte ihm vor der Tür gestanden, dass er schweißgebadet war und beinahe angefangen hätte zu weinen.

»Die Natur der Übergriffe ist persönlich, aber in deinem Umfeld konnte er niemanden ausfindig machen. Deine Exfreunde hat er überprüft. Von denen hat jeder einzelne geäußert, dass die Beziehung zu dir nicht beendet wurde, sondern einfach … ausgelaufen ist. Das war die Bezeichnung deiner Verflossenen, nicht meine. Außerdem haben sie alle für die Tatzeit des Schusses ein Alibi. Boris Iwanow ist ein guter Anhaltspunkt, den er sich heute noch vornehmen wird. Aber Joshua ist gründlich. Er will sich auch deine älteren Fälle ansehen und vermutet, dass du nicht kooperativ sein wirst, weswegen er mich gebeten hat, dir die Akten zu entlocken.«

»Und wie sollst du das anstellen?«, fragte Luisa argwöhnisch.

»Mit meinem Charme.«

Luisa grunzte und lachte gleichzeitig. »Deinem Charme? Meine Zimmerpflanze hat mehr davon.«

Iljas sah sich um. »Du hast keine.«

»Eben«, sagte sie und warf die Arme in die Luft. »Lange Rede, kurzer Sinn. Ich kann meine Akten nicht rausgeben. Das würde zukünftige Mandanten verunsichern. Hast du dir schon was rausgesucht?«

Sie zog ihr Handy aus der Jackentasche und wählte die

Nummer des Restaurants. Offensichtlich auswendig. Er kritzelte etwas auf den Zettel und schob ihn ihr zu. Während sie ins Telefon sprach, musterte er sie. Die Frau musste einen Stoffwechsel haben bei ihrer Vorliebe für Zucker und angesichts ihrer persönlichen Beziehung zu dem Italiener, bei dem sie gerade bestellte und sich nach dem Wohl eines Onkels erkundigte. Vielleicht hatte sie auch eine Premiummitgliedschaft im Fitnessstudio, aber das glaubte Iljas weniger, denn er hatte sie trainieren sehen. Am Boxsack und im Kampf gegen ihn. Völlig talentfrei. Nach zwei Minuten war sie körperlich so geschafft wie Iljas nach drei Tagen. Okay, Sport war sein Beruf, weswegen der Vergleich zwischen ihm und ihr hinkte, aber trotzdem fragte er sich, wie sie es schaffte, Twix zu essen, als wären es Gurkenscheiben, und nicht durch die Gegend zu rollen. Luisa war nicht dürr, auch nicht dünn, sie war weiblich geschwungen. Ihr Hintern war rund, nicht zu klein, nicht zu groß und kam sowohl in engen Sporthosen als auch in ihren Kostümen perfekt zur Geltung. Ihre Brüste waren ein Traum, und wenn er jetzt nicht aufhörte, daran zu denken, würde er sie auf der Stelle flachlegen, egal, ob der Lieferant dabei zusah oder nicht.

»Was ist mit deiner Familie?«, fragte Iljas, nachdem Luisa aufgelegt hatte.

Sie sah ihn an, ihre Mimik vorsichtig kontrolliert.

»Was soll mit meiner Familie sein?«

»Machen sie sich keine Sorgen um dich?«

»Eher nicht. Sie wissen von alldem nichts.«

Das ließ Iljas erstaunt aufhorchen. Wenn jemand auf ihn schießen würde, stünde seine Schwester keine drei Sekunden später auf der Matte, in voller Kampfmontur und mit Killerblick. Sie war Psychotherapeutin, ihr Wesen zaghaft, empathisch und sanft, aber wenn es um ihn ging, würde sie innerhalb eines Wimpernschlags zum Navy Seal mutieren. Neben ihr würden ziemlich sicher seine Mutter und ihr Mann Peter stehen, der kurz nach Johannas Tod in ihr Leben getreten war.

»Und du hast es ihnen nicht gesagt, weil …?«, hakte er nach.

Luisa sah ihn an, sagte aber nichts. Okay. Da war etwas im Busch. Er musste kein Polizist sein, um zu erkennen, dass sie sich dem Verhör entzog.

»Sie haben kein Telefon«, sagte sie und blickte zum Fenster. Sie ging ins Wohnzimmer und schloss ruckartig einen der Vorhänge.

»Erzähl mir von ihnen«, forderte er sie auf.

Ihr Verhalten schürte seine Neugierde.

»Was meinst du?«, fragte sie.

»Nichts Konkretes, Luisa. Ganz allgemein.«

Informationen aus ihr zu bekommen wäre nicht leicht, da sie Verhörtaktiken kannte. Und diese war eine. Bei etwas Harmlosem anfangen und dann unvermittelt zur Frage zurückkehren.

»Mein Großvater Ayataç wurde 1922 in der Türkei geboren«, sagte sie, während sie die zweite Gardine schwungvoll schloss. »Er stammte aus elitärem Hause. Sein Vater war Mediziner und er trat in dessen Fußstapfen. Nachdem Atatürk die Universitäten reformierte, studierte mein Opa in der Türkei, später in Amerika, als ihm die Gefahr durch den Zweiten Weltkrieg zu real wurde. Als Arzt war er angesehen und erhielt 1954 einen Lehrstuhl an der neu gegründeten Akademie für Medizin in Dresden. Er lernte Deutsch und machte sich auf den Weg. Er bildete die ersten Ärzte nach dem Krieg aus.«

Sie drehte sich zu ihm um und er sah den Stolz in ihren blauen Augen.

»Dresden«, sagte Iljas nachdenklich. »Wieso ging er ausgerechnet nach Ostdeutschland?«

»Er hat mir einmal gesagt, dass es für ihn eine unglaubliche Chance war, seine Karriere weiter voranzutreiben. Mehr weiß ich darüber nicht.«

Iljas nickte und bedeutete ihr fortzufahren.

»Er hat das Lehren geliebt, aber auch bemerkt, dass ihm etwas sehr Essenzielles fehlte: das Heilen. Er begann, zusätzlich zu seiner Tätigkeit an der Universität in der Poliklinik zu arbeiten.«

Luisa kam lächelnd in die Küche zurück, wo Iljas immer noch regungslos stand. Während sie erzählte, wurde sie zu einer anderen Person. Sie verwob sich mit der Vergangenheit, reihte sich hinter ihrem Ahnen ein, dessen Schneid an sie übergegangen war. Sie stand vor ihm, die blauen Augen funkelten, und es war nicht sonderlich schwer, zu erkennen, dass sie ihren Großvater wirklich gemocht hatte. Iljas hob die Hand, um Luisa zu berühren, ließ es dann jedoch bleiben. Er wollte sie nicht unterbrechen, das Licht der Begeisterung nicht durch einen anderen Impuls dimmen.

»Im gleichen Jahr noch kam eine junge Frau in die Klinik gestürmt. Mein Opa erzählte immer, dass er sie bereits hören konnte, als sie morgens ihr Elternhaus verlassen hatte. Ihr Gebaren an der Anmeldung war dann für jeden im Umkreis von zwanzig Kilometern hörbar. Iris Josephine Becker war zeit ihres Lebens verstörend laut, unnachgiebig offen und ehrlich und so forsch, dass sie Spaß daran gehabt hätte, Alice Schwarzer nach ihrem Lieblingsporno zu fragen. Da beide im Osten lebten, erkennst du sicherlich das Problem. Meine Oma war wie ein Bullterrier, wenn sie sich in etwas verbiss. Konsequenzen waren ihr egal, die Meinung anderer Menschen sowieso, das Regime, in dem sie lebte, ganz besonders. Eine hitzige Liebesaffäre mit einem Türken war für meine Oma wie ein Sechser im Lotto. Während einer dieser heißen Liebesnächte entstand meine Mutter, und mein Opa wusste, dass er nun handeln musste. Er konnte und wollte meine Oma nicht verbiegen, aber er musste sie in Sicherheit bringen, zu ihrem Wohl und zum Wohle des ungeborenen Kindes. Und so flohen sie in einer Nacht-und-Nebel-Aktion in den Westen, nach Lübeck, wo meine Mutter zur Welt kam. Sie nannten sie Helena, weil meine Oma sich und ihre Tochter tragisch entführt fühlte. Nach der Flucht, der Hochzeit und der Geburt wurde meine Oma keinen Deut ruhiger. Im Gegenteil, sie arbeitete als Journalistin für eine kleine Zeitung, was bedeutete, dass ihr armer, nichts ahnender Chef ihr auch noch ein Publikum für ihre Tiraden geliefert hatte.«

Iljas hustete.

»Was ist?«, fragte Luisa.

»Ich kenne deine Oma nicht, aber ich sehe Parallelen.«

Luisa grinste. »Möglich. Sie schrieb an ihren Artikeln, bis die Wehen im Abstand von wenigen Minuten kamen, drei Tage nachdem meine Mutter auf die Welt gekommen war und bis zum Tag, an dem sie starb. Mit ihrem Tod ist für meinen Opa eine Welt zusammengebrochen. Nein, das stimmt nicht. Sie hat aufgehört zu existieren, denn er ist kurz nach ihr gestorben. Die beiden waren im Leben so fest verbunden, dass sie im Tod nicht allein sein konnten. Für mich kam der Tod der beiden viel zu früh, denn ich stand ihnen sehr nahe. Sie waren meine Zufluchtsstätte. Meine Ratgeber. Meine Meinungsbildner. Ich habe als Jugendliche bereits von ihnen profitiert und hätte es als Erwachsene noch besser gekonnt. Als Kind kann man das Wesen eines anderen Menschen zwar wahrnehmen, aber noch nicht begreifen. Zu viel bleibt im Verborgenen, weil der Geist damit beschäftigt ist, das Offensichtliche zu verstehen. Man sieht Dinge, die aber erst mit Erfahrungswerten Sinn ergeben.«

Luisas Worte trafen Iljas wie Tritte in die Weichteile . Er dachte an seine Schwester. An den gut maskierten Ausdruck ihres Gesichts, in dem er erst heute die Verzweiflung zu erkennen glaubte. Wie oft sie ihm wohl versteckte Zeichen gegeben hatte, in der Hoffnung, dass er sie rettete? Es *musste* so gewesen sein. Der Psychoterror, dem sie ausgesetzt gewesen war, musste sich widergespiegelt haben, doch er hatte es nicht gesehen. Die Ausrede, er wäre zu jung gewesen, ließ Iljas nicht gelten, denn er war bereits sechzehn, als Johannas Freund Dennis ausgetickt war und sie mit in den Tod genommen hatte. Es gab Kinder, die weitaus mehr verstanden. Die Wahrheit war sehr viel schlimmer: Er war zu egoistisch gewesen, um wahrhaben zu wollen, was vor sich gegangen war, und das würde er sich niemals verzeihen. Er war damals mit sich selbst beschäftigt gewesen, mit seinen Kumpels, mit seiner ersten Freundin, mit dem Wandel seines Körpers zum Mann. Diesen Egoismus würde er nie wieder leben. Das Wohl anderer würde nie wieder unter seinem stehen. Er räusperte sich und bedeutete Luisa, die ihn interessiert beobachtete, fortzufahren. Zu interessiert. Seine Schwester und alles, was mit ihr zu tun hatte, durfte in seiner Mimik und Körperhaltung nicht erkennbar sein, denn Luisa war ihrer Großmutter sehr ähnlich. Wenn sie sich in etwas verbiss, würde es verdammt wehtun, sie abzuschütteln.

»Das ist eine schöne Geschichte«, sagte Iljas. »Was ist mit deinen Eltern?«

Ihm war nicht entgangen, dass sie den Fokus auf ihre Großeltern gelegt hatte, um von ihren Eltern abzulenken.

»Die beiden lernten sich kennen, während sie –«

Es klingelte.

»Oh«, sagte Luisa erfreut. »Das Essen!«

Sie ging zur Tür und Iljas folgte ihr. Nachdem sie auf den Monitor gesehen und den Summer betätigt hatte, sah sie ihn an.

»Entspann dich, es ist der Lieferant.«

»Woher weißt du das?«

»Weil ich jeden aus dem Laden kenne.«

Iljas verschränkte die Arme vor der Brust.

»Woher?«, fragte er.

»Der Besitzer ist ein ehemaliger Mandant.«

Natürlich. Luisa öffnete die Tür und drückte ihm zwei Tüten in die Hand, die er ins Wohnzimmer trug. Als er zurückkam, schloss sie gerade ihr Portemonnaie und legte es auf den schmalen Glastisch neben der Tür.

»Was bekommst du von mir?«, fragte er.

»Fühl dich eingeladen. Eine erste Anzahlung.«

»Für?«

»Deine Bodyguard-Dienste.«

Sie blieb vor ihm stehen und ließ den Blick langsam über seinen Körper wandern, ehe sie ihm schließlich in die Augen sah.

»Es gibt andere Wege, mich dafür zu bezahlen«, sagte er heiser und ihre blauen Augen verdunkelten sich.

Er ging einen Schritt vorwärts und wickelte endlich, endlich ihre beinahe schwarzen Haare um seine Faust. Er zog leicht daran und damit Luisas Lippen ein Stück näher. Dass diese Frau sich ihm hingab, ihre Lust zuließ, erregte ihn. Ihre Lippen öffneten und ihre Augen schlossen sich. Iljas konnte nicht anders. Keine zehn Pferde konnten ihn jetzt noch davon abhalten, diese Frau, die nur wenige Zentimeter entfernt von ihm stand, zu nehmen. Jeden verdammten Winkel würde er erforschen und erkunden. Er wollte, dass sie stöhnte, dass sie schweißgebadet unter ihm lag, sich an ihn krallte, als würde er sie aus den Strudeln ihrer Empfindungen retten. Er wollte ihren Körper und ihren Geist beherrschen. Er senkte den Kopf und traf auf ihre Lippen. Als er seine Zunge in ihren Mund stieß, stöhnte sie, presste sich an ihn, und es war gänzlich um ihn geschehen. Er ließ ihre Haare los, schlang seinen Arm um ihren Rücken und führte sie ins Schlafzimmer. Er würde sie überall küssen, fühlen und schmecken. Jede noch so kleine Stelle würde ihm gehören.

Kapitel 22

Der Sex war hinlänglich, aber wirklich befriedigen würden mich jetzt die Ravioli«, sagte Luisa und drehte sich auf den Bauch. In Iljas' Brust brummte es. Luisa musste grinsen, seinem ausgeprägten Ego Dämpfer zu verpassen machte außerordentlich viel Spaß. Sie stemmte sich auf die Ellbogen. Iljas lag neben ihr, einen Arm über den Augen, sein massiger Brustkorb bewegte sich so schnell, dass Luisa den Eindruck hatte, er würde hyperventilieren.

»Ich dachte, du machst viel Sport.«

»Wie bitte?«, fragte er, hob den Arm und schielte zu ihr hinüber. Die dunklen Haare klebten platt an der Stirn, während der Rest wild vom Kopf abstand.

»Du bist völlig außer Atem, dabei dachte ich, dass du deine Miete davon bezahlst, sportlich zu sein.«

Er schloss die Augen, als wäre ihr Kommentar es nicht einmal wert, in seinem katatonischen Zustand den Mund zu öffnen.

»Wie bist du zu dieser YouTube-Sache gekommen?«, fragte Luisa. »Haben sie dich bei der Polizei rausgeschmissen, weil du die Zeugen ohnmächtig geschlagen hast?«

Er richtete sich ganz auf, knüllte leise fluchend und vor sich hin murmelnd die Kissen am Kopfende des Bettes zusammen und ließ sich dann in einer halb sitzenden, halb liegenden Position dagegengleiten. Er bedeutete ihr, in seinen Arm zu kommen, aber sie schüttelte den Kopf, denn dann würde sie ihn nicht beobachten können. Da waren diese Schatten, die über sein Gesicht huschten, und Luisa wollte herausfinden, zu welchem Zeitpunkt das geschah. Sie vermutete, dass es im Zusammenhang mit seiner Schwester stand, aber seit vorhin, als sie von ihren Großeltern erzählt hatte, war sie sich nicht mehr sicher. Im Grunde ging es sie nichts an. Aber wenn er wollte, dass sie das Nachfragen ließ, musste er es ebenfalls unterlassen.

Sie stand auf, schlüpfte in ihren Slip und streifte sich sein T-Shirt über. Barfuß tapste sie ins Wohnzimmer, füllte das Essen in tiefe Schalen und trug sie ins Schlafzimmer. Iljas hatte sich die Decke locker über die Hüften geworfen, was schade war, denn der Anblick eines nackten Mannes in ihrem Bett war … zum Vögeln. Haha.

Sie reichte Iljas das Essen und setzte sich im Schneidersitz ihm gegenüber. Der Geruch von Sex wurde durch den nach italienischen Kräutern und gebratenem Fleisch überdeckt. Luisa selbst aß mit roter Bete und Walnüssen gefüllte Ravioli in Trüffelbutter, mit Parmesanhobeln bestreut. Das Essen ging praktisch als gesund durch und ermöglichte einen anschließenden Griff in die Schublade.

»Wie kann es sein, dass du so eine Figur hast?«, fragte er, während er Spaghetti auf seine Gabel drehte und anschließend in seinen Mund schob. Seine Pasta war in Olivenöl geschwenkt und mit gegrillten Steakstreifen versehen.

»Ich habe zwei Theorien dazu«, begann Luisa und schob sich eine Teigtasche in den Mund. »Die erste besagt, dass, wenn man nur Ungesundes isst, sich der Körper darauf einstellt und es umwandelt. So ähnlich wie Minus plus Minus in der Schule. Die zweite Theorie ist, dass meine Oma, von der ich dir vorhin erzählt habe, so viel Energie in sich hatte und so viele Kalorien am Tag verbrannt hat, dass es für die folgenden Generationen ausreicht. Sicher weiß ich es natürlich nicht, aber ich würde mein Geld auf das zweite Szenario setzen.«

Iljas hustete, griff sich die Wasserflasche vom Nachttisch und trank sie in hastigen Zügen aus.

»Das glaubst du doch selbst nicht«, sagte er, fuhr sich mit dem Handrücken über den Mundwinkel und aß weiter.

Luisa zuckte mit den Schultern. An ihrem Sportprogramm lag es jedenfalls nicht, denn sie fühlte sich immer noch völlig ausgelaugt von der allerersten Trainingsstunde mit Iljas. Okay, vielleicht auch vom Sex. Aber das würde sie nie zugeben. Davon abgesehen übertrieb er. Sie hatte Problemzonen und kein Arzt der Welt würde sie anflehen, das eine oder andere Kilo nicht zu verlieren. Ihr Vorteil war, dass sie im Vergleich zu Iljas schmal wirkte. Neben Kate Moss würde sie aussehen wie die Mutter aller Pottwale.

»Erzähl mir, wie der Arschtreter entstand«, forderte sie ihn auf, zerteilte eine Teigtasche und pikste die Hälfte auf. Ein geschmolzenes Parmesanstück drohte herunterzurutschen, doch Luisa fing es mit der Zungenspitze auf. Iljas' Pupillen verdunkelten sich und sie sah ihn warnend an. Sie würde nicht schon wieder mit ihm schlafen. Nicht, ehe sie gegessen hatte. Enttäuscht sanken seine Schultern ein wenig hinab. »Da gibt es nicht viel zu erzählen. Das erste Video habe ich aus Spaß hochgeladen, danach verselbstständigte sich die Sache.«

»Du drehst auch Trainingsvideos«, sagte sie.

Sein Mund verzog sich zu einem wissenden Lächeln. Jaaaa, sie hatte ihn gestalkt. Und zwar noch gründlicher, als er dachte.

»Die Nachfrage war da«, sagte er schließlich. »Außerdem lässt sich damit ganz gut Geld verdienen.«

Ihr war, als führe ein Zug mit Volldampf durch ihr Schlafzimmer.

»Noch mal bitte?«, fragte sie.

»Bei YouTube kann man auf mehrere Arten Geld verdienen. Zum Beispiel, indem man zu Beginn des Videos oder sogar währenddessen Werbung schaltet oder durch Product Placement, also das bewusste Platzieren von Produkten.«

»Aber du hast doch keinen Beauty-Channel.«

Jahaa, auch ihre YouTube-Hausaufgaben hatte Luisa gemacht. Sie wusste, dass es Frauen gab, die sich vor ihren Millionenfollowern schminkten und dafür Geld bekamen.

»Ich trage oft Sportkleidung, die mir zur Verfügung gestellt wurde, bewerbe sie so und teile einen Link, über den man die Sachen direkt kaufen kann. Ich bekomme dann eine vorab vereinbarte Summe.«

Luisa hatte eindeutig den falschen Beruf gewählt. Theoretisch. Praktisch arbeitete sie in ihrem Traumjob und war verdammt noch mal kurz davor aufzusteigen. Iljas stellte die leere Schale auf den Nachttisch.

»Erzähl mir von dem ersten Video.«

»Das war Zufall. Meine Nichten leben in einem kleinen Dorf in Bayern. Ich wollte, dass sie Selbstverteidigung lernen.«

Für den Hauch einer Sekunde verdüsterte sich sein Gesicht. Nun, da sie wusste, worauf sie achten musste, war dieser Schatten wie ein Marker.

Für Weggelassenes. Für Lügen.

»Hattest du einen schlimmen Fall zu diesem Zeitpunkt?«

»Nein.

»Ist einer deiner Nichten etwas widerfahren?«

»Nein.«

»Hast du einfach so beschlossen, dass sie lernen sollen, jemanden mit dem kleinen Finger zu töten?«

Iljas seufzte. »Einer meiner Fälle ging vor Gericht. Ein Vergewaltiger ist dank eines findigen Strafverteidigers freigekommen.«

Aha!

»Aha!«, rief Luisa, beugte sich über den Bettrand und stellte ihre leere Schale auf den Boden.

Iljas sah sie an und sie erkannte immerhin einen Hauch Schuldbewusstsein.

»Ich habe meine Meinung über dich geändert, aber nicht über jeden Strafverteidiger.«

Nun, das reichte vorerst. Er hatte sich geirrt, seine anfängliche Wut war völlig unbegründet gewesen. Sie war im Recht, was quasi ihr Berufsethos war.

»Vermisst du es?«

»Was?«

»Polizist zu sein.«

Iljas schwieg und sah sie an. Er fuhr sich mit der Hand durch die Haare, bis schließlich ein Ruck durch ihn ging.

»Ja und nein. Ich vermisse die Arbeit an sich, mit meinen Kollegen, im Team.«

Luisa nickte. Das konnte sie gut verstehen. So verrückt Karl und Amelie waren, sie würde sie schmerzlich vermissen, falls sie einmal die Kanzlei verlassen sollte. Himmel, sogar Ulrich Thaddäus Förch – Hack, Hack, Hack – würde ihr fehlen.

»Aber ich vermisse es nicht, ständig zu spät zu kommen.«

Sie horchte auf. Sie würde die Zugangscodes ihrer juristischen Fachdatenbanken darauf verwetten, dass er damit nicht den Zeitpunkt seines Dienstantritts meinte.

»Was meinst du?«

»Als Polizist ist man der Dritte am Tatort, nach dem Opfer und dem Täter. Man kann nichts ungeschehen machen, die Opfer nicht mehr schützen, und das zermürbt. Wenn man sieht, was Menschen einander antun …«, tief in Gedanken schüttelte er den Kopf. »Je mehr man von ihnen wegsperrt, desto mehr kommen. Wie Hydras Kopf, der doppelt nachwächst, wenn man ihn abschlägt.«

Ja, okay. Das konnte sie nachvollziehen. Aber mit dem, was er jetzt tat, sperrte er niemanden weg. Er sah sie an. Sah den Zweifel in ihrem Blick. Er seufzte.

»Jetzt kann ich den Leuten helfen, bevor etwas geschieht. Ich kann ihnen helfen, sich zu schützen. Wenn sie meine Videos wirklich aufmerksam verfolgen und trainieren, dann können sie sich wehren, für sich einstehen.«

Luisa sah ihn an und verstand. Er durchlebte den Tod seiner Schwester Tag für Tag aufs Neue. Die Schuld lastete so schwer auf ihm, dass er versuchte, andere zu retten. Er schloss nicht nur sie und die Welt aus, sondern auch das Glück und große Teile seines Selbst, außerdem den natürlichen Egoismus, der Glück zuließ, und ungehemmte Freude, die er niemals fühlen würde.

»Alles okay?«, fragte er und griff nach ihrem Arm.

»Ja«, sagte sie.

Es stimmte sie traurig, dass er niemals zulassen würde, Glück durch eine Beziehung zu empfinden, Liebe in sein Leben zu lassen. Weder bei Luisa noch bei einer anderen Frau. Sie war froh, diesen Umstand zu kennen, denn er vereinfachte es, die Beziehung als das zu sehen, was sie war: nichts. Eine rein körperliche Sache, deren Ende bereits festgestanden hatte, als sie gerade einmal den Anfang bestritten hatten. Es tat ihr leid, weil sie ihn mochte, nicht weil sie diejenige sein wollte, für die er sich öffnete.

Er zog sie zu sich, sie lag in seiner Armbeuge. Die Distanz zwischen ihnen konnte nicht größer sein.

»Wie kommt es, dass du zurzeit keinen anderen Fall hast?«

»Karl«, sagte sie finster.

Iljas schwieg. Geräuschvoll stieß sie die Luft aus.

»Er gibt mir keinen neuen Fall, solange diese Sache«, sie hob den Arm und malte eine unbestimmte Geste in die Luft, »nicht geklärt ist.«

»Gute Entscheidung«, sagte Iljas.

»Nein, das war es nicht. Denn es gibt zwei Dinge, die mich daran stören. Erstens, unsere Kanzlei wird erpressbar.«

»Luisa, es geht verdammt noch mal um dein Leben. Scheiß auf die Kanzlei. Dann ist sie eben erpressbar. Dein Leben ist einiges mehr wert.«

»Ich bin offensichtlich noch hier, Iljas. Du hast selbst gesagt, dass es nur ein Warnschuss war.«

»Das habe ich gesagt, damit dein Chef dich weiterarbeiten lässt.«

Sie fuhr hoch. Es ärgerte sie, dass Iljas dachte, sie würde wegen Nichtigkeiten ihr Leben riskieren. Zumal sie das nicht tat. Sie rannte ja nicht draußen mit einer Zielscheibe auf der Brust herum. Bevor sie etwas sagen konnte, hob er eine Hand in einer entschuldigenden Geste.

»Du setzt dein Leben aufs Spiel, was mir zeigt, wie wichtig dir dieser Kopowski ist«, setzte er hinterher.

»Das ist Unsinn. Ich werfe mich doch nicht vor einen fahrenden Zug, ich mache meinen Job. Dieser Fall ist mir nicht persönlich wichtig, weil ich Martin Kopowksi ganz besonders gern mag, sondern er entscheidet über meine Zukunft. Ich habe so hart für all das hier gearbeitet, ich lasse es mir nicht wegnehmen. An der kommenden Verhandlung wird gemessen, ob ich das Zeug zur Partnerin der Kanzlei habe oder nicht. Wenn ich den Sprung nach allerspätestens acht Jahren nicht schaffe, bin ich untendurch. Selbst wenn ich mich dann noch woanders bewerbe, muss ich unter Umständen wieder ewig warten, bis sich eine Chance ergibt. Ich muss mich neu profilieren, neu zeigen, was ich kann. Und selbst dann besteht die Möglichkeit, dass sie sich denken: Hey, warum ist sie in ihrer alten Kanzlei denn nicht aufgestiegen? Ich kann das nicht noch einmal, Iljas. Ich verzichte auf *alles,* für dieses eine Ziel. Du hast es selbst gehört, all meine bisherigen Beziehungen sind gescheitert. Ich lasse mir das nicht wegnehmen«, wiederholte sie noch einmal langsam.

Sie atmete tief durch. Ja. Gut. Das hatte sie jetzt so nicht geplant. Im Prinzip wollte sie ihm einfach nur sagen, dass sie nicht zurückweichen würde. Wie auch immer. Sie hatte ihren Standpunkt deutlich gemacht. Die Stille zwischen ihnen dehnte sich, wurde immer länger und lauter, ehe Iljas sich räusperte.

»Und zweitens?«

Sie drehte den Kopf und sah ihn an. »Wie bitte?«

»Du hast gesagt, dich stören zwei Dinge.«

»Ach ja. Wenn ich ein Mann wäre, hätte Karl mir nicht diesen dämlichen Pinguinfall gegeben, sondern mich normal weiterarbeiten lassen.«

Iljas' Augen verengten sich zu schmalen Schlitzen, durch die er sie skeptisch ansah. »Pinguinfall?«

Verdammt.

»Das ist nicht der Punkt.«

»Es interessiert mich trotzdem«, sagte Iljas, die Mundwinkel bereits zu einem Grinsen verzogen.

Luisa zögerte, dann seufzte sie. Iljas wusste schon das mit den Vögeln. Da würde es keinen Unterschied machen, ob er auch noch wusste, dass sie für die Rechte eines Pinguins einstand. Gewissermaßen war das so ziemlich das Gleiche. Sie schob sich von seinem Oberkörper weg und setzte sich neben ihn.

»Mein neuer Mandant«, Luisa zeichnete Anführungsstriche in die Luft, »hat während eines Schulausflugs einen Pinguin geklaut, in den Rucksack gesteckt und mitgenommen.«

Iljas hielt für einen Augenblick die Luft an, doch dann brach das Lachen aus ihm heraus. Sein Oberkörper bog sich nach vorn, während er zuckte, als wäre er seismischen Erschütterungen ausgesetzt.

Luisa wartete auf ein Ende des Lachanfalls.

Und wartete.

Und wartete.

Wartete noch ein bisschen mehr.

Iljas stand schließlich auf, schlüpfte in seine Shorts und wischte sich die Tränen aus dem Gesicht.

»Luisa, deine Vögelgeschichten machen mich fertig.«

Luisa öffnete den Mund. Schloss ihn jedoch wieder. Es brachte sowieso nichts.

»Ich hol was zu trinken. Kann ich dir was mitbringen?«

»Ja. Wasser und einen Schokoriegel bitte.«

Er schüttelte leicht den Kopf, kam jedoch kurz darauf mitsamt ihrer Bestellung wieder ins Schlafzimmer zurück.

»Deine Schublade«, sagte er und reichte ihr ein Snickers, »ist pervers. Wirklich.«

Sie sah ihn provokant an, während sie in die Schokolade biss.

»Wegen dem, was du vor Pinguingate erzählt hast. Ob Karl dich weiterarbeiten lassen würde, wenn du ein Mann wärst, werden wir wohl nie erfahren, und wenn ich ehrlich bin, geht mir das am Arsch vorbei. Fakt ist, dass du ihm wichtig bist und seine Entscheidung darauf basiert. Amelie sorgt sich um dich, weil du ihr etwas bedeutest. Die Bedrohung, der Schuss, das alles sind Dinge, die unabhängig davon geschehen, ob du einen

Penis hast oder nicht. Wenn du ein Kumpel von mir wärst, wäre ich auch hier.«

Sie leckte sich einen Finger ab und sah ihm dabei fest in die Augen. »Du wärst dann auch hier? In meinem Bett?«

Er zog seine Shorts aus. »Vermutlich würden wir dann vor dem Fernseher sitzen und Bier trinken«, sagte er, kniete sich aufs Bett und keilte sie zwischen seinen Armen ein. Sie hielt sich an seinen Oberarmen fest, denn genau dafür waren sie da.

»Das können wir auch machen, wenn du magst«, sagte Luisa und ließ sich in die Kissen sinken. Iljas' Körper schwebte über ihr, jedoch ohne sie zu berühren. Lediglich seine Knie drückten ihre Oberschenkel auseinander.

»Mit dir will ich ganz andere Sachen machen, Luisa«, sagte er und senkte den Kopf. Seine Lippen lagen federleicht und sanft auf ihren und der folgende Kuss war zärtlich und süß. Für Luisa war diese Zurückhaltung die schlimmste Folter. Sie mochte sein wildes Wesen im Bett, seine unzähmbare Energie, seinen unersättlichen Hunger, der sie vereinnahmte und mit jedem Kuss, mit jeder Berührung zu ihm spülte. Er veränderte den Winkel, innerhalb weniger Sekunden entwickelte die Situation sich von etwas Unschuldigem zu etwas, das nicht mehr zu bremsen war. Die Energie des Disputs und der Sturm in ihnen entluden sich in Berührungen, in den Bewegungen ihrer Körper und den Bedürfnissen, die sie durch den jeweils anderen stillen wollten.

Iljas streifte sich ein Kondom über, und als Luisa ihn endlich in sich spürte, die Textur seines Körpers überall fühlen konnte, verschwammen ihre Grenzen und lösten sich in etwas Größerem auf. Obwohl Iljas ihr alles gab, lechzte ihr Körper nach mehr, immer mehr. Sie krallte sich fest, damit sie nicht verloren ging, hielt sich, damit sie wieder zurückfand aus der Schwärze, die gleichzeitig so hell war, dass es in den Augen wehtat.

Sie ließ sich fallen.

Genoss es, begehrt und verführt zu werden.

Sie verführte ihn mit all der Fantasie und Lust, die zwischen ihnen brodelte.

Sie berührte ihn und ließ sich berühren. Überall. Jeder Zentimeter ihrer Haut gehörte in diesen Momenten ihm.

Nur ihre Herzen ließen sie außen vor. An diesem Freitagabend, in der Nacht und am Samstag. Sie schafften es kaum vom Bett auf die Couch, und selbst unter der Dusche fanden sich ihre Körper und nahmen sich unter den tosenden Wasserstrahlen, was sie brauchten. Alles um sie herum schien blasser zu werden. Ängste, Sorgen, ihr Wiedersehen mit Boris Iwanow am Montag vor Gericht.

Am Sonntag versuchte sie, zu sich zu kommen, an die Oberfläche der Lust zu gelangen und sich aus den Empfindungen zu ziehen, die Iljas' Leidenschaft mit sich brachte. Sie lag in der Nacht zum Montag lange wach und fragte sich, wie es sein konnte, dass sowohl er als auch sie auf der persönlichen Ebene so viel zurückhielten und auf der körperlichen alles gaben. Als wären sie Verzweifelte, die sich während einer Naturkatastrophe aneinanderklammerten und wussten, dass sie sich bald voneinander lösen würden. Die Lügen – obwohl unausgesprochen – wuchsen mit jeder Sekunde, in der sie sich verheimlichten, wer sie eigentlich waren. Wenn die Gefahr und die Leidenschaft weg wären, gäbe es nichts mehr.

Nichts, das ausreichen würde.

Nichts, das ihn an sie binden würde.

Sie waren nicht mehr als zwei Hungrige auf der Suche nach etwas, das sie im jeweils anderen nicht fanden.

Kapitel 23

Keiner deiner Jura-Kumpels wird mich sehen, Luisa.«

»Jura-Kumpels?«

Er stand vor ihr. Die Hände tief in den Taschen seiner Jeans vergraben.

»Ich komme mit ins Gericht, warte vor dem Verhandlungssaal und werde beobachten, wie der Staatsanwalt in Stücke gerissen wieder rauskommt. Darüber diskutiere ich nicht.«

Sie sah ihn an. »Ich werde heute nur wenige Gelegenheiten haben, jemanden auseinanderzunehmen, so schade meine schwarze Strafverteidigerinnenseele das auch findet. Der Richter wird die Personalien meines Mandanten überprüfen und ihm Fragen stellen. Zum Sachverhalt wird er sich nicht äußern, weshalb ich für ihn antworte. Anschließend wird der Staatsanwalt die Anklageschrift verlesen. Danach werden die ersten Zeugen aufgerufen, unter anderem … Boris Iwanow.«

Ihr Stocken machte ihn wütend und er hoffte, er würde sich beherrschen können, wenn er den Wichser vor dem Saal sah.

»Wie lange dauert der Prozess heute?«, fragte Iljas.

»Drei Stunden.«

»Du stehst drei Stunden vor Gericht und wirst dafür mit Eimern voll Gold bezahlt?«

Sie zog eine Augenbraue in die Höhe. »Das sagt der Richtige. Und jetzt würde ich dich bitten, rauszugehen, ich muss mich fertig machen.«

Sie zog das Handtuch vom Kopf und deutete auf ihre Haare.

Iljas rollte mit den Augen, verließ aber dann das Badezimmer. Er hörte, wie der Föhn anging, und schlich im Schutz der Lärmkulisse zum Eingangsbereich der Wohnung. Vorhin, als Luisa unter der Dusche gestanden hatte, war seine Expresssendung angekommen. Er öffnete den unscheinbaren Brief und holte einen Aufkleber heraus, auf dem in dicken, fetten Lettern stand:

ICH BIN GUT ZU VÖGELN

Er presste seine Faust auf den Mund, um ein lautes Lachen zu unterdrücken. Im Grunde erkannte er sich selbst in dieser Aktion nicht wieder, aber würde er noch einmal in seinem Leben eine Ornithologin vögeln? Er sah Luisas Aktentasche, entschied sich dagegen und klebte stattdessen einen leuchtenden Aufkleber auf die Rückseite ihres Portemonnaies. Sie vor dem Richter bloßzustellen würde ihm im Traum nicht einfallen, aber er hatte absolut kein Problem damit, wenn sie beim nächsten Einkauf ihr Portemonnaie zückte und den Aufkleber entdeckte. Bis dahin würde er noch andere Stellen gefunden haben, an denen er die Übrigen platzieren konnte. Eine Prise Humor würde Luisa guttun. Obwohl er verstehen konnte, warum sie eine Frau mit größeren Eiern als die meisten Männer war. Er bewunderte sie wie keine zuvor. Sie hatte sich ein Ziel gesetzt und verfolgte es eisern. Dass ihr Berufswunsch irgendwie mit ihren Eltern zu tun hatte, war ihm klar, denn Luisa schützte sie, als wären sie die Mona Lisa im Louvre. Sie kämpfte so verbissen und so unnachgiebig, dass ihr Weg mit geopferten Beziehungen gepflastert war. Was er grundsätzlich nicht verstand, denn jeder Mann, der einigermaßen bei Sinnen war und Luisa haben konnte, sollte nicht rumheulen, weil sie wenig Zeit hatte, sondern sich stattdessen einen Penis wachsen lassen. Sie schien auch keine Freundin zu haben, also auf Kumpelebene. Luisa Elmas marschierte allein durchs Leben, boxte sich den Weg frei und versuchte zu verheimlichen, wie sehr sie es störte, allein zu sein. Iljas hatte sehr wohl verstanden, was sie am Freitag gesagt hatte. Sie könne das alles nicht noch einmal durchstehen. Die Zeit des Verzichts.

Nach außen spielte sie die Knallharte, damit niemand erkannte, wie es in ihrem Innern aussah.

Es war in den stillen Augenblicken der Nacht, wenn er wach lag, oder in Momenten wie jetzt, wenn er nicht von ihrem Körper und Wesen vereinnahmt war, in denen er mit jeder Faser seines Herzens hoffte, dass Luisa jemanden finden würde, der sie glücklich machte. Jemanden, der ihren Abstand durchbrach und bei dem sie so sein konnte, wie sie war. Er selbst konnte dieser Jemand nicht sein. Weder für sie noch für eine andere Frau.

»Wir können los«, sagte Luisa und kam in den Flur.

Wow. Iljas Kehle trocknete aus, er versuchte zu schlucken, schaffte aber lediglich ein Krächzen.

»Was ist?«, fragte Luisa.

»Nichts«, sagte er, räusperte sich und sagte dann noch einmal lauter und fester: »Nichts.«

Luisa streckte sich, ging mit ihrem rechten Fuß auf die Zehenspitzen und winkelte gleichzeitig das linke Bein an. Ihr enger schwarzer Rock, der ihren Hintern – oh Gott, dieser Hintern – betonte, als würde sie vor eine Hinternbewertungskommission treten, rutschte ein Stück nach oben. Sie zog vom obersten Regal ein Paar High Heels herunter und schlüpfte hinein. Anschließend nahm sie ihre Aktentasche und warf gedankenverloren das Portemonnaie hinein. Iljas grinste in sich hinein und öffnete die Wohnungstür.

❤

Nervös betrat Luisa das Gerichtsgebäude. Ihr Herz raste, die Innenflächen ihrer Hände fühlten sich schweißnass an. Seit Jahren war sie vor keiner Verhandlung mehr aufgeregt gewesen. Aber sie war auch noch nie von einem schmierigen Typen bedroht worden, der ebenfalls vor Gericht erscheinen würde. Sie versuchte, ihren ruhigen Punkt zu finden, ihn nicht gewinnen zu lassen, indem sie die Nervosität zuließ. Schnell huschte ihr Blick durch das Gebäude. Wenn es Iwanow war, dann lief seine Zeit heute ab. Seine Verzweiflung würde zunehmen. Die Verhandlung begann JETZT. Ihr Herz polterte, ihre Knie waren so weich wie eine Scheibe Toastbrot. Iljas legte eine Hand auf ihre Schulter und sie zuckte zusammen.

»Ruhig, ich habe alles im Blick«, raunte er ihr leise zu.

Seine Berührung war beiläufig, doch die Wärme seiner Hand breitete sich in ihrem Körper aus und verlangsamte die Geschwindigkeit, mit der das Blut durch ihre Adern donnerte. Sie drehte sich halb zu ihm und lächelte. Sie war froh, dass er da war, dankbar um die Ruhe, die er ausstrahlte, auch wenn es unter seiner Oberfläche anders aussah. Sie sah es an seinem Kiefer, an seinem düsteren Blick, an der aufgeblähten Brustmuskulatur. Mit Iljas an ihrer Seite lief sie durch das Gebäude, grüßte Kollegen und war heilfroh, dass alle Verletzungen verblasst waren. Schließlich stand sie vor dem Saal, in dem die Verhandlung stattfinden würde. Sie drehte sich um, widerstand dem Impuls, ihre Hand in Iljas' zu schieben und ihre Finger mit seinen zu verschränken. Er gab ihr Sicherheit in einem Moment der Schwäche, strahlte Zuversicht aus, jetzt, da sie es kaum schaffte, die Frau zu sein, die sie unbedingt sein wollte.

»Danke«, sagte sie.

Er kam näher. Näher als schicklich zwischen zwei Fremden,

aber nicht so nah, dass sie eindeutig als Liebespaar identifiziert werden würden.

»Du kannst es dir jederzeit anders überlegen. Ein Zeichen und ich hol dich hier raus.«

Resolut schüttelte Luisa den Kopf. »Nein, Iljas. Ich habe noch nie klein beigegeben und ich werde jetzt nicht damit anfangen.«

Er nickte und blickte auf sie hinab. Es gab nichts mehr, was sie sich sagen konnten. Der Ball würde jeden Augenblick ins Rollen geraten, und mit dem Ende der Verhandlung würde sich vielleicht herausstellen, ob die Angriffe auf sie wirklich etwas mit diesem einen Fall zu tun hatten oder ob die Angst sie weiterhin begleiten würde.

Und dann sah sie ihn. Boris Iwanow. Sie schnappte nach Luft und wich instinktiv zurück.

»Was ist?«, fragte Iljas und stellte sich vor sie.

»Iwanow.«

Ein tiefer, gefährlicher Laut ertönte aus Iljas' Brust, seine Hände ballten sich zu Fäusten und es schien, als wolle er sich in Bewegung setzen.

»Nicht«, flüsterte Luisa.

»Da ist er. Ich könnte dem Ganzen jetzt ein Ende bereiten«, sagte er und fixierte Iwanow.

Dieser stand in der Nähe des Verhandlungssaals und würdigte sie keines Blickes. Was einerseits gut war, denn dann konnte er auch nicht unvermittelt auf sie schießen – schließlich kamen immer wieder Bewaffnete an den Kontrollen vorbei –, andererseits war es aber auch … falsch.

Falsch, weil er ihr endlich ins Gesicht sagen sollte, was er wollte.

Falsch, weil er auf sie reagieren sollte. Mit Wut, mit Hohn.

Falsch, weil sie nichts gegen ihn unternehmen konnte, denn auch er war bis zu einer Verurteilung unschuldig.

Die Spitzen seiner schwarzgrauen Haare reichten bis zum Kragen seiner schlecht sitzenden Anzugjacke. Er widerte sie an und machte sie zugleich wütend. Dieser schleimige Typ terrorisierte sie. Das würde sie nicht länger zulassen.

»Ich erledige das«, sagte Luisa, berührte Iljas am Arm und zwang ihn, sich zu ihr umzudrehen. »Gleich, vor Gericht. Ich nehme ihn so lange auseinander, bis er nicht mehr weiß, wie man seinen eigenen Namen schreibt.«

Boris Iwanow würde heute aussagen. Sie musste konzentriert zuhören, denn sie ging davon aus, dass er vom Augenblick an, in dem er den Saal betrat, lügen würde. Hoffentlich schaffte er es überhaupt so weit, bevor Iljas die Kontrolle über seine Wut verlor.

»Frau Elmas?«

Sie drehte sich um und trat einen Schritt zurück. Sie fühlte sich ertappt. Iljas verkrampfte sich noch mehr.

»Herr Kopowski«, sagte Luisa, atmete erleichtert aus und reichte ihm die Hand.

Ihr Mandant war fast einen Kopf kleiner als sie und erinnerte sie an eine Kugel. Nicht nur wegen seines beeindruckenden Bierbauchs, sondern wegen … allem. Seine Augen waren klein und rund, sein Kopf war rund, sein Finger irgendwie rund. Luisa drehte sich zu Iljas und nickte ihm aufmunternd zu.

»Wir sehen uns«, sagte sie und öffnete die Tür.

»Wir sehen uns«, sagte Iljas und sie hielt seinen Blick, bis die Tür sich schloss. Sie begleitete ihren Mandanten zum Platz und zog sich die Robe über. Am Mittwoch würde sie das Schlussplädoyer halten.

Und dann wäre alles irgendwie vorbei.

Hartke würde das Urteil fällen. Sie würde Partnerin werden.

Iljas wäre … weg.

Sie strich die Robe glatt und nahm Platz.

»Ich bin nervös«, sagte Martin Kopowski.

Sie lächelte ihn an. »Das glaube ich Ihnen, aber es gibt keinen Grund.«

»Für mich steht alles auf dem Spiel«, gab er ihr zu bedenken.

Für mich auch, dachte Luisa, sagte aber nichts. Er musste nicht wissen, dass jemand sie attackierte, dass dieser Fall für sie mehr war. Was Martin Kopowski wissen musste, war, dass er zu hundert Prozent Luisa Elmas bekam. Sie stellte ihre Aktentasche auf den Schoß, öffnete sie und fasste hinein.

»Frau Elmas, wie ich sehe, haben Sie Ihre Karriere im Boxring beendet«, sagte Jan Keiler, als er den Raum betrat und am Tisch ihr gegenüber Platz nahm. Während ihr Mandant rund war, war Keiler das exakte Gegenteil. Ein schlaksiger, drahtiger Körper, lange, dunkle, im Nacken zusammengebundene Haare, aus seinen Augen blitzte die Angriffslust, die ihn zu einem der besten Staatsanwälte machte. Seine Verurteilungsrate war hoch, er gab nicht nach. Mit einer Niederlage umzugehen müsste er spätestens ab Mittwoch lernen, denn ihm gegenüber saß die Beste.

»Ja, und das noch bevor ich mit Ihnen in den Ring steigen konnte. Schade eigentlich«, gab sie zurück und fischte weiter in der Tasche. Sie hielt ihr Portemonnaie in der Hand, ließ es wieder fallen und ging weiter auf die Suche nach einem Kugelschreiber. Endlich konnte sie ihn fassen und herausziehen. Gleichzeitig betrat Richter Jürgen Hartke den Saal, gefolgt von Richterin Marlene Jahnke, Richter Andreas Voigt und zwei Schöffen. Diesem Fall hatte Keiler besondere Bedeutung zugemessen und Anklage beim Landgericht erhoben. Die große Strafkammer, bestehend aus drei Richtern und zwei Schöffen, verhandelte. Luisa stand auf und bedeutete Kopowski, es ihr gleichzutun. Hartke galt als äußerst streng, mit null Humor und einer extrem niedrigen Toleranzgrenze für alle Belange und Forderungen von Anwälten im Allgemeinen. Wenn Karl Dumbledore war, war Hartke Snape. Karl biss sich an ihm schon seit Jahren die Zähne aus. Noch nie hatte er zugestimmt, einen Fall vorab beim Mittagessen zu besprechen. Luisa kam im Prinzip gut mit ihm aus, denn er war ihr ähnlich. Hartke nahm auf seinem Stuhl Platz und begrüßte die Anwesenden. Luisa setzte sich ebenfalls, griff resolut in die Tasche und zog die Akte heraus. Gleich würde Hartke die Personalien verlesen, die Verhandlung begann. Jetzt war nicht der Zeitpunkt für wirres Suchen in einer Frauenhandtasche. Jetzt war es an der Zeit, kompetente, zielgerichtete und durchdachte Handlungen zu vollführen. Sie legte die Akte kerzengerade vor sich auf den Tisch, den Kugelschreiber akkurat darüber.

Um sich Stichpunkte zu machen.

Um die Knallharte zu spielen.

Um klarzumachen, dass man ihr nichts vormachte.

Und um sich zur Idiotin des Tages zu machen.

Und des Monats.

Des Jahres.

Des Jahrzehnts.

Auf der Akte prangte ein Aufkleber in Neonorange. Mit dicken, schwarzen Buchstaben stand darauf:

ICH BIN GUT ZU VÖGELN

Luisa hob den Blick. Der Staatsanwalt konnte den Aufkleber nicht sehen, die Richter allerdings schon. In Luisas zögernder Kopfbewegung lag die Angst der Vorahnung. Als sie Richter Hartke in die Augen sah, wusste sie, dass er die kreischenden Lettern gelesen hatte. Er sah erstaunt aus, die erste Regung, die sie je bei ihm gesehen hatte. Selbst wenn jemand ein Messer ziehen und ihn bedrohen würde, würde er ruhig und besonnen vorn sitzen und erklären, dass das gemäß Paragraf 241 Absatz 1 des Strafgesetzbuches eine Straftat war und deshalb nicht ging. Und nun saß er da, blickte abwechselnd auf diesen Scheißaufkleber und zu ihr.

»Scheiße«, flüsterte Luisa.

Oh nein, das hatte sie laut gesagt.

»Wiederholen Sie das«, sagte Hartke.

Okay, okay. Sie brauchte irgendwas, das sich anhörte wie scheiße. Die Situation war noch zu retten.

»Meise«, sagte sie schnell. »Ich habe eine Meise.«

Was? Oh Gott …

Um Hartkes Augen bildeten sich Falten, immer wieder entwich ein Laut seiner Kehle, der halb Grunzen, halb Husten war. Lachte er? Erstickte er? Ihretwegen? Die Richter, die Schöffen und die Protokollantin hatten ebenfalls einen Blick auf die Akte werfen können. Jahnkes Mund war zu einem schmalen Schlitz zusammengepresst, Voigt sah amüsiert aus, die zwei Schöffen und die Protokollantin hatten einen hochroten Kopf und räusperten sich immer wieder. Schnell drehte Luisa die Akte um. Mit dem winzigen Quäntchen esoterischer Gedankenwelt, das ihr innewohnte, wünschte sie sich, dass der Feueralarm ausbrechen würde und sie den Saal verlassen mussten. Oder Berlin unterging. Oder ihretwegen auch die Welt. Der Rest ihres Wesens ließ sie sich zusammenreißen. Sie schlug die Beine übereinander, strich sich eine Haarsträhne aus dem Gesicht und faltete die Hände über der Akte zusammen.

»Gut zu wissen«, sagte Hartke und zwinkerte ihr unauffällig zu. Er zwinkerte. Hartke. Zwinkern. Hartke. Oh Gott.

Genau das hatte Luisa immer befürchtet. Auf persönlicher, weiblicher Ebene betrachtet zu werden, denn das kompromittierte all die Jahre harter Arbeit. Sie machte sich nichts vor, sie übertrieb nicht. Man musste sich nur die Zahlen ansehen. Frauen in gleicher Position, bei gleicher Ausbildung verdienten immer noch weniger als ihre männlichen Kollegen. Das kam nicht daher, dass sie schlechter waren, sondern weil sie eine Vagina besaßen, die in den Augen der Männer zärtlich für Sanftmut sang. Und genau auf diese Körperregion spielte dieser Aufkleber an, er reduzierte sie darauf. Sie schäumte innerlich und nahm sich vor, Iljas die Spitzen ihrer High Heels durch den Penis zu rammen. Zack. Einmal quer durch. Sein Schmerz wäre ihre Genugtuung. Würde er um Gnade winseln, würde sie Freudentänze aufführen. Auf seinem Penis. Sie räusperte sich.

»Ein kleiner Scherz«, sagte Luisa betont kühl, ohne weiter von ihrer Akte aufzusehen.

Der Staatsanwalt, der von alldem nichts mitbekommen hatte, ließ seinen Blick zwischen ihr und dem Richterpodium hin und her schweifen. Er wusste nicht, worum es ging, was ihn sichtlich ärgerte. Geräuschvoll stand er auf und begann die Anklageschrift zu verlesen, während Luisa sich gedanklich Iljas widmete.

❤

Iljas hatte das rechte Bein auf dem linken Knie abgelegt und wippte mit dem Fuß. Still zu sitzen, sich nicht zu bewegen, lag nicht in seiner Natur. Weder während seiner alten Jobs noch bei seinem neuen. Beim Tubaspielen, wie Luisas Chef es genannt hatte. Iljas schnaubte. Als ob er aussah wie ein Typ aus dem Orchester. Er war durchtrainiert, ruhelos und so unmusikalisch, dass er beim Singen in der Schule nicht mitmachen musste. Das Wippen seines Fußes verstärkte sich. Dass Luisa allein mit diesem Boris Iwanow da drin war, machte ihn fertig. Aber sie hatte ihn gebeten, draußen zu bleiben, und er hielt sich daran. Er hoffte, dass sie ihn auseinandernahm. Ihm die Sackhaare ausriss und … Iljas hielt es nicht mehr länger aus. Er stand auf und hätte dabei fast eine junge Frau zu Boden gerammt.

»Entschuldigung«, sagte er, stabilisierte sie, indem er ihren Arm stützte, und hielt die andere Hand in die Höhe.

Die Frau trug eine olivgrüne Jacke, die ihren Körper verhüllte. Die strähnigen blonden Haare hingen wie ein Vorhang vor dem blassen, hageren Gesicht. Etwas regte sich in Iljas' Brust, als er sie sah. Die Verzweiflung in ihren Augen spiegelte den Wunsch wider, an jedem anderen Ort dieser Welt zu sein, nur nicht hier. War sie Opfer oder Angeklagte? Iljas sah sie nicht als Angreiferin, ihr schmaler Körper war nicht dazu gemacht, jemanden Leid anzutun. Die Rolle des Opfers war ihr hingegen auf die Stirn geschrieben. Es waren ihre Unsicherheit, ihre Transparenz und dieser unsägliche Blick.

»Hey, alles in Ordnung?«, fragte Iljas und legte seine Hand flach auf ihren Arm, um sie nicht noch mehr zu verschrecken.

Ihre grünen Augen weiteten sich, sie nickte hastig und sah sich in dem düsteren Flur um.

Sie hatte Angst vor ihm.

Iljas wich zurück und versuchte, sie sanft anzulächeln. Sein Bedürfnis, ihr zu helfen, war übermächtig, aber wie sollte er das anstellen, ohne ihr noch mehr Angst zu bereiten? Wie hielt es Luisa nur jeden Tag an diesem Ort aus? Und wie schaffte sie es dabei, stark zu bleiben? Sich von all dem Elend nicht mittragen zu lassen, sich nicht zu verändern, das Leid aufzusaugen und in sich einzuschließen? Die Frau kramte in ihrer Tasche. Sie sah ihn dabei an, als besäße er zwei Hörner und würde aus glühendem Magma bestehen. Sie setzte gerade an, etwas zu sagen, als die Tür zum Verhandlungssaal aufflog. Luisa kam heraus und Iljas schluckte. Er konnte seinen Blick nicht von ihr abwenden und vergaß die andere Frau. Luisa lief auf ihn zu und jedes Klackern ihrer Heels war ein Vorbote. Nicht nur der Boden vibrierte durch ihre Schritte, sondern das gesamte Gebäude wankte unter ihrem Zorn. Sie blieb stehen, wandte sich kurz an ihren Mandanten, schüttelte seine Hand und ging dann schließlich auf Iljas zu.

»Was«, begann sie und stach ihm in die Brust, »hast du dir dabei bitte gedacht? Du bist ein riesengroßes Arschloch und hast keine Ahnung, wie hart ich für die ganze Scheiße hier gearbeitet habe, oder? Jahrelang habe ich versucht, mir nichts anmerken zu lassen, egal, ob mir ein Fall nahegegangen ist, ich krank war oder PMS hatte, ich saß da drin mit undurchdringlicher Miene, damit meine Kollegen mich nicht als wandelnden Uterus ansehen. Und dann kommst du und klebst diesen dämlichen Aufkleber –«

»Frau Elmas, wie schön, dass ich Sie noch antreffe«, sagte ein älterer Mann und Iljas wäre ihm fast um den Hals gefallen. Der Typ war seine verdammte Rettung, auch wenn er aussah, als hätte er einen Stock verschluckt. Iljas würde sich an ihn ketten, um ihn nicht entkommen zu lassen, denn er ahnte, dass mit seinem Aufkleber irgendetwas schiefgelaufen war.

Luisa versteifte sich. »Herr Hartke. Wollten Sie noch etwas mit mir besprechen?«

»Ja, Frau Elmas.«

Er schwieg einen Augenblick, schien abzuwägen, strich am Saum der Robe entlang, die über seinem Arm hing.

»Es scheint, als hätten wir ähnliche Interessen«, sagte er schließlich, blickte währenddessen weiter auf seine Robe und zuckte unschuldig mit den Schultern.

Luisas Gesicht wurde feuerrot und Iljas konnte ein Auflachen gerade so verhindern. Baggerte der Opa sie an? Wegen des Aufklebers? Wollte er eine Runde mit ihr vögeln? Endlich hob der Richter den Blick und trat einen Schritt auf Luisa zu, als fürchte er weder Tod noch Teufel.

»Ich bin seit zwölf Jahren Hobbyornithologe.«

Iljas' Kinnlade klappte nach unten. Niemals. Was war nur los mit den ganzen Juristen? Standen alle auf Vögel? Hatten die sonst nichts zu tun? Verbrecher wegsperren?

Luisas Schultern entspannten sich, ihr Gesicht nahm wieder eine normale Farbe an.

»Wirklich, Herr Hartke?«, fragte sie.

Der Richter nickte freudig. »Ja! Und ich hätte nie gedacht, dass wir diese Passion teilen.«

»Ich beobachte Vögel seit meiner Kindheit. Allerdings bin ich in keinem Verein. Ich fotografiere sie.«

Der Richter legte sich eine Hand aufs Herz, als wäre er dreizehn und Luisa ein berühmter Popstar. »Das würde ich gerne einmal sehen. Wo sind Sie unterwegs?«

»Zuletzt im Havelländischen Luch«, sagte Luisa.

»Die Großtrappe«, sagte der Richter ehrfürchtig. Was zum

Teufel war los mit dem Typen? »Haben Sie sie schon vor die Linse bekommen?«

»Nein.« Luisa lachte. »Leider komme ich nicht so oft raus, wie ich mir das wünschen würde.«

Der Richter zog einen Mundwinkel nach oben und nickte seufzend. »Das Problem kenne ich. Nun, spätestens seitdem ich den Zeugen Iwanow heute gehört habe, denke ich nicht, dass wir mehr Verhandlungstage benötigen. Ab Mittwoch haben wir beide mehr Zeit für unser gemeinsames Hobby.«

Er zwinkerte ihr zu, tätschelte ihren Arm und ging weiter. Iljas sah auf sie hinab, die Wut war aus ihrem Körper verschwunden, geblieben eine gewisse Ungläubigkeit gepaart mit Ratlosigkeit. Er sollte ein Foto von Luisas Miene machen, denn so schnell würde er sie sicherlich nicht wieder zu Gesicht bekommen. Sie war weich und zart, genauso hatte sie ausgesehen, als sie im Bett unter ihm gelegen hatte und gekommen war. Die Umgebung verschwand. Dass Luisa ihn vor wenigen Sekunden am liebsten mit warmem Wachs übergossen hätte, verpuffte. Was zählte, war der Ausdruck in ihrem Gesicht im Augenblick absoluter Ekstase. Er brauchte ihn. Jetzt. An genau diesem Ort, wo alle irgendwie Opfer waren, denen er nicht hatte helfen können. Er blickte sich noch einmal kurz um. Die junge Frau fiel ihm wieder ein, aber sie war natürlich längst weg. Auch sonst hatte sich der Flur geleert. Er wandte sich wieder Luisa zu.

»Vögelt ihr hier alle?«, fragte er.

Sie funkelte ihn an. »Das letzte Wort haben wir in dieser Sache noch nicht gesprochen.«

»Beim Vögeln muss man nicht sprechen«, sagte Iljas und ging einen Schritt auf sie zu. Seine Lust flammte so plötzlich auf, dass es ihm Angst machte. Er drängte sie gegen die Wand, lehnte sich halb auf sie und studierte jede noch so kleine Regung ihres Gesichtes. Was er sah, wirkte auf ihn wie Öl, das man ins Feuer goss. Er senkte den Kopf und küsste sie. Er fuhr mit dem Daumen über ihre Kehle, legte seine Finger um ihre Schulter, während seine andere Hand durch ihre Haare wühlte.

»Hör auf«, sagte sie in dem Augenblick, als ihre Lippen sich voneinander lösten. »Wir können hier nicht rummachen.«

Er griff um sie herum, öffnete die Tür zum Saal und schob sie hinein.

»Du hast recht«, sagte er und nahm ihr die Aktentasche aus der Hand.

Sie schnappte nach Luft. »Hier können wir auch nicht rummachen.«

»Luisa, nichts liegt mir ferner als mit dir *rumzumachen*«, sagte er, griff in seine Hosentasche und zog sein Portemonnaie heraus. Im Scheinefach befand sich ein Notfallkondom. Und wenn das kein Notfall war, dann wusste er auch nicht. Luisas Augen weiteten sich, sie fuhr sich mit der Zungenspitze über die Lippen, während sie sich hastig umblickte. Er sah ihren Widerstand, und mehr als alles andere auf der Welt wollte er, dass er für ihn bröckelte. Nur für ihn sollte sie sich dieser Gefahr aussetzen, sich an einem Ort nehmen zu lassen, der ihr heilig war und an dem sie versuchte, so wenig wie möglich sie selbst zu sein. Mit Haut und Haaren sollte sie sich in diesem einen Augenblick ihm hingeben, denn dann würde er ihr in Erinnerung bleiben, und das war alles, was er ihr von sich geben konnte. Eine Erinnerung. Am Anfang wäre sie stark, sie würde jedes Mal daran denken, wenn sie einen Verhandlungssaal betrat, und dann würde sie verblassen, die Konturen würden sich auflösen, ins Unbestimmte zerbröseln. Zum Schluss wäre nur noch die Idee dessen da, was sie getan hatten, aber das reichte ihm. Er ging auf sie zu, drückte sie mit seinem Körper gegen die Wand, erstickte ihren leisen Protest, indem er ihren Mund mit seinem verschloss. Sie schmeckte so gut. Nach Widerstand, nach Dickköpfigkeit, nach Eigensinn. Es klang verrückt, aber selbst die wilde Geschichte ihrer Großeltern schien er in ihr zu schmecken und in ihren Bewegungen zu spüren. Luisa Elmas war ein Unwetter, das sich seit mehreren Generationen auflud und in dieser Frau entlud. Er wusste, dass er sie nicht bezwingen konnte, das konnte niemand. Sie beugte sich für ihn, gestatte ihm, bei ihr zu sein, und dafür war er dankbar. Von Luisas Energie würde er noch lange zehren. Er schob ihren Blazer auseinander, öffnete die ersten Knöpfe und fasste in ihre Bluse. Er wusste, dass sie fast kam, wenn er mit ihren Nippeln spielte, seinen Daumen immer wieder auf ihnen kreisen ließ. Sie schob ihren Unterleib ein Stück von ihm weg und raffte ihren Rock hoch. Langsam trat sie aus ihren Heels, zog sich ihre Strumpfhose samt Slip aus und schlüpfte wieder in die Schuhe.

»Wie schnell kannst du sein?«, hauchte sie ihm ins Ohr, und nun wäre er fast gekommen. Er öffnete seine Hose, zog sich das Kondom über und drehte Luisa um. Sie bog ihren Rücken durch, reckte ihm ihren Hintern entgegen, und alles, was er tun konnte, war, sich tief in ihr zu vergraben.

»Verdammt schnell«, keuchte er, richtete sie auf und fuhr mit seiner Hand zwischen ihre Beine. Er stimulierte sie und unterdrückte mit seiner freien Hand ihren Aufschrei, während er sich in ihr bewegte. Schneller, immer schneller einem Ziel entgegen, dessen Umrisse er nur vage erkennen konnte.

Kapitel 24

Auweia. Das war eine Menge zum Verarbeiten.

Richter Hartke, dessen Mauern so leicht zu knacken waren wie die Schale einer Macadamianuss mit den Zähnen, war ebenfalls gut zu Vögeln.

Boris Iwanow hatte im Zeugenstand grandios versagt. Während er sich zum wiederholten Male selbst widersprochen hatte, hatte sie Keilers Blick aufgefangen, der in etwa besagte: »Okay, du hast gewonnen.« Von ihm würde sicherlich keine Gefahr mehr ausgehen, denn schlussendlich war er mit schlurfendem Schritt und hängenden Schultern aus dem Saal gegangen.

Iljas war ein Idiot, der ihr einen Aufkleber auf die Akte geklebt hatte. »Angeblich« hatte er ihn auf das Portemonnaie geklebt, von wo aus er sich »irgendwie« auf magische Weise gelöst hatte und auf die Akte gesprungen war, aber das kaufte sie ihm nicht ab. Statt ihm eine Todesschelle zu verpassen, hatte sie sich im Verhandlungssaal von ihm vögeln lassen.

Weil sie gewissermaßen gerade bei dem Thema gewesen waren.

Sie war so aufgeregt und erregt gewesen, dass sie beinahe einen Orgasmus gehabt hatte, als er sich ein Kondom übergezogen hatte. Wahnsinn.

Und jetzt saß sie neben ihm im Auto und tat so, als wäre nichts geschehen. Als befänden sich ihr Slip und ihre Strumpfhose nicht in seiner Hosentasche. Huch, daran sollte sie jetzt lieber nicht denken, sonst würde sie über die Mittelkonsole des Wagens klettern und ihn besteigen. Sie räusperte sich, öffnete den Mund, um etwas zu sagen, wusste jedoch nicht, was. Also schloss sie ihn wieder und sah aus dem Fenster. Die Stadt zog an ihr vorbei und ihre Gedanken sprangen unruhig zwischen Iljas und der Verhandlung hin und her. Morgen früh würden weitere Zeugen befragt, am Mittwoch die Schlussplädoyers gehalten werden. Iwanow hatte bereits heute verloren.

»Geht es dir gut?«, fragte Iljas und Luisa sah auf seine Hand, die locker auf seinem Oberschenkel lag. Sie hatten sich gerade gegenseitig das Gehirn rausgevögelt, aber zum Händchenhalten reichte es nicht. Sie löste ihren Blick und sah in seine dunklen Augen.

»Klar«, sagte sie.

Iljas lächelte und fuhr weiter, nachdem die Ampel auf Grün geschaltet hatte.

Als sie bei ihr ankamen, holte sie beim Concierge die Post ab und beruhigte ihn gleichzeitig. Thomas Hoffmann war tatsächlich besorgt um ihre Gesundheit, weil sie in letzter Zeit so oft zu Hause war. Nachdem sie ihm versichert hatte, dass es ihr gut ging, fuhren sie in ihre Wohnung. Luisa zog sich um, sie setzten sich schweigend an den Tisch und klappten ihre Laptops auf. Luisa arbeitete die Stichpunkte, die sie während der Verhandlung aufgeschrieben hatte, in ihr Schlussplädoyer ein, Iljas bearbeitete irgendwelche Videos. Zwischendurch stand Luisa auf, zog einen Vorhang zu, um die Sonne davon abzuhalten, auf den Monitor zu scheinen. Sekunden oder auch Stunden später stand Iljas wieder auf und zog den Vorhang zurück, um das letzte Licht des Tages in die Wohnung zu lassen. Als es schließlich dunkel wurde, klappte Luisa den Laptop zu, stand auf, streckte sich und schloss die Vorhänge. Iljas war schon vor längerer Zeit in die Küche marschiert, und als Luisa dort ankam, bewahrheiteten sich alle Ängste, die sie in Bezug auf Iljas und Kochen hatte. Er bereitete Gemüse zu. Es war nicht so, dass Luisa Gemüse hasste. Solange es von Nudelteig umhüllt war oder in einer triefenden Sauce schwamm, war es akzeptabel, aber das, was er da zubereitete, sah fast so aus, als würde er das Zeug direkt vom Feld in die Schüssel schmeißen, und davon hatte Luisa wirklich, wirklich genug in ihrem Leben gehabt.

»Die Möhre tötet dich nicht«, sagte Iljas und wedelte ihr mit dem grünen Kraut vor dem Gesicht rum.

»Ach, das weißt du gar nicht. Vielleicht habe ich eine Allergie.«

»Gegen Karotten? Nie. Bei dir würde ich eher eine Glutenunverträglichkeit vermuten, bei dem Müll, den du dir den ganzen Tag über reinhaust.«

Entrüstet zog Luisa eine Packung Müsliriegel aus einem Küchenschrank.

»Da ist Obst drin«, sagte sie und tippte auf das Bild eines Apfels.

Iljas würdigte sie noch nicht einmal eines Blickes. Unbeirrt füllte er verschiedene Gemüsesorten, egal, ob roh oder gekocht, in Schüsseln.

»Was genau ist dein Problem mit Gemüse?«

Luisa seufzte. »Meine Eltern waren Gesundheitsfanatiker. Als ich ungefähr elf war, beschlossen sie, vegan zu leben und nur noch Gemüse, welches sie selbst anbauten und verarbeiteten, zu essen.«

»Das ist toll«, sagte Iljas.

»Das ist furchtbar«, sagte Luisa. »Ich musste auf Nutella verzichten, auf Süßigkeiten, Babybel und Pizza. Ich sehe da keinen Sinn drin.«

»Aber du musstest nicht ganz darauf verzichten, oder? Bei deinen Freunden hast du doch sicherlich mal ein Stück Schokolade mitessen können.«

Hm. Das war schwer zu erklären, wenn sie ihm nicht erzählen wollte, wo sie wirklich herkam. Wozu sie im Prinzip schon bereit wäre, aber da er nichts von sich preisgab …

»Da, wo ich aufgewachsen bin, waren die meisten so drauf«, antwortete sie vage und sah zu, wie er die letzten klein geschnittenen Möhrenscheiben in die Schüssel verfrachtete. Er träufelte ein Dressing darüber und reichte sie ihr. Nun ja. Besser als frittierte Kakerlaken war das allemal.

»Wieso ist deine Schwester weggezogen?«, fragte Luisa und setzte sich an den Tisch. Ihre Arbeitsunterlagen hatte sie einfach zur Seite geschoben. Angst, dass Iljas einen Blick darauf werfen würde, hatte sie nicht, denn sie wusste, dass er sie verstand. Sie vertraute ihm.

Er setzte sich ihr gegenüber, stieß seine Gabel in die Schüssel und schob sie anschließend in den Mund. Es krachte und knackte. Vielleicht waren frittierte Kakerlaken doch keine schlechte Alternative …

»Sie ist mit ihrem Mann nach Bayern gezogen, als er einen Job dort angenommen hat. Sie ist Psychotherapeutin, für sie spielt es keine Rolle, wo sie eine Praxis eröffnet. Mittlerweile gefällt es ihnen so gut auf dem Land, dass sie es sich nicht mehr vorstellen können, in einer Großstadt zu wohnen.« Nun verzog Iljas beinahe angewidert das Gesicht.

»Ein Stadtjunge durch und durch«, sagte sie und wagte es endlich, von dem Gemüse zu probieren. Die Mischung aus gekochten und rohen Zutaten, Salatdressing und Gebratenem schmeckte wahnsinnig gut. »Das ist lecker.«

Iljas nickte, erwiderte aber nichts. Sie sprachen über seine Vergangenheit, er hatte bestimmt schon einen feuchten Po. Luisa beschloss nachzubohren. Immerhin aß sie Gemüse. Und irgendwie war es an der Zeit. Sie waren mittlerweile so vertraut miteinander, dass sie einen Schritt aufeinander zugehen konnten. Er würde sie nicht belügen, dessen war sie sich sicher. Und genau diese Sicherheit gab ihr den Mut, die nächste Frage zu stellen.

»Wie viele Geschwister hast du?«, fragte sie beiläufig und senkte den Blick auf das Essen. Verhörtaktik Nummer dreihundertfünf: So tun, als würde einen das nicht wirklich interessieren.

»Nur eine Schwester«, sagte er, und da war nichts in seiner Stimme. Luisas Kopf schnellte hoch, sie starrte ihn an und fand … nichts. Noch nicht einmal den Schatten. Wenn sie nicht gewusst hätte, dass er noch eine Schwester gehabt hatte, hätte sie nicht den geringsten Anlass für einen Zweifel gespürt. Er lächelte sie an und aß weiter. Luisa schluckte schwer. Seine Lüge schmeckte bitter. Ein Teil von ihr respektierte Iljas' Entscheidung. Und dann war da noch der andere Teil. Die Frau-Frau. Und die war stinksauer, weil er etwas vor ihr verheimlichte, nein, weil er sie anlog. Als sie ihre Lippen zu einem Lächeln verzog, fühlte es sich an, als zöge sie Schmirgelpapier über ihr Zahnfleisch.

»Wo in Berlin bist du geboren?«, fragte sie weiter. Zuckersüß, denn es gab schließlich keinen Grund, sauer zu sein.

»Ziemlich unspektakulär in Steglitz.«

Luisa nickte. Steglitz war unspektakulär. Nicht so reich wie die Nachbarbezirke, nicht so abgefuckt wie Neukölln oder Kreuzberg. Irgendwo in der Mitte. Gutbürgerlich. Luisa brannte es auf der Zunge, zu fragen, wie es dazu gekommen war, dass seine Schwester Johanna an einen Verrückten gelangt war, der ihr das Leben genommen hatte, doch stattdessen stellte sie weiter harmlose Fragen.

»Wie bist du zur Polizei gekommen?«

Er lächelte. Aß weiter.

»Ein Jungentraum.«

Boah. So ein Lügner. Sie schluckte das Essen runter, das wie ein Stück Bimsstein ihre Kehle hinabkratzte. Heute Abend wogen seine Lügen mehr als das Empire State Building. Luisa wollte, dass er ihr vertraute, denn immerhin vertraute sie ihm ihr Leben an. Sie wollte ihre Hand ausstrecken und etwas von ihm greifen können, irgendwas. Aber er war wie Nebel, durch den sie haltlos mit ihren Fingern glitt.

»Und dein Mädchentraum war es, Strafverteidigerin für Wirtschaftskriminalität mit Schwerpunkt Bestechung zu werden?«, fragte er und sah sie herausfordernd an.

Mit seiner Frage hatte er sie eiskalt erwischt, denn das war natürlich kein Mädchentraum. Kinder wussten nicht, was Strafverteidiger waren. Es war, als würde er seine Lügen damit rechtfertigen wollen, dass sie ihm ebenfalls ausweichen würde. Gingen sie heute aufs Ganze, weil ihr Ende greifbar war?

»Kennst du Alice im Wunderland?«, fragte sie.

»Ja.«

»Kannst du dich auch noch an die Szene mit der Gerichtsverhandlung erinnern?«

»Oh Gott«, sagte er, legte seine Gabel hin und faltete die Hände hinter dem Kopf. Er dachte nach und Luisa fühlte sich nur marginal schlecht. Sie log, dass sich der Brokkoli in der Schüssel bog, aber er hatte angefangen.

»Jedenfalls hat mich diese Szene schon als Kind wahnsinnig aufgeregt. Ich meine, was soll das? Der König spielt Richter und stellt seine eigenen Regeln auf? Pah«, sagte Luisa und winkte ab.

Iljas beugte sich nach vorn, musterte sie. Sie merkte, dass er ihr das nicht abnahm, aber kein Anzeichen für eine Lüge finden konnte. Sie saßen sich beide gegenüber, verschwiegen die wichtigsten Details ihres Lebens und machten keinerlei Zugeständnisse. Er kniff die Augen zu schmalen Schlitzen zusammen, verstand, was hier vor sich ging, kannte aber genau wie sie das Warum nicht. Selbst wenn er sie googeln würde, käme die Sache mit der Kommune niemals ans Licht. Einzig den Prozess gegen ihren Vater konnte er finden, wenn er lange genug suchte, aber das wäre okay für sie. Das Schlimme war auf diesen Prozess gefolgt. Ihre Flucht war wie ein Schuldeingeständnis gewesen. Iljas sah sie an, sein Blick wurde undurchdringlich, als er die Schüssel zur Seite schob und aufstand. Er reichte ihr die Hand.

»Komm mit ins Bett«, sagte er und Luisa stand ebenfalls auf.

Sein Daumen fuhr über ihre Wange, doch er bewegte sich nicht. Die Lügen zwischen ihnen waren heute Abend zum Mount Everest geworden, und doch konnten sie nicht voneinander lassen, denn alles, was sie einander geben konnten, waren ihre Körper. Es war an der Zeit, getrennte Wege zu gehen. Das, worüber sie nicht sprachen, wog immer mehr.

❤

In der Nacht lag Luisa wach, ihr Herz schlug leise in der Brust, ihr Atem ging ruhig. Sie hatte eine Entscheidung getroffen. So wie sie es hingenommen hatte, dass all die Männer vor ihm gegangen waren, würde sie auch Iljas' Weggang hinnehmen. Als würde er spüren, dass er in ihren Gedanken war, drehte er sich zu ihr.

»Kannst du nicht schlafen?«, fragte er.

»Nein. Der Fall geht mir durch den Kopf.«

Eine weitere Lüge. Sie wussten es beide.

»Wenn bis nächste Woche nichts mehr passiert, denke ich, dass die Gefahr vorüber ist. Ich telefoniere am kommenden Montag noch einmal mit Joshua.«

Luisa nickte und studierte sein Gesicht. Offensichtlich hatten sie ähnliche Pläne ausgeheckt.

»Okay. Hauptsache, du gibst mir nicht noch einmal eine Selbstverteidigungsstunde.«

Er lachte. »Luisa Elmas. Das habe sogar ich aufgegeben.«

Ihr Lachen war genauso falsch wie seins.

»Weißt du, Iljas, ich habe eine … nun ja. Eine Verabredung am Wochenende. Von daher ist es okay, wenn du … wenn *wir* ab Freitag getrennte Wege gehen.«

Er sah aus, als hätte sie ihn geschlagen. Zuerst verstand sie nicht, warum, doch dann dämmerte ihr, dass er die »Verabredung« falsch verstanden hatte. Mit einem anderen Mann. Einem Mann, der nicht so war wie er. Voller Schuld. Sie korrigierte ihn nicht, denn es war der einfachste Weg aus dieser Einbahnstraße. Trotzdem wollte sie wissen, was ihm das bedeutete. Vielleicht als letzten Versuch, die Lügen mit etwas anderem auszugleichen?

»Stört es dich?«

Ihr Herz zog sich zusammen, verweilte Sekunden in dem verkrampften Zustand, ehe seine Schläge durch ihren Körper hallten.

»Nein, Luisa«, sagte er zögernd. »Das zwischen uns –«

»Ich weiß«, sagte sie und lachte gezwungen. »Das zwischen uns ist irgendwie …«

Worte. Ihr fehlten die Worte.

»Irgendwie cool«, sagte er.

Er lächelte. Es sah falsch aus.

»Und irgendwie ungewöhnlich.«

Sie lächelte. Es war falsch.

»Und einmalig?«, fragte er.

Sie verzog ihren Mund zu einem spöttischen Lächeln. »Nun ja. Einmalig ist bereits passé.«

»Du weißt, was ich meine«, sagte er.

»Ja.«

Abrupt drehte er sich wieder auf den Rücken.

»Gute Nacht, Luisa.«

»Gute Nacht, Iljas«, sagte sie und drehte sich zur Seite.

Ihr imaginäres Date hatte es spielend leicht geschafft, sich zwischen sie zu drängen, denn dort war ausreichend Platz. Bestehend aus all den Dingen, die unerwähnt blieben. Sie schlief ein mit dem Rücken zu ihm, ohne seine Berührung, und die fehlte ihr, auch wenn sie sie nie wirklich gehabt hatte.

Kapitel 25

Es fühlt sich an, als hätte mir jemand das Herz aus der Brust gerissen. So fest habe ich mir vorgenommen, meinem Leiden ein Ende zu bereiten und mit dir zu reden, aber die Worte steckten in meiner Kehle fest. Ich konnte sie nicht hochbringen, nicht über meine Lippen zwingen. Ich war dir so nahe. Wenn ich meine Hand ausgestreckt hätte, hätte ich dir über die Wange streicheln können, aber weißt du, was mich davon abgehalten hat?
Der Ausdruck in deinen Augen.
Als würde die Welt stehen bleiben.
Als würde alles um dich herum aufhören zu existieren.
Aber nicht, als du mich angesehen hast. Ich bin in der Leere des Raums verschwunden.
Das, was zwischen euch ist … ist stark. Ich weiß nicht, wie ich damit umgehen soll. In Liebesfilmen ist immer von dieser besonderen Energie zwischen zwei Menschen die Rede, aber bisher dachte ich, das sei Hollywoodkitsch. Aber ich weiß jetzt, dass es existiert. Ich würde alles dafür geben, wenn du mich so ansehen würdest, begreife aber, dass es nicht so weit kommen wird.
Soll ich dir die Briefe geben, die ich dir Nacht für Nacht schreibe? Würde es dich interessieren? Bestimmt nicht. Dich zu verfolgen ist falsch und wird zu nichts führen.
Ich gebe dich frei.
Ich hoffe, ich kann mich daran halten.
T.

Kapitel 26

Hast du alles, Arschtreter?«, fragte Luisa und trippelte nervös im Schlafzimmer auf und ab. Es war Samstagfrüh, sie musste packen und zur Feier des Lichts fahren. Während der Woche war sie entweder mit dem Fall beschäftigt gewesen, den sie sehr wahrscheinlich gewonnen hatte – Hartke verkündete das Urteil am Montag –, oder mit Iljas. Körperlich gesehen. Er vermutete immer noch, dass sie auf dem Weg zu einem Date war, und sie hatten das Thema gemieden, als ob es ihnen die Zunge wegätzen würde.

»Ja«, sagte er und stopfte ein Shirt in seine Tasche.

»Auch die Aufkleber?«

Er hob den Kopf, in seinen Augen blitzte es und Luisa wusste, dass sie sie noch an einigen Stellen in der Wohnung finden würde. Er hatte immerhin hundert Stück des neonorangen Wahnsinns drucken lassen.

»Und es ist wirklich nichts passiert?«, fragte er zum wiederholten Male.

Sie verdrehte die Augen.

»Iljas, du bist seit über einer Woche rund um die Uhr bei mir. Es ist nichts geschehen. Es ist vorbei.«

Iljas schnaubte, sagte aber nichts weiter. Seit Mittwoch hatten sie diese Diskussion ununterbrochen.

»Es muss Iwanow gewesen sein. Seit letzter Woche Donnerstag ist nichts passiert. Oder der Schuss hatte nichts mit uns zu tun und die Beschädigungen meines Autos waren Zufall. So oder so, du kannst nicht bis ans Ende meiner Tage an meiner Seite bleiben.«

Oh. Na, das war ja mal eine bedeutungsschwangere Aussage.

Erneut sah er sie an, sein Blick undurchdringlich.

»Stimmt.«

Mit einem Ruck schloss er seine Tasche und schulterte sie.

Sie folgte ihm zur Tür und sah auf die Uhr. In einer Stunde musste sie los. Verdammt, verdammt, verdammt. Was zur Hölle zog man zu einer Feier des Lichts an? Kerzen?

»Und du bist sicher dort, wo du hinfährst?«

»Ja«, bestätigte sie ihm.

Er wusste, dass ihre Verabredung nicht in Berlin stattfinden würde und sie erst am Montag wieder in der Stadt wäre.

»Wenn etwas ist, rufst du mich an, okay?«

Sie nickte und öffnete die Wohnungstür. Er beugte sich zu ihr hinab, um sie zu küssen, hielt dann jedoch inne. Er war ihr so nah, dass sie seine dichten, dunklen Wimpern sehen konnte. Sein Atem kitzelte auf ihrer Lippe. Es stach in ihrer Brust und sie senkte den Blick. Sie wichen beide gleichermaßen zurück.

»Ich schaue am Montagabend bei dir vorbei, dann habe ich mit Joshua gesprochen. Vielleicht hat er dann Iwanows Mobilfunkdaten und kann ihn endlich überführen.«

Erneut nickte Luisa. Es spielte keine Rolle. Vorbei war vorbei. Der Abschied von Iljas fühlte sich schwer und gleichzeitig leicht an. Bedeutend und leer. Das Heute ließ eine Feder zu Boden fallen, die erst am Montag auftreffen würde. Sanft, aber für immer. Mit einem mulmigen Gefühl winkte Luisa ihrem Beschützer hinterher, ehe sie sich resolut schüttelte. Sie erwartete keine Komplikationen – in der Kommune war sie sicher. Wenn das Schicksal es zulassen würde, dass ihr umgeben von Karmaschlampen etwas geschah … nun, dann hatte sie es vermutlich verdient. Und wenn sie jemals dort ankommen wollte, musste sie sich beeilen. Kaum dass Iljas die erste Stufe genommen hatte, warf Luisa die Tür ins Schloss, rannte durch die

Wohnung und schmiss einen kleinen Reisekoffer aufs Bett. Unentschlossen stand sie vor dem Schrank.

Alle Kleidungsstücke mit Designerlabel waren raus.

Alle neuen Sachen ebenfalls.

Alles, was neu wirkte, auch.

Alles, was irgendwann einmal neu gewesen war, auch.

Sie wühlte und wühlte und fand schließlich im hintersten Eck eine an den Knien zerrissene Jeans. Sie war nicht wirklich kaputt, Luisa hatte sie für eine horrende Summe zerrissen gekauft und dann doch nie getragen. Darunter würde sie ihre Thermohose anziehen, denn auch wenn sich das Wetter in den letzten Tagen noch einmal von der Sonnenseite gezeigt hatte, bescherten die Nächte den ersten Frost, und erfahrungsgemäß saßen die Kommunarden so lange draußen, bis sich Eiszapfen in den Rastahaaren bildeten. Luisa war ein Heizungsinnenraummensch und schmiss daher wahllos dicke Pullover, mehrere Leggins und eine Jogginghose in den Koffer. Wenn sie morgen früh unterkühlt aufwachen würde, würde sie noch einen Hanftee trinken und dann dick eingemummelt nach Berlin zurückfahren, während die Sitzheizung ihre Eierstöcke hart kochte. Obwohl sie sich noch in ihrer Wohnung befand, freute sie sich bereits darauf, wieder zurückzukehren. Das Leben da draußen war nichts für sie. Das Leben hier wäre nichts mehr für ihre Eltern, was traurig war, denn sie hatten noch nie Luisas Wohnung gesehen, noch nie bestaunen können, was sie sich aufgebaut hatte. Aber so, wie sie damals ihren Wunsch akzeptiert hatten, nach Berlin zu gehen, akzeptierte sie, dass ihre Eltern die Stadt ablehnten. Nachdem Luisa fertig gepackt hatte, öffnete sie die Wohnungstür, drehte sich noch einmal um und warf einen sehnsüchtigen Blick auf ihren flauschigen Teppich und den neonorangen Aufkleber am Spiegel. Sie schloss die Tür und bereitete sich darauf vor, nach Hause zurückzukehren.

❤

Iljas holte aus und schlug zu. Die Backsteine der Wand strahlten nicht das Gleiche aus, wenn Luisa sich nicht dagegenlehnte. Der stille Raum war kalt ohne sie. Seinen Körper aufzuwärmen machte keinen Spaß, wenn er es nicht mit ihrem tat. Übungen zu zeigen ergab keinen Sinn, wenn sie ihn dabei nicht skeptisch beobachtete. Er hatte noch nicht einmal die leiseste Ahnung, was für ein Video er drehen sollte. Normalerweise hatte er immer einen Plan oder Fanwünsche, die er umsetzte, aber heute fehlte ihm der Elan, irgendetwas zu tun. Er wischte sich mit einem Handtuch den Schweiß vom Gesicht, hielt mit einer Hand den schwankenden Sandsack an und dachte nach. Die Ruhe in Bezug auf Luisa gefiel ihm ganz und gar nicht, obwohl es ziemlich genau das war, was sie vorausgesagt hatten.

Joshua konnte Boris Iwanow noch nicht beweisen, dass er hinter alldem steckte, aber ein Alibi hatte er für die jeweiligen Zeiträume auch nicht. Die Verhandlung war am Mittwoch zu Ende gegangen, die Chancen standen gut, dass Luisa gewonnen hatte, was sie auf ihr Betteln hin abends in einem Restaurant gefeiert hatten. Seit dem Schuss im Wald jedenfalls war nichts mehr geschehen. Iljas hatte nicht mehr das Gefühl, verfolgt zu werden, aber trotzdem … etwas beunruhigte ihn. Warum hatte Boris Iwanow in der Woche vor der Verhandlung mit seinen Schikanen aufgehört? Hatte ihn Iljas' Anwesenheit aus dem Konzept gebracht? Warum diese komplette Stille? Warum hatte er auf dem Flur vor dem Verhandlungssaal nicht einen Blick in Luisas Richtung geworfen? Hatte er sich derart unter Kontrolle? Iljas ging in die Küche, nahm ein Glas aus dem Schrank und füllte Leitungswasser hinein. In großen, gierigen Schlucken trank er es aus und wischte sich mit dem Handrücken über den Mund.

Er musste einen Gang zurückschalten. Seine Instinkte drehten frei, er reagierte über.

Es war vorbei. Es gab keinen Grund mehr, bei Luisa zu wohnen, sie ins Gericht zu fahren, den Triumph in ihren Augen nach der Verhandlung zu sehen oder die Anspannung ihres Körpers davor zu fühlen. Luisa hatte ihm versichert, dass sie während ihrer Verabredung in Sicherheit war.

Der Gedanke an einen anderen Mann ließ ihn mit gemischten Gefühlen zurück. Luisa war sehr sensibel, wenn es um Lügen ging. Sie wusste, dass er in Bezug auf seine Vergangenheit nicht die Wahrheit sagte. Warum also sollte sie in Erwägung ziehen, mit jemandem wie ihm längerfristig zusammen zu sein? Wobei sie selbst einiges verheimlichte. Aber das war okay. Die Lügen formten eine Distanz, die sicherstellte, dass sie sich nicht zu nahe kamen. Möglich, dass Luisa mit diesem Date auch nur das Ende ihres Zusammenseins markieren wollte. So oder so. Sie hatte nicht mehr darüber gesagt und er hatte nicht nachgefragt. Ein weiterer Stein, der sich zwischen sie legte. Es sollte ihm egal sein.

Aber da war noch die andere Seite in ihm.

Das wilde Tier.

Das im Käfig auf und ab lief und den Zuschauern mit Blicken zu verstehen gab, dass es ihnen die Kehle rausreißen würde. Dieses Tier verhöhnte ihn, forderte ihn auf, Luisa ausfindig zu machen, hinzufahren und den Typen auseinanderzunehmen. Es war stark, riss an ihm, an seiner Beherrschung, an seiner Geduld und führte durch seine Rastlosigkeit dazu, dass er sich auf nichts konzentrieren konnte.

»Scheiße!«, rief er laut.

Er musste diese Energie loswerden, sonst würde er dem Tier folgen. Ein Video zum Auspowern schien ihm genau das Richtige zu sein. Mit langen, schnellen Schritten ging er zurück in seinen Trainingsraum und schaltete die Kamera ein. Er wusste jetzt, was er zu tun hatte.

»Kennt ihr das, wenn etwas in euch tobt?«, begann er und ballte eine Hand zur Faust, »wenn ihr nicht wisst, wie ihr es unter Kontrolle halten könnt, wenn es rausmuss, denn sonst könnt ihr für nichts garantieren?«

Er hob den Kopf, blickte in die Kamera und stellte sich vor, wie auf der anderen Seite der Linse Luisa mit einem Mann lachte. Wie er ihre Hand nahm, über ihre Wange strich, in sie eindrang. Etwas schrie ohrenbetäubend laut. Iljas wollte sich vornüberbeugen, die Hände auf die Ohren pressen, doch er verharrte regungslos, denn das Brüllen war nur in seinem Kopf.

»Besiegt das Tier«, sagte er schließlich. »Macht es fertig.«

Er drehte sich um und schlug auf den Sandsack ein. Immer und immer wieder. Bis die Stimme schwieg. Bis er nichts mehr fühlte.

❤

Luisa fuhr die von Wäldern gesäumte endlose Straße entlang. Das Rot der Blätter leuchtete, als stünde der Wald in Flammen. Herunterfallendes Laub sah aus wie brennende Lava, die ihr entgegenwallte. Die Farbenpracht lenkte sie so sehr ab, dass sie beinahe die Einfahrt verpasst hätte. Schnell blickte sie in den Rückspiegel, bremste und bog rechts ein. Anfangs bestand die Straße noch aus Beton, doch je näher sie den Häusern der Kommune kam, desto holpriger und löchriger wurde der Weg. Schließlich war er nur noch eine Schotterpiste. Eingangs befand sich ein landwirtschaftliches Bildungszentrum für Besucher und Interessenten. Dort wurden auch Fortbildungen in der ökologischen Landwirtschaft angeboten. Der hintere Teil des Geländes war privat, mit Gemeinschaftshäusern, einer Großküche, einem alten Bauernhaus und dem Gästehaus. Jene Besucher, die dort einquartiert waren, gehörten während ihres Aufenthalts zur Gemeinschaft. Im Zentrum befand sich ein riesengroßer kreisrunder Platz. Die Begegnungsstätte für Feste und Zusammenkünfte aller Art. Luisa sah, dass an den Seiten bereits Holzbalken in die dafür vorgesehenen Vertiefungen gestellt worden waren. An ihnen würde man Schnüre befestigen, die zu einem großen Balken in der Mitte zusammenliefen. Zwischen den Pfeilern befanden sich Feuerschalen, in denen heute Abend das Holz toter Bäume verbrannt werden würde. An den Seilen würden Lampions und bunte Schnüre hängen, und wenn die Temperaturen zu sehr in den Keller gingen, hatte man die Möglichkeit, mit wenigen Handgriffen eine gigantische Stoffbahn über die Konstruktion zu ziehen. Luisa parkte den Wagen neben dem Haupthaus, in dem ihre Eltern wohnten. In einem Zimmer mit Tante Birte, denn sie waren in einer Liebesgemeinschaft verflochten, zu der Luisa keinen Bezug hatte. Sie stellte den Motor ab und stieg aus. Die Sonne blendete und sie hob die Hand schützend über die Augen. Um sie herum wuselten die Kommunarden, jeder beschäftigt mit seiner Aufgabe, jedoch nicht, ohne ihr dabei verstohlene Seitenblicke zuzuwerfen. Die verlorene Tochter kehrte zurück. Das letzte Mal war sie zu Ostern vor einem halben Jahr hier gewesen, denn Weihnachten in der Kommune war für jeden normal tickenden Menschen einfach zu viel. Luisa hatte nicht vorgehabt, so viel Zeit verstreichen zu lassen, aber es hatte sich einfach ergeben. Das Leben war ihr dazwischengekommen. Die Arbeit, Prozesse, die –.

»Luisa!«

Sie sah gerade noch im Augenwinkel, wie eine kleine, stark behaarte Person auf sie zugerannt kam. Birte flog ihr mit einer für ihr Alter irritierenden Leichtigkeit entgegen und klammerte sich an ihr fest. Im Gegensatz zu anderen Menschen verstand Birte das Prinzip der Privatsphäre und des persönlichen Raums nicht. Luisa hatte sie praktisch noch nie ohne Körperkontakt gesehen, egal, zu wem. Sie schien ihre Kraft und ihr Sein aus Nähe zu ziehen. Wie eine Wurzel sich im Boden verzweigte, um Nährstoffe aufnehmen zu können, musste Birte mit der Energie anderer Menschen verbunden sein.

Oh Gott, Luisa dachte schon wie die Kommunarden.

»Birte, schön, dich wiederzusehen«, sagte sie und versuchte, sich aus der Umarmung zu lösen. Wenigstens einen Arm wollte sie aus dem eisernen Griff bekommen.

»Deine Eltern werden ausflippen. Sie haben nicht damit gerechnet, dass du kommst.«

Luisa zappelte wie ein Wurm am Haken. Birte war unbeeindruckt.

»Hey, wenn ich zu einer Feier des Lichts eingeladen werde, dann komme ich«, keuchte Luisa und versuchte, Birte von ihrem Kaschmirpullover zu ziehen.

»Du meinst die Lichtfeier«, sagte Birte tadelnd. »Wir feiern die besondere Liebe zwischen zwei besonderen Menschen.«

Birte löste sich endlich und nahm ihre Hand, damit sie Luisa zum Eingang des Bauernhauses ziehen konnte, als die Tür aufging. Ihre Mutter stand da und Luisa freute sich so sehr, sie zu sehen, dass es sich anfühlte, als hätte jemand ein Feuerwerk in ihrem Bauch angezündet. Helena wirkte klein und zerbrechlich, aber sie war höchst lebendig. Immer fröhlich, immer offen und sie ging stets auf Menschen zu. Einen Teil von sich zurückzuhalten käme ihr nicht in den Sinn. Ihre Haare waren kürzer und das Schwarz mit glitzerndem Grau gesprenkelt, so wie es kein Friseur der Welt hinbekommen hätte.

»Luisa«, flüsterte sie, und fasste sich ans Herz.

Luisa streifte Birtes Hand ab und eilte zu ihr.

»Mama«, sagte sie und schloss sie in die Arme. Der Duft ihrer Mutter nach süßem Keksteig und Liebe stieg ihr in die Nase, ihre Wärme kroch in Luisas Herz und sie fragte sich, wie sie es so lange geschafft hatte, ohne sie zu sein. Sie liebte ihre Eltern. Das teenagermäßige Rotzgör in ihr war immer noch sauer, weil sie in die Kommune gezogen waren, aber das änderte nichts daran, dass die beiden tolle Eltern waren. Humorvoll, liebevoll, offen. Luisa spürte etwas Warmes an ihrem Rücken und bemerkte, dass ihr Vater sich zu der Familienumarmung dazugesellt hatte.

Oh Mann, okay. Jetzt wurde es doch etwas viel. Luisa löste sich, bevor Birte die Gelegenheit auch noch beim Schopfe packte.

»Wir haben nicht geglaubt, dass du kommst«, sagte ihr Vater mit seiner tiefen, sonoren Stimme und küsste ihre Wange. Immer wenn sie ihn in seiner verwaschenen Jeans und seinen viel zu weiten Karohemden sah, kam es ihr so vor, als lägen Welten zwischen diesem Mann und dem, der früher in akkuraten Anzügen und mit schwarz glänzender Aktentasche nach Hause gekommen war. Der Unterschied war so wie zwischen Christian Grey und Peter Lustig. Sein Gesicht war wettergegerbt, was ihn verwegener und fröhlicher machte. Er hieß Wolfgang, aber seit er in der Kommune lebte, hatte er das »gang« aus seinem Namen entfernt, denn er würde nicht mehr gehen. Er hatte den Ort gefunden, an dem er zu Hause war. Auf jeder nur erdenklichen räumlichen und spirituellen Ebene.

»Was wäre eine Feier des Lichts ohne mich?«, fragte Luisa und warf theatralisch die Hände in die Höhe.

Ihr Vater grinste. »Nicht halb so gut. Gib mir den Autoschlüssel, dann bringe ich deinen Koffer rein.«

Luisa reichte ihm den Schlüssel und blieb unsicher stehen. Helena nahm ihre Hand und zog sie ins Haupthaus hinein.

»Komm«, sagte sie. »Du kannst mir in der Küche helfen.«

Sie folgte ihrer Mutter durch das große, helle Bauernhaus, das energetisch nach den allerneuesten, modernsten Maßstäben saniert worden war, aber immer noch rauchig nach Holz und Kamin duftete. Die Kommune finanzierte sich durch den Verkauf von Obst und Gemüse, selbst gebackenem Brot, den Seminaren zur ökologischen Landwirtschaft und letztendlich durch neugierige Besucher, die für ein paar Tage den Freigeist einer Kommune einfangen wollten. Da sie nicht auf Gewinn aus waren, steckten sie das meiste Geld in den Bau neuer Gebäude oder in energetische Maßnahmen der alten. Die Kommune versorgte sich sowohl mit Essen als auch mit Strom selbst.

Als sie in der Küche ankamen, sahen ein paar Frauen kurz von ihrer Arbeit auf und begrüßten Luisa knapp. Die Blicke konnte sie recht gut deuten. Sie dachten, dass Luisa es nicht für nötig hielt, öfter herzukommen, dass sie sich für etwas Besseres hielt. Und Luisa konnte es ihnen nicht verübeln, denn sie war mit achtzehn Hals über Kopf aufgebrochen. Nach einem ziemlich hässlichen Streit mit ihren Eltern, der zu einhundertfünfundneunzig Prozent von ihr ausgegangen war.

Die wenigen Male, die sie seitdem hier gewesen war, hatte sie isoliert mit ihren Eltern verbracht. Luisa sah an sich hinab, und das erste Mal, seitdem sie arbeitete und sich teure Klamotten leisten konnte, fühlte sie sich in Designerjeans und den stylishen Lederboots mit den darum geschlungenen Schnürsenkeln fehl am Platz.

»Hier.«

Helena reichte ihr eine Schürze, die sie sich schnell umband, als könnte sie so vertuschen, dass sie nicht hierhergehörte.

Sie gingen in den hinteren Bereich der Küche. Die alten Holzdielen knarzten unter Luisas Füßen, sie lief durch eine feine Wolke aus Mehl, die in dem hellen Sonnenlicht flimmerte und wie ein nebliges Portal in eine andere Welt wirkte. Sie roch Vanille, gebackenen Kürbis, Thymian und reife Äpfel. Gott. Die Küche war mit Abstand der schönste Ort der Kommune und der einzige, den Luisa vermissen würde, wenn die Frauen hier nur ein paar Zugeständnisse an Industriezucker machen würden.

Ihre Mutter blieb in einer Ecke stehen und begann unbeirrt, Zutaten in einer Schüssel zu vermischen.

»Erzähl, was gibt es Neues aus der großen Stadt?«

So, wie sie es sagte, klang Berlin wie ein kindisches, unvernünftiges Abenteuer und Luisa verlagerte ihr Gewicht von einem auf das andere Bein. Was war los mit ihr? Die Kommune hatte sie noch nie unsicher werden lassen. Im Gegenteil. Normalerweise bestätigte ein Besuch binnen drei Sekunden ihre Wahl, in Berlin zu leben und vierundneunzig Stunden am Tag zu arbeiten. Und heute? Die Gerüche in der Küche, die Geräuschkulisse aus sanften, leisen Gesprächen im Hintergrund kamen ihr so … echt vor. Magisch irgendwie. Vermutlich war das vorhin keine Wolke aus Mehl, sondern eine aus zerbröselten Pilzen gewesen?

»Nichts. Ich arbeite immer noch in der Kanzlei.«

Und das war auch schon das Ende des Gesprächsstoffes. Ihre Leben verliefen so weit auseinander, dass der Punkt, an dem sich eine Überschneidung ergeben könnte, immer weiter in die Ferne driftete.

»Was gibt es hier Neues?«

»Oh, wir haben ein weiteres Haus gebaut, um mehr Besucher empfangen zu können, außerdem haben wir eine neue Methode entwickelt, um die Felder –«

Sie brach ab. Ihre Hände steckten im Teig, ihr Blick ruhte auf Luisa. »Entschuldige, das interessiert dich vermutlich nicht.«

»Das stimmt nicht«, protestierte Luisa, doch Helena winkte ab, wobei ein kleiner Klecks Teig auf Luisas Arm landete. Luisa klaubte ihn auf und steckte ihn sich in den Mund. Zuckerlos hin oder her. Das hier war Kuchenteig.

»Hmmm, was ist das?«

»Oh, etwas, an dem wir den Sommer über getüftelt haben. Roher Keksteig.«

Grundgütiger.

»Wie bitte?«, fragte Luisa.

»Der Trend kommt aus New York, weißt du? Man isst den Keksteig roh, und da wir alles vegan zubereiten, besteht auch keine Gefahr, an Salmonellen zu erkranken.«

»Das wird jetzt einfach so gegessen?«, fragte Luisa, und es kostete sie ihre ganze Willenskraft, sich nicht auszuziehen und in die Schüssel zu springen.

»Ja, es gibt verschiedene Sorten. Wir verkaufen ihn in selbst gemachten Vanillewaffeln.«

Okay. Scheiß was drauf. Hier war sicherlich keine Zurückhaltung geboten.

»Welche Sorten gibt es, und liefert ihr nach Berlin?«

Ihre Mutter lachte. Dieses reine, ungefilterte Lachen, bei dem sich die Haut um ihre Augen zu wunderschönen Fältchen zusammenzog.

»Du bekommst nachher etwas. Dieser Teig ist ausschließlich für das Fest.«

Halleluja.

»Was macht Michael?«

»Wer?«, fragte Luisa und hob ihren Blick von der Schüssel.

»Dein Freund? Michael?«

Oh. Äh. Der war mittlerweile verheiratet und hatte ein Kind. Aber nicht mit Luisa, sondern mit Anja, der Krankenschwester, die bereits angekommen war. In ihrem Leben. In sich. Sie hatte kein Bedürfnis, weiterzugehen.

»Wir sind nicht mehr zusammen«, sagte Luisa.

»Und gibt es einen anderen?«, fragte ihre Mutter und lächelte ihr spitzbübisch über die Schulter zu.

»Nein«, sagte Luisa schnell.

»Sicher?«

»Äh. Ja. Warum?«

»Du hast dieses Leuchten in den Augen«, sagte Helena beiläufig, während sie weiterknetete.

Luisa war geliefert. Sie sah, wie die schwarzgrauen Haare ihrer Mutter durch das Kneten hin und her wippten. Ihre schmalen Schultern zuckten, ihr Körper war in Aktion, und da wusste Luisa, welchen Fehler sie begangen hatte. Sie hatte sich einlullen lassen, von dem Keksteig, der flimmernden Mehlwolke. Immerhin brodelte auch in Helena das Blut von Iris Josephine Becker, ihrer Oma.

»Ich weiß nicht, was du meinst«, sagte Luisa in einem letzten verzweifelten Versuch, aus der Nummer wieder rauszukommen.

»Luisa«, sagte ihre Mutter und bearbeitete den Teig weiter, »du vergisst, wo ich lebe. Ich kenne den Glanz auf den Pupillen, den ein mächtiger Orgasmus hinterlässt. Einer, der deine Welt in den Grundfesten erschüttert und deine Organe durcheinanderwirbelt.«

Oh. Mein. Gott.

Sie wollte lachen. Sie wollte sterben. Sie wollte weg hier.

»Zeig mal her«, sagte Mathilda, die älteste Frau der Kommune. Sie war klein und runzlig, gleichzeitig aber so starrsinnig und drahtig, dass sie dem Tod den Mittelfinger zeigte und keinerlei Zugeständnisse an ihr Alter machte. Sie ging mit ihren siebenundneunzig Jahren immer noch täglich aufs Feld arbeiten. Sie schnappte sich Luisas Kinn, drehte ihren Kopf und starrte ihr von unten in die Augen. Ihr faltiges Gesicht verzog sich zu einem Grinsen.

»Ja, eindeutig, Liebes. Du hast gefickt.«

Schnell wich Luisa zurück und presste sich die Hände vor den Mund, um so ein Lachen zu unterdrücken.

Mit schlurfenden Schritten entfernte sich Mathilda und machte sich wieder an die Arbeit. Geschickt drehten ihre knorrigen Finger die Äpfel in rasantem Tempo, während ein Schalenstück nach dem anderen in eine kleine Schüssel flog, die sie nachher zum Komposthaufen bringen würde.

»Siehst du«, bestätigte ihre Mutter. »Kein Grund zur Scham. Wir haben alle Bedürfnisse, sogar Mathilda.«

»So sieht es aus, Helena«, bestätigte Mathilda, drehte ihren starren Körper ein wenig zu Luisa und wippte mit den Hüften.

Luisa wusste nicht, ob sie lachen, weinen oder kotzen sollte.

Mathilda hatte *gefickt* gesagt.

Mathilda hatte ihre Hüften anzüglich bewegt.

Mathilda war fast hundert.

Als sie auf die Welt gekommen war, hätte man die Tinte auf dem Vertrag von Versailles noch mit einem beherzten Rubbeln des Daumens verwischen können.

»Also, wer ist er?«

Allmählich löste sich Luisa aus der Schockstarre.

»Er ist nur ein … ein Freund.«

Oder um es mit den Worten von Mathilda zu sagen: ein Fickfreund. Wobei er noch nicht einmal mehr das war.

»Du bist siebenunddreißig Jahre alt, du solltest langsam darüber nachdenken, wie du es mit deiner Familienplanung handhaben möchtest. Männer finden es im Allgemeinen nicht gut, wenn man sie kennenlernt und gleich darauf von ihnen geschwängert werden möchte. Es sei denn, du triffst dich mit Bernd, der schwängert alles, was bei drei nicht auf dem Baum ist. Er behauptet, er hätte Wundersamen und sei dazu auserkoren, seine Gene in die Welt zu tragen.«

Helenas Finger drehten kleine Kreise an der Schläfe. Luisa lachte. Weil sie sich fremdschämte. Wegen Bernd. Wegen Mathilda.

»Ich habe vorgesorgt, Mama«, sagte sie.

»Inwiefern?«

»Ich habe Eizellen einfrieren lassen.«

»Das geht?«

»Das geht.«

Helena zuckte mit den Achseln. Sie zog die Hände aus dem Teig, säuberte sie an der Spüle und trocknete sie gründlich an einem Handtuch ab. Luisa beobachtete sie dabei, bis sie den Blick hob und sah, dass ihre Mutter sie ebenfalls beobachtete.

Helena schürzte die Lippen, als würde sie etwas Verborgenes sehen. Schließlich seufzte sie.

»Komm mit, ich brauche noch Minze.«

Erneut trottete Luisa ihrer Mutter hinterher, dieses Mal jedoch in einen kleinen Kräutergarten, der hinter dem Haus lag. Die meisten Kräuter waren schon abgeerntet und für den Herbst und Winter entweder eingefroren oder getrocknet, aber Minze konnte das letzte Mal im Herbst geerntet werden. Luisa wunderte sich, wie viel sie immer noch von damals wusste.

»Setz dich«, sagte Helena, deutete auf eine Bank und ging in die Hocke. Sie pflückte zwei Stiele ab und setzte sich dann neben Luisa in die Sonne.

»Du brauchst gar keine Minze, oder?«, fragte Luisa.

»Nein, aber einen Augenblick Ruhe vor Mathildas losem Mundwerk.«

Luisa lachte.

»Woher kommt deine Abneigung gegen Beziehungen?«

Das Lachen erstarb.

»Meine … was?«

»Ich habe mir Gedanken gemacht, weißt du? Warum wir uns so selten sehen, warum du so ungern hier bist. Warum du keine feste Beziehung hast.«

Luisa schnaubte. »Feste Beziehung? Ernsthaft, Mama? Und das aus dem Mund einer Frau, die hier lebt?«, fragte sie und machte eine ausholende Bewegung mit den Armen.

»Oh, da ist ein gravierender Unterschied. Ich lasse zu. Du lehnst ab.«

Luisa schwieg.

»Ich lehne nicht ab«, sagte sie. »Ich habe im Moment einfach keine Zeit dafür. Ich bin kurz davor, endlich Partnerin zu werden. Dann hat sich alles, wofür ich so hart gearbeitet habe, ausgezahlt.«

»Das verstehe ich und ich bin stolz auf dich, aber warum soll dich die Arbeit daran hindern, eine feste Beziehung einzugehen?«

Luisa lehnte sich gegen die von der Sonne aufgewärmte Hauswand.

»Es ist nicht so einfach, Mama. Die Welt da draußen ist immer noch ungerecht zu Frauen. Männer verstehen es nicht, dass meine Karriere an erster Stelle steht. Andersrum wäre es kein Problem.«

Helena sah sie lange an, ehe sie den Blick in die Ferne richtete.

»Ich verstehe.«

Sie schwieg, die Sonne glitzerte in ihren dunkelblauen Augen, ihr Körper und ihr Geist strahlten Ruhe aus.

»Was wäre, wenn du das zu dem Mann sagen würdest, dem du den Glanz auf deinen Pupillen zu verdanken hast?«, fragte sie schließlich.

Eine Flut von Bildern stürmte auf Luisa ein und sie schnappte nach Luft, keuchte mehrfach. Iljas, wie er Essen kochte, während sie an ihrem Laptop arbeitete. Wie er sie zum Gericht fuhr, weil das trotz der Vorfälle ihre Priorität war, wie er für sie hinsichtlich des Schusses log, damit Karl sie nicht von dem Fall abzog. Ihr Herz schlug schneller, schlug langsamer, stockte, tanzte und weinte in ihrer Brust. Denn hier, weit weg von Iljas, weit weg von der unmöglichen Situation, in der sie sich befanden, konnte sie auf das hören, was leise in ihr flüsterte. Die Wahrheit, die sie unterdrückt hatte. Trotz der ganzen Lügen wollte sie ihn. Und würde ihn gleichzeitig nie haben können.

»Er würde es verstehen«, sagte sie leise.

Ihre Mutter sah sie triumphierend an und stand auf. Für Helena war alles Wichtige gesagt.

»Trotzdem geht es mit ihm nicht«, sagte Luisa. Fern von der Stadt, in all der Ruhe hörte sie den traurigen Klang in ihrer Stimme.

»Warum? Er schläft doch schon mit dir«, sagte ihre Mutter und setzte sich wieder. In Helenas Welt waren Beziehungen einfach. Weil es keine Lügen gab.

»Ja, aber wir belügen uns. Ununterbrochen. Seine Schwester wurde getötet, als er noch jung war, und er gibt sich selbst die Schuld. Erzählt hat er mir das nicht, ich musste es googeln. Und ich habe ihm weder von dem Prozess gegen Papa erzählt noch von … von …«

»Deinen Hippie-Eltern?«, half Helena.

»Ja.«

Ihre Mutter seufzte. »Weißt du, was am allerschlimmsten ist?«

Luisa schüttelte den Kopf.

»Du bist nicht dazu in der Lage, die wahren Probleme zu sehen, wenn es um dich geht.«

»Wie bitte?!«

Okay, das ging ja wohl zu weit.

»Ich gebe dir ein Beispiel: Vom ersten Tag an, als wir hierhergekommen sind, hast du der Kommune die Schuld an deiner persönlichen Misere gegeben.«

Luisa schluckte. Die Antipathie gegen die Kommune war schon so oft Thema zwischen ihr und ihren Eltern gewesen. Selten waren diese Gespräche ohne einen Streit abgelaufen.

»Mir war das alles zu viel, ich konnte diese ganze Nähe nicht ertragen.«

Ihre Mutter warf die Hände in die Luft und ihren Kopf in den Nacken, als säße neben ihr die größte lebende Idiotin, und Luisa fragte sich, ob sie in solchen Augenblicken von ihrer Oma heimgesucht wurde. Die Antwort bekam sie, als Helena aufstand und auf sie hinabstarrte. Die Sonne brach sich in ihrem Haar, und es sah aus, als wäre es mit funkelnden Diamanten besetzt. Ihre Haut, die noch einen Tick dunkler war als Luisas, war braun gebrannt, und sie strahlte eine Menge Energie aus.

»Oh bitte, Luisa. Nicht die Kommune war dein Problem, sondern dein Gerechtigkeitssinn! Ungerechtigkeit hat dich schon immer auf die Palme gebracht. Schon als Zweijährige war es schlimm für dich, anzusehen, wenn ein Kind einem anderen die Schippe weggenommen hat. Der Prozess gegen deinen Vater hat dich rasend gemacht, hat dich zu einem bitteren, düsteren Kind werden lassen. Wir mussten dich da rausholen. Tag für Tag konnten wir sehen, wie etwas in dir wuchs, das dich von innen heraus zerstörte. Nicht der Prozess hat uns damals fertiggemacht, sondern deine Veränderung. Du bist uns entglitten. Du, die wir über alles lieben, für die wir alles geben würden, bist immer weniger geworden. Dein Wesen wurde verdrängt durch das Monster, das in dir wuchs. Erst die Kommune schaffte es, dich zu besänftigen, dich von dem Kampf in deinem Innern abzulenken. Die Beschuldigungen gegen deinen Vater und deine Machtlosigkeit haben in dir getobt. Erst nach Wochen hier wurdest du ruhiger. Auch wenn du uns diesen Schritt nie verziehen hast, würde ich es immer wieder tun, denn ich bin überzeugt, dass wir dich dadurch gerettet haben, deinen Glauben an Gerechtigkeit und an das Leben wiederhergestellt haben. Auch wenn du zurückgezogen lebst, bist du dennoch gut und positiv. Du setzt dich für andere

Menschen ein und du kämpfst für sie wie eine Löwin für ihr Junges.«

Luisa keuchte und schluckte die Tränen hinunter. Stimmte das? Ihr ganzes Leben lang war sie immer davon ausgegangen, dass die Zeit in der Kommune die schlimmste ihres Lebens gewesen war. Dass der Prozess gegen ihren Vater sie nicht verändert, sondern nur einen Kampfgeist wachgerufen hatte, der ihre Berufswahl geprägt hatte. Und jetzt das. Sie wollte etwas erwidern, Nein schreien, wütend aufstampfen, aber sie wusste es. Wusste vom Augenblick an, als ihre Mutter es ausgesprochen hatte, dass es stimmte.

Helena sah sie an. »Warum ziehst du eine Beziehung zu dem Mann nicht in Betracht?«

»Weil ich Angst habe«, flüsterte Luisa. »Ich habe Angst, ihm zu sagen, was ich empfinde. Er könnte mich ablehnen. Ich könnte nicht genug für ihn sein.«

So. Jetzt war es raus. Der wahre Grund. Sie hatte unglaubliche Angst, sich komplett zu öffnen, verwundbar zu sein und ihr Herz an Iljas zu verlieren, denn er würde es ihr nicht zurückgeben. Dazu war er nicht in der Lage. Aber im Grunde war es egal, ob sie Angst hatte oder nicht. Denn es war bereits zu spät. Ihr Gerechtigkeitssinn, ihre Angst, einfach alles hatte sie davon abgehalten, zu sehen, was offensichtlich war. So sehr sie es schätzte, die Wahrheit zu kennen, brachte sie ihr nichts. Sie beugte sich vornüber, denn der Schmerz in ihrer Brust hinderte sie am Atmen. Helena streichelte ihr über den Rücken und eine Weile ließ sie es einfach nur zu. Während sie dort hockte und spürte, wie ihr Herz zerbarst, kämpfte sich ein anderer Gedanke an die Oberfläche ihrer Verzweiflung. Was wusste ihre Mutter über ihre Arbeit?

»Woher weißt du, dass ich für andere kämpfe?«, fragte Luisa

leise. Klar, Luisa war Anwältin, was bedeutete, dass sie für ihre Mandanten da war, aber dass sie für sie kämpfte … vor allem für die hoffnungslosen Fälle, woher wusste ihre Mutter das?

Tadelnd sah Helena zu ihr hinab.

»Dein Vater und ich«, sagte sie in einem Tonfall, der suggerierte, dass sie am liebsten fassungslos den Kopf schütteln würde, »wir verfolgen jeden einzelnen deiner Fälle.«

Das war zu viel. Alles war zu viel.

Luisa ließ den Tränen freien Lauf.

Kapitel 27

Iljas öffnete die Wohnungstür und ließ seine Tasche auf den Boden fallen. Der Vormittag hatte ihn ausgelaugt, und alles, was er wollte, war duschen. Normalerweise erledigte er das im Studio, aber irgendwie hatte es ihn heute nach Hause gezogen. Vielleicht, weil Luisa noch nie einen Fuß über diese Schwelle gesetzt hatte? Nichts hier ließ ihn an sie denken. Er kickte die Schuhe von den Füßen und zog sich beim Durchqueren seiner Wohnung das Shirt über den Kopf. Als er im Badezimmer ankam, war er nackt. Er trat unter die Dusche und stellte das Wasser an. Die Leitung gluckste, ehe die ersten Tropfen kalten Wassers auf seinen überhitzten Körper trafen. Er sog geräuschvoll die Luft ein, wartete darauf, dass die Temperatur angenehmer wurde. Währenddessen dachte er dummerweise an seine letzte Dusche. Mit Luisa. Sie ging ihm nicht mehr aus dem Kopf, und dass er nicht wusste, wo sie war, machte ihn rasend. Die Sache mit ihr war nicht richtig beendet, fühlte sich frei schwebend an. Iljas reinigte sich und stellte das Wasser ab. Am Montag würde er mit ihr reden. Sie hatten keine Zukunft und auch die gemeinsame Gegenwart bröckelte. Danach wäre er frei.

Mit schnellen, wütenden Bewegungen trocknete er sich ab und ging ins Schlafzimmer, wo er sich anzog. Er musste sich ablenken, irgendetwas Unwichtiges machen, wie den Stapel Post bearbeiten, den er mit hochgebracht hatte.

Im Wohnzimmer angekommen, ließ er sich auf die Couch fallen und öffnete Brief um Brief. Als er beim vierten angekommen war, war es ihm, als würde jemand seinen Brustkorb aufreißen und sein Herz zerquetschen. Er hielt ein Foto in den Händen. Wegen Fingerabdrücken machte er sich keine Gedanken, denn er würde es nicht der Polizei melden. Die Sache war spätestens seit jetzt verdammt persönlich. Auf dem Foto standen Luisa und er vor dem Verhandlungssaal. Seine Körperhaltung angespannt, sein Blick ruhte auf ihr, während sie eine Hand auf seinen Arm gelegt hatte. Auf ihren Lippen lag ein vorsichtiges Lächeln. Sie waren einander verbunden. Als befände sich etwas zwischen ihnen, das so stark war und so viel Substanz besaß, dass es sogar auf einer Fotografie sichtbar wurde. Er studierte ihre Kleidung, vor allem Luisas Heels. Das Foto war eindeutig am Montag aufgenommen worden. Ungefähr von der Stelle aus, an der Iwanow gestanden hatte.

Er warf es auf den Tisch und zog sein Handy aus der Tasche. Hatte sie das Foto auch bekommen? Luisa würde sich diesem Risiko nicht aussetzen, aber wenn sie dachte, Iljas wäre in Gefahr … Ihrem Gerechtigkeitssinn folgend würde sie alles riskieren, um ihn zu schützen.

Aber warum hatte Iwanow Iljas das Foto ebenfalls geschickt?

Das ergab keinen Sinn.

Wollte er, dass Iljas zu Luisa eilte und ihn vielleicht so zu ihr brachte? Falls ja, wäre es sinnvoller, nicht zu ihr zu fahren, aber das konnte er nicht. Seine innere Unruhe war so stark, dass es ihn kaum noch in der Wohnung hielt. Zuerst musste er herausfinden, wo sie war. Er wählte ihre Nummer. Anstelle des Freizeichens sprang sofort die Mailbox an.

»Scheiße«, rief Iljas. Er lief auf und ab, überlegte, dachte nach, ehe ihm Amelie einfiel. Nachdem sie ihn das letzte Mal über die YouTube-Nachrichtenfunktion kontaktiert hatte, hatten sie Handynummern ausgetauscht. Er wählte ihre Nummer, doch sie hob ebenfalls nicht ab.

»Verdammt«, rief er, presste sich eine Kante seines Handys

gegen die Stirn und versuchte, die Verzweiflung nicht die Oberhand gewinnen zu lassen. Sollte er das Risiko einer Falle eingehen? Jede Faser seines Körpers schrie ihn an, sich auf den Weg zu machen, um sie vor diesem Psycho zu schützen.

Das Handy vibrierte, schnell wischte Iljas über das Display.

»Amelie.«

»Was ist los?«, fragte sie vernuschelt.

Herrgott, sie konnte doch jetzt nicht schlafen, wenn die Welt dabei war unterzugehen.

»Wo ist Luisa?«

»Keine Ahnung. Was ist los?«, fragte sie erneut.

Wacher. Alarmiert. Er hörte das Rascheln ihrer Bettdecke.

»Amelie, ich muss wissen, wo sie ist.«

»Ich melde mich gleich wieder bei dir«, sagte sie und legte auf.

Jemand warnte ihn, forderte ihn auf, sich von Luisa fernzuhalten, oder brachte ihn dazu, ihn zu ihr zu führen. Iwanow? Der Gedanke fühlte sich … falsch an.

Wer dann?

Jeder einzelne Vorfall schien persönlich zu sein, aber Iljas vertraute Luisa. Wenn sie sagte, dass es keiner ihrer Expartner war, dann war es so. Was, wenn es der Typ war, mit dem sie sich gerade traf? Wann hatte sie ihn kennengelernt? Und warum zum Teufel hatte Iljas nicht nachgefragt, wer es war? Verdammt, verdammt. Er hätte nicht zulassen sollen, dass sie ging. Er versagte schon wieder. Wie hatte das passieren können?

Zwischen ihnen war etwas entstanden und er hatte es nicht im Keim erstickt. Ihr Date hatte ihn wütend gemacht, etwas hatte in ihm getobt. Genau wegen dieser Gefühle hatte er nicht weiter nachgefragt, denn sie durften nicht sein. Außerdem schien die Gefahr gebannt, Luisa ging weiter ihren Weg, ohne ihn. Früher oder später wäre es ohnehin so gekommen. Genau das hatte er sich eingeredet. Er konnte nicht ewig ihr Bodyguard sein. Und weil sein Verstand damit beschäftigt gewesen war, all diese Ausflüchte zu konstruieren, war er abgelenkt gewesen. Genau wie damals. Sein Handy vibrierte.

»Ja?«, fragte er.

»Ich habe mit Karl Meyer telefoniert, er weiß, wo Luisa ist. Wir holen dich in zehn Minuten ab«, sagte Amelie.

»Nein. Wir treffen uns im Parkhaus des Alexas.«

Falls ihn tatsächlich jemand verfolgte, waren die großen Arkaden am Alexanderplatz der perfekte Ort, ihn loszuwerden.

Er schob sein Handy in die Hosentasche und seine Waffe in den Bund. Er würde dieses Spiel nicht mehr länger mitmachen, er würde es beenden.

Kapitel 28

Unsicher verharrte Luisa am Rand des Kreises und wagte nicht, hineinzutreten. Sie gehörte nicht dazu, sie fühlte sich fremd. Während sie regungslos dastand, wuchs ihr Bedürfnis abzuhauen. Zu ihrem Auto, aus der Kommune. Aber sie konnte nicht gehen, denn erstens hatte sie ihren Eltern versprochen, die Nacht hier zu verbringen, und außerdem hielt sie bereits das zweite Glas von Mathildas teuflischer Bowle in der Hand. Nur Luzifer und Mathilda wussten, was da drin war. Es war Nachmittag und das Fest in vollem Gange. Die Hälfte der Kommune war bereits high und tanzte zusammen mit dem frisch beleuchteten Paar des Lichts in der Mitte des Festplatzes zu einem wilden Rhythmus aus Trommeln und Rasseln. Der Tanz sah leidenschaftlich und martialisch aus, als hätte jeder Mensch ihn im Blut und hier würde er lediglich zum Ausdruck gebracht werden. Aber Luisa wollte nichts ausdrücken. Sie wollte am liebsten auf das Gaspedal ihres Wagens drücken, denn so gut, wie ihr die Aussprache mit ihrer Mutter getan hatte, änderte es trotzdem nichts an dem Umstand, dass sie nicht hierhergehörte. Sie konnte sich nicht frei machen. Von den Konventionen, die sie sich selbst auferlegt hatte. Nicht zu weiblich wirken, nicht zu viele Emotionen zeigen, sich bedeckt halten, gewählt ausdrücken, auf alle Eventualitäten vorbereitet sein. Das alles war in ihr Wesen übergegangen und lenkte ihre Handlungsweisen. Sich über Nacht davon frei zu machen und in dem Kreis völlig auszurasten würde in diesem Leben nicht mehr passieren. Sie überlegte, ob sie mit der Spitze ihres Fußes wippen sollte. Dann würde sie wenigstens ein bisschen mitmachen. Gerade als sie beschloss, ihren Wild-Style-Dance zu beginnen, hielten die Tanzenden inne und ein

Raunen ging durch die Menge. Luisa schob sich auf die Zehenspitzen, suchte innerhalb des Kreises nach einer Ursache, fand jedoch nichts. Dann hob sie den Blick. Ein dunkler Mercedes donnerte den Schotterweg entlang. Staub stob hinter ihm in die Höhe, kleine Kieselsteine wurden zur Seite geschleudert.

Luisa ging ein paar Schritte nach links, um besser sehen zu können. Sie war nicht sensationsgeil, aber insgeheim freute sie sich, live dabei zu sein, wie der Insasse des Wagens von der halben Bewohnerschaft kleingemacht werden würde. Einmal wegen des unangemeldeten Besuchs, dann wegen des Luxusautos an sich und dann, weil derjenige die Feier störte.

Die Feier des Lichts.

Mathilda schälte sich aus der Menge heraus und trat an die Spitze. Oha. Das würde was werden. Mathilda würde Kleinholz aus den Eindringlingen machen. Drei Türen öffneten sich. Luisa sah, wie auf der Seite des Fahrers handgefertigte, englische Schuhe auf dem Boden landeten. Sie schluckte und ihr Blick schnellte zum Beifahrer. Doc Martins. Und dann kletterte die letzte Person aus dem hinteren Bereich des Autos. Lederjacke. Schwarzes T-Shirt. Düsterer Blick.

Der Arschtreter war da.

❤

Iljas stand in der großen Küche eines Bauernhauses, in der es vor Menschen nur so wimmelte, die alle reinkamen, um angeblich Speisen für das Büfett rauszuholen, aber ihn letztendlich nur angaffen wollten. Währenddessen wartete er auf das Urteil der Vollstreckerin, die über neunzig Jahre alt war und irgendein Problem mit der Hüfte hatte. Sie blickte immer wieder zu ihm herüber und wackelte dann beinahe anzüglich mit dem kantigen Unterleib. Luisa unterhielt sich leise mit ihr und einer kleinen Frau, die ihre Mutter sein musste. Die beiden sahen sich nicht besonders ähnlich, es war eher die Art, wie sie sich bewegten, die Energie, die von ihnen ausging. Luisa zuckte mit den Schultern und verließ endlich den Kreis der Frauen.

»Komm mit«, sagte sie zu ihm und führte ihn aus dem Raum, was schade war, denn das Essen sah verdammt gut aus. Er war sich nicht sicher, ob die alte Frau, die sie mit einer wüsten Schimpftirade empfangen hatte, ihm gestatten würde mitzuessen oder ob sie ihm die Finger einzeln brechen würde, wenn er nur in Richtung des Büfetts ging. Als er an ihr vorbeikam, zwinkerte sie ihm zu, und Iljas vermutete, dass sie ihm seinen Auftritt verzieh.

Er folgte Luisa eine schmale Holztreppe nach oben. Die Stufen knarrten und ächzten unter seinem Gewicht. Oben angekommen, schlüpfte sie aus den Schuhen und bedeutete ihm, es ihr gleichzutun. Auf Socken liefen sie über einen schmalen Teppich einen düsteren Flur entlang und gelangten schließlich zu einer Tür, die Luisa öffnete. Sie bedeutete ihm vorzugehen, schloss die Tür hinter sich energisch und baute sich vor ihm auf.

»Ihr wisst, wie man eine Party crasht, oder?«, fragte sie ohne Umschweife.

»Was ist das hier?«, fragte er zurück.

Die Gefahr des Fotos, Luisas angebliches Date – das alles waren Sachen, die an Dringlichkeit verloren hatten, denn sie stand unverletzt und ohne männliche Begleitung vor ihm.

»Das Zimmer meiner Eltern«, antwortete Luisa und ging zum Fenster.

Das hatte er nicht gemeint, und das wusste sie, trotzdem überraschte ihn ihre Antwort. Auf dem Boden lagen drei Matratzen nebeneinander. Darüber ein Stoffzelt gespannt, in dem Lichterketten hingen. Ansonsten war das Zimmer eher spärlich eingerichtet, ein Teppich aus buntem Sisal, gebatikte Tücher an der Wand, ein alter Sekretär in einer Ecke mit einem schlichten Stuhl davor.

»Wo ist der Kleiderschrank?«

Luisa drehte sich vom Fenster weg. Ihre dunklen Haare waren zu einem lockeren Zopf geflochten und jemand hatte eine Blume hineingesteckt. Einzelne Strähnen hatten sich daraus gelöst.

»In dem Haus auf der anderen Seite gibt es einen Wäscheraum«, sagte sie, als ob das alles erklären würde.

Er schüttelte den Kopf, verschränkte die Arme vor der Brust. »Tut mir leid, Luisa, ich verstehe nicht, was das hier ist.«

Auf der Fahrt hierher hatten Karl, Amelie und er hauptsächlich über das Foto gesprochen und weniger darüber, wohin sie eigentlich gerade fuhren. Als sie dann von der Hauptstraße abgebogen waren, hatte Karl nur vage angedeutet, dass ihre Eltern in einer »besonderen Situation« lebten.

»Du stehst in einer Kommune. Der ältesten Deutschlands«, sagte sie und stemmte ihre Hände in die Hüften.

Sie trug eine Jeans, außerdem ein weißes T-Shirt mit V-Ausschnitt und eine beige Strickjacke darüber. Sie sah so normal aus, wie er es an ihr noch nie gesehen hatte. Selbst ihre Outfits für zu Hause waren für gewöhnlich elegant und schienen teuer zu sein. Er riss den Blick von ihrem Körper.

»Deine Eltern leben hier«, stellte er das Offensichtliche fest, denn er stand in ihrem Zimmer. Das hatten sie bereits besprochen. Jemand hatte sein Hirn gegen Wackelpudding ausgetauscht.

Luisa nickte, wartete auf seine Reaktion.

»Bist du hier aufgewachsen?«, fragte er und deutete mit einer Hand auf das Zimmer.

Wieder nickte sie und Iljas riss sich endgültig zusammen. Er sah ihre Angriffshaltung, als erwartete sie einen verletzenden Kommentar.

»Und das ist dir unangenehm … weil?«

Ungläubig starrte sie ihn an. »Da fragst du ernsthaft nach? Die Hälfte der Leute da unten ist so high, dass sie kurz davor sind, abzuheben.«

Er konnte ein Grinsen nicht unterdrücken. Krampfhaft versuchte er sich vorzustellen, wie Luisa als Kind zwischen den Kommunarden herumgerannt war. Er war umgeben von Häusern, Häusern und noch mal Häusern aufgewachsen und konnte sich vorstellen, dass die Kinder hier mehr Freiheiten genossen als in der Stadt. All die Möglichkeiten, zu klettern, zu toben und herumzurennen. Wenn man nicht Luisa Elmas hieß und gegen Natur und gesundes Essen war.

»Ehrlich. Es ist doch okay hier.«

Sie schwieg und blickte wieder aus dem Fenster. Er hörte, wie sie nach Luft schnappte.

»Das darf nicht wahr sein«, sagte Luisa und presste eine Hand gegen die Scheibe.

Er ging zu ihr, sein Arm berührte ihren. Der Abstand, den er eigentlich einhalten wollte, war dahin.

»Was ist?«, fragte er, doch dann sah er es selbst.

Amelie. Sie stand in der Mitte des Kreises und tanzte. Ihre Kleidung hatte sie zum Großteil gegen luftige Tücher eingetauscht, die im Takt ihrer Bewegungen um ihren Körper wogten. Wahnsinn. Sie hatte vermutlich zwei lausige Minuten gebraucht, um ein vollwertiges Mitglied der Gemeinschaft zu werden. Luisas Mund stand offen, als sie sah, wie Amelie auf Karl zu tanzte, ihn an der Hand nahm und in den Kreis zog.

Er wehrte sich nicht einmal, sondern warf lediglich sein Jackett beiseite.

»Oh Gott. Meine Karriere ist so was von im Eimer«, sagte sie und drehte sich zu ihm. Ihre Miene spiegelte so tiefes Entsetzen wider, dass er nicht anders konnte, als sich zu ihr hinabzubeugen und sie zu küssen. Es war ein sanfter, kurzer Kuss und er schmeckte nach mehr, aber dem Wunsch konnte er nicht nachgehen, denn Luisa im Zimmer ihrer Eltern zu verführen war … das ging gar nicht.

»Entspann dich«, sagte er und sie lehnte tatsächlich einen kurzen Augenblick ihren Kopf gegen seine Brust. Er wollte seine Arme um sie schließen, widerstand dem Impuls aber, er kannte sie mittlerweile besser. Er hörte, wie sie einatmete, und spürte, wie ihr Atem den Stoff seines T-Shirts über seinem Herzen erwärmte. Und dann war der Moment vorbei. Ihr Kopf schnellte hoch und sie sah ihn an. Luisa Elmas war ein Vulkan, der nur für wenige Sekunden am Tag erlosch.

»Und was zum Henker macht ihr hier?«

Sämtliche Wärme floss aus seinem Körper.

»Ich habe ein Foto zugeschickt bekommen. Von uns beiden. Vor dem Verhandlungssaal.«

Er brauchte ihr nicht zu erklären, was das bedeutete.

»Es ist noch nicht vorbei«, sagte sie leise.

Er nickte.

»Von welchem Tag ist es?«

»Montag.«

Sie drehte sich von ihm weg und ging in dem kleinen Zimmer auf und ab. Plötzlich sah sie ihn an. Ihre Miene erhellt und erleichtert.

»Vielleicht doch«, sagte sie.

Der Zweifel stand ihm ins Gesicht geschrieben. »Was meinst du?«

»Du bist am Tag nach dem Schuss zu mir gezogen. Wir wissen nicht, wann dir das Foto zugeschickt wurde. Seit Dienstag hat Hartke durchblicken lassen, dass die Beweise nicht ausreichen, um meinen Mandanten zu verurteilen. Es ist immer noch möglich, dass alles vorbei ist.«

Luisa hatte recht. Das Foto hatte ihn dermaßen in Panik versetzt, dass er nicht nachgedacht hatte. Seine einzige Sorge hatte Luisa gegolten. Er sah in ihre leuchtend blauen Augen, sah dort viel mehr, als er wollte. Wenn er jetzt nicht gehen würde, würde das in ihr mehr werden und das in seinem Herzen auch.

Und dann würde er sie verletzen. Früher oder später. Das konnte er Luisa nicht antun. Am allerwenigsten Luisa. Er nickte.

»Okay. Aber ich werde kein Risiko eingehen und dich hier draußen allein lassen. Wann fährst du zurück?«

»Morgen früh«, sagte sie knapp.

Morgen.

Eine weitere Nacht zusammen.

Danach musste er es beenden. Er war eifersüchtig auf ihre Verabredung gewesen, auch wenn er weiß Gott kein Recht dazu hatte. Er war heilfroh gewesen, sie zu sehen, auch wenn sie sich eigentlich voneinander verabschieden sollten. Heute Nacht würde sie ihm gehören. Am Montag würde er mit Joshua reden und gegebenenfalls jemanden beauftragen, der Luisa schützen würde und der sich nicht von ihrem Temperament, ihren weichen Lippen und ihrem Körper ablenken ließ.

An der Art, wie sie sich ihm gegenüber verhielt, merkte er,

dass auch sie einen Schlussstrich ziehen, sich wieder voll und ganz in den Job stürzen wollte. Ihn zurücklassen und einen Mann suchen, mit dem sie eine richtige Beziehung eingehen konnte.

»Ich bleibe bei dir, heute Nacht«, sagte er und strich ihr eine Strähne aus dem Gesicht. Sie sah ihn an und schien genau zu wissen, was er ihr damit sagen wollte.

»Komm mit.«

Sie schob ihre Hand in seine und zog ihn aus dem Zimmer, aus dem Haus und hinein in den Kreis aus tanzenden Menschen.

❤

Luisa saß im Schneidersitz auf einem Kissen mit orientalischem Stickmuster und goldenen Kordeln. Neben ihr knisterten und knackten Holzscheite in der Feuerschale. Um sie herum tanzten die Kommunarden immer noch im wilden Rhythmus ihres freien Geistes und ihrer benebelten Sinne. Zu ihrem Entsetzen war Karl mitten unter ihnen. Sie wusste nicht, was er genommen hatte, aber vorhin hatte er mit verräterischem Glanz in den Augen, einem jugendlichen Grinsen im Gesicht und Amelie im Arm vor ihr gestanden. Vielleicht lebte er aber auch nur. Fühlte, wie alles um ihn herum pulsierte und bebte. Er hatte ihr versichert, dass dies die beste Party seines Lebens sei. Amelie war nicht von seiner Seite gewichen und das ungleiche Paar aus Regenbogen und Ritter war wieder in den Kreis der Tänzer zurückgewankt. Ein wenig abseits des Hauptgeschehens saß Luisa mit ihren Eltern, ihrer Tante Birte, Iljas und Mathilda, die sich gerade mit ihrer Mutter unterhielt, in einem kleinen Kreis. Ihr Vater saß hinter Helena, um sie zu schützen, um sie zu stärken, um ihre Nähe zu spüren. Die Gespräche waren belanglos. Über früher und heute. Das Jetzt, das Hier, das Vergangene. Iljas saß neben ihr und versuchte verzweifelt, Birte abzuwehren. Den Arschtreter in dieser völlig ausweglosen Situation zu sehen bereitete ihr diebische Freude. Birte tänzelte um ihn herum, schmiegte sich an ihn, versuchte sich auf seinen Schoß gleiten zu lassen und fuhr ihm immer wieder durch die Haare. Iljas saß reglos da, starrte abwechselnd ins Feuer, zu ihren Eltern und mit durchdringendem Blick zu ihr. Diesen konnte sie mittlerweile gut deuten, denn er war ein Bestandteil ihrer gemeinsamen Zeit.

Ohne es zu wollen, vermutlich sogar in dem wilden Bestreben, genau das nicht zu tun, hatte er sich ihr so Stück für Stück offenbart. Das erste Mal, als sie auf seiner Couch aufgewacht war, nachdem er sie k.o. geschlagen hatte. Sie vermutete, dass sie da schon Sympathien bei ihm erlangt hatte, weil sie Opfer eines Überfalls gewesen war. Dass er sie noch dazu verletzt hatte, hatte seinen Beschützerinstinkt in astronomische Sphären schießen lassen. Das zweite Mal, als sie in ihrer Küche stand und erzählt hatte, dass derjenige, der sie überfallen hatte, ihre Brust berührt hatte. Nach außen hin hatte er sich bemüht, keine Regung zu zeigen, aber Luisa hatte den Hass dennoch wahrgenommen. Den größten und letzten Sprung hatte sie im Havelländischen Luch wahrgenommen. Der Augenblick, kurz bevor sie losgerannt waren, hatte ihn für sie geöffnet wie ein Buch. Sie konnte ihn lesen. Wusste, was in ihm vorging. Wie vorhin im Zimmer ihrer Eltern. Iljas war dabei, sich von ihr zu verabschieden. Luisa hatte von Anfang an gewusst, dass es so weit kommen würde. Jede Berührung, jeder Kuss war ein weiterer Schritt in Richtung eines Abgrundes gewesen. Ursprünglich hatte sie genau das gewollt, eine kurze Affäre. Und dann kam ihre Mutter. Rüttelte das Bild ihrer Vergangenheit durcheinander, stellte infrage, was sie glaubte zu sein. Löcherte sie mit Fragen über Iljas. Jede einzelne führte dazu, dass sie ein bisschen mehr verstand. Von den Dingen, die sie wollte und brauchte. Von der Angst, nichts zurückzuhalten. Iljas würde sie ein weiteres Mal verletzen. Dieses Mal würde sie kein blaues Auge davontragen, keine Schramme, die man in einem Krankenhaus flicken konnte, es wäre ihr Herz, das leiden würde, wenn er ging.

Sie sah zu ihm hinüber. Licht und Schatten tanzten über sein Gesicht, Birte versuchte krampfhaft, sich an seine Brust zu schmiegen. Sein Lächeln sah aus, als wäre er kurz davor, mit den glühenden Holzscheiten zu jonglieren. Sie brauchte den Schlussstrich ebenso dringend – und wollte ihn gleichzeitig auf keinen Fall. Aber am Montag, wenn das Urteil verkündet werden würde, wollte sie sich wieder auf die Arbeit konzentrieren können.

Sie stand auf und schlang die Strickjacke fester um sich. Die Temperaturen waren gesunken, es war furchtbar kalt, aber etwas in Luisa zog sie, drängte sie, bettelte sie an, ihre Hand auszustrecken und Iljas' zu ergreifen. Er stand auf und blickte auf sie hinab. Sie legte eine Hand auf seine Brust, spürte, wie sein Herz galoppierte. Die Stille zwischen ihnen existierte nur äußerlich, denn ihre Mimik, ihre Blicke und ihre Gefühle sprachen Bände.

»Verzeih mir, Birte, aber ich muss dir diesen jungen Mann kurz entführen.«

Luisa wartete keine Antwort ab. Sie nahm Iljas' Hand, schob ihre Finger zwischen seine und zog ihn mit. Als sie im Wald angekommen waren, löste er sich von ihr, schlüpfte aus seiner Jacke und legte sie ihr um die Schultern. Seine Wärme floss in ihren Körper. Ein letztes Mal.

»Wohin gehen wir?«

»Zum Anfang«, sagte Luisa und ging unbeirrt weiter. Die Wolken waren durchsichtige Schleier am Himmel, so zart, als wären sie gemalt. Die Sterne funkelten, Tausende und Abertausende leuchtende Kleckse, als hätte ein Maler seinen Pinsel über dem Firmament abgeschüttelt. Iljas folgte ihr, die Äste knackten und brachen unter seinem Gewicht und dann, am Rand des Waldes, blieb sie stehen.

»Wo sind wir?«, fragte Iljas.

Er streckte seine Hand aus, um sie zu berühren, ließ sie dann jedoch wieder sinken. Als hätte er Angst, den ersten Schritt zu gehen. Luisa hingegen hatte keine Angst davor, denn manchmal war das Ende nicht das Schlimmste, sondern das, was sich entwickeln würde, wenn man es herauszögerte.

Sie schob ihre Daumen in die Gürtelschlaufen seiner Jeans.

»Dort auf dem Feld«, begann sie und beobachtete sein Profil, während er in die Ferne blickte, als könnte er ihre Vergangenheit sehen, »habe ich als Kind einen Vogel gesehen. Er flog am Himmel, weit über seiner Beute. Die Maus wusste nicht, dass sie gleich sterben würde, aber der Bussard hatte sie im Auge. Wir kennen unsere Zukunft nicht, und dennoch ist sie da, nicht wahr?«

Iljas richtete seinen Blick wieder auf sie, sein Adamsapfel hüpfte. Er wusste, was sie ihm damit sagen wollte. Das Mondlicht tauchte eine Gesichtshälfte ins Licht, die andere in die Dunkelheit, und Luisa wusste, dass dort die Zukunft lag und im Licht die Gegenwart. Sie löste ihre Finger und zog seinen Kopf zu sich hinab. Ihre Lippen trafen aufeinander, so süß und so zart, dass es schmerzte. Beinahe verzweifelt klammerte sie sich an seinen Körper, wollte ihn spüren und fühlen. Iljas war perfekt. Er respektierte sie und alles, was sie sich aufgebaut hatte, er war lustig, er war leidenschaftlich, ohne Zurückhaltung. Und genau wie der Bussard in die Lüfte entschwunden war, musste sie ihn gehen lassen. Iljas packte ihre Hüften und stieß gegen sie. Luisa stöhnte auf und legte den Kopf in den Nacken. Sie spürte seine Lippen auf dem Hals, wie sie eine feuchte Spur bis hinab zum Schlüsselbein zogen. Die feinen Härchen ihrer Haut richteten sich auf. Teils vor Kälte, teils vor Erregung. Luisa schloss die Augen und ließ sich fallen. Ungeduldig zog er ihr die Strickjacke auseinander und schob ihr T-Shirt hoch. Sein Mund auf ihrer Brust, das zärtliche Saugen, das Kratzen seines Daumennagels sendete Stromstöße durch ihren Körper, die sich in ihrem Zentrum ballten. Ihre Beine gaben nach und Iljas schlang einen Arm um ihre Hüfte, um sie zu stützen. Sie wollte genau hier mit ihm schlafen. An dieser Stelle, die ihr damals dazu verholfen hatte, sich zu finden und sich zu sammeln. Es hier zu beenden würde nicht ganz so wehtun.

Sie streifte sich seine Jacke von den Schultern und legte sie auf den Boden.

»Willst du das wirklich hier?«, fragte er heiser und sah sich um.

Anstatt ihm zu antworten, entledigte sie sich ihrer Kleidung. Ohne den Blick von ihm zu wenden, legte sie sich auf die Jacke und wartete darauf, dass er zu ihr kam. Ein letztes Mal ihren Körper und ihr Herz erfüllte.

Er sank auf die Knie, sein Blick streichelte ihre Haut, ehe er seine Selbstbeherrschung aufgab. Er fluchte leise, seine Lippen umschlossen ihre Brustwarzen. Er löste sich von ihr, aber nur, um sich auszuziehen. Seine Arme stützte er neben ihr ab, senkte sich zu ihr und küsste sie. Sie bog sich ihm entgegen, wollte den Moment der Vereinigung nicht länger hinauszögern.

»Luisa«, flüsterte er, und dann noch einmal leiser, fast tonlos: »Luisa.«

Und dann war er in ihr. Luisa stöhnte, packte seinen Kopf und zog ihn zu einem leidenschaftlichen Kuss hinunter. Auch wenn sie spürte, wie er sich in ihr bewegte, sie dehnte und ihre Nerven reizte, fühlte es sich nicht so an, als würde er mit ihr schlafen. Es kam ihr so vor, als würde sie sich in ihm, an dieser Stelle und in diesem Augenblick auflösen. Wie der Bussard, der seine Flügel ausbreitete und in den Himmel flog. Luisa flog ebenfalls, und dann fiel sie, denn mit jeder Sekunde Leidenschaft kam die Gewissheit, dass er gehen würde, um sich in seiner Schuld zu verkriechen. Sich selbst Glück zu verwehren war seine Art der Begleichung. Die Macht, ihn zum Bleiben zu bringen, hatten weder sie noch dieser Augenblick. In diesem Moment der Klarheit wollte Luisa aufstehen, ihn anschreien und ihm zeigen, wie sehr sie zusammenpassten, wie gut es funktionieren konnte, wenn er seine Schwester gehen ließ und bei ihr blieb. Aber offiziell wusste sie es noch nicht einmal. Er hatte sie auf der Oberfläche gehalten, und doch war sie heimlich, heimlich hinabgetaucht.

Kapitel 29

Amelie war sich ihrer Nacktheit bewusst, als sie die Augen aufschlug, und auch der des Mannes neben ihr im Bett.

Alter Schwede, wenn sie mit vielem gerechnet hätte, aber damit nicht.

Im Büro hatte sie Karl stets für einen knochentrockenen alten Sack gehalten, der eigentlich, wenn es nach den Gesetzen der Logik ging, längst hätte gestorben sein müssen. Anstelle eines Soziallebens sammelte er Scheidungen. Umso mehr war ihr gestern die Kinnlade runtergeklappt, als sie mit ihm getanzt hatte. Da war plötzlich so eine Energie gewesen. Als hätte sein Wesen verstanden, dass es jetzt leben musste oder nie, als würde eine innere Macht ihn nun antreiben, jedes Element, jedes Atom, jedes Teilchen aufzunehmen und in Energie umzuwandeln. Die Brownies hatten ihr Übriges getan, aber darum ging es ihr nicht. Alles an ihm strahlte den Willen aus zu leben. Gleichzeitig war sich Karl seines Alters bewusst. Er war siebzig, niemand wusste, wie viele Jahre ihm noch auf der Erde vergönnt waren. Aber im Gegensatz zu ihrem Vater und ihrer Schwester hatte Amelie bei ihm plötzlich das Gefühl, als würde er jede einzelne Sekunde auskosten wollen. Er wollte das, was die beiden nicht mehr gewollt hatten. Leben.

Sie drehte den Kopf zu ihm, studierte seine Züge im aufkommenden Licht des Tages. Er war sehr viel älter als sie, aber spielte das eine Rolle, wenn das, was einen antrieb, identisch war? Vielleicht waren sie nicht für die Ewigkeit gemacht, aber im Moment verband sie das Leben selbst.

Sie hob die Hand, ihre Fingerspitze fuhr sanft die Furchen auf seinem Gesicht nach. Er öffnete die wässrig blauen Augen, blickte zu ihr und sie erinnerte sich daran, dass er einer Linie von Verteidigern abstammte.

»Amelie«, sagte er.

Wenn sie ihn ansah, sah sie nicht sein Alter oder seine Erfahrung, nicht seinen Adel, sondern ihn. Die Äußerlichkeiten, die Konventionen verflossen zu einer unbedeutenden Pfütze, in der sich das spiegelte, was zählte: Gefühle.

»Karl«, sagte sie, zog ihre Hand zurück und legte sie unter ihre Wange.

»Das gestern war verrückt«, sagte er, aber sie sah keinerlei Reue in seinen Augen.

»Allerdings«, sagte sie.

»Wenn ich mit vielem gerechnet hätte, aber mit uns beiden? Nie. Du wildes Ding mit einem alten Tattergreis wie mir.«

Sie lächelte milde und war froh, dass er die Merkwürdigkeit ihrer Situation sah, aber die Essenz ihres Zusammenseins verstand.

»Hey, selbst Luisa ist gestern mit Iljas in den Wald gegangen«, sagte sie.

Karl kratzte sich an der Schläfe.

»Ja«, sagte er nachdenklich. »Ja, das ist mir nicht entgangen.«

Die neue, intime Verbindung zwischen ihnen ließ sie Nuancen hören, die sie vorher nicht bemerkt hatte.

»Was ist mit Luisa?«, fragte Amelie.

Karl seufzte und drehte sich auf den Rücken.

»Sie ist gut in ihrem Job.«

»Sie ist die Beste«, sagte Amelie.

Karl nickte stumm.

»Was genau ist daran schlimm?«

»Weil ihr Werdegang in Stein gemeißelt ist.«

»Aber darauf arbeitet ihr doch seit Jahren hin«, sagte Amelie und stützte sich auf dem Ellbogen ab.

»Ja, das stimmt. Ich wusste schon während ihres Referendariats, dass sie das Zeug zur Partnerin hat.«

Und dann verstand sie. »Du willst nicht, dass sie so wird wie du.«

Karl drehte den Kopf in ihre Richtung, das Blau seiner Augen wirkte dunkler und klarer als sonst.

»Sie ist auf dem besten Weg, meine Nachfolgerin zu werden, und ich weiß nicht, ob ich das zulassen kann. Eine Kanzlei zu führen mit so einem großen Kundenstamm wie meine verlangt viel. Im Grunde verlangt sie alles, deinen ersten Gedanken am Morgen und deinen letzten Atemzug. Und Luisa ist kein Typ, der abgibt, der klein beigibt und sich selbst eingesteht, wenn etwas zu viel ist.«

»Du willst nicht, dass sie Partnerin wird.«

Karl schüttelte den Kopf.

»Meine Kollegen drängen mich, sie wollen schon seit Jahren, dass ich sie zur Partnerin ernenne, aber immer wieder schiebe ich es vor mir her, immer wieder setze ich das Gewinnen eines ihrer Fälle als Bedingung voraus. Sie befürchten, dass Luisa geht, sich eine andere Kanzlei sucht, aber ich kenne sie. Sie ist loyal und hat Angst, denn sich einen neuen Job zu suchen würde einem Scheitern gleichkommen.«

»Sie wäre nicht allein in der Kanzlei, Karl«, gab Amelie zu bedenken.

Karl seufzte. »Die Kandidaten der anderen Partner haben beileibe nicht so viel Feuer wie Luisa. Sie würde die Arbeit von ihnen mit übernehmen. Das kann ich nicht zulassen.«

»Das ist unfair von dir«, sagte Amelie, aber sie verstand seine Motivation.

Karl nickte. »Ich weiß. Nach gestern, nach diesem Abend voller … voller –«

»Haschkekse?«, half Amelie nach.

»Wie bitte?«, fragte er.

Sie winkte ab. »Vergiss es.«

»Jedenfalls bin ich mir nach gestern sicher, dass ich mit Luisa reden muss.«

»Knüpfst du die Partnerschaft an eine neue Bedingung?«

Karls Blick schnellte von einem unbestimmten Ort direkt zu ihr.

»Ich glaube nicht.«

Kapitel 30

Langsam durchbrach Iljas die Schichten seines Traums. Tief miteinander verwoben waren im Lauf der Nacht Johanna, Luisa und – unglaublich, aber wahr – Birte aufgetaucht. Diese Frau hatte es sogar geschafft, sich in sein Unterbewusstsein zu drängen. Seine Augen ließ er geschlossen, die Traumwelt und Realität überforderten ihn gleichermaßen. Gestern war … wow. Ihm fehlten die Worte. Die Kommune, das Fest, die Menschen, die um ihn herumtanzten, fröhlich, ungebremst energetisch, faszinierten ihn. Mal abgesehen von Birte, die irgendwie … komisch war. Dieses ständige Rumgezupfe. Er schüttelte sich und schlang seinen Arm fester um Luisa, die, ihrer Atmung nach zu urteilen, immer noch tief und fest schlief.

Luisa.

Er wäre nie genug.

Er, der den Tod seiner Schwester zu verschulden hatte.

Er, der niemals ganz bei ihr sein würde und sie nie so lieben konnte, wie sie es verdient hatte.

Nie würde er reichen.

Er begann, kleine Kreise auf ihre Schulter zu zeichnen. Sie überlappten sich, so wie ihrer beider Leben sich für wenige Tage überschnitten hatten, jedoch nicht in der Unendlichkeit miteinander verbunden waren. Eigentlich wollte er sie nicht wecken, aber er bekam einfach nicht genug von ihr. Ein letztes Mal, schwor er sich, wollte er in ihr abtauchen und sie halten. Wobei kein Sex der Welt jemals an das rankommen würde, was er gestern mit Luisa erlebt hatte. Als sie nackt auf seiner Jacke gelegen hatte, ihr Körper vom Licht des Mondes in einen silbernen Schimmer getaucht, war er bereit gewesen, seine Seele zu verkaufen, wenn er sie doch nur immer so sehen könnte.

Als er in ihr gewesen war, ihren Körper gespürt hatte, wie er weich und zart unter seinem lag, war etwas in ihm lauter geworden, das er nicht an sich kannte. Und er konnte es sich auch nicht leisten, es kennenzulernen. Er öffnete die Augen. Die Sonne schien ins Zimmer, ihre Strahlen tanzten über seine Haut und über den Arm, der auf seiner Brust lag.

Er war haarig und wies Altersflecken auf.

Iljas schoss in die Höhe.

»Was zum Teufel …?«, fragte er und sah auf die andere Seite des Bettes.

Birte. Oh Gott.

Sie räkelte sich, ihre langen, verfilzten Haare rutschten über die Bettdecke. Sie öffnete die Augen.

»Du warst so einsam, und da dachte ich mir, ich leiste dir Gesellschaft«, sagte sie mit zerknitterter Stimme.

Es hatte nicht viel gefehlt und Iljas hätte so laut und schrill geschrien wie ein kleiner Junge während seiner ersten Fahrt mit der Geisterbahn. Panisch blickte er an sich hinab, und als er sah, dass er eine Boxershorts trug, stieß er erleichtert die Luft aus den Lungen. Er sprang aus dem Bett.

»Seit wann bist du hier?«, fragte er und rammte seine Beine in die Jeans. Was stimmte nicht mit dieser Frau? Sie konnte sich doch nicht einfach zu ihm ins Bett legen. Sie schlug die Decke zur Seite und richtete sich auf. Beruhigt stellte Iljas fest, dass sie ein Shirt und eine Haremshose trug.

»Eine Weile«, sagte sie und rutschte weiter an den Rand des Bettes.

Sie blickte aus dem Fenster, suchte die Sonne und das Licht, ließ ihre Beine vom Bett gleiten. Vermutlich wollte sie ihn wieder berühren. Schnell zog er sich sein T-Shirt über den

Kopf und schlüpfte in die Jacke. Während er zur Tür hüpfte, zog er sich die Schuhe an.

»Ich gehe Luisa suchen«, sagte er und öffnete die Tür.

»Die ist vermutlich schon weg«, sagte Birte und schlurfte durchs Zimmer.

Iljas sparte sich eine Antwort, schob sich hinaus und schloss die Tür. Gott, er hoffte, dass er seine Leute fand, bevor Birte ihn das nächste Mal gefunden hatte.

❤

Luisa zog leise die Tür des Bauernhauses zu. Sie hatte sich von ihren Eltern verabschiedet und würde nun nach Hause fahren. Die Kommune lag still da im Morgengrauen. Es roch nach Feuchtigkeit, gemähter Wiese und verbranntem Holz. Feine Nebelschwaden hingen über den Feldern, die Kristalle des Raureifs glitzerten in der aufgehenden Sonne und verrieten, wie kalt es nachts wurde. Es war noch sehr früh, aber Luisa wollte weg. Zu viele Emotionen wirbelten in ihr, und sie hatte das Gefühl, als würde sie ihrer in Berlin eher Herr werden. Da war etwas in ihrer Brust, das sich ausweitete, Raum forderte und es ihr unmöglich machte, zu atmen. Es war … irgendwas … irgendwas mit … Sie presste die Hand auf das Brustbein und unterdrückte den Gedanken. Sie wusste, dass das Gefühl der Enge mit Iljas zu tun hatte, und sie wusste mittlerweile auch, was sie sich von ihm erhoffte. Am liebsten wollte sie, dass er mit einem Strauß Rosen vor ihr stünde, sie anbettelte, bei ihm zu bleiben, ihr klarmachte, dass er die Sache mit Johanna überwunden hatte, und sie in seine Arme zog. Okay, das mit den Rosen war Unfug. Die brauchte kein Mensch. Das mit dem Anbetteln wäre auch eher peinlich. Ein klarer Fall von

Fremdschämen. Aber der Rest. Den wollte sie wirklich. Sie seufzte. Hier und jetzt war nicht der Ort zum Nachdenken. Die Kommune rührte dieses Mal in ihrem Gefühlsleben. Sie öffnete das Auto und warf ihre Tasche auf den Rücksitz.

»Ich weiß nicht, was du hast, Luisa. Es ist toll hier«, sagte Karl.

Erschrocken fuhr sie zusammen. »Gott! Schleich dich nicht so an«, sagte sie leise.

Er trug den Anzug von gestern, lediglich die Weste hatte er weggelassen. Seitdem sie mit Iljas aus dem Wald gekommen war, hatte sie Karl nicht mehr gesehen. Sie hatte vermutet, dass er bereits ins Bett gegangen war.

»Wo ist Amelie?«, fragte sie.

Karl sah sie an. Eine leichte Röte zog sich über seine Wangen. Luisa riss die Augen auf.

»Nein«, sagte sie. »Du … ihr … ihr habt. Karl!«

Er zuckte mit den Schultern. »Ich kann dir noch nicht einmal genau erklären, was geschehen ist. Deine Tante Birte hat mir einen äußerst leckeren Schokoladenkuchen gegeben und dann … nun ja.«

Luisa legte eine Hand auf die Augen und schüttelte leicht den Kopf. Ihr Chef hatte illegale Drogen konsumiert und mit Amelie geschlafen. Das war absurd. Und richtig. Amelie war das Leben selbst und Karl der Verteidiger.

Und Luisa dabei, den Verstand zu verlieren.

»Luisa, wir müssen reden.«

Er kam auf sie zu. Das, was sie in seinen Augen sah, fühlte sich an, als würden ihre Herzkammern mit einem Vorschlaghammer zerschmettert werden.

»Nein, Karl«, sagte sie, denn sie wusste es. Mit jeder Faser ihres Körpers wusste sie, was er nun sagen würde. »Dieses

Foto in Iljas' Wohnung spielt keine Rolle. Es ist vorbei. Der Fall ist vorbei. Ich habe gewonnen. Ich habe alles getan, was du von mir wolltest.«

»Luisa, hör mir zu. Lass es mich dir erklären.«

Sie hob die Hände, die Schlüssel in ihrer Hand klimperten, ihr Herz wurde zu Eis. Es war vorbei. Ihre Karriere. Karl hatte noch nichts gesagt, aber sie wusste es. Sah es an seiner Miene, in seinem Gesicht.

»Gestern, als wir hierhergefahren sind, hatte ich Angst um dich. Schlimme Angst. Du bist in gewisser Hinsicht die Tochter, die ich nie hatte. Du bist so verbissen wie ich, so hartnäckig wie die Besten, und gerade deswegen muss ich es tun. Ich kann nicht zulassen, dass du so wirst wie ich. Die Arbeit darf nicht an erster Stelle stehen. Während des Festes habe ich es gespürt, weißt du?«, sagte er und sah auf seine Hände hinab, die sich öffneten und wieder schlossen.

»Was denn?«, fragte Luisa. Ihre Stimme zitterte, ihr Herz pumpte schmerzhaft in ihrer Brust und spülte pulvriges Trockeneis durch ihren Körper. Sie wünschte, es würde aufhören zu schlagen. Einfach so.

»Das Leben. Das Licht. Diese Feier war unglaublich. Alles, worauf ich so lange verzichtet habe, ist durch mich geströmt. Ich habe es gefühlt, es pulsierte in mir. Die Nacht mit Amelie war das Lebendigste, was ich je getan habe, und ich kann nicht zulassen, dass dir all das entgeht. Das Hochgefühl, einen Fall zu gewinnen, lässt sich damit nicht vergleichen.«

Sie verschränkte die Arme vor der Brust und versuchte, ruhig zu atmen. Immer weiter zu atmen. Nicht einfach aufzuhören. Das war nicht fair. Nur, weil er mit Amelie geschlafen hatte und so high gewesen war, dass er mit rosa Elefanten durch die Nacht geflogen war, durfte er ihr das nicht antun.

Karl räusperte sich. »Irgendwann, Luisa, wirst du wissen, dass ich die richtige Entscheidung getroffen habe. Vermutlich nicht heute und wahrscheinlich auch nicht morgen und sehr wahrscheinlich werde ich dann auch nicht mehr am Leben sein, denn …« Er hielt inne und sie hob den Blick.

Nein. Nein, nein, nein. Sie hielt den Atem an.

»Karl. Bitte tu das nicht«, flüsterte sie.

»Hiermit kündige ich dir das Arbeitsverhältnis zum nächstmöglichen Zeitpunkt. Unter Anberechnung deiner Urlaubsansprüche stelle ich dich sofort frei. Es tut mir leid, Luisa. Aber ich kann nicht zulassen, dass du auf so viel verzichtest wie ich.«

Er drehte sich um und ging. Sie krümmte sich, als hätte er sie geschlagen. Mit einem Mal war alles, wofür Luisa so lange gekämpft hatte, weg.

Ihr Job.

Ihre Unabhängigkeit.

Ihr Herz, das sie immer für sich behalten wollte und nun doch verschenkt hatte. Denn sie wusste es. Hatte es bereits gestern in der Küche ihrer Mutter und in dem Waldstück gespürt. Das Irgendwas, das in ihrer Brust loderte, war Liebe.

Sie öffnete das Auto, stieg ein und ließ den Kopf gegen das Lenkrad sinken. Vor zwei Wochen war sie frei gewesen und auf dem besten Weg, Partnerin zu werden, und jetzt? Jetzt gab es nichts mehr. Noch nicht einmal die Tränen vermochten zu fließen, denn das hätte bedeutet, dass sie Trauer empfand. Doch es war nur Leere. Eine schlimme, kalte Leere. Sie saß da und konnte sich nicht rühren. Wie lange, wusste sie nicht.

Es klopfte an der Scheibe.

Iljas.

Seine Anwesenheit war mehr, als sie ertragen konnte, aber sie würde sich ihm wie die Frau stellen, die sie war. Was machte ein weiterer Schlag aus, wenn sie sowieso schon am Boden lag? Sie stieg aus und bereitete sich auf den finalen Stoß vor. Der, der das Kartenhaus ihres Lebens zum Einstürzen bringen würde.

»Du fährst?«

»Du weißt ja, die Arbeit«, sagte sie und spürte den Stich in ihrem Herzen. Ihr Job war weg, weil ihr Chef sich lebendig gefühlt hatte. Sie schmeckte die Bitterkeit ihrer Gedanken im Mund. Iljas stand vor ihr, nickte, rang nach Worten, die er nicht aussprechen musste, weil sie es bereits wusste. Es ärgerte sie, dass es zu diesem Gespräch kommen musste, denn im Grunde hatten sie sich bereits voneinander verabschiedet. Er hätte sie einfach gehen lassen können.

»Was willst du?«, fragte sie daher mit mehr Zorn in der Stimme, als sie wollte.

Er trat auf sie zu. Langsam. Aber sie konnte nicht zurückweichen, denn sie stand direkt am Auto. Sein Blick und die Haltung seines Körpers bestätigten, dass er gekommen war, um zu gehen. Er würde ihnen keine Chance geben, denn das, was sie empfand, reichte nicht für beide aus. Etwas explodierte in Luisa. Sie hatten die Wahrheit schon zu lange vor sich hergeschoben, wie einen Schneeball, der immer größer wurde.

Eine Windböe hob eine ihrer Haarsträhnen in die Höhe, fröstelnd zog sie die Strickjacke fester um sich. Aber selbst wenn glühende Kohlen in den feinen Stoff eingearbeitet wären, würde er sie nicht wärmen können. Wütend strich sie sich die Haare aus dem Gesicht.

»Ist alles in Ordnung?«, fragte Iljas.

Luisa wandte den Blick ab. Er hatte keine Ahnung. Er sah weder den Schmerz noch die Liebe in ihren Augen. Es war an der Zeit. Sie hatte Angst, ihm alles zu sagen, aber sie war Luisa Elmas. Sie würde sich nicht davor drücken.

»Du bist dabei, dich zu verabschieden.«

Er sah sie an. »Ist es nicht auch das, was du willst?«

Sie lachte auf. Die Verblüffung in seinen Augen war wie Stiche in ihrem Herzen.

»Du fragst mich, was ich will? Ich sage es dir: etwas von dir.« Sie hielt inne, sah ihn an. »Denn du hast alles von mir. Jeden noch so kleinen Teil meiner Vergangenheit, meiner Gegenwart und meines Herzens.«

Er schwieg. Sie wartete. Das war seine Chance. Wenn er sie wollte, war das die Möglichkeit, es zu sagen.

»Was willst *du* von mir, Iljas?«

»Dir helfen«, sagte er matt.

Sie blickte zu Boden, ehe sie ihm wieder in die Augen sah. Verzweifelt fuhr er sich mit den Händen durch die dunklen Haare. Er wollte ihr die richtige Antwort geben, aber er konnte es einfach nicht.

»Das ist Unsinn. Ich brauche keine Hilfe. Hast du etwa mit mir geschlafen, weil ich Hilfe brauche?«

»Was?! Nein!«

»Warum dann?«

Ein weiterer Rettungsanker, den sie ihm zuwarf. Stille breitete sich zwischen ihnen aus. Legte sich wie ein fester, dichter Teppich auf jede noch so kleine Hoffnung. Zu verschwinden hatte er sich vermutlich einfacher vorgestellt.

»Du willst gehen, aber du tust es nicht. Sagst nicht, weswegen du zu mir gekommen bist. Also, worauf läuft das zwischen uns hinaus? Kannst du mir irgendetwas von dir geben?«, fragte Luisa, denn jetzt war der Zeitpunkt gekommen, alles zu fordern.

»Ich … ich …«

Er senkte den Kopf und schwieg. Luisa hatte ihm niemals zu verstehen gegeben, dass sie mehr wollte als Sex. Im Gegenteil. Sie hatte mehrfach beteuert, dass sie keine Zeit für Beziehungen hatte. Ihn jetzt so in die Ecke zu drängen war vielleicht unfair. Aber was brachte es, die Dinge nicht auszusprechen? Würde er auch nur einen kleinen Funken von dem spüren, was sie empfand, würde er es jetzt sagen. Er schwieg. Sie war so wütend. So verdammt wütend. Da stand er. Wusste nicht, was er wollte, und tat ihr mit jedem Wort, das er nicht sprach, weh. Er, der Beschützer, fügte ihr die schlimmsten Schmerzen zu. Sie richtete sich auf, konnte dem Impuls, ihre Hände gegen seine Brust zu stemmen und mit aller Kraft zu schubsen, gerade noch widerstehen.

»Du weißt es nicht«, sagte sie. »Nun, ich kann für dich antworten, Iljas. Du kannst mir nichts geben, weil du *nichts* willst. Du willst das Nichts in dir so sehr, dass du alles andere verdeckst. Jede kleine Empfindung versteckst du, denn du bestrafst dich selbst. Eine Beziehung würdest du nie und nimmer eingehen, weil deine Schwester wie ein Geist dazwischenschweben würde.«

Er trat einen Schritt zurück und starrte sie an.

»Du weißt das mit Johanna?«, fragte er fassungslos.

Seine Frage war ernst. Es schien ihm unmöglich zu sein, dass ihn jemand trotz dieses Wissens lieben konnte. Sie empfand Mitleid mit dem sechzehnjährigen Jungen, nicht aber mit dem Mann, der vor ihr stand. Sie dachte an Amelie. Iljas und sie hatten beide auf furchtbare Weise Menschen verloren, die sie liebten. Amelie zog aus ihrem Verlust Leben, Energie und Liebe. Iljas hingegen wählte die Einsamkeit.

»Du geißelst dich selbst mit der Vergangenheit. Dabei warst

du sechzehn und arglos. Du willst dir das nicht verzeihen, du willst deine Schwester überall mit hinnehmen. Du verwehrst es dir, glücklich zu sein. Ich wusste es die ganze Zeit und habe immer auf den Augenblick gewartet, an dem du mir erzählst, was passiert ist, an dem du mir offenbarst, wie du zu dem Menschen wurdest, der du bist. Aber das hast du nicht.«

Zischend stieß er die Luft aus, eine Zornesfalte bildete sich zwischen seinen Brauen. Im Sekundentakt veränderte sich die Atmosphäre. Ruhiges Beenden, aufgewühltes Gestehen, offenliegende Emotionen. Eine Windböe fuhr raschelnd durch die Blätter. Es klang wie ein wütendes Aufbegehren der Natur.

»Und du, Frau Strafverteidigerin. Hast du mir alles gesagt?«

Sie schüttelte den Kopf. Verneinend, resigniert. »Mein Vater wurde zu Unrecht angeklagt. Er musste durch einen zähen, langwierigen Prozess. Das ist es, was mich angetrieben hat, was mich dazu gebracht hat, diesen Beruf zu ergreifen. Ich habe es dir nicht erzählt, das stimmt. Aber ich *hätte* es getan, wenn wir uns aufeinander zubewegt hätten. Wir haben von Anfang an Abstand gehalten. Aber ich habe keine Lust mehr auf Spiele.«

Sie sah, wie es in ihm arbeitete, wie er nach Worten rang. Die Kiefer fest aufeinandergepresst, sein Körper angespannt.

Sie öffnete die Tür ihres Autos. »Ich will dich, Iljas Rick. Bedingungslos. Ohne Zurückhaltung. Ohne Lügen. Aber ich weiß, dass du mir das nicht geben kannst, denn du willst den Schmerz und die Schuld in dir mehr als mich. Wenn wir uns anlügen, drehen wir uns im Kreis, und wenn ich dir die Wahrheit sage, sind wir ebenso verdammt dazu. Also hören wir auf damit.«

Sie stieg ein und schloss die Tür. Mit einem Mal hatte sie all die Leichtigkeit und Unbeschwertheit, die zwischen ihnen geherrscht hatte, genommen und ihm mit der Wucht eines Medizinballs entgegengeworfen. Aber hätte sie ihn anlügen und ihm sagen sollen, dass die Affäre ganz nett gewesen war, aber sie sich jetzt nach jemand anders umsehen würde? Nein. Die Wahrheit hatte ihnen eine letzte Chance gegeben und sein Schweigen hatte sie zerstört.

Ohne noch einmal aufzusehen, startete sie den Motor, parkte aus und verließ das Gelände.

Er hätte nur etwas sagen müssen. Irgendwas. Sie hätte ihm noch Zeit gegeben. Ein Wort und sie wäre geblieben und hätte versucht, ihre Herzen in Einklang zu bringen.

Sie war gefallen. Tief. Aber Luisa Elmas würde wieder aufstehen. Nicht heute. Nicht morgen. Aber irgendwann.

Kapitel 31

Ich verstehe es nicht. Wirklich. Immer wieder denke ich darüber nach, meine Gedanken drehen sich schneller als jedes Karussell. Mir ist schlecht, ich muss immer wieder würgen, aber mein Magen ist leer. So leer, wie ich es bin. Habe ich etwas falsch gemacht? Hätte ich doch etwas sagen sollen? Ich habe dich freigegeben. Habe dir die Möglichkeit gegeben, glücklich zu werden. Und was macht ihr daraus? Zerstört alles. Euch. Mich.
Ich sehe es an deinem Blick, an deinen tiefliegenden Augen, wie sehr du leidest. Ihr hättet einander haben können, jeder hat gesehen, was zwischen euch war, aber es reicht nicht, oder? Wenn du nur mit mir reden würdest. Mir sagen, was los ist. Ich halte das nicht aus. Die Ungewissheit. Haderst du meinetwegen? Hast du es vielleicht auch gespürt? Du läufst immer wieder an mir vorbei, vielleicht ist doch einer meiner Funken auf dich übergesprungen. Wenn ich doch nur einmal meinen Arm ausgestreckt, dich zum Innehalten bewogen hätte, was wäre dann gewesen? Wie wäre die Geschichte dann ausgegangen?
Wenn du eine Wahl gehabt hättest. Wenn du dich für mich hättest entscheiden können.
Ich hätte dir keine Schmerzen zugefügt. Gräme dich nicht länger, ich werde für dich einstehen, weil es niemand für mich getan hat. Ich war immer allein, ich habe still gelitten. Das musst du nicht. Ich werde es für dich klären.
T.

Kapitel 32

Luisa zählte erneut bis drei. Doch auch dieses Mal verstrichen die Sekunden ohne eine Reaktion ihres Körpers. Wenn sie jetzt nicht aufstehen würde, würde sie sich zu spät unter die Dusche schleppen und sich zu spät die Haare in Schwung föhnen und sich zu spät in ein Kostüm zwängen, das ihr bestimmt sowieso nicht mehr passte, seitdem sie ihrer Zuckersucht gänzlich nachgab. Denn im Grunde war es jetzt egal, wenn sie fett werden würde. Sollten doch auch noch Pickel dazukommen oder Haarausfall oder Cellulite. Das alles spielte keine Rolle. Niemand wollte sie. Nie-mand. Das heutige Bewerbungsgespräch könnte sie sich auch schenken. Es war eine kleine Kanzlei und sie würden nie und nimmer preislich übereinkommen. In ihrer ersten Woche der Arbeitslosigkeit – ach nein, ihrer Arbeitssuchigkeit … oh Gott, hieß das so?! – war Luisa nicht bereit, Abstriche beim Gehalt zu machen. Die Kanzlei hoffte sehr wahrscheinlich, dass Luisa bei ihnen einstieg und Kunden wie Bill Gates und die Telekom mitbrachte.

Sie war ein gefundenes Fressen für die Kleinen und verbrannt für die Größeren. Vermutete sie. Was wusste sie schon von dem Business? Offensichtlich nichts. Sie klickte das Katzenvideo weg, das irgendeiner ihrer neuen Facebook-Freunde geteilt hatte, und legte das Handy auf den Nachttisch. Facebook war ein super Zeitvertreib, lenkte sie von all ihren Problemen ab und half, sich datumsmäßig zu orientieren. Andi Kannmichmal hatte heute einen Sticker gepostet, auf dem *Bergfest, juhu!* stand. Also war Mittwoch. Demnach versuchten seit drei Tagen mehr Menschen sie zu erreichen, als Thüringen Einwohner hatte. Das Bedürfnis, auf einen Anruf oder eine Nachricht zu reagieren, war gegenläufig zu der Anzahl der Anrufe. Selbst das Klingeln an der Tür ignorierte sie, denn es war ihr egal. Wenn sie die Augen schloss, sah sie Iljas und Karl vor ihrer Tür stehen und um Vergebung betteln, aber sie kannte beide zu gut. Sie würden nicht einen Millimeter von ihrer Meinung abweichen. Träge hob Luisa die Decke und schob sie zur Seite. Sofort bekam sie Gänsehaut, sie war sogar zu faul gewesen, die Heizung anzustellen. Eine lähmende Lethargie hatte von ihr Besitz ergriffen und mit diesem Gefühl konnte sie nicht umgehen. Seitdem sie denken konnte, stand sie unter Strom. Und jetzt? Mühsam schob sie die Beine vom Bett und richtete den Oberkörper auf. Ihr Sichtfeld verschwamm und in ihrem Hirn machte sich eine schwarze Wolke breit. Himmel, außer Süßigkeiten hatte sie in den letzten Tagen kaum etwas gegessen und noch sehr viel weniger getrunken. Als der Schwindel nachließ, stand sie auf und wankte in ihr Badezimmer, als befände sie sich auf einem Fischkutter. Bedauerlicherweise roch sie auch so. Sie hob den Arm, um an ihren Achseln zu riechen, ließ es dann aber. Sie weigerte sich, in den Spiegel zu blicken, Masochismus lag ihr nicht im Blut und außerdem war ihr klar, was sie sehen würde. Ihre Haare würden aussehen, als wäre jemand mutwillig über einen Pudel gefahren. Mehrfach. Ihre Lippen waren spröde, der Teint bestimmt ein Trauerspiel, und das war bei ihren südländischen Genen eine Kunst für sich. Sie zog sich das übergroße T-Shirt über den Kopf, das einer ihrer namenlosen Exfreunde bei ihr vergessen hatte. Sie trug es, weil es ihr zeigte, dass sie es schaffen würde, über Iljas hinwegzukommen. Bei Hannes/Michael/Sonstwem hatte sie es schließlich auch geschafft. Bei denen zwar ohne Liebeskummer, aber das war egal. Achtlos ließ sie das Shirt auf den Boden fallen und stellte sich unter die Dusche, deren Innenraum aus zahllosen funkelnden Mosaiksteinchen bestand, von denen jeder einzelne sie kreuzweise konnte. Als das Wasser warm genug war, hängte sie den Duschkopf in die Halterung und ließ sich berieseln.

Es tat nicht gut. Es war nicht furchtbar. Es war Wasser und sie stand darunter. Etwas zu fühlen, wirklich, wirklich zu fühlen, versagte sie sich, denn in dem katastrophalen Augenblick in der Kommune hatte sie einen Vorgeschmack bekommen, wie es ihr gehen würde, wenn sie die Türen zu dem Gewitter in ihrem Innern öffnen würde. Und so hatte sie ein paar Kontakte aufgescheucht und sich für diese Woche zwei Vorstellungsgespräche organisiert. Das zweite würde am Freitag in einer größeren Kanzlei stattfinden. Noch vor dem Räumen ihres Schreibtisches einen adäquaten neuen Job zu haben, wäre gut und würde ihr helfen, mit der Niederlage von Kommunenloo umzugehen. Feiner Wasserdampf umgab sie, und in dem Nichts zu verschwinden war verführerisch, aber das durfte sie nicht zulassen, denn dann würde sie den letzten Rest ihres Selbst verlieren.

Sie stellte das Wasser ab.

Sie fühlte sich sauber. Äußerlich. Innen fühlte sie nichts.

❤

Iljas schaltete die Kamera aus, hob sie vom Stativ und schloss sie an den Computer an. In den meisten Fällen bearbeitete er seine Videos nicht, denn genau das war es, was ihn ausmachte und was seine Fans mochten. Hundertprozent er. Aber in den letzten zwei war es ihm nicht gelungen, er selbst zu sein. Das, was ihn auszeichnete, schaffte er nicht mehr. Er war nicht ruhig, er war fahrig, zeigte die Übungen unkoordiniert, die Abfolge war stellenweise unlogisch. Er musste Sequenzen zusammenschneiden. Fehler unterliefen ihm. Das neue Video war nicht anders. Beinahe wankend stand er vor der Linse. Als wäre er betrunken, als hätte ihn jemand geschlagen, als hätte ihm jemand etwas aus der Brust gerissen. Etwas Lebenswichtiges. Müde fuhr er sich übers Gesicht, stütze sein Kinn auf die Faust. Er sah sein falsches Selbst, wie es sprach, sich verhaspelte und schließlich ganz abbrach, um noch einmal neu zu beginnen. Den Grund für seine Fahrigkeit kannte er: Luisas Blick und ihr Gesichtsausdruck waren für immer in sein Gedächtnis eingebrannt. Er hatte sie verletzt, doch dieses Mal nicht körperlich. Sondern durch sein verdammtes Schweigen. Der Himmel wusste, wie sehr er sie verletzen würde, wenn er gesagt hätte, was sie sich gewünscht hatte. Iljas klickte das Bildbearbeitungsprogramm auf die Leiste und öffnete einen Ordner, dessen Inhalt er sich nur dann ansah, wenn er am Tiefpunkt war. Wenn das Gefühl seiner Unzulänglichkeit seine Speiseröhre hinaufkroch. Er doppelklickte auf das erste Foto und blickte in Johannas große rehbraune Augen.

»Gott«, murmelte er und senkte den Kopf. »Gott.«

So viele Anzeichen hatte er übersehen. Die Tyrannei ihres Freundes hatte sie monatelang stumm ertragen, aber in ihren Blicken, in ihren Gesten *musste* sich der Terror widergespiegelt haben. Johanna war sehr feinfühlig, sie hatte gewusst, wie instabil Dennis' Charakter war. Ihre Angst hatte sie davon abgehalten, ihm zu erzählen, was in ihrem Leben geschah.

Wenn er all das nicht gesehen hatte, was würde ihm dann in einer Beziehung mit Luisa entgehen? Würde er ihr Herz brechen, weil er nicht bemerkte, wann sie ihn brauchte? Würde er ihr wehtun, weil er nicht erkannte, wie sehr sie unter seiner Zurückhaltung litt?

Erneut sah er Johanna in die Augen, die für immer fröhlich

leuchtend sein und ihn nie vorwurfsvoll anblicken würden, die für alle Ewigkeit in dem jugendlichen Gesicht gefangen waren. Die Gesetze des Alterns galten nicht für die digitalisierte Fotografie seiner toten Schwester.

»Ich habe dich im Stich gelassen. Ich kann das nicht noch einmal durchmachen«, sagte er leise.

Und dann, plötzlich, tauchte ein kleines Wort in seinem Geist auf. Eins, das vorher noch nie da gewesen war, das seine Welt ins Wanken brachte, das ihn taumeln ließ, obwohl er saß.

Oder?

Zweifel. In ihm, in dem, was er dachte und fühlte. Er sah sich um, wusste aber nicht, was er suchte. Er wollte schreien, aufstehen, rumrennen, sich die Haut vom Körper reißen, um zu sehen, was in ihm vor sich ging.

Iljas klappte den Laptop zu, nahm sein Handy und wählte die Nummer seiner Schwester Marie. Wenn es überhaupt einen Menschen auf der Welt gab, der ihm jetzt noch helfen konnte, dann sie. Sie war verheiratet, hatte Kinder. Wie zum Teufel stellte sie das an? Wie konnte sie sich auf all das einlassen?

»Hallo?«, fragte Marie.

»Ich bin's.«

»Ist etwas passiert?«, fragte sie alarmiert.

»Nein.«

Schweigen. Er müsste jetzt etwas sagen. Sie dezent auf das Thema hinlenken, ihr behutsam beibringen, was er von ihr wollte, doch stattdessen platzte etwas in ihm. Er stand auf, lief durch die Küche, sah im Augenwinkel Luisa mit ihren nassen, wilden Haaren auf dem Stuhl sitzen. Sie beobachtete ihn, wartete darauf, dass er etwas tat, um ihre, um *seine* Misere zu beenden.

»Wie machst du das, Marie?«, fragte er leise, fuhr sich durch die Haare, die er sich am liebsten büschelweise ausreißen würde.

Sie schwieg. Dann hörte er, wie sie ihrem Mann zurief, dass sie sich ins Schlafzimmer zurückziehen würde. Marie wusste, was er von ihr wollte, als hätte sie bereits seit Jahren auf dieses Gespräch gewartet.

»Erinnerst du dich daran, als Johanna einmal auf uns aufgepasst hat? Sie muss fünfzehn gewesen sein, du zwölf und ich zehn. Mama war noch allein, sie hatte Peter noch nicht kennengelernt. Sie hatte eine Doppelschicht.«

Iljas schloss die Augen. Seine Vergangenheit baute sich Stück für Stück auf. Bild für Bild. Szene für Szene.

»Ja.«

»Weißt du noch, wie Johanna mit uns im Wohnzimmer saß? In unserem selbst gebauten Zelt, in dem wir für immer bleiben wollten?«

Iljas schluckte schwer. »Ja.«

»Ich denke *daran*. Ununterbrochen. Ich lasse nicht zu, dass *er* sich in mir einnistet. Sein Wahnsinn, seine Tat. Johanna hat uns geliebt. Sie hat alles für uns getan. Uns nachts in ihr Bett gelassen, wenn wir schlecht geschlafen haben. Sie hat mir die Haare gebürstet, weil Mama zu ungeduldig war, sie hat mir gesagt, was ich tun soll, wenn mich jemand in der Schule ärgert, sie –«

Maries Stimme brach. Iljas' Herz zerbarst.

»Es ist nicht fair, dass sie weg ist, Iljas. Sie fehlt mir so sehr, sie fehlt mir wie ein Teil von mir, aber ich würde ihrer nicht gerecht werden, wenn ihr Tod Einsamkeit in mein Leben bringen würde.«

Marie holte tief Luft, entließ sie langsam und zitternd. Iljas schwieg.

»Johanna liebte das Leben, sie liebte uns. Sie hätte uns nie mit reingezogen.«

Wut flammte in ihm auf. »Aber da müssen Anzeichen gewesen sein, Marie. Sie muss versucht haben, uns etwas zu sagen. Ich war zu sehr mit mir selbst beschäftigt, um sie zu sehen. Ich bin mir sicher, dass sie –«

»Das ist Blödsinn, Iljas. Keiner von uns hat Anzeichen gesehen, weil sie uns keine zeigen wollte. Sie wollte das allein ausfechten, weil sie mit ihren siebzehn Jahren die Große war und wir die Kleinen, die sie schützte. Sie hat nicht wissen können, dass er mit ihr im Auto gegen einen Baum rast, Iljas, sie war doch auch noch ein Kind. Sie muss geahnt haben, dass etwas mit ihm nicht stimmte, aber das Ausmaß seines Wahnsinns kannte sie nicht. Sie war doch noch so jung«, flüsterte sie.

Maries Worte surrten durch seine Hirnwindungen, ihre Bedeutung lag schwer auf seiner Brust. Die Wahrheit versuchte in den Wellen seiner Gefühle über Wasser zu bleiben. Sie tauchte ab, erschien wieder. Er konnte sie noch nicht fassen. Nicht ganz. Aber den Rettungsring hatte sie ihm bereits zugeworfen.

»Ich habe Angst«, war alles, was Iljas rausbrachte.

Marie räusperte sich, schwieg kurz und sagte schließlich: »Es geht um eine Frau, oder?«

»Nein. Es geht um *die* Frau.«

Marie lachte. Es klang erstickt, verschüttet unter der Vergangenheit und der Gegenwart. »Mein großer Bruder, der unerschrocken Mörder gejagt hat, macht sich in die Hosen wegen einer Frau. Dass ich das noch erleben darf.«

Die Leichtigkeit, mit der Marie das sagte, minderte seine Angst, ließ sie schrumpfen und beinahe verschwinden.

Iljas blickte auf die Uhr. Mittwoch. Früher Abend. Luisa wäre vermutlich noch in der Kanzlei und dort würde er sie nicht um ein Gespräch bitten. Trotzdem musste er losfahren, in ihre Nähe, dort, wo sie zu Hause war und er viel Zeit mit ihr verbracht hatte. Er würde auf sie warten, oder … Verdammt. Er wusste es auch nicht. Er hatte keine Ahnung, was er sagen und wie er sich verhalten sollte, aber er wusste, dass er zu ihr musste. Alles andere würde sich schon ergeben, denn das kleine Wort *Oder,* das in seinen Geist gewandert war, hatte alles verändert.

Kapitel 33

»Mann, jetzt drängle doch nicht so«, murmelte Luisa in die Einsamkeit des Wagens. Sie wartete darauf, in die Tiefgarage fahren zu können, während ein Nachbar an ihrer Stoßstange klebte. Als ob sich das Tor dadurch schneller öffnen würde. Luisa fuhr los und parkte den Wagen auf ihrem Platz. Das Vorstellungsgespräch war ziemlich gut verlaufen, bis zu jenem Punkt, als es um die Gehaltsvorstellungen ging. Zwischen dem, was Luisa wollte und die Kanzlei bezahlen konnte, lag monatlich ein Kleinwagen. Und auch die Räumlichkeiten waren so viel anders als das, was sie kannte. Sie liebte ihr Büro mit den hellen Möbeln, dem Glastisch in der Ecke, auf dem sich immer frische Blumen befanden. Sie liebte ihren Schreibtisch, dessen Schublade kiloweise Süßkram beherbergte. Luisa stieg aus und knallte die Tür zu. Sie war nicht sauer, sie war irgendwie … leer. War das ihre Zukunft? Ein winziges Bürozimmerchen in einer Dachgeschosswohnung, die halb Kanzlei, halb Stauraum des Hundesalons aus dem Erdgeschoss war? Würde sie einen Hundebesitzer vertreten, deren Terrier einem Jogger in die Wade gezwickt hatte? Und nebenbei Hundedecken für vierundzwanzig neunundneunzig verkaufen? Auf der anderen Seite war einer ihrer letzten Mandanten ein Pinguin gewesen. Darauf kam es also auch nicht mehr an. Sie nahm ihre Aktentasche vom Rücksitz und verschloss das Auto. Die Lichter blinkten auf, doch ihre Füße waren wie Blei. Sie stand da, schüttelte die Schultern und verzog das Gesicht. Sie würde jetzt in ihre Wohnung gehen, die wie immer leer war, aber nun auch einsam. Sie würde ihrer Zukunft weiter entgegengehen, die plötzlich verschwommen vor ihr lag, als wäre sie über Nacht kurzsichtig geworden. Falls alle Stricke rissen, konnte sie auch noch zurück in die Kommune und sich von Bernd mit dem Wundersamen schwängern lassen. Sie drehte sich zum Fahrstuhl um, und da spürte sie es. Ein Prickeln, ein Schauer, eine Vorahnung. Als zog jemand mit Eiswürfeln Bahnen über ihren Körper.

In jeder Trainingseinheit hatte Iljas ihr eingebläut, auf ihre Instinkte zu hören, und da sie keinerlei Talent in der Täterabwehr besaß, war das alles, was sie hatte. Und Pfefferspray. Mit zitternden Fingern öffnete sie den Verschluss der Aktentasche, fuhr fahrig mit der Hand hinein und wühlte. Hektisch drehte sie sich dabei um – sie sah niemanden. Ihre Bewegungen erstarrten, ihr Herz schlug so fest, dass das Echo jedes Schlages in ihrem Hals widerhallte.

Sie sah niemanden.

Niemanden.

Das war der Fehler.

Ihr Stellplatz war in der Nähe des Fahrstuhls. Wer auch immer sie bei der Einfahrt in die Garage bedrängt hatte, war auch hier. Und zeigte sich nicht.

Versteckte sich. Beobachtete sie. Lauerte ihr auf.

Sie dachte an den Mann mit dem Bandana.

Luisa ließ die Tasche fallen.

Flucht, hämmerte es in ihrem Kopf. *Weg hier.*

Hastig drehte sie sich um und wollte zum Fahrstuhl rennen, doch da war es schon zu spät. Ein kaltes Tuch wurde ihr von hinten auf den Mund gepresst. Nicht fest, eher sanft. Ihr Körper reagierte auf die Gefahr. Ihr Herzschlag und ihre Atmung beschleunigten sich. In schnellen, hastigen Zügen, atmete sie die Dämpfe ein, die ihren Geist benebelten. Das Letzte, was sie wahrnahm, ehe sie zusammensackte, war das rote Lämpchen der Überwachungskamera. Sie betet, dass Thomas Hoffmann sie sah und ihr zu Hilfe eilen würde. Dann kam die Finsternis.

❤

Iljas parkte vor Luisas Haus, ihre Wohnung lag im Dunkeln. Seine Zurückweisung hatte sicherlich dazu geführt, dass sie sich noch mehr in die Arbeit stürzte. Er blickte auf seine Hände, sah, wie fest sie sich um das Lenkrad schlossen, als könnte es ihn retten. Die Wahrheit war, er wusste nicht, was er Luisa sagen sollte. Ihr Gesichtsausdruck verfolgte ihn und er wollte, dass sie ihn anders ansah. Er wollte um jeden Preis dieser Welt, dass ihre Augen leuchteten, wenn sie ihn anblickte, dass ihre Mundwinkel sich zu diesem spöttischen Lächeln verzogen, dass ihre Haut strahlte und nicht aufgrund seines Schweigens leichenblass war. Aber reichte das aus? Johannas Tod stünde immer noch zwischen ihnen. Doch er spürte, dass sich die Last seiner Schuld verringert hatte. Wegen dem, was Marie gesagt hatte, wegen Johannas Wesen, das er vergraben und verschüttet hatte unter den letzten Wochen ihres Lebens. Das war nicht fair ihr gegenüber. Johanna von Orléans hatten sie sie scherzhaft genannt, weil sie sich immer vor ihre kleineren Geschwister gestellt hatte, vor andere Kinder, vor jeden. Sie hatte Iljas und Marie geschützt. Immer. Sie hätte ihnen nie anvertraut, dass ihr Freund ein gefährlicher Psycho war, der ihr mit Selbstmord drohte, wenn sie Schluss machen würde.

Iljas schloss die Augen.

Er schleppte das Übel mit sich herum. Das, was Johanna vor ihm verborgen hatte. Marie hatte recht. Es war nicht richtig, dass er genau das mitnahm und nicht ihre Leichtigkeit, ihre Liebe.

Er öffnete die Augen und stieg aus.

Noch immer wusste er nicht, was er sagen sollte, aber er wusste, dass er die Chance bekommen wollte, es irgendwie wiedergutzumachen, denn dieses Sandkorn in ihnen durfte nicht aus dem Schlechten der Welt bestehen. Es durfte nicht aus einer anstrengenden Kindheit oder dem Tod der Schwester bestehen. Es sollte … irgendwas mit Liebe zu tun haben. Iljas schluckte. Mann, das waren große Worte und er scheute sich, sie auszusprechen, aber er würde sich nicht mehr verschließen. Luisa würde es sehen. Okay, streng genommen würde sie das nicht, denn sie war nicht da, aber er würde ihr eine Nachricht hinterlassen. Er öffnete den Kofferraum und nahm aus dem Umschlag einen Aufkleber heraus.

ICH BIN GUT ZU VÖGELN

Er musste immer noch lachen, wenn er daran dachte. Er stieg wieder ins Auto und kritzelte eine Nachricht darauf. Die Worte flossen aus ihm heraus, sinnlos, wirr, aber Luisa würde ihn verstehen, sie hatte genug Verstand für sie beide. Er stieg aus, überquerte die Straße und klingelte. Nachdem Luisa ihm nicht öffnete, winkte er den Concierge zu sich, der ihm die Tür einen Spaltbreit öffnete, einen Mundwinkel zu einem spöttischen Lächeln verzogen.

»Was kann ich für *Sie* tun?«, fragte Hoffmann kühl.

Seine Krawatte war gelockert, die Ärmel seines Hemdes nach oben gekrempelt. Er wirkte nicht ganz so stocksteif wie sonst. Aber Iljas erkannte auch, dass Hoffmann wesentlich besser gebaut war, als es die Uniform erkennen ließ.

»Ich habe eine Nachricht für Luisa Elmas«, sagte Iljas und hielt dem Mann den Aufkleber hin.

»Sie wollen ihr sagen, dass sie gut zu Vögeln ist?«

Iljas grunzte.

»In gewisser Hinsicht, ja.«

Hoffmann nahm ihm den Aufkleber ab. »Ich werde es ihr zusammen mit der Post geben.«

»Danke«, sagte Iljas.

Er fühlte sich gut. Als hätte er das erste Mal in seinem Leben das Richtige getan. Als würde nun alles gut werden.

Kapitel 34

Komm schon, Luisa, öffne die Augen.

Luisa blinzelte mehrfach, kämpfte gegen das Verlangen, die Lider zu schließen und in die dankbare Schwärze hinabzugleiten. Am liebsten würde sie sich kräftig über die Augen reiben, aber das ging nicht, denn ihre Arme waren an eine Stuhllehne gefesselt. Ebenso ihre Beine. Wenn sie es jetzt schaffen würde, die Lider oben zu halten, würde sie endlich wissen, wer hinter all dem steckte.

Denn sie war nicht allein.

»Oh, die Prinzessin wird wach?«

Die Stimme einer Frau. Luisa riss die Augen auf. Der Raum begann sich zu drehen. Die kahlen Wände stürzten auf sie ein und zogen sich wie Kaugummi wieder zurück. Luisa mobilisierte all ihre Willenskraft und fokussierte den Blick auf die ihr völlig unbekannte Frau.

Eine Frau.

Wie war das möglich? Ein Mann hatte sie überfallen.

»Wer sind Sie?«, fragte Luisa nuschelnd.

Abrupt stand die Frau von einer kleinen grauen Couch auf. Luisa glaubte, sich im Wohnzimmer eines Hauses zu befinden. Der Raum war rechteckig, die Rollläden, hinter denen sich vermutlich eine Terrasse befand, heruntergelassen. Luisa räusperte sich und fragte noch einmal mit fester Stimme: »Wer sind Sie?«

»Ein Niemand«, sagte die Frau und kam auf Luisa zu.

Na, das war ja mal eine Antwort.

Luisa schüttelte den Kopf, hoffte, dass die Amplituden der Bewegung und des Schwindels sich überlagerten und sich gegenseitig ausbremsten.

»Was wollen Sie von mir?«, fragte Luisa weiter.

Die Frau schob einen Arm vor ihren schmalen Körper und stützte den Ellbogen ihres anderen Armes darauf ab. Sie tippte sich mit dem Zeigfinger gegen die Lippe. Im gleichen nervösen Rhythmus wippte ihr Fuß auf und ab. Die blonden, strähnigen Haare fielen ihr immer wieder wie ein Vorhang vors Gesicht.

»Was ich von dir will? Hm. Eigentlich gar nichts.«

Luisa verdrehte die Augen.

»So kommen wir nicht weiter. Sie haben mich entführt, also müssen Sie irgendetwas von mir wollen.«

Die Frau hielt inne, fixierte sie. Luisa suchte den Wahnsinn in ihrem Blick, fand ihn aber nicht. Sie sah schmerzhaft normal aus. Sie war die Frau, die einem im Supermarkt begegnete, die in der Bahn neben einem saß und der man kaum Beachtung schenkte, weil es kein Merkmal gab, das herausstach. Sie war schmal, aber nicht dürr. Ihre Haare strähnig, aber nicht ungepflegt. Ihre Haut strahlte nicht, war aber auch nicht unrein. Langsam kam sie immer näher und Luisa wappnete sich gegen einen Schlag, den sie nicht würde abwehren können. Doch die Frau stütze lediglich ihre Hände auf Luisas Armen ab, krallte die Fingernägel in ihre Haut und schob ihren Kopf millimeterdicht vor Luisas.

»So kommen wir nicht weiter? Du hast mir alles genommen, und jetzt beklagst du dich?«

Die Frau richtete sich auf und rang um Kontrolle.

Sie hatte Luisa nichts getan, was super war, aber Luisa hatte immer noch keine Ahnung, worum es ging. Diese Info benötigte sie aber dringend, um reagieren zu können.

»Waren Sie meine Mandantin?«

»Nein.«

»Waren Sie Nebenklägerin in einem meiner Fälle?«

»Nein.«

»Haben Sie sich um einen Job in der Kanzlei beworben?«, fragte Luisa.

Die Frau grunzte. »Bestimmt nicht.«

»Wie heißen Sie?«

Sie zögerte. Wog ab. »Tamara.«

Nichts. Keine Erkenntnis. Aber das musste Tamara gewusst haben, sonst hätte sie Luisa nicht ihren Namen verraten.

»Was habe ich Ihnen angetan?«

Trotzig reckte Tamara ihr Kinn vor.

»Ihn mir weggenommen.«

»Wen? Habe ich dafür gesorgt, dass jemand ins Gefängnis kommt, der Ihnen nahesteht?«

»Mein Gott. Bei dir dreht sich alles nur um die Arbeit, oder?«

Luisa lachte auf. Diese Ironie.

»Nein, denn ich habe keinen Job mehr. Falls es das war, was Sie erreichen wollten, dann gratuliere ich Ihnen, Sie haben gewonnen.«

Verwunderung huschte kurz über Tamaras Gesicht. »Deine Arbeit ist mir scheißegal.«

Es brodelte in Luisas Brust. Sie war in einer prekären Situation, und doch konnte sie die Wut nicht länger unterdrücken.

»Verdammt noch mal. Hör jetzt endlich auf mit dem Scheiß und sag, was du von mir willst.«

Tamara grinste sie an. »So leicht aus der Fassung zu bringen?«

»Leicht?«, fragte Luisa und zerrte an den Fesseln. »Du hast mich überfallen, schickst mir Drohungen, hast mein Eigentum beschädigt und auf mich geschossen. Nach alldem habe ich meinen Job verloren. Und du wirfst mir vor, ich wäre *leicht* aus der Fassung zu bringen?«

Luisa wusste, dass ihr Gesicht glühte, dass ihre Augen Blitze schleuderten. Sie wusste durchaus, dass eine solche Provokation ungünstig war, aber Himmel, sie war nur eine Frau aus Fleisch und Blut. Sie hatte ihre Grenzen, und die waren erreicht. Vor Stunden. Vor Tagen.

Tamara lachte. »Mit dem Überfall habe ich nichts zu tun. Du wurdest einfach nur ausgeraubt, weil du mit deinem ganzen Reichtum um dich geworfen hast. Geschieht dir recht, denn nach allem, was geschehen ist, weinst du nur deinem Job hinterher, oder? Es ist dir scheißegal, was du *ihm* angetan hast.«

Ihm? Was? Luisa konzentrierte sich. Iwanows Gesicht tauchte auf und verschwand wieder. Er hatte mit alldem offenbar nichts zu tun.

»Wen meinst du?«, fragte sie leise.

»Iljas. Du hast ihn mir genommen und dann hast du ihn zerstört. Das kann ich nicht zulassen.«

Luisa sank in ihrem Stuhl zurück.

»Iljas«, flüsterte sie. »Es ging die ganze Zeit um ihn?«

»Es geht immer nur um Iljas. Ich bin … ich war schon immer … ich bin sein Fan. Ich bewundere ihn. Er hat mich wahrgenommen, hat meine Geschichte aufmerksam gelesen, hat ein Video gedreht. *Für mich*. Ich wollte mich bedanken, wollte ihm sagen, wie viel er mir bedeutet, wollte, dass er versteht, dass er alles für mich ist …«

Während Tamara weiterredete, ihr die Geschichte eines Überfalls erzählte, die Worte aus ihr heraussprudelten wie Kohlensäure aus einer geschüttelten Wasserflasche, fügte sich Stück für Stück ein Gesamtbild zusammen.

Der Raub war einfach nur ein Raub gewesen.

Die Nachricht *Ich weiß, wo du wohnst,* weil Tamara Iljas beobachtet und gesehen hatte, wie er Luisa nach Hause gebracht hatte.

Ihre zerstochenen Reifen, weil Tamara beobachtet haben musste, wie die beiden im Regen im Hof gestanden und sich gestritten hatten.

Der Schuss, weil Iljas mit in den Wald gefahren war.

»Wolltest du uns erschießen?«, unterbrach Luisa Tamara.

Tamara schüttelte den Kopf. »Nein. Das war nur eine Schreckschusspistole. Ich konnte nicht glauben, dass du die ganzen Warnungen davor nicht ernst genommen hast.«

»Warum hast du aufgehört?«

Tamaras Kopf sank nach vorn, die Arme ließ sie zur Seite fallen, und als sie wieder hochsah, erkannte Luisa das volle Maß ihrer Verzweiflung.

»Du hattest ihn. Ich habe es gesehen, im Gericht, vor dem Verhandlungssaal. Er gehörte ganz dir. Ich habe ihm das Foto geschickt und mich so von ihm verabschiedet.«

Tamara begann an ihrem Finger zu pulen, riss Hautfetzen am Nagel ab.

»So, wie er dich angesehen hatte, wusste ich, dass ich nie eine Chance haben würde. Ich tue ihm leid, er hat mir geholfen, aber für dich, für dich würde er sein Leben geben. Das hast du nicht mal gesehen, oder? Ich hätte es wissen müssen, und trotzdem habe ich ihn dir überlassen.«

Luisa schluckte den Kloß hinunter, ihr Herz stach. Er hatte ihr gehört? Ganz? Sie durfte sich davon nicht ablenken lassen.

»Und warum das jetzt?«

Luisas Blick wanderte zu den Fesseln.

Tamaras Gesichtsausdruck veränderte sich. Die Trauer verschwand und an ihre Stelle traten Hass und Wut. Langsam ging sie zu einer Handtasche, die achtlos auf dem Boden lag. Sie kramte darin und beförderte eine durchsichtige Plastiktüte hervor, in der sich eine Glasflasche und ein Tuch befanden.

»Nein«, sagte Luisa und begann erneut, an ihren Fesseln zu zerren. Sie wand sich, spürte, wie das Plastik des Kabelbinders in ihre Haut schnitt.

»Ich habe seine letzten Videos gesehen. Du hast ihn kaputtgemacht. Nicht nur, dass du ihn mir weggenommen hast, du hast ihn verändert. Er ist nicht mehr *mein* Iljas. Und das habe ich nur dir zu verdanken.«

Luisa warf ihren Kopf hin und her, doch sie hatte keine Chance, denn Tamara trat hinter sie, packte ihre Stirn und drückte ihr erneut das Tuch aufs Gesicht.

»Während du schläfst, überlege ich mir, was ich mit dir mache.«

❤

Iljas saß zu Hause, eine merkwürdige Euphorie wühlte in seinem Körper. Er hatte das Richtige getan. Dessen war er sich sicher. Doch Luisa meldete sich nicht. Es bestand die Möglichkeit, dass sie immer noch arbeitete, auch wenn es mittlerweile dreiundzwanzig Uhr war. Oder sie ignorierte ihn, was er grundsätzlich verstehen konnte, aber Luisa nicht zutraute. In der Kommune, als er ihr Lebewohl sagen wollte, war sie explodiert. Sie hätte ihre Gefühle zurückhalten können, denn sie hatte von Anfang an gewusst, dass er zu dämlich war, korrekt darauf zu reagieren. Aber das passte ganz und gar nicht zu Luisa Elmas. Konfrontation war ihr Ding. Er dachte daran, wie sie wutentbrannt bei ihm im Studio aufgetaucht war und ihn zur Sau gemacht hatte. Wie sie vom Bett aufgesprungen war, um ihn herunterzuputzen, nachdem sie das erste Mal miteinander geschlafen hatten. Nein. Wenn es die Möglichkeit gab, jemandem die Stirn zu bieten, würde Luisa sie nutzen. Ja, er hatte sie verletzt, er hatte sie wie ein Arschloch behandelt, aber wenn sie die Nachricht schon gelesen hatte, würde sie wissen, dass er tatsächlich nachgedacht hatte. Dass ihm einiges klar geworden war, und dann würde Luisa verstehen, dass das ihre Chance war, ihm seine Fehler endlos unter die Nase zu reiben. Und er sich nicht wehren würde.

Nein, DAS würde sie sich auf keinen Fall entgehen lassen.

Vielleicht hatte der Portier ihr den Zettel nicht gegeben. Weil er **ICH BIN GUT ZU VÖGELN** zu anzüglich fand.

Iljas zog das Handy aus der Hosentasche, entsperrte das Display und öffnete die ChatApp. Sein Daumen schwebte über ihrem Namen, ehe er darauftippte. Sie war nicht online. Scheiß drauf.

Luisa, ich habe dir eine Nachricht beim Concierge hinterlassen. Für den Fall, dass du sie nicht bekommen hast: Wir müssen reden. Du hattest recht. Mit allem.

Er schickte die Nachricht ab und wartete, doch auch nachdem er fünf Minuten auf das Display gestarrt hatte, blieb es bei einem Häkchen. Nachdenklich lehnte Iljas sich zurück. Das kalte Leder der Couch klebte an seinen Armen. Ein ungutes Gefühl vertrieb das Hoch des Abends.

Er wählte Joshuas Nummer.

»Ja?«

»Ich bin's.«

»Scheiße Iljas, weißt du, wie spät es ist?«

»Ja. Ich kann Luisa nicht erreichen.«

Ein gequältes Stöhnen war auf der anderen Seite zu hören.

»Iljas, ich –«

»Hast du irgendwas gegen Iwanow finden können?«

»Nein«, seufzte Joshua. »Vorhin kamen die Daten seines Mobilfunkanbieters. Sein Handy hat sich zu keinem Tatzeitpunkt in der Nähe befunden. Wir können nicht nachweisen, dass er es war. Aber wir haben eine neue Spur. Ein anderes Handy befand sich zu jener Zeit am Tatort. Das gleiche Handy befand sich am Montagabend vor Luisas Wohnhaus, als das Foto gemacht wurde. Morgen früh habe ich den Namen und gehe der Sache auf den Grund.«

Iljas legte auf und dachte nach.

Morgen früh. Ein Gefühl sagte ihm, dass das zu spät war.

Iwanow war es nicht.

Iwanow könnte es trotzdem gewesen sein.

Iwanow hätte keinen Grund mehr, Luisa etwas anzutun.

Da war dieses Gefühl in ihm, das er nie wieder ignorieren würde. Erneut tippte er eine Nachricht, dieses Mal an Amelie.

Ist Luisa noch in der Kanzlei?

Aus dem einen Häkchen wurden zwei, die sich umgehend blau verfärbten. Amelie war online und schrieb eine Antwort.

Oh Mann. Hat sie es dir nicht gesagt? Sie arbeitet nicht mehr dort.

Iljas richtete sich auf. Wie bitte? Sie arbeitete nicht mehr in der Kanzlei? Was war das für eine Scheiße? Sie hatten sich drei Tage nicht gesehen und sie war raus?

Karl hat ihr gekündigt. Am Morgen nach dem Fest. In der Kommune.

Oh Fuck. Iljas hatte Karl von Luisa weggehen sehen. Der Idiot hatte sie rausgeschmissen? Was zum Teufel war denn in ihn gefahren? Abrupt sprang Iljas auf. Gottverdammt. Er hatte genau das Gleiche getan. Zuerst hatte Karl sie im Stich gelassen und dann er.

Wo ist sie jetzt?

Amelie schrieb. Iljas zog seine Schuhe an. Er musste zu Luisa, musste wissen, wo sie war, wissen, wie es ihr ging. Er öffnete die Tür, als das Handy in seiner Hand vibrierte.

Keine Ahnung. Sie antwortet weder auf meine noch auf Karls Anrufe oder E-Mails. Sogar ihre Eltern haben versucht, sie zu erreichen. Wir haben gedacht, sie würde Zeit brauchen, und sie in Ruhe gelassen.

Wutentbrannt warf Iljas die Tür ins Schloss. Es war ihm egal, ob Luisa ihn sehen wollte oder nicht. Es ging ihm am Arsch vorbei, ob sie allein sein wollte – er musste wissen, dass es ihr gut ging. Musste wissen, dass Iwanow sie nicht hatte. Er musste sich mit seinen eigenen Augen davon überzeugen, dass sie in Sicherheit war.

Fünf Minuten später parkte er seinen Wagen vor Luisas Haus. Hätte irgendwo ein Blitzer gestanden, wäre er seinen Führerschein los gewesen. Trotz Polizeikontakten. Ihre Wohnung war immer noch stockdunkel.

Er stieg aus und eilte auf das Haus zu. Ein eisiger Wind blies ihm ins Gesicht und eine dunkle Vorahnung fraß sich in sein Innerstes.

Der Concierge öffnete ihm die Tür.

»Hat Frau Elmas schon ihre Post entgegengenommen?«, fragte Iljas und durchschritt eilig die Eingangshalle, dicht gefolgt von Hoffmann.

»Nein.«

»Hat sie heute überhaupt ihre Wohnung verlassen?«

»Ich weiß es nicht. Wir hatten heute ein Problem mit überlaufendem Wasser im Erdgeschoss. Ich war kaum am Empfang«, sagte Hoffmann und zog seine Stirn in Falten. »Ich weiß nicht, was Sie wollen, aber –«

»Sie ist in Gefahr«, unterbrach Iljas.

»Frau Elmas?«

Iljas unterdrückte den Drang, den Kerl am Hemd zu packen und gegen die Wand zu donnern.

»Ja. Ich muss zu ihr.«

Hoffmanns Blick wanderte zur Uhr und schließlich zu Iljas.

»Ich rufe in ihrer Wohnung an.«

Er nahm den Hörer ab und drückte zwei Knöpfe. Iljas wandte sich ab und betete insgeheim, dass sie ranging. Verschlafen und sauer, gestört zu werden. Gegenüber dem Empfangstresen befand sich ein Spiegel. Iljas sah sich und den Mann am Telefon darin. Ihre Blicke begegneten sich.

»Sie geht nicht ran«, sagte der Portier schließlich.

Iljas drehte sich um. »Hören Sie. Seit ein paar Wochen ist ein Spinner hinter ihr her. Wir dachten, die Gefahr ist vorbei, aber das ist sie nicht. Sie kennen mich. Geben Sie mir den Schlüssel zu ihrer Wohnung. Ich sehe nach und bin in fünf Minuten wieder da. Meinetwegen können Sie sogar mitkommen.«

Hoffmann sah ihn an, wog ab, ehe er schließlich nickte.

»Okay. Aber ich benötige ein Pfand.«

Ein Pfand für einen Schlüssel. Iljas war sich sicher, dass es gerade nichts Unwichtigeres auf diesem Planeten gab. Er zog seine Brieftasche aus der Hosentasche, warf sie auf den Tresen und riss dem Mann den Schlüssel aus der Hand.

»Ich bin gleich wieder da«, sagte er, eilte zum Treppenhaus, stieß die Tür auf und rannte die Stufen nach oben.

Schon als er ihre Wohnung betreten hatte, wusste er, dass sie nicht da war. Ihr Geist fehlte. Es war kalt und leer hier. Iljas durchkämmte die Räume, fand nichts Ungewöhnliches. Vielleicht war sie für ein paar Tage weggefahren? Methodisch suchte Iljas das Schlafzimmer ab, fand eine Reisetasche, sah, dass im Badezimmer keine Kosmetik fehlte. Er war im Cop-Modus, ohne es bemerkt zu haben. Er ging ins Wohnzimmer, nahm das Festnetztelefon, drückte Wahlwiederholung und hörte jemanden auf Italienisch fragen, was er für ihn tun könne. Iljas legte auf. Er ging in die Küche. Der Mülleimer war voll, hauptsächlich Verpackungen von Schokoladenriegeln. Benutzte Kaffeetassen standen auf der Arbeitsplatte. Nein. Luisa würde ihre Wohnung nie im Leben so hinterlassen, wenn sie in den Urlaub gefahren wäre. Möglich, dass sie sich mit einer Freundin getroffen hatte. Er ging in den Flur. Ihre Handtasche war weg. Iljas dachte nach, verließ schließlich die Wohnung und stieg in den Fahrstuhl. Er drückte die Taste für die Tiefgarage. Sein Geist spielte ihm Streiche, quälte ihn, denn erneut sah er aus dem Augenwinkel Luisa neben sich stehen. Kerzengerade Haltung, wie sie in ihrer Aktentasche nach ihrer Visitenkarte kramte und ihn aufforderte, ihm die Rechnung für ihre erste Trainingsstunde zukommen zu lassen. Ihr Auge geschwollen. Vorhin im Foyer hatte er sie ebenfalls gesehen, wie sie ihn mit eleganten, aber bestimmten Schritten zur Tür geleitet hatte. Ein leises Pling ertönte. Die Türen des Fahrstuhls öffneten sich.

Es war keine Einbildung. Dort stand Luisas Wagen.

»Scheiße«, sagte Iljas laut und drückte hektisch auf den Knopf fürs Foyer.

»Die Videoaufnahmen«, sagte er, kaum, dass er den Fahrstuhl verlassen hatte. Sein Puls raste, sein Herz hämmerte.

»Wie bitte?«

»Ich muss die Videoaufnahmen der letzten Tage sehen.«

»Das kann ich unmöglich –«

»Bitte. Luisas Auto ist da, ihre Wohnung ist verlassen. Lassen Sie mich jetzt nicht hängen.«

Hoffmann sah ihn lange an. Zu lange. Wertvolle Sekunden gingen verloren, ehe er schließlich seufzte.

»Okay. Kommen Sie rum.«

Er tippte auf den Computer, öffnete ein Programm und Iljas erkannte die Aufnahmen aus der Tiefgarage, rechts unten stand Luisas Wagen.

»Spulen Sie zurück.«

Der Concierge klickte auf einen Knopf und die Zeit lief rückwärts.

»Geht das schneller?«, fragte Iljas.

Ein erneutes Klicken auf das Rückwärtsspulenzeichen und die Welt drehte sich schneller. Ins Wanken geriet sie aber erst, als Iljas Luisa sah.

»Stopp!«, rief er.

Das Band lief jetzt normal ab. Iljas sah, wie Luisa das Auto parkte und ausstieg. Sie wirkte seltsam, als sei ihr Feuer erloschen, und er fühlte sich schlecht. Sie hielt inne, fuhr dann plötzlich hoch und kramte in der Tasche. Jemand näherte sich ihr von hinten.

Iljas wollte schreien, dass sie sich umdrehen sollte, dass er ihr in jeder Stunde gesagt hatte, wie wichtig es war, den Rücken bedeckt zu halten, doch es war zu spät. Luisa ließ die Tasche fallen und wollte losrennen. Ein Tuch wurde ihr auf den Mund gepresst und sie sackte zusammen.

Iljas brüllte. Keine Worte, kein Satz, keine Bedeutung. Nur Wut. Auf sich, auf den Angreifer. Er betrachtete die Vergangenheit. Jene, die er nicht ändern oder beeinflussen konnte.

Luisa wurde weggetragen, und so sehr sich der Portier auch

bemühte, es gab weder eine Aufnahme des Kennzeichens noch eine brauchbare der Person, die Luisa entführt hatte. Die einzige Kamera, die das hätte aufzeichnen können, war mit schwarzer Farbe übersprayt worden.

Kapitel 35

Erneut versuchte Luisa, aus ihren Träumen zu erwachen. Es war düster, ihre Entführerin war weit und breit nicht zu sehen. Was für eine Scheiße. Da hatten sie sich die ganze Zeit auf Luisas Leben konzentriert – Luisa, geh nicht mehr allein raus, es ist zu gefährlich! Luisa, du darfst nicht mehr an dem Fall arbeiten! Luisa, wir engagieren dir einen Bodyguard! – und in Wirklichkeit hatte das alles nichts mit ihr zu tun. Sondern der Typ, der sie beschützen sollte, hatte eine verrückte Stalkerin. Auch wenn die Frau relativ gefasst wirkte, hatte sie in ihrer Kindheit definitiv zu nah an der Wand geschaukelt. Dann fand sie eben Iljas toll. Kein Grund, auf sie zu schießen und sie zu entführen.

Luisa vermutete, dass ihre Entführung eine Art Kurzschlussreaktion auf Iljas' grottenschlechte Videos gewesen war. Allerdings war ihr nicht ganz klar, ob das nun gut oder schlecht für sie war. Einerseits hatte diese Tamara offensichtlich keinen diabolischen Plan ausgeheckt, bei dem Luisas Körperteile durch die Gegend fliegen würden. Andererseits war sie auch nicht sonderlich bedacht an die Sache rangegangen und hatte sich maskiert, sodass Luisa ihr Gesicht kannte.

Es war still im Haus. Wenn Luisa ihren Kopf verrenkte und aus dem Fenster blickte, sah sie nichts als Felder, die ruhig im Mondschein lagen. Sie war sehr wahrscheinlich irgendwo in Brandenburg, denn in Berlin war die Bebauungsdichte so hoch, dass es nirgendwo ein Haus mit so einem Ausblick geben würde. So weit, so gut. Ihre Fesseln würde sie nicht lösen können, bei dem Versuch würde sie sich lediglich verletzen. Die einzige Möglichkeit, die sie hatte, aus dieser Angelegenheit heil herauszukommen, war, ihren Verstand und ihre Wortgewandtheit einzusetzen.

Luisa verlagerte ihr Gewicht auf die rechte Pobacke, denn so langsam stellte sich ein Taubheitsgefühl in ihrem Gesäß ein.

Tief, tief, tief in ihr drin zitterte sie vor Angst, aber die würde sie unterdrücken, sie durfte sie nicht zulassen. Den ängstlichen Teil musste sie abkapseln, und erst wenn alles vorbei war, durfte sie sich erlauben nachzudenken.

Sie sah sich um. Das Wohnzimmer war trist, die Wände schmutzig weiß. Der Stuhl, auf den sie gefesselt war, befand sich in einer Art Nische, in der sonst vermutlich der Esstisch stand. Keine Fotos, keine bunten Vorhänge, nur Löcher in den Wänden, aus denen Dübel ragten. Als hätte jemand vor Kurzem mitgenommen, was nicht niet- und nagelfest war. Auf der anderen Seite befanden sich eine Couch und ein Fernseher, umgeben von schiefen, schwarzen Schrankelementen. Der Stoff der Couch war abgewetzt, eine Ecke stark durchgesessen. Luisa rief sich Tamaras Statur vor Augen. Lang und dünn. Unmöglich, dass sie die Mulde mit ihrem Gewicht geschaffen hatte.

Ein Exmann? Was hatte Tamara vorhin alles erzählt? Schlimme Kindheit, Überfall, Panikattacken, Angst, immer wieder Angst, Wut, Streit, Scheidung, Iljas? In dieser Reihenfolge? Sie wusste es nicht mehr. Was sie sicher wusste, war, dass Tamara überfallen worden war. Wie Luisa. Die Konstellation war verrückt. Iljas und Amelie teilten sich ein Schicksal und hatten ihre Leben völlig anders gestaltet. Luisa und Tamara waren beide überfallen worden, hatten aber unterschiedliche Konsequenzen daraus gezogen. Tamara hatte einen Retter gesucht, jemanden, der ihr die Angst nehmen und sie schützen würde. Luisa hatte jemanden gesucht, der ihr zeigte, wie sie sich selbst verteidigen konnte. Welcher Weg war der richtige? Gab es überhaupt einen? Denn letztendlich saßen sie beide allein da. Luisa stockte. Stimmte das überhaupt? War Tamara wirklich allein?

Oder gab es zu ihrer Entführerin einen Gegenpart? Jemanden, der sie kontrollierte? Panik durchströmte Luisa und ihr Verstand versagte. Sie riss und zerrte an den Kabelbindern, spürte, wie sie in ihre Haut schnitten. Laute der Anstrengung entwichen ihrer Kehle, der Stuhl wackelte gefährlich, doch es half alles nichts. Schwer atmend ließ sie den Kopf auf die Brust fallen, heiße Tränen liefen ihre Wange hinab. Das Haus lag weiter im Stillen.

Zitternd sog Luisa die Luft in ihre Lungen. Sie würde es nicht schaffen. Sie würde hier nicht lebend rauskommen. Tränen stiegen auf, und noch ehe sie sich zurückhalten konnte, schluchzte sie laut auf.

Im oberen Stockwerk ging das Licht an.

»Nein«, flüsterte Luisa.

Sie überlegte, ob sie sich schlafend stellen sollte, der Konfrontation aus dem Weg gehen, aber das konnte sie nicht. Ja, sie hatte ihren Job verloren, ja, sie hatte jemandem ihr Herz hingehalten, der lachend draufgehauen hatte, aber das änderte immer noch nichts an der Tatsache, dass sie sie war. Es flossen immer noch das gleiche Blut und die gleiche Willensstärke in ihr und ließen nicht zu, dass sie klein beigab.

Sie hatte sich nicht davor gedrückt, Karl mehr als einmal die Meinung zu geigen, sie zögerte nicht, vor Gericht für ihre Mandanten und das Gesetz einzustehen, und sie hatte Iljas ihre Gefühle offenbart, obwohl sie wusste, wie er darauf reagieren würde. Dieser Idiot. Wirklich. Von allen Dingen, die in letzter Zeit in ihrem Leben geschehen waren, von alldem, was sie verloren hatte, was sie schmerzlich vermisste, beschäftigte es sie am meisten, ihn nie wirklich gehabt zu haben. Es war beschämend und sie würde es keiner Menschenseele jemals verraten, aber jetzt, im Augenblick, wünschte sie sich nichts sehnlicher, als bei Iljas zu sein. In seinem dämlichen Studio auf diesen bekloppten Sandsack zu hauen, seinen Bewegungen zu folgen und dabei zu fürchten, wieder einmal im Krankenhaus zu landen.

Sie wollte sich mit ihm messen, seine Stärke fühlen, ihre eigene bei ihm aufladen, ihn in ihrer Wohnung wissen, während sie arbeitete, duschte oder schlief. Seine Anwesenheit ... vervollständigte sie. Und es war verdammt noch mal ungerecht, dass er es nicht sehen konnte und dieses Miststück sie entführt hatte und irgendwo in der Walachei in ihrem hässlichen Haus festhielt.

Sie hörte das leise Tappen von Füßen auf der Treppe. Dieses Geräusch, so sanft und unschuldig in der Stille der Nacht, bewirkte etwas in Luisa. Ein blutroter Vorhang spannte sich in ihrem Geist. All die Emotionen, die sie zurückgehalten hatte, seit Karl den geistigen Weg des Messias ging, seit Iljas es nicht schaffte, seine Klappe aufzubekommen, tropften langsam, aber stetig in den Kessel ihrer Ungeduld.

»Komm runter!«, rief Luisa in einer Stimme, die absoluten Gehorsam verlangte.

Als Tamara am unteren Treppenabsatz erschien, sah sie verwirrt und verschlafen aus, ihre Haare unordentlich, der Abdruck ihres Kopfkissens auf der Wange.

Tropf, tropf.

»Was ist denn?«, fragte sie, gähnte und rieb sich die Augen.

Tropf, tropf.

Das Miststück hatte in ihrem weichen, warmen Bett gelegen,

während Luisas Hintern so taub war wie die Bewohner eines Altenheims.

»Was zum Teufel glaubst du eigentlich, was du hier machst?«, schrie Luisa, denn die Zeit der netten Worte war vorbei.

Tamara wich zurück.

Tropf, tropf.

»Du hast eine Strafverteidigerin entführt, Mädchen. Das war die dämlichste Idee deines Lebens, mal ganz davon abgesehen, diesen fetten Sack zu heiraten.«

Tamara riss die Augen auf. »Woher weißt du –«

Ha, Treffer!

»Ich bin nicht dämlich und ich schwöre dir, wenn du jetzt nicht diese beschissenen Fesseln aufmachst, fange ich an zu schreien. Ich schreie so lange und so laut, bis dein IKEA-Teelichthalter zerplatzt. Früher oder später wird das jemand hören. Die einzige Möglichkeit, mich davon abzuhalten, ist, mir die Kehle durchzuschlitzen, und du kannst dir verdammt noch mal sicher sein, dass ich genug Freunde und Kollegen habe, die dich finden werden, die mikroskopisch kleine Spuren meines Blutes an dir auch Jahre später feststellen und deinen dürren Arsch so lange hinter Gitter bringen werden, dass du erst wieder rauskommst, wenn du so alt wie Mathilda, ääh, Methusalem, bist. Von mir aus findest du Iljas toll. Es ist mir scheißegal. Du kannst ihn haben. Er will mich nicht. Aber du hast dir verdammt noch mal die falsche Frau zum Entführen ausgesucht.«

Tamara presste sich die Hände auf die Ohren und schloss die Augen.

In ihrem weiten T-Shirt und der schlabbrigen Hose sah sie kaum älter als Mitte zwanzig aus, aber die Falten in ihrem Gesicht verrieten Luisa, dass sie die Zwanziger bereits vor Jahren hinter sich gelassen hatte.

Sie war unglücklich – na und?

Dank ihr stand Luisa vor dem Trümmerhaufen ihres Lebens.

Sie war hoffnungslos in Iljas verliebt?

Da konnte sie sich hintenanstellen.

Sie glaubte, keine Alternative zu haben? Pff.

Hatte Luisa etwa Karl und Iljas entführt?

Tropf, tropf.

Luisa öffnete den Mund, sammelte ihre Kräfte und schrie. Sie schrie all ihre Wut, ihren Ärger, ihre Hoffnungslosigkeit heraus. Mit jeder Oktave, die sie höher kletterte, löste sich etwas in ihr.

»Stopp«, schrie Tamara und Luisa hielt kurz inne.

Aber nur, um erneut Luft zu holen, dann begann sie von vorne. Sie würde so lange weitermachen, bis jemand kam und der kleinen Kröte eine reinhaute.

Tamara eilte in die Küche und kam tatsächlich mit einem Messer wieder, aber Luisa ließ sich davon nicht beeindrucken. Sie hatte in ihrem Leben viele Straftäter gesehen. So viel Bösartigkeit, so viele Menschen, die nichts empfanden, wenn sie anderen wehtaten, aber bei Tamara sah sie *es* nicht. Das Böse. Die Frau war zutiefst verstört und gekränkt und verzweifelt, aber sie war nicht böse.

Vielleicht irrte Luisa sich.

Aber welchen Unterschied machte es?

Dann würde Tamara sie jetzt umbringen. Langfristig wäre das sowieso ihre einzige Option gewesen, wenn sie versuchen wollte, straffrei aus der Nummer rauszukommen, denn Luisa einfach irgendwo am Straßenrand abzusetzen und ihr zu verbieten, sie zu verpetzen, war keine Option.

Luisa zwang sie zu einer Entscheidung, denn sie war verdammt noch mal kein Opfer. Nach dem Überfall hatte sie sich geschworen, nie wieder eins zu sein. Und das war der entscheidende Unterschied zwischen ihnen. Tamara war noch lange nach ihrem Überfall ein Opfer, Luisa mehr denn je eine Kämpferin.

»Hör auf!«, schrie Tamara und stand nun mit dem Messer direkt vor Luisa.

Luisa brach ab und sah Tamara in die Augen.

»Lass. Mich. Gehen.«

Tamara zögerte. Luisa holte tief Luft.

»Schon gut. Ich … ich«, verzweifelt brach Tamara ab, warf die Hände in die Luft und sah Luisa an. Die Tragweite ihrer Situation wurde ihr offensichtlich bewusst.

»Du hast die Sache nicht durchdacht, oder? Du warst wütend auf mich und wolltest es mir heimzahlen. Das verstehe ich sogar. Ein bisschen. Aber eine Entführung zieht Konsequenzen nach sich. Und das alles für einen Typen, der so kaputt ist, dass er niemals im Leben eine Beziehung eingehen wird?«

Tamara sah sie an, ließ ihre Hände sinken. Das Messer lag schlaff in ihrer Hand. Wie gerne würde Luisa sie jetzt angreifen.

»Wie meinst du das?«

»Er hat seine Schwester verloren, Tamara, und er wird sie immer mit sich herumtragen. Dagegen kommst du nicht an, dagegen komme ich nicht an.«

Tamara setzte sich auf die Armlehne der Couch. Sie dachte nach, schüttelte dann aber den Kopf.

»Du irrst dich«, sagte sie, und es schien, als ob sie gerade das erste Mal vernünftig und klar sprach. »Ich wollte ihn ansprechen, habe meinen Mut zusammengenommen und bin euch ins Gerichtsgebäude gefolgt. Er hat mich versehentlich angerempelt und ich wollte ihm alles sagen. All meine Gefühle offenbaren, denn manchmal ist man an diesem Punkt, an dem es einfach egal ist, oder?«

Luisa nickte. Oh ja.

»Und dann öffnete sich die Tür des Saals, und du bist herausgekommen. Es war, als wäre alles um ihn herum verschwunden. Er hatte nur noch Augen für dich. Glaub mir, eine tote Schwester hat dort keinen Platz.«

Luisa würde nicht darauf eingehen. Darüber konnte sie jetzt nicht nachdenken. Stattdessen sah sie Tamara eindringlich an. »Du hast schon einmal Mut bewiesen. Gefühle zu offenbaren ist das Persönlichste, was wir tun können, denn dann halten wir nichts mehr zurück, wir zeigen unseren wundesten Punkt. Sei noch einmal halb so mutig, Tamara, und stelle dich der Verantwortung deiner Taten. Du hast mich verletzt, du hast mich entführt. Steh gerade dafür. Wir finden Hilfe für dich.«

Tamara stand auf. Tränen glitzerten in ihren Augen.

»Ich kann nicht –«

Die Eingangstür zerbarst. Holzsplitter flogen durch den Flur ins Wohnzimmer. Sekunden später folgten polternde Schritte. Iljas stand im Wohnzimmer, in seinen Händen hielt er eine Waffe, die Mündung zeigte auf Tamaras Herz. Luisa presste sich automatisch gegen die Stuhllehne, Tamara schnappte nach Luft und ließ das Messer fallen. Sie wich zurück, bis ihr schmaler Rücken die kalkweiße Wand traf.

»Iljas«, flüsterte sie, in ihrer Stimme Bewunderung und Angst.

Mit schnellen Schritten ging er auf Tamara zu.

»Tu ihr nichts!«, rief Luisa, denn die Wut in seinen Augen war nicht zu übersehen. Sein Körper war angespannt, die

Adern drückten sich durch die Haut an seinen Armen. Trotz der Kälte trug er lediglich ein schwarzes T-Shirt und Jeans.

»Du«, sagte er und stoppte bedrohlich kurz vor Tamara. Er blickte auf sie hinab, als würde er sie zerquetschen wollen. Luisa sah ihm an, wie enttäuscht er war, dass eine Frau hinter alldem steckte und er ihr deswegen nicht die Seele aus dem Leib prügeln konnte.

Tamara schlug die Hände vor die Augen und weinte.

»Es tut mir leid.« Sie schluchzte.

»Das hättest du dir vorher überlegen sollen«, sagte Iljas und lief vor ihr auf und ab wie ein Raubtier vor seiner Beute.

Luisa vernahm Schritte im Flur.

»Iljas«, flüsterte Luisa. »Da kommt jemand.«

Sein Blick schoss ruckartig zu ihr. Er drehte sich um, zielte mit der Waffe Richtung Flur.

»Das ist Karl«, sagte er. »Ist sonst noch jemand im Haus?«

»Nein«, sagte Tamara und zog geräuschvoll die Nase hoch. »Ich bin alleine. Immer alleine.«

Karl und Amelie betraten das Zimmer und Luisa atmete aus. Es war vorbei. Kein Blut, keine größeren Verletzungen. Sie würde nach Hause fahren und keine Angst mehr haben müssen. Sie sah zu Iljas, der immer noch unter Strom stand, sah seinen Blick, der sich verändert hatte. Irgendwas war anders. Die Kraft, herauszufinden, was es war, hatte sie nicht mehr. Nicht heute. Vermutlich auch nicht morgen.

»Ich habe euch gesagt, ihr sollt im Auto warten«, sagte Iljas. Karl zuckte mit den Schultern, und Amelie drängte sich an ihm vorbei.

»Luisa!«, rief Amelie und eilte auf sie zu. Sie kniete vor dem Stuhl, ihr Blick huschte über ihren Körper. Suchte nach Wunden, suchte nach Spuren ihrer Entführung.

»Alles okay«, sagte Luisa. »Bitte. Bitte, mach mich los.«

Amelie richtete sich auf, sah das Messer auf dem Boden und nahm es. Vorsichtig durchtrennte sie die Fesseln, und als Luisa frei war, endlich, endlich frei, rutschte sie vom Stuhl in Amelies Arme und weinte.

Es waren Tränen der Freude, weil sie es geschafft hatte, der Angst, wegen dem, was hätte passieren können, des Glücks, weil sie nichtsdestotrotz Freunde hatte, die immer an ihrer Seite sein würden. Irgendwann zuckten Blaulichter über die kahlen Wände des Zimmers, Fußschritte um sie herum, Fragen, kaum Antworten.

Luisa ließ alles über sich ergehen, ohne dabei die Starke zu spielen. Sie fühlte sich schwach und verletzlich, und es zuzugeben fühlte sich an, als zeige sie dadurch wahre Stärke.

In all der Zeit versuchte sie, Iljas' Blick zu meiden. Er war hier, er hatte sie gesucht und gefunden. Was dies bedeutete, wusste sie nicht, aber sie war gewillt, es herauszufinden. Nur nicht heute. Sie ließ sich einhüllen von dem bunten Regenbogen und dem Markgrafen, der sich nichts sehnlicher wünschte, als dass sie lebte.

Ein Wunsch, den sie definitiv teilten.

Kapitel 36

Herr Arschtreter, was kann ich für Sie tun?«, fragte Luisa. Ironie perlte von ihrer Stimme wie zähflüssiger Honig. Sie stand in der offenen Wohnungstür, trug eine dieser engen, schwarzen Hosen und seine Jacke. Iljas schluckte hart. Dieser Anblick. Er konnte und wollte sich daran nicht sattsehen. Sie gehörte zu ihm, und wenn er es nicht verkacken wollte, musste er sich jetzt konzentrieren und das Blut in seinen Kopf zurückbefördern, denn sie würde es ihm nicht einfach machen. Dafür kannte er sie zu gut.

»Frau Strafverteidigerin, es ist mir eine Ehre.«

Bei der Bezeichnung ihres Berufes zuckte sie beinahe unmerklich zusammen und Iljas konnte nur ansatzweise erahnen, wie hart sie die Kündigung vor einer Woche getroffen haben musste, aber er wusste auch, dass vor ihm Luisa Elmas stand. Eine Kündigung konnte sie nicht aufhalten. Er blieb vor ihr stehen. Es schien das Natürlichste der Welt zu sein, sie in seine Arme zu ziehen und zu küssen, aber er war kein Idiot – okay, manchmal schon, aber jetzt gerade nicht. Er hatte sie zutiefst verletzt, und das musste er erst einmal wieder geradebiegen.

»Was machst du hier?«

Ja. Was machte er hier? Er könnte sich selbst belügen, indem er sich vorgaukelte, dass er die Sache mit ihr geradebiegen, sich entschuldigen wollte, aber das stimmte nicht.

Er wollte sein Leben wieder.

Denn ohne Luisa darin hatte er keins.

Die letzten Tage ohne sie, vor der Entführung und danach, waren … leer. Keine Herausforderung, keine Aufgabe, nichts. Dass sie überhaupt mit ihm sprach, verdankte er vermutlich nur dem Umstand, dass er sie gerettet hatte, wobei noch nicht einmal das stimmte, denn sie war auf gutem Wege gewesen, sich da selbst rauszureden. Natürlich. Luisa brauchte ihn nicht. Sie kam in jeder nur erdenklichen Hinsicht allein klar. Diese Erkenntnis war einerseits das letzte Puzzleteil, das ihm gefehlt hatte – mit seinen drei Nanogramm Verstand zu begreifen, dass sie ihm nicht gehörte, sondern sich allenfalls entscheiden konnte, bei ihm zu bleiben, an seiner Seite zu sein, denn das war der fundamentalste Teil von Luisas Wesen. Andererseits war dieser Fakt beinahe das Schlimmste für ihn. Denn er wollte, dass sie ihn brauchte. Er wollte, dass sie sich bei ihm anlehnte, dass er sie halten durfte. Er wollte ihr erster Gedanke am Morgen sein, der Fels, zu dem sie rannte. All das würde er nur bekommen, wenn sie ihn für würdig empfand und wenn er sich ihr verdammt noch mal öffnete. Er musste ihr jedes Quäntchen seines Selbst geben, damit er auch nur einen Hauch von ihr besitzen konnte. Er dachte an ihren Opa, von dem sie ihm erzählt hatte. Hatte er sich ebenfalls so gefühlt, als er seine Frau damals kennengelernt hatte? Als würde er versuchen, einen Wirbelsturm in die Hände zu nehmen und durchs Leben zu tragen?

»Komm mit mir«, bat er und sah sie an. Er schob die Hände in die Taschen seiner Jeans. Dass er unsicher wirkte, war ihm klar, denn er war es. Frauen verführen war einfach, eine bestimmte Frau dazu zu bekommen, ihm noch ein einziges Mal zu vertrauen, harte Arbeit.

Luisa sah ihn fragend an und schließlich an sich hinab.

»Du kannst so bleiben«, sagte er leise.

Seinetwegen konnte sie für den Rest ihres Lebens genauso bleiben. In seinen Sachen. In seiner Nähe. Es waren das Wort *oder*, das ihm den Weg geebnet hatte, und Luisas gefesselter

Anblick in dem Haus von Tamara, der ihn in allem bestätigt hatte, was er vorher nur erahnen konnte.

»Warte kurz«, sagte sie und schloss die Tür halb.

Er sah, wie sie ihren Schrank mit den Schuhen öffnete, die für fünf Familien reichten, sich hinabbeugte und in ein paar Boots schlüpfte. Am Tag nach ihrer Entführung war der goldene Herbst endgültig verschwunden und am heutigen Samstag peitschte der Wind durch die Stadt und brachte eisigen Wind und Hagelkörner mit sich.

Sie öffnete die Tür und er musste erneut dem Impuls widerstehen, sie an sich zu ziehen. Ihre dunklen Haare waren zu einem hohen Dutt zusammengefasst, ein breiter grauer Schal war unzählige Male um ihren Hals geschlungen, ihre Boots wirkten riesig und ihr weiter Mantel versteckte alles, was er liebte.

Mann. Liebe. Das war echt krass, aber so sehr er sich auch bemühte, es gab kein anderes Wort, das seine Gefühle für Luisa besser beschrieb. Er sah zu ihr hinab. Wie sie im Fahrstuhl neben ihm stand. Ungeduldig, latent genervt, resolut. Sie war wunderschön. Ihr Herz. Ihr Geist. Ihr Wesen. Sie war frei, sie war unabhängig, ihr Herz schlug wild wie die Flügel eines Vogels. Ob jeder Elmas-Mann diesen einen Augenblick in seinem Leben hatte? Diese Erkenntnis?

»Was ist?«, fragte Luisa.

»Elmas«, sagte er, als er eine weitere Erleuchtung hatte.

Sie lachte, was schon mal gut war, aber es war nicht dieses reine Lachen, das er schon einmal bei ihr gehört hatte.

»Das bin ich.«

»Dein Vater hat den Namen deiner Mutter angenommen.«

»Ja.«

»Warum?«

»Meine Mutter hat ihn darum gebeten.«

»Was bedeutet der Name?«

Luisa grinste. »Apfel.«

Apfel. Okay. Das würde seinen Ruf ruinieren. Sollte irgendjemand herausfinden, dass er Iljas Apfel hieß, käme das einer Kastration gleich. Andererseits war ihm sein Ruf gerade scheißegal. Er hatte wesentlich mehr zu verlieren.

Die Tür öffnete sich, sie traten ins Foyer. Iljas nickte dem Concierge zu, dem er so viel zu verdanken hatte. Dank ihm hatte er gesehen, dass Luisa entführt worden war.

So hatte er erneut zum Gebäude gegenüber rennen und sich die Bildaufnahmen von der Straße ansehen können.

So war er an das Kennzeichen gekommen, welches er Joshua hatte durchgeben können, der ihm Adresse und Namen der Halterin mitgeteilt hatte. Tamara. Tamara Blaske. Jene Tamara, deren Handy sich an jedem Tatort befunden hatte.

Karl und Amelie zu informieren war der nächste logische Schritt gewesen, denn sie gehörten ebenfalls zu Luisa, besaßen das Privileg, an ihrer Seite sein zu dürfen. Als Iljas Tamaras Haus betreten hatte, hatte ihn eine Schockwelle getroffen.

Luisa auf einem Stuhl gefesselt.

Angst, Verzweiflung und Panik in ihrem Blick.

Dann sah er Tamara und die Gewissheit traf ihn wie ein Schlag ins Gesicht. Er hatte sie schon einmal gesehen. Nein. Mehrfach.

Die Frau, die ihm über YouTube die Geschichte ihres Überfalls erzählt hatte.

Die Frau, die vor seinem Haus mit einem aus dem Flur geklauten Kinderwagen rumgefahren war, in dem außer einer Puppe nichts gewesen war.

Die ihn vor dem Gerichtssaal angesprochen hatte. So oft war

er ihr begegnet und hatte sie nicht wahrgenommen, so oft hatte er die Möglichkeit gehabt, die Sache zu beenden. Aber es hatte zum Äußersten kommen müssen. Denn dieser Augenblick, der Moment der schieren Angst um Luisa, hatte ihm den Rest gegeben. Das Wörtchen *oder* war der Anfang, *für immer,* worauf alles hinauslief.

Eine Weile fuhren sie schweigend, aber er wusste, dass Luisa es nicht lange aushalten würde.

»Wo fahren wir hin?«

»Zu mir«, sagte er.

»Iljas, wenn du ernsthaft glaubst, dass ich jetzt zu dir nach Hause fahre, um mit dir –«

»Ich würde gerne das Thema Vögel mit dir erneut aufgreifen, aber ich meinte nicht meine Wohnung. Wir fahren zu meinen Eltern.«

Luisa öffnete den Mund und schloss ihn wieder.

»Du stellst mich deinen Eltern vor?«, fragte sie schließlich.

»Jap.«

»Warum?«

Er sah zu ihr hinüber, sah das ehrliche Erstaunen in ihrem Gesicht. Er atmete tief durch. Das war der Augenblick.

»Weil ich es verkackt habe. Als du an meiner Seite warst, hatte ich alles, und dann habe ich dich gehen lassen.«

Luisa zog eine Augenbraue in die Höhe.

»Und deswegen stellst du mich deinen Eltern vor? Wie wäre es mit einem *Tut mir leid?*«

Er grinste sie an. »Als ob ein bloßes *Tut mir leid* reichen würde.«

»Stimmt.«

»Ich bitte dich trotzdem um Verzeihung, Luisa. Ich habe mich idiotisch aufgeführt. Es fällt mir schwer, mich meiner

Vergangenheit zu stellen, mich zu öffnen und zuzugeben, dass auch ich jemanden brauche.«

»Jemanden?«, fragte sie.

»Dich«, sagte er leise. »Ich brauche dich.«

Er parkte den Wagen vor dem Haus, in dem er seine Kindheit verbracht hatte. In dem seine Mutter mit ihrem neuen Mann lebte, der für ihn wie ein Vater geworden war. Er drehte sich zu Luisa.

»Meine Schwester Johanna war ein großartiger Mensch, sie war offen und ging auf andere Menschen zu. Sie hatte das Bedürfnis, zu helfen und zu schützen. Ihr damaliger Freund hat ihr das Leben genommen. Er hat sie rausgerissen und dafür gesorgt, dass sie nie älter wird, nie erfahren wird, was wirkliche, echte Liebe ist. Wie es sich anfühlt, wenn das Herz anschwillt, bis es in der eigenen Brust zu explodieren scheint. Und das nur, weil man den anderen ansieht. Sie wird nie erfahren, wie es sich anfühlt, wenn man den anderen verletzt hat, weil die eigene Angst im Weg stand. Sie hat die falsche Liebe kennengelernt, die besitzergreifende, einengende. Jene, die das Glück verweigert. Ich hingegen«, er atmete tief durch, »ich habe Glück, denn ich weiß, wie es sich anfühlt, wenn einem alles gegeben wird. Ich habe Glück, egal, ob du dich dazu entscheidest, mir zu verzeihen oder nicht. Johanna wird in Gedanken immer bei mir sein, aber du, Luisa, du bist nicht nur in meinen Gedanken. Du bist überall in mir. Ich will dich jeden Tag fühlen, dich sehen und spüren. Ich will, dass du alles von mir hast. Ich werde dir alles geben. Restlos.«

Wow, dafür, dass er improvisiert hatte, war es recht gut gelaufen. Er schwieg und sah, wie sich das Wasser in ihren Augen sammelte und ein schmales Rinnsal über ihre Wange lief. Er betete, dass es sich dabei um Freudentränen handelte, denn er wusste, dass noch etwas fehlte, und er war bereit, es sich auf die Stirn tätowieren zu lassen. Es zu sagen war keine Herausforderung.

»Ich liebe dich, Luisa Elmas, fleischgewordener Tornado. Verbring dein Leben mit mir. Bitte, bleib an meiner Seite.«

Nun schluchzte sie auf, presste ihre Hände gegen den Mund und warf sich gegen seine Brust. Er hielt sie.

Wie automatisch schlossen sich seine Augen. Es fühlte sich an, wie nach Hause kommen. Er konnte wieder atmen. Endlich. Ihm war klar, dass sein Weg der Kasteiung damit noch nicht zu Ende war. Luisa wäre nicht Luisa, wenn sie ihm so einfach verzeihen würde. Dass er es wirklich, mit jeder Faser seines Herzens so meinte, würde er ihr zeigen. Jeden einzelnen Tag seines Lebens. Ihres gemeinsamen Lebens.

Sie löste sich von ihm und sah zu ihm auf. Ihre blauen Augen funkelten.

»Aber warum hast du mir nicht gesagt, dass wir zu deinen Eltern fahren? Ich sehe aus wie Scheiße.«

Er lachte. »Luisa, ich musste einen ganzen Abend lang Tante Birte abwehren, habe unfreiwillig eine Nacht lang mit ihr gekuschelt und mehr als vier Tanzaufforderungen deiner Hippie-Freunde abwehren müssen. Ein bisschen Genugtuung musst du mir auch gönnen.«

Sie sah ihn an, und endlich, endlich konnte er ihren verletzten Gesichtsausdruck überschreiben und ersetzen. Mit Liebe. Endlich hatte sich all der Wirrwarr aufgelöst, die Fragmente ihrer Gefühle hatten sich zusammengesetzt und aus dem Irgendwas, das sie die ganze Zeit gewesen waren, war Liebe geworden.

»Ich liebe Sie auch, Herr Arschtreter.«

Epilog

Sie können jetzt nicht telefonieren.«

»Natürlich kann ich das«, schrie Luisa und presste die Luft aus ihren Lungen.

Die Frau hatte überhaupt keine Ahnung, mit wem sie es zu tun hatte. Sie suchte den Raum nach Iljas ab und sah ihn an.

»Du«, keuchte sie und zeigte mit dem Finger auf ihn. »Sag ihr, dass ich noch dieses eine Gespräch führen muss.«

Iljas räusperte sich und trat an den Rand des Bettes. Er nahm vorsichtig ihre Hand, um den Schlauch nicht zu verheddern.

»Luisa«, begann er.

Oh nein. Nicht er auch noch. Sie schüttelte die Hand frei.

»Iljas, noch dieses eine Telefonat, das ist ein sehr wichtiger Mandant und ich habe ihm versprochen, mich heute gegen dreizehn Uhr zu melden.«

Sie krümmte sich. Ohh. Verdammt noch mal. Offensichtlich sah es niemand ein, ihr die Sache hier leichter zu machen. Es war nur ein Telefonat. Sie hatte nicht vor, zum Mond zu fliegen und dort die Flagge Deutschlands zu hissen.

Erneut räusperte Iljas sich. Er war sehr darauf bedacht, sie mit seinen Worten nicht zu beunruhigen. Am Arsch. Sie *war* unruhig. Sie war verdammt unruhig. Und sie hatte allen Grund dazu. Sie hatte ihre *eigene* Kanzlei im Lauf des Jahres aufgebaut. Hatte neue, wichtige Kunden gewinnen können. Und jetzt hatte sie einen ganz großen am Haken. Eine große Firma wurde verklagt, weil sie –.

Oh Gott! Scheiße! Tat das weh.

»Luisa, ich bin mir sicher, dass dir kein Kunde auf dieser Welt böse ist, wenn du ihn ein *bisschen* später anrufst, weil deine verdammte Fruchtblase geplatzt ist, dein Muttermund so weit offen steht, dass ein Kleinwagen reinfahren könnte und der Kopf unserer Tochter schon halb rausschaut. Du bringst eine *Elmas* auf die Welt. Es ist ihr scheißegal, ob du noch mal telefonieren oder pinkeln musst. Sie kommt *jetzt.*«

Uh, okay.

Luisa ergriff seine Hand. Es war so weit. Im Grunde war ihr das Telefonat egal. Irgendwie. Sie hatte Angst. Angst davor, Mutter zu werden, der Verantwortung nicht gewachsen zu sein. Nicht genug für dieses kleine Wesen zu sein, das halb aus ihrer Vagina hing. Aber es blieb ihr nichts anderes übrig, denn in jener Nacht, als sie sich auf dem Boden des Waldes geliebt hatten, hatten sie Mila, das Wunder, gezeugt. Sie hatten neun Monate gehabt, um sich darauf vorzubereiten, aber die waren nicht genug gewesen. Panisch schweifte Luisas Blick zu der Hebamme, die zwischen ihren Beinen hockte, zur Tür, hinter der ihre Eltern nebst Karl und Amelie warteten, und schließlich zu Iljas.

»Ich kann das nicht«, sagte sie, und dann leiser, damit nur Iljas sie hören konnte: »Ich habe Angst.«

»Ich nicht«, sagte er und sein Blick bohrte sich in ihren. »Wir schaffen das.«

Alles um sie herum verschwand.

Iljas.

Iljas, der einen minutiösen Plan ausgearbeitet hatte, mit dem sie beide Karrieren und das Baby hinbekommen würden.

Iljas, der nicht einmal von ihr verlangt hatte, kürzerzutreten, sie aber zwang, gesundes Zeug zu essen.

Iljas, der sie genauso liebte, wie sie war.

Iljas, der alles für sie war.

Mila war eine Erweiterung seiner Liebe, Luisas Flügel, die sie in einen neuen Lebensabschnitt tragen würden.

Sie schafften das.

Luisa schloss die Augen, lehnte sich zurück, drückte Iljas' Hand und presste. Es fühlte sich an, als würden lebenswichtige Eingeweide aus ihrem Körper gerissen werden. Der Schmerz war überwältigend und sie bäumte sich auf. Alles, was sie war und sein konnte, verschwand in dem Wirbel aus Schmerz und Freude. Und gerade, als sie drohte, darin unterzugehen, als sie dachte, sie könnte es doch nicht schaffen, hörte sie *sie*.

Luisa riss die Augen auf.

Sie sah, wie die Hebamme das kleine Wesen hochhielt und ihr langsam auf die Brust legte. Automatisch schlossen sich ihre Arme um den winzigen, perfekten Körper und sie hatte das Gefühl, als würde jede Zelle ihres Körpers randvoll mit Liebe gefüllt sein. Als würde sie leuchten, als wäre sie mit ihrer Tochter auf der Brust zu etwas verschmolzen, das größer war. Kraftlos sank sie zurück in das Kissen. Iljas' Hand schloss sich um ihre und drückte sie sanft. Sie hob den Blick und sah den Arschtreter, wie er hemmungslos weinte und das Baby anstarrte.

Oha, offensichtlich hatte die Kleine ihn jetzt schon um den Finger gewickelt.

ENDE

Danksagung

Mein erstes Buch hatte keine Danksagung, weil ich sie in der Euphorie des Veröffentlichens vergessen habe. Das zweite hatte immerhin eine, bei der ich allerdings die wichtigsten Menschen für eine Autorin unerwähnt ließ: Die LeserInnen.
Ein ganz besonderer Dank geht daher heute an Dich!

Ich danke den Feelings-Ladys, die mir schon wieder eine Heimat gegeben haben.

Vielen Dank an Ulla Mothes, die zum zweiten Mal in diesem Jahr über einem Manuskript von mir brütet und das Beste rausholt.

Meine einzige Juraerfahrung besteht aus einer Vorlesung, während derer ich beinahe schlafend vom Stuhl gefallen wäre. Daher danke ich tausendmal und von ganzem Herzen dem geduldigsten Juristen der Welt – meinem Schwiegervater, Lothar Kuhlemann. Vermutlich saß er mehr als einmal weinend vorm Computer, weil ich immer noch nicht verstanden habe, wie Juristen ticken. Für den letzten juristischen Feinschliff bedanke ich mich ganz herzlich bei Oktay Atas.

Ein großes Danke auch an Kathrin Weiblein, die mein rudimentäres Tatortwissen aufgemöbelt und mir alles über Polizeiarbeit eingetrichtert hat, was für Iljas' und Luisas Geschichte wichtig war. Danke dafür!

Und dann ist da wieder meine beste Freundin und erste Leserin. Was wäre ich ohne dich?

Ich danke meinem persönlichen Club der Löwinnen: Steffi Geiseler (#hashtagfürsteffi!!!), Kerstin Steiner, Maren Kuster, Julia Ehrenberg, Stefanie Ludwig, Gaby Borowsky, Bianca Janssen, Fulden Coban, Imke Büttner, Sabrina Rhode, Claudia Grajek und meiner Mama, Gitta Becker, die sich hoffentlich während einiger Szenen die Augen zugehalten hat.

Und zum Schluss geht meine ganze Liebe an meine Familie. Da ich dieses Buch vergleichsweise schnell geschrieben habe, mussten sie ertragen, dass ich hin und wieder zwar bei ihnen war, aber doch nicht anwesend. Ich liebe euch. Vom Mariannengraben zum Universum und zurück.